Ren Dhark

Weg ins Weltall

Band 69

Ein sicherer Hort?

Herausgegeben von
BEN B. BLACK

Unitall

Lieferbare Ren Dhark-Bücher

Ren Dhark Classic-Zyklus
Die Heftserie
Paperback/Hardcover
HJB-Ausgabe/Lizenzausgabe
je 352 Seiten, € 16,90
Bände 1-16

Ren Dhark Drakhon-Zyklus
Die Fortführung der Heftserie bei HJB
Buchausgabe, 352 Seiten, € 16,90
Bände 1-24

Ren Dhark Bitwar-Zyklus
Buchausgabe, 352 Seiten, € 16,90
Lieferbar: Bände 1-12

Ren Dhark – Weg ins Weltall
Das aktuelle Abenteuer
Buchausgabe, 352 Seiten,
ab Band 34: 272 Seiten, € 16,90
Zuletzt erschienen:
Band 40 »Spiegel des Todes«
Band 41 »Das Geheimnis des Feindes«
Band 42 »Pyrrhussieg«
Band 43 »Tödliche Flut«
Band 44 »Der letzte Kalamit«
Band 45 »Parock«
Band 46 »Geheimsache S. Wasser«
Band 47 »Operation Apokalypse«
Band 48 »Die Stunde der Synties«
Band 49 »Geheimwaffe im Einsatz«
Band 50 »Wächterschicksal«
Band 51 »Das Geheimnis des Hyperkalkulators«
Band 52 »Markt des Verbrechens«
Band 53 »Risiko Hypergeschwindigkeit«
Band 54 »Im Namen der Murip«
Band 55 »Vereinigung der Alten Völker«
Band 56 »Feind der Wächter«
Band 57 »Forscher ohne Gewissen«
Band 58 »Götter der Niapave«
Band 59 »Kampf um das Miniuniversum«
Band 60 »Das Wissen der Quun'ko'Aaraan«
Band 61 »Einsatz auf Blue Star«
Band 62 »Rückkehr zum Ort der Macht«
Band 63 »Gefahrenpotenzial Ter«
Band 64 »Im Auftrag der INSTANZ«
Band 65 »Aufbruch nach NGK 3109«
Band 66 »Aufruhr in Voktar«
Band 67 »Rebellen gegen die Friedensstifter«
Band 68 »Welt der Kenporim«
Band 69 »Ein sicherer Hort?«

Unitall-Reihe
Neue, abgeschlossene Einzelromane
Hardcover, 192 Seiten, lieferbar: Bände 1, 3-34, € 11,90; ab Band 18 € 12,90
Zuletzt erschienen:
Band 15 »Welt aus dem Gestern«
Band 16 »Der Flug der JULES VERNE«
Band 17 »Kriegsgrund: Tarnit«
Band 18 »Sternenhaie«
Band 19 »Der Atomkrieg findet statt!«
Band 20 »Feind ohne Gnade«
Band 21 »Absturz im Eis«
Bans 22 »Hundert Jahre Krieg«
Band 23 »Herrschaft des Wahnsinns«
Band 24 »Flug der SPACE QUEEN«
Band 25 »Raumschiffsfalle gelber Hyperriese«
Band 26 »Das Vermächtnis der Heriten«
Band 27 »Verborgene Erkenntnis«
Band 28 »Das Geheimnis von Iondru«
Band 29 »Das Capgras-Syndrom«
Band 30 »Ewiger Winter«
Band 31 »Das Elektrische Zeitalter«
Band 32 »Goguls Armee«
Band 33 »Iondrus Suche«
Band 34 »Willkommen im Dagmeer!«

Ren Dhark Sternendschungel Galaxis
Paperback, 96 Seiten, € 6,50
Lieferbar: Bände 1-54
Band 37 »Rückkehr zu den Rags«
Band 38 »Plünderer!«
Band 39 »Jahrtausendschiff«
Band 40 »Die Erleuchteten«
Band 41 »Einschlag!«
Band 42 »Galaktische Notare«
Band 43 »Höllenfeuer«
Band 44 »Das Volk der Erwachten«
Band 45 »Die Macht d. Symbionten«
Band 46 »Ein verlorener Haufen«
Band 47 »Die Flotte der Verlorenen«
Band 48 »Die Schlacht über Odour«
Band 49 »Die stille Stadt«
Band 50 »Vorstoß nach Kurnuk«
Band 51 »Unglaubliche Lösung«
Band 52 »Weltuntergangsprogramm«
Band 53 »Geheimwaffe Kurnuk«
Band 54 »Drakhon für immer?«

Der Mysterious
Paperback, 96 Seiten, € 6,-
Bände 1-6

Ein sicherer Hort?

von

ACHIM MEHNERT
(Kapitel 1 bis 6)

NINA MORAWIETZ
(Kapitel 7 bis 12)

JAN GARDEMANN
(Kapitel 13 bis 18)

und

BEN B. BLACK
(Exposé)

1. Auflage

HJB Verlag & Shop KG
Im Kai 1
78259 Mühlhausen-Ehingen
Bestellungen und Abonnements:
Tel.: 0 77 33 – 9 77 34 30
Fax: 0 77 33 – 9 77 34 39
www.ren-dhark.de

Herausgeber: Ben B. Black
Titelbild: Ralph Voltz
Printed in EU

Vorwort

Heute ist für mich ein kleines Jubiläum, denn ich stehe gerade im Begriff, mein fünfundzwanzigstes Vorwort zu einem REN DHARK-Buch zu verfassen. Zum Mitrechnen: Bislang schrieb ich Vorworte zu den UNITALL-Bänden 27 bis 34 – das sind acht Stück – sowie zu den »Weg ins Weltall«-Bänden 53 bis 68 – das sind sechzehn Stück, zusammen also vierundzwanzig. Der vorliegende Band macht nun die Fünfundzwanzig voll.

Fünfundzwanzig REN DHARK-Bücher, das bedeutet auch rund zweieinhalb Jahre redaktioneller Arbeit an unser aller Lieblingsserie – eigentlich eine ganz schön lange Zeit, die für mich jedoch fast wie im Flug vergangen ist. Klar, vieles an meiner Tätigkeit für REN DHARK ist inzwischen Routine, und die anfängliche Aufregung über die neuen Aufgabenfelder ist verflogen, aber ich spüre trotzdem immer noch sehr stark den Reiz, den die Mitarbeit an einer solch langlaufenden und immer noch spannenden Serie auslöst. Es macht nach wie vor großen Spaß, sich fantasievolle Geschichten auszudenken, um Sie, liebe Leser, damit zu unterhalten, ihnen den wohlverdienten Feierabend oder Ruhestand zu versüßen.

REN DHARK ist, wie Sie sicher wissen, nicht das Projekt eines Einzelnen, sondern die Arbeit eines gesamten Teams. Namentlich bekannt sind neben meiner Wenigkeit die vier Stammautoren, die mit ihren Manuskripten, Anregungen und Ideen nicht unwesentlich zum Gelingen der Bücher beitragen.

Der geneigte Leser kennt natürlich ebenso Ralph Voltz, der ein ums andere Mal wundervolle Titelbilder beisteuert und es dabei schafft, mich immer wieder aufs Neue zu überraschen und zu begeistern. Selbstverständlich bekommt er mit jedem Auftrag eine mehr oder weniger genaue Vorgabe, was auf dem Titel dargestellt werden soll, aber in der konkreten Umsetzung genießt er dennoch viel Freiheit – und die weiß er im besten Sinne zu nutzen.

Nicht vergessen werden dürfen die Menschen, die im Hintergrund an den Bänden mitarbeiten und deren Namen nie auf oder in einem Buch zu finden sind, obwohl es ohne ihre Arbeit keine Bücher gäbe, weder bei REN DHARK noch bei anderen Publikationen. Ich spreche von den Korrektoren, den Mitarbeitern bei der Druckerei und last but not least den Kollegen im Verlag, die sich um den Versand, die Betreuung der Kunden, die Buchhaltung und all diese Dinge kümmern.

Ich denke, in Summe sind wir eine gut aufgestellte und aufeinander eingespielte Truppe, und ich freue mich schon auf die Arbeit an den nächsten fünfundzwanzig Büchern – und dann noch einmal fünfundzwanzig und noch einmal fünfundzwanzig und noch einmal fünfundzwanzig, also mindestens, versteht sich, solange es Ihnen, liebe Leser, Spaß macht, das zu lesen, was wir uns für Sie ausdenken.

Was mich darauf bringt, dass ich an dieser Stelle noch auf den zeitgleich erschienenen vierunddreißigsten UNITALL-Band hinweisen sollte. Er wurde von Andreas Zwengel nach einer eigenen Idee verfasst, trägt den Titel »Willkommen im Dagmeer!« und spielt – so viel darf ich schon verraten – in der Galaxis Andromeda. Wir bleiben jedoch zunächst in Voktar, wo Ren Dhark und seine Getreuen in großer Bedrängnis sind und sich fragen, ob es hier irgendwo ein Sonnensystem gibt, das vor allem eines ist: *Ein sicherer Hort?*

Stuttgart, im Mai 2017
Ben B. Black

Prolog

Im Herbst des Jahres 2067 scheint sich das Schicksal endlich einmal zugunsten der Menschheit entwickelt zu haben. Deren Hauptwelt heißt längst nicht mehr Terra, sondern Babylon. 36 Milliarden Menschen siedelten auf diese ehemalige Wohnwelt der Worgun um, als die irdische Sonne durch einen heimtückischen Angriff zu erlöschen und die Erde zu vereisen drohte. Mittlerweile konnte die Gefahr beseitigt werden, und das befreundete Weltallvolk der Synties hat den Masseverlust der Sonne durch die Zuführung interstellaren Wasserstoffgases wieder ausgeglichen. Die Erde ist erneut ein lebenswerter Ort, auf dem allerdings nur noch rund 120 Millionen Unbeugsame ausgeharrt haben. Die neue Regierung Terras unter der Führung des »Kurators« Bruder Lambert hat es sich zur Aufgabe gemacht, den Planeten nach dem Vorbild Edens in eine Welt mit geringer Bevölkerungsdichte, aber hoher wirtschaftlicher Leistungskraft zu verwandeln, und ist deshalb nicht bereit, die nach Babylon Ausgewanderten wieder auf die Erde zurückkehren zu lassen.

Allerdings haben auch die wenigsten der Umsiedler konkrete Pläne für einen neuerlichen Umzug innerhalb so kurzer Zeit. Es kommt die katastrophale Entwicklung hinzu, die Babylon seit dem Umzug der Menschheit nahm: Durch eine geschickt eingefädelte Aktion war es dem höchst menschenähnlichen Fremdvolk der Kalamiten gelungen, den Regierungschef Henner Trawisheim, einen Cyborg auf geistiger Basis, derart zu manipulieren, dass er zu ihrem willenlosen Helfer und Vollstrecker bei der geplanten Übernahme der Macht über die Menschheit wurde. Erst in allerletzter Sekunde gelang die Revolution gegen die zur Diktatur verkommene Regierung Babylons und damit gegen die heimlichen Herren der Menschheit, die Kalamiten. Während den meisten der Fremden die Flucht gelang, wurde Trawisheim aus dem Amt entfernt und in ein spezielles Sanatorium für Cyborgs gebracht.

Noch im selben Jahr nimmt Ren Dhark das Angebot des Industriellen Terence Wallis an und lässt seinen Körper mit Nanorobotern behandeln, die ihn und sieben von ihm Auserwählte unsterblich machen. Doch anstatt sich mit seiner nun vollständig veränderten Lebensperspektive beschäftigen zu können, muss sich Ren Dhark einer neuen Aufgabe stellen: Eine unbekannte Macht namens Kraval sorgt dafür, dass der Hyperraum nicht länger zugänglich ist.

Als man diese Herausforderung endlich gemeistert hat, tauchen die Wächter mit einer neuen Hiobsbotschaft auf: Im Zentrum der Milchstraße hat sich scheinbar aus dem Nichts ein Miniaturuniversum gebildet, das allerdings exponentiell wächst und schon in wenigen Jahren den Untergang unseres Universums herbeiführen könnte.

Mithilfe der Nomwarun – nur etwa 50 Zentimeter große Nachfahren der Worgun – gelingt es schließlich, der Gefahr zu begegnen. Allerdings spielen die Nomwarun nicht mit offenen Karten und zerstören das Miniuniversum, anstatt es wie versprochen in ein anderes Kontinuum zu versetzen, weil das anscheinend nicht möglich gewesen ist. Ren Dhark macht dieses Resultat sehr zu schaffen, doch es gelingt ihm nicht, die Nomwarun entsprechend zur Rede zu stellen.

Knapp zwei Jahre später, im Sommer des Jahres 2072, scheint endlich Ruhe in der Milchstraße eingekehrt zu sein und die Normalität zu herrschen, die sich jedermann wünscht. Da erhält Ren Dhark einen Notruf von der Erde: Arc Doorn, Chris Shanton und Amy Stewart haben eine uralte Einrichtung der Wächter unterhalb des Titicacasees erforscht und wurden von einem bislang ungeklärten Phänomen in die Galaxis Voktar verschlagen. Ren Dhark eilt seinen Freunden zu Hilfe, aber in Voktar herrschen die Friedensstifter, die offenbar keine Besucher aus anderen Galaxien dulden und gnadenlos Jagd auf die Terraner machen ...

1.

Nottransition!

Die POINT OF sprang.

In der einen Sekunde zeigte die Bildkugel noch das Pudim-System mit dem vierten Planeten Kempo, der Heimatwelt der Kenporim, die von den Reckbatz wiederholt verwüstet worden war, und mit den fünf grünen Ringraumern, die oberhalb der Ekliptik aus einer Transition kamen. Im nächsten Moment änderte sich die Darstellung in der schwebenden Sphäre. Der Ringraumer fand sich im Leerraum zwischen zwei Sonnensystemen wieder.

»Checkmaster, bring uns hier weg!« Ren Dhark klang noch der eigene Befehl in den Ohren nach, und er sah vor seinem geistigen Auge die Nadelstrahlen der Angreifer durch die Schwärze des Weltraums huschen, als bereits der zweite Sprung stattfand.

In der Zentrale herrschte Stille, niemand sprach ein Wort. Stumm und zur Untätigkeit verurteilt verfolgten die Raumfahrer das Geschehen. Lediglich Tino Grappa überwachte mit Argusaugen seine Ortungsanlage, nahm jede Anzeige wahr, sog jede Einblendung in sich auf.

Dhark hingegen kam sich fast wie ein Statist im eigenen Haus vor. Die Kontrolle lag in den Händen des Bordgehirns, diesmal auf seinen Befehl hin, doch zweifelte der Commander nicht daran, dass der Checkmaster sie auch ohne ausdrückliche Anordnung wieder an sich gerissen hätte.

Die nächsten Transitionen absolvierte die POINT OF in dichter Abfolge, mit wechselnder Flugrichtung und über verschieden lange Distanzen. Daten wurden eingeblendet, Koordinaten huschten durch die Bildkugel, doch viel zu schnell, als dass ein menschliches Gehirn sie hätte erfassen und analysieren können. Dhark begnügte sich damit, die Anzahl der Sprünge mitzuzählen. Für alles andere blieb anschließend noch Zeit.

Als er bei »acht« ankam, endete der Parforceritt durch diesen Sektor von Voktar – oder von NGK 3109, wie die Zwerggalaxis in den Sternenkarten der Menschheit hieß.

»Anzeigen, Mister Grappa?«, erkundigte sich Dhark bei seinem Ortungschef.

»Negativ«, antwortete der Mailänder. »Keine Emissionen, keine Verfolger. Wir haben sie abgehängt. Wir sind allein.«

Dhark hatte nichts anderes erwartet. Wäre sich der Checkmaster seiner Sache nicht sicher, würde er weitere Transitionen aneinanderreihen. Sie hatten sich dem Zugriff der grünen Ringraumer entzogen. Die aus Ter gebauten Schiffe übertrafen die herkömmlichen Unitallraumer bei Weitem.

Dem Teufel von der Schippe gesprungen, ging es dem weißblonden Raumfahrer durch den Kopf. *Einmal mehr und wieder nur vorübergehend.*

Die unterschwellige Bedrohung der Vernichtung jedoch blieb. Jedes weitere Zusammentreffen mit den Friedensstiftern, die man in den grünen Schiffen vermutete, konnte das letzte sein. Das wusste nicht nur Dhark, sondern jeder an Bord. Von dem aus zehn Einheiten bestehenden Schiffsverband, der aus der Milchstraße nach Voktar geflogen war, existierte nur noch die POINT OF – und das auch nur mit einer Menge Dusel.

»Ich übergebe die Steuerung zurück an dich«, verkündete der Checkmaster knapp.

Dhark nahm den letzten Beweis dafür, dass sie sich in Sicherheit befanden, kommentarlos zur Kenntnis. Er hatte das Gefühl, die Erleichterung in der Zentrale fast mit Händen greifen zu können.

Hen Fallutas Wangen wiesen einen leichten Rotstich auf, und Glenn Morris wischte sich den Schweiß von der Stirn. Arc Doorn und Chris Shanton tuschelten miteinander, schienen irgendeinen Aspekt der vorangegangenen Ereignisse zu diskutieren. Besonders Doorns Körpersprache drückte Unmut aus. Parock saß unerschütterlich wie ein Fels in der Brandung auf seinem Spezialsitz, und Amy Stewart versuchte, mit vor der Brust verschränkten Armen Gelassenheit zu demonstrieren, doch auch an diesen beiden war die im letzten Augenblick gelungene Flucht nicht spurlos vorübergegangen. Sie alle brauchten ein paar Sekunden, um zu Atem zu kommen. Wächterin Doris, die dasaß wie unbelebt, ging es wahrscheinlich nicht anders.

Dhark ließ ihnen allen Zeit. Er drängte niemanden, denn auch er musste sich sammeln. Das kurze Lächeln, das Amy ihm gönnte, half ihm dabei, seine Gedanken in geordnete Bahnen zu lenken.

Er sichtete die Daten, die sich nun nicht mehr im Abstand von Sekundenbruchteilen änderten. Das Schiff trieb mit geringer Geschwindigkeit im interstellaren Leerraum, mehr als zehn Lichtjahre vom nächsten Sonnensystem entfernt.

Freies Fluchtfeld in alle Richtungen. Viel Vorwarnzeit blieb nicht, wenn die Friedensstifter wie aus dem Nichts auftauchten. Das wussten die Besucher aus einer anderen Galaxis inzwischen. *Eine weitere Nottransition, sofern erforderlich, ist jederzeit möglich.*

»Checkmaster«, erhob Doorn die Stimme. »Ich verlange eine Erklärung!«

Dhark horchte auf. Seine Ahnung bestätigte sich. Dem Worgun in Menschengestalt war etwas unangenehm aufgestoßen.

»Eine Erklärung wofür?«, fragte das Bordgehirn.

Doorn blickte finster drein. »Du hast eine Nottransition durchgeführt, kaum dass die grünen Ringraumer auftauchten.«

»Das ist richtig.«

»Und es ist dir gelungen, uns in Sicherheit zu bringen.«

»Auch das ist richtig.«

Der Worgun in Menschengestalt raufte sich die langen roten Haare. »Dieses Vorgehen steht in krassem Widerspruch zu deinem Verhalten bei unserem letzten Zusammenstoß mit den grünen Ringraumern. Damals hast du im Nachhinein behauptet, eine Nottransition sei unmöglich gewesen, ohne unsere neun S-Kreuzer zu opfern. Das hast du ja auch getan. Jetzt sieht es für mich aber so aus, als sei der Verlust dieser Schiffe doch vermeidbar gewesen.«

»Das ist ein Irrtum, da die beiden Zusammenstöße mit den Friedensstiftern unter voneinander abweichenden Voraussetzungen stattfanden«, erklärte der Checkmaster in dem gewohnt ruhigen und sachlichen Tonfall, der Doorn zuweilen auf die Palme brachte. »Diesmal war ich auf die Vorgehensweise der grünen Ringraumer vorbereitet. Ich rechnete bei ihrem Auftauchen von vornherein mit ihrem aggressiven und kompromisslosen Vorgehen. Ein Vergleich des Angriffs mit den Angriffsmustern aus dem letzten Kampf ergab, dass die Fremden sich noch in der Orientierungsphase befanden.«

»Eine Orientierungsphase?«, hakte der Rotschopf nach. »Von einer solchen habe ich nicht viel gemerkt.«

»Weil es sich um eine sehr kurze Orientierungsphase handelte«, gab der Checkmaster ungerührt zurück. »Für einen Menschen in der Tat kaum wahrnehmbar, für mich jedoch deutlich erkennbar. Mir genügte sie, um zu berechnen, dass eine sofortige Nottransition mit einer Wahrscheinlichkeit von 86,374 Prozent Aussicht auf Erfolg hat.«

»Aussicht auf was für einen Erfolg?«, schaltete sich Falluta in das Gespräch ein.

»Dass die POINT OF bei einer Transition nicht sofort zerstört wird«, konkretisierte das Bordgehirn seine Aussage.

Nun drehte sich auch Grappa in seinem Gliedersessel um und schaute zum Instrumentenpult hinüber. Er blies die Backen auf. »Du hast also eine Wahrscheinlichkeit von vierzehn Prozent in Kauf genommen, dass wir vernichtet werden?«

»Von 13,626 Prozent«, verbesserte der Checkmaster den Mailänder leidenschaftslos. »Das Restrisiko ließ sich nicht weiter verringern. Ihr scheint nicht zu begreifen, dass dies die einzige Chance war, die wir überhaupt hatten. Mir blieb nichts anderes übrig, als sie zu ergreifen, auch wenn eine Gefahr für Schiff und Besatzung bestand. Der Verzicht auf eine Transition hätte unser Ende bedeutet. Einen neuerlichen Kampf, und diesmal allein gegen fünf überlegene Gegner, hätten wir definitiv nicht überstanden.«

»Hast du eine Flucht mit Sternensog in Erwägung gezogen?«, brachte Doorn einen halbherzigen Einwand vor.

»Nein, da sie von vornherein keine Option darstellte. Wir kennen die Leistungsfähigkeit der grünen Schiffe. Sie übersteigt diejenige der POINT OF deutlich. Auch ein Fluchtversuch mit Sternensog hätte definitiv zu unserem Ende geführt. Ich habe also die einzig überhaupt zur Verfügung stehende Chance ergriffen, dazu mit einer hohen Wahrscheinlichkeit, dass wir unbeschadet entkommen.«

Die Argumentation des Checkmasters leuchtete Dhark ein. Das galt auch für Doorn, wie der Rotschopf mit einem kurzen Nicken zeigte. Mit einem Blick in die Runde vergewisserte sich Dhark, dass das Vorgehen des einzigartigen Hyperkalkulators keinen weiteren Protest hervorrief.

Die Gemüter beruhigten sich, und der Commander verschaffte sich einen Überblick über den Raumsektor, in dem die POINT OF trieb.

Die Sterne standen hier deutlich weniger dicht als vor dem ersten Sprung. Für eine Weile wähnte er Schiff und Besatzung sicher, doch wie schnell sich das ändern konnte, hatten sie eben erst erlebt.

Auf Dauer gab es keine Sicherheit.

Die Friedensstifter und ihre Vasallen, die schießwütigen Reckbatz, machten gnadenlos Jagd auf die Besucher aus einer anderen Galaxis.

Den Raumfahrern war längst jeglicher Handlungsspielraum genommen worden. Ihre ursprüngliche Absicht, die Verhältnisse in Voktar zu beleuchten, mutete wie Makulatur an angesichts der Tatsache, dass sie mehr und mehr zum Reagieren gezwungen waren, um am Leben zu bleiben. Gelegenheit, selbst in die Offensive zu gehen, bot sich so gut wie nicht.

Hinzu kamen die verstörenden Erkenntnisse, die Dhark, Amy und Parock bei den Kenporim gewonnen hatten. Bisher war er noch nicht dazu gekommen, die Besatzung darüber zu informieren. Es wurde Zeit, das nachzuholen.

Dhark aktivierte Bordsprech.

*

Der Commander führte ohne Beschönigung aus, was er bei den degenerierten Kenporim erfahren hatte: von den ersten Raumflügen der an riesige Tausendfüßler erinnernden Lebewesen und ihrer Entwicklung zu einem hochtechnisierten Volk, von ihrem Begehren, zum Zweck von Handel und wirtschaftlichem Wachstum mit anderen Zivilisationen in Kontakt zu treten, und vom ersten Erscheinen der Reckbatz, bei dem diese die Zusage einforderten, sich an die bestehenden Regeln der Friedensstifter zu halten. Dhark berichtete weiter vom restriktiven Vorgehen der Reckbatz, als die Kenporim sich anfangs unzugänglich zeigten, und ihren florierenden Handelsbeziehungen, als sie sich schließlich doch gefügt hatten. Schließlich kam er zu den Kolonisierungsversuchen unbewohnter Planeten, die von den Reckbatz mit brutaler Gewalt vereitelt wurden.

Nach dem Abschluss seines Berichts klatschte Dharks Hand auf einen Kontakt. Die Bordsprech-Verbindung erlosch schiffsweit.

Er registrierte, dass seine Schilderung die Zentralenbesatzung mehr und mehr fesselte, und dem Rest der Mannschaft ging es zweifellos ähnlich. Seit er zum Ende gekommen war, herrschte betretenes Schweigen.

Chris Shanton fand als Erster die Sprache wieder. »Die Reckbatz haben im Namen der Friedensstifter die Kenporim in die Steinzeit zurückgebombt, bloß weil diese anderswo Kolonien gründen wollten?«

Dhark nickte mit Nachdruck. »Territoriale Expansion ist in Voktar offenbar streng verboten. Wer gegen dieses Verbot verstößt, muss mit drakonischen Sanktionen rechnen. Das geht wohl so weit, eine blühende Welt in einen toten Gesteinsklumpen zu verwandeln. Millionen oder gar Milliarden Tote interessieren die Friedensstifter und ihre Henker dabei offensichtlich nicht. Die Erzählung der Kenporim bestätigt zudem, worauf wir bisher immer wieder stießen: Seid friedlich und produktiv und treibt regen Handel.«

»Doch wer mehr will, der holt sich eine blutige Nase«, drückte Morris das soeben Gehörte in blumiger Weise aus. »Auf jeden Fall deckt sich der Bericht der Kenporim mit dem Verhalten derjenigen, die die grünen Ringraumer fliegen. Sie verhalten sich hart und kompromisslos, so wie die Reckbatz.«

»Ausgeschlossen, dass es sich bei den Friedensstiftern um Wächter handelt, oder?«, entfuhr es Falluta. Er räusperte sich. »Oder?«

Dhark hob die Schultern, eine Geste der Ratlosigkeit.

Sämtliche Augenpaare richteten sich auf Doris.

Die Wächterin regte sich auch jetzt nicht. Die rötliche Hülle des polymetallischen Roboterkörpers, der das Bewusstsein von Doris Doorn beherbergte, glänzte im künstlichen Licht der Deckenbeleuchtung.

Dämonisch. Dhark zog die Schultern zusammen. *Unsinn! Lass dich nicht zu oberflächlichen Betrachtungen hinreißen, die nur ungerecht sein können. Du kennst Doris, und du vertraust Doris.*

Dennoch blieb ein Rest Zweifel. Er konnte nun einmal nicht ausklammern, dass Doris demselben Orden angehörte wie die gnadenlosen Bestien in den Ter-Raumern.

Doch stimmte das wirklich?

Bisher gab es keinen definitiven Beweis dafür, dass Wächter die grünen Ringraumer bemannten. Und wenn doch, so stammte der einzige Hinweis darauf von Doris selbst. Bei der Zerstörung eines grünen Raumers im Verlauf der ersten Schlacht gegen diesen Gegner hatte sie für einen Sekundenbruchteil die Präsenz eines Wächters gespürt.

»Vielleicht müssen wir alles infrage stellen, was wir über die Wächter zu wissen glauben.« Doris' Stimme klang dünn. »Vielleicht muss ich selbst, müssen auch Simon und Arlo unser scheinbares Wissen revidieren.«

»Du kannst nichts dafür«, wandte sich Doorn an seine Gefährtin. »Weder du noch Simon noch Arlo tragen eine Mitschuld an den Taten irgendwelcher fremden Wächter, deren Identität wir nicht zweifelsfrei bestätigen können. Ich hoffe, das sehen auch alle anderen hier so.«

Doris schien seine Worte nicht einmal gehört zu haben. »Wächter als Verantwortliche für Massaker mit Millionen Toten, das ist …«

Sie brachte den Satz nicht zu Ende. Unvermittelt kam Bewegung in den polymetallischen Hünen. Doris ging mit fließenden Bewegungen auf das Schott zu, wartete, bis es sich vor ihr öffnete, und trat dann in den Korridor hinaus. Mit einem giftigen Blick in die Runde folgte Doorn seiner Gefährtin nach draußen.

*

Unruhig rutschte Shanton auf seinem Stuhl hin und her. Auch er machte Anstalten, sich zu erheben.

»Lassen Sie ihn, Chris«, hielt Dhark den Ingenieur mit der Halbglatze zurück. »Arc beruhigt sich schon wieder. Das gilt auch für Doris.« *Hoffentlich.*

In dem Commander schrillte ein Alarm. Ihm wurde klar, dass er dringend ein Machtwort sprechen musste. Auf keinen Fall durfte er zulassen, dass in ihren Reihen Zwietracht entstand. Einer der grundlegenden Eckpfeiler bei sämtlichen Erfolgen der POINT OF und ihrer Mannschaft in all den hinter ihnen liegenden langen Jahren war das unbedingte Vertrauen untereinander, die Kameradschaft, mit der alle an einem Strang zogen.

Die Freundschaft.

Wenn sie zu bröckeln begann, bedeutete das vielleicht den Anfang vom Ende.

Nicht so melodramatisch. Übertreibe es nicht!

Aber übertrieb er wirklich? Befanden sie sich nicht vielmehr in einer Lage, die sie so bisher nicht kannten? Sie saßen in einer fremden Galaxis fest, auf sich allein gestellt und ohne Aussicht auf eine Heimkehr. Sie besaßen keine Verbündeten und keinen sicheren Anlaufhafen, in dem sie unterkommen konnten, und sie wurden von einem scheinbar übermächtigen Gegner erbarmungslos gejagt. All das erlebten sie nicht zum ersten Mal, doch nicht in dieser Kombination und nicht mit dem zusätzlichen Faktor, der in einem jeden von ihnen Zweifel schürte.

Dass nämlich diejenigen, die sie immer für die Guten gehalten hatten, plötzlich anscheinend die abgrundtief Bösen waren.

Wie viel schlimmer als für sie alle musste sich die Lage erst für Doris darstellen? Wie sehr litt sie unter dieser Entwicklung?

Denken in reinen Gut-und-böse-Schemata mag moralisch am einfachsten sein, dachte Dhark, *geht aber an der Wirklichkeit vorbei.*

Amy Stewart straffte ihre Gestalt. »Wir wissen noch immer nicht, ob es sich bei den Friedensstiftern wirklich um Wächter handelt. Manches deutet darauf hin, richtig, doch das bedeutet nicht, dass jene geheimnisvollen Wächter tatsächlich in direktem Zusammenhang mit den uns bekannten Wächtern stehen. Der Orden ist viele Tausend Jahre alt und über mehrere Galaxien verstreut, wie es aussieht, sogar über mehr Galaxien, als wir bisher annahmen. Unter diesen Umständen ist es nicht verwunderlich, dass einige Wächter nichts von anderen wissen. Manche von ihnen können längst von den ursprünglichen Zielen des Ordens abgewichen sein, ihn vielleicht sogar vergessen haben.«

Dhark nickte unbewusst. Er warf Amy einen dankbaren Blick zu. Sie fasste in Worte, was ihn schon die ganze Zeit unterschwellig beschäftigte. Vielleicht hatte jemand es aussprechen müssen, damit ihm das richtig bewusst wurde.

Es ging nicht ihm allein so. Die Stimmung in der Zentrale entspannte sich merklich.

»Wächter oder nicht Wächter«, griff Tino Grappa den Faden auf. »Ich glaube inzwischen nicht mehr daran, dass es uns jemals gelingen wird, mit ihnen ins Gespräch zu kommen. Sie wollen es nicht, und sie geben uns keine Gelegenheit dazu. Man könnte in Schwermut verfallen und auf die Idee kommen, sich eine abgeschiedene Sauerstoffwelt zu suchen und sich dort möglichst unauffällig niederzulassen.«

Dharks Kopf ruckte herum. Der Commander starrte seinen Ortungschef an wie eine Erscheinung. Für einen Moment wollte er nicht glauben, was er gerade gehört hatte.

Schlug Grappa allen Ernstes vor, die Bestrebungen, nach Hause zu gelangen, einzustellen und in Voktar sesshaft zu werden? Friedlich und produktiv vor sich hin zu leben, wie die Friedensstifter es verlangten?

Dhark lag eine harsche Entgegnung auf der Zunge. Mit welchem Recht? Er schluckte sie hinunter, schließlich forderte er von seinen Leuten, dass sie mit ihrer Meinung nicht hinterm Berg hielten. Er selbst wäre niemals auf eine solche Idee gekommen, doch wie viele Besatzungsmitglieder mochten ähnliche Überlegungen wie der Mailänder hegen? War es denn nicht besser, sesshaft zu werden und den Rest ihres Lebens unbehelligt auf einer schönen Welt zu verbringen, als bis zum unausweichlichen Ende gehetzt zu werden?

Den Rest des Lebens ..., ging es Dhark durch den Kopf. Für einen relativ Unsterblichen konnte das eine ganz schön lange Zeitspanne sein.

»Es war nur so eine Idee.« Grappa schien sein eigener Vorschlag peinlich zu sein. »Um ehrlich zu sein, ich wäre der Letzte, der sie unterstützt.«

»Es gibt eine Alternative, wenngleich ich sie nur ungern nenne.« Falluta kratzte sich hinterm Ohr.

Dhark machte eine auffordernde Handbewegung. »Heraus mit der Sprache, Hen!«

»Die POINT OF ist inzwischen in ganz Voktar bekannt wie ein bunter Hund. Wir sind zu auffällig. Deshalb können wir auch so leicht aufgespürt werden. Das Schiff zu wechseln würde Abhilfe schaffen.«

Fallutas Vorschlag erschreckte Dhark ebenso sehr wie der von Grappa. Die POINT OF aufgeben? Für ihn unvorstellbar. Sie ging weit über den Status eines Fortbewegungsmittels hinaus. Dhark betrachtete sie als einen Weggefährten, als einen Vertrauten, ebenso wie es seine Freunde an Bord waren. Zwischen ihm und dem Schiff bestanden Bande, die sich mit dem Menschenverstand nicht erklären ließen und sicher niemanden überzeugen konnten, der den Ringraumer nicht schon so lange kannte wie er und mit ihm so viel erlebt hatte.

Nein, das Schiff würde er nicht aufgeben, um nichts in der Welt!

Und die Sesshaftigkeit auf einer unbewohnten, lebensfreundlichen Welt? Bot sie einen akzeptablen Ausweg aus dem Dilemma, in dem sie steckten?

Dhark horchte in sich hinein. Auch diese Option schied für ihn persönlich aus. Andererseits konnte er nicht von seinen Freunden verlangen, dass sie ihm in Kadavertreue bis zu einem Ende folgten, das man zumindest einkalkulieren musste. Wenn jemand das Schiff verlassen wollte, hatte er dann das Recht, denjenigen daran zu hindern? Als Kommandant vielleicht – aber unter moralischen Gesichtspunkten?

Nachdenklich schüttelte er den Kopf. Da sich nicht absehen ließ, ob sie jemals nach Hause zurückfanden, gebot es die Verantwortung für seine Leute geradezu, ihnen eine Alternative zu bieten. Er beugte sich vor, um erneut Bordsprech zu aktivieren.

Amy merkte, dass er drauf und dran war, sich zu einer schwerwiegenden Entscheidung durchzuringen. »Was hast du vor?«

»Etwas, um das ich nicht herumkomme«, wich Dhark aus.

In den Augen des weiblichen Cyborgs blitzte es auf. Amy musterte ihn eindringlich, drang jedoch nicht weiter in ihn. In seiner Position als Kommandant hatte er eine Entscheidung getroffen, und an der hatte sie so wenig zu rütteln wie jeder andere – so lautete ein Teil ihrer kürzlich getroffenen Vereinbarung, und an die gedachten sich beide zu halten, um nicht die Fehler früherer Tage zu wiederholen.

Endlich aktivierte Dhark Bordsprech, und wieder wandte er sich an die gesamte Besatzung. Er legte den Männern und Frauen an Bord noch einmal die außergewöhnliche Brisanz ihrer Lage dar und bot jedem, der eine solche Möglichkeit in Betracht zog, an, ihn je nach Wunsch auf einer bewohnten oder unbewohnten Welt abzusetzen.

»Eine schwierige Entscheidung, ich weiß«, sagte Dhark mit fester Stimme. »Ich werde jeden, der sich für einen solchen Weg entscheidet, vermissen, nehme aber niemandem eine solche Entscheidung übel. Wie schwer sie zu treffen ist, ist mir klar, daher erwarte ich Ihre Antwort nicht sofort. Ich verordne eine schiffsweite vierundzwanzigstündige Ruhephase, damit Sie in aller Ruhe nachdenken können. Alle, die sich dafür entscheiden, die POINT OF zu verlassen, erwarte ich morgen um die gleiche Bordzeit in der Messe, um das weitere Vorgehen festzuklopfen.«

Dhark bedankte sich und schaltete ab. Er wies den Checkmaster an, das Schiff in der sternenarmen Region in Bewegung zu halten und beim Auftauchen von Ringraumern augenblicklich per Transition das Weite zu suchen.

»Und nun lege ich mich eine Stunde aufs Ohr.« Dhark sah sich um. »Was ich eben über Bordsprech verkündet habe, gilt selbstverständlich auch für die hier Anwesenden. Ich erwarte, dass Sie ernsthaft überlegen. Diese Entscheidung trifft jeder für sich allein.«

»Ich bleibe in der Zentrale«, sagte Falluta, als sich der Commander erhob.

Als sich das Schott öffnete und Dhark und Stewart in den Korridor hinaustraten, folgte ihnen Parocks grollender Bass: »Ich brauche nicht zu überlegen. Ich bleibe an Bord. Das ist, wie ihr Menschen euch ausdrückt, in Stein gemeißelt.«

2.

Zugiger Wind begleitete Grfzt durch die hell erleuchteten Gassen. Anliegende Lokale lockten mit bunten Leuchtreklamen und luden zum Verweilen ein. Über manchen Eingängen schwebten holografische Schriftzüge, die den Namen des Etablissements anpriesen, und hier und da drang Musik auf die Straße. Als Grfzt eine Seitengasse erreichte, packte ihn eine Windböe und drückte ihn gegen die Hauswand. Er war so überrascht, dass sie ihn beinahe von den Beinen holte.

»Brrr«, machte der Glonk. »Schauderhaft. Ungemütlich.«

Er mochte kein schauderhaftes, ungemütliches Wetter. Er mochte es trocken und warm, so wie die meisten seines Volkes. Nur bei strahlendem Sonnenschein fühlten sich Glonk so richtig wohl.

Zu allem Überfluss setzte in diesem Moment leichter Nieselregen ein. Grfzt schlug den Kragen seines Mantels hoch und sah zu, dass er weiterkam. Nur wenige Passanten kamen ihm entgegen, Vertreter der verschiedensten auf Pral beheimateten Völker. Die meisten kannte er, schließlich verbrachte er schon sein ganzes Leben auf dieser Welt. Trotzdem kam es hin und wieder vor, dass ihm jemand von einem Volk begegnete, das er noch nie zuvor gesehen hatte. Heute Abend jedoch nicht. Er vermochte jedes Volk einzuordnen und gar seinen Namen zu benennen. Andere Glonk befanden sich nicht darunter.

Endlich erreichte Grfzt sein Ziel, ein von außen unscheinbar wirkendes Lokal mit abgedunkelten Rauchglasscheiben, hinter denen ein dezentes Lichtspiel Neugierde erweckte. Er trat durch den schmalen Eingang, ließ den Mantel von seinen geschuppten Schultern gleiten und schüttelte ihn aus, bevor er die eigentliche Stätte betrat. Wind und Regen blieben hinter ihm zurück. Sie wurden von einem sanften Prallfeld ausgesperrt, das gleichzeitig dafür sorgte, dass die wohlige Wärme nicht nach draußen verloren ging.

Grfzt hängte den Mantel im Eingangsbereich auf. Während er nach einem verfügbaren Sitzplatz Ausschau hielt, wischte er sich die Feuchtigkeit von den Schuppen. Er wählte einen freien Platz, von denen mehr als genug zur Verfügung standen, im hinteren Bereich, wo er freie Sicht auf den Holo-Bildschirm genoss. Er saß gern dort hinten und ließ sich vom Programm berieseln, zumindest wenn es interessant war. Meistens war es das nicht.

Er hatte kaum Platz genommen, als sich eine Rob-Ameise dem Tisch näherte. Dienstbeflissen stakste das ungelenke Ding heran. Seine mechanischen Gelenke knarrten, seine Stimme kaum weniger, als es sich nach den Wünschen des neuen Gastes erkundigte.

»Einen Glühtrunk«, bestellte der Glonk. »Genau das Richtige bei einem solchen Wetter, findest du nicht auch?«

Das fand die Rob-Ameise nicht. Sie entfernte sich, ohne seine Frage zu beantworten. Sie war viel zu stupide, um mehr als die Bestellung verarbeiten zu können.

Ein bisschen mehr Mühe hätten sich die Designer bei ihrer Programmierung ruhig geben können, dachte Grfzt. Andererseits legte er keinen großen Wert auf eine Unterhaltung mit der stumpfsinnigen Ameise.

Er streckte seine langen, dürren Glieder und räkelte sich behaglich. Die Wärme des Lokals begann bereits unter seine Schuppen zu kriechen und bahnte sich tausend Kanäle ins Innere seines Körpers. Sein Blick wanderte zu dem Holo-Bildschirm hinüber, der in einer Nische über einem Blumenarrangement hing. Die Lautstärkeeinstellung verhinderte, dass Grfzt den Text mitbekam. Er verzichtete gern darauf, denn die Bilder genügten, um ihn zu langweilen. Eine der inflationär ausgestrahlten Kochsendungen flimmerte über den Schirm. Auf solchen Unsinn konnte er gern verzichten.

Die Rob-Ameise kam zurück und servierte das bestellte Getränk. Der Duft des Glühtrunks stieg dem Glonk in die Nüstern. Er zog seinen Credit-Chip aus der Tasche und beglich die Rechnung. Die Ameise buchte den fälligen Betrag von seinem Guthaben und verharrte.

»Bekomme ich kein Trinkgeld?«, nervte sie.

Auf diese Frage war sie durchaus programmiert, das wusste Grfzt. Er gab ihr nie Trinkgeld, wartete aber jedes Mal darauf, dass sie danach fragte. Ihm gefiel ihr linkisches Gebaren, die Unentschlossenheit, wie sie sich verhalten sollte. Als er fand, sie lange genug aufgehalten zu haben, winkte er ihr mit einer seiner Klauenhände zu. »Verschwinde!«

Die Rob-Ameise zog sich mit knarrenden Gelenkscharnieren zurück, auf der Suche nach einem anderen Besucher, den sie belästigen konnte.

Grfzt griff nach dem Becher und führte ihn an seinen lippenlosen Mund. Er schnüffelte an dem dampfenden Getränk, genoss das Aroma und die aufsteigende Hitze, die den letzten Rest von Kälte aus seinem Körper verjagte, und nippte vorsichtig.

Welch ein Genuss! Das Leben konnte so schön sein, wenn es einem gelang, endlich einmal nicht an die verdammten Tissen zu denken.

*

Die unterirdisch angelegte Forschungseinrichtung barst vor Leben. Man verstand sein eigenes Wort kaum. Um sich gegen die widertönenden Geräusche in der weiten Halle durchzusetzen, musste man fast schreien.

An manchen Tagen kratzte Hulmens Hals, wenn es auf Feierabend zuging. Heute jedoch nicht, denn er hatte nur wenig Zeit im Fabrikationsbereich zugebracht, stattdessen die meisten Stunden des Tages bei Besprechungen mit Vorgesetzten, Kollegen und Untergebenen in irgendwelchen Konferenzräumen gesessen.

Er galt nicht als Freund von Besprechungen. Er bevorzugte die unmittelbare Einbindung in sein Tätigkeitsfeld, die Arbeit, bei der er seine Hände brauchte, nicht den Mund. Heute jedoch hatten sich die dicht aufeinanderfolgenden Konferenzen gelohnt, da sie die jüngsten Fortschritte auf eindrucksvolle Weise dokumentierten.

Hulmen und seine Kollegen standen, so schien es, unmittelbar vor dem entscheidenden Durchbruch.

So nah dran waren wir noch nie, dachte er, als er dem Hallenverlauf folgte.

Zu beiden Seiten begleiteten ihn verschiedene Versuchsanordnungen. Maschinenteile und ausgeklügelte Apparaturen flankierten den breiten Gang, auf dem geschäftige Forscher hin und her eilten.

Der eine oder andere grüßte Hulmen, und er grüßte zurück. Ein gutes Gefühl begleitete ihn auf dem Weg zum Ausgang, ein Gefühl der Zufriedenheit in Verbindung mit der Aussicht, allen Lebewesen auf Pral in wenigen Tagen den endgültigen Erfolg mitteilen zu können.

Was nicht weniger bedeutete als die Erfüllung kollektiver Träume.

Was nicht weniger bedeutete als die Möglichkeit überlichtschneller Reisen durchs Weltall.

Bevor er das Ende der Halle erreichte, blieb Hulmen stehen. Aus großen Augen betrachtete er das Aggregat, das auf einem Sockel ruhte. Dutzende Wissenschaftler tätigten Handgriffe, um Arbeitsvorgänge abzuschließen, die Hulmens Anwesenheit nicht erforderten. Für einen Moment schloss er die Augen und bildete sich ein, das sonore Summen des Antriebsaggregats zu hören. Als er die Hände auf die Ohren presste, blieb es bestehen, ein Zeichen dafür, dass es lediglich in seiner Vorstellungskraft entstand. Hören würde er es erst, wenn das Aggregat ins Trägerschiff eingebaut war.

Und dieser Tag stand dicht bevor.

Hulmen ließ die Hände sinken, öffnete die Augen wieder und betrachtete den wuchtigen Block mit der Liebe und Hingabe, mit der ein junger Vater sein Neugeborenes betrachtete.

Er hätte stundenlang hier stehenbleiben und sich in dem Anblick verlieren können, doch er hatte Feierabend und verspürte rechtschaffene Müdigkeit. Bevor er sich nach Hause begab, in seine große Wohnung, in der er allein lebte, stand ihm der Sinn jedoch nach einem guten Tropfen. Zum einen galt es, den Durchbruch zu feiern, zum anderen wollte er für die nötige Bettschwere sorgen, um nicht trotz seiner Erschöpfung vor Aufregung die halbe Nacht wach zu liegen. Er kannte diesen Zustand. Noch lange nach Feierabend gelang es ihm nur schwer, abzuschalten und sich in das bescheidene Stückchen Privatleben zurückzuziehen, das ihn davor bewahrte, völlig mit seiner Arbeit zu verschmelzen.

Im angrenzenden Bereich entledigte er sich seiner Arbeitsmontur und wusch sich. Der Spiegel offenbarte ihm ein schlankes, ebenmäßiges Gesicht, in dem sich der Schatten eines Bartes andeutete. Seine Züge wirkten müde, ein wenig träge, doch die kristallblauen Augen funkelten selbst jetzt, nach einem langen und anstrengenden Tag, noch unternehmungslustig.

Tatendurstig!

Lächelnd trocknete sich Hulmen ab. Er schlüpfte in bequeme Freizeitkleidung, warf sich eine dünne Jacke über und verließ das Versuchsgelände mit seinem Privatschweber, dessen Scheinwerfer bei den unzureichenden Lichtverhältnissen automatisch ansprangen.

Er folgte der nur Autorisierten vorbehaltenen Straße, die vor dem Tor der Forschungsanlage endete, und fuhr eine Viertelstunde lang durch öde, weithin überschaubare Landschaft, die mit Verbotsschildern gespickt war. Wer sich aus Neugierde oder reiner Dummheit in diese Gegend verirrte, lief Gefahr, sich mächtig Ärger einzuhandeln.

Der Schweber stieß auf die nächste öffentliche Landstraße, und Hulmen bog nach rechts ab. Feiner Nieselregen legte sich auf die Cockpitscheibe und verwandelte die Lichter der fernen Stadt Pluuht in diffuse Schimären.

Hulmen stellte den Wischer auf Intervallmodus und schaute in den Rückspiegel. Das staatliche Forschungsareal, umgeben von undurchdringlichen Prallfeldern und Überwachungseinrichtungen, war bereits in der Dunkelheit zurückgeblieben. Die sich um das gesamte Gelände ziehenden Zäune setzten im Gegensatz zu den unsichtbaren Abwehrvorrichtungen auf einen rein optischen Abschreckungseffekt.

Perfektion bot weder die eine noch die andere Abwehrmaßnahme. Wiederholt war es Agenten der Schurken vom Nachbarplaneten Tis gelungen, sich unerkannt Zutritt zu verschaffen, allein im letzten Monat zwei Mal.

Damit ist es bald vorbei, hoffte Hulmen.

Befand sich das Experimentalschiff mit dem Überlichtantrieb erst im Weltraum, bestand kein Anlass mehr für Anschläge auf die Forschungsanstalt.

Er verdrängte den Gedanken an den ungeliebten Feind. Die Tissen hatten den Wettlauf endgültig verloren, auch wenn sie das im Augenblick noch nicht ahnten.

*

Grfzt hob grüßend die Hand, als Hulmen das Lokal betrat. Der Freund entdeckte ihn und steuerte auf den Tisch zu. Er streifte seine Jacke ab, hängte sie über die Stuhllehne und ließ sich Grfzt gegenüber nieder.

»Ganz schön ungemütlich draußen«, empfing die Echse Hulmen.

»Kalt ist es nicht.«

»Es ist sogar sehr kalt«, widersprach Grfzt, wobei er demonstrativ seinen leeren Becher hob. »Ohne den Glühtrunk wäre ich noch vor deinem Eintreffen erfroren.«

»Du übertreibst.« Hulmen winkte mit einer Hand ab, eine typisch humanoide Geste. »Ich habe nie verstanden, dass ihr unter euren dicken Schuppen friert.«

»Und ich habe nie verstanden, dass eure dünne, bleiche Haut verhindert, dass ihr erfriert, sobald ihr euch ins Freie begebt«, konterte der Glonk.

Beide lachten, kurz nur, weil sich die Rob-Ameise mit blechernen Geräuschen dem Tisch näherte. Sie hielt inne, ein wenig verkrümmt, und führte merkwürdig anmutende Verrenkungen aus. Anscheinend hatte sich einer ihrer Handlungsarme verklemmt, und sie versuchte angestrengt, die mechanische Blockade zu überwinden.

Unwillkürlich musste Grfzt erneut lachen.

»Man macht sich nicht über den Schaden anderer lustig«, sagte Hulmen, ohne dabei ein Grinsen unterdrücken zu können.

Die Nüstern der Echse vibrierten. »Bei einem solchen Schrotthaufen spricht nichts dagegen.«

Endlich gelang es der Ameise, ihr Handicap zu überwinden. Sie fuchtelte wie wild mit beiden Handlungsarmen in der Luft herum, so als müsste sie demonstrieren, dass all ihre Körperfunktionen in bester Ordnung waren. Das Gegenteil schien der Fall zu sein, denn die akustischen Begleiterscheinungen ihrer Bewegungen schmerzten im Gehör. In ihrem Inneren schepperte und krachte es. Grfzt erwartete, dass sie jeden Moment auseinanderfiel, doch sie kämpfte tapfer gegen den Prozess des Zerfalls an.

»Was darf ich bringen?«, erkundigte sie sich blechern.

»Mir noch einen Glühtrunk«, orderte der Glonk.

»Für mich dasselbe«, schloss sich Hulmen an.

Die Ameise stakste mit ungelenken Bewegungen davon. Grfzt schaute ihr indigniert hinterher.

»Was für ein Anachronismus«, sagte er. »Wir bauen Antriebe für Raumschiffe, müssen es uns aber gefallen lassen, von einem solchen Schrotthaufen bedient zu werden, der sich kaum noch aus eigener Kraft auf seinen Gehwerkzeugen halten kann.«

»Ist das nicht einer der Gründe, warum du so gern hier verkehrst?«, hielt Hulmen der Echse entgegen. »Weil dich die Ameisen amüsieren?«

»Ja, da ist in der Tat was dran.«

»Das dachte ich mir. Achtung, sie kommt zurück.«

Die Rob-Ameise balancierte die Getränke, ohne einen Tropfen zu verschütten. Ihr Geschick, als sie die Becher auf der Tischplatte abstellte, ließ Grfzt nicht zum ersten Mal vermuten, dass sie überhaupt nicht unter körperlichen Beeinträchtigungen litt, sondern einem programmierten Verhaltensmuster zur Belustigung der Gäste folgte. Der Glonk beglich die Rechnung. Als die Ameise sich danach abwandte und schnarrend entfernte, starrte Grfzt ungläubig hinter ihr her.

»Was ist los?«, erkundigte sich Hulmen, dem die verblüffte Reaktion seines Freundes nicht entging.

»Sie hat nicht nach Trinkgeld gefragt. Das verstehe ich nicht, das macht sie sonst nämlich immer.«

Hulmen griff nach seinem Becher und pustete in die heiße Flüssigkeit. »Bist du schon mal auf die Idee gekommen, dass sie mit dir spielt?«

»Möglich, ja.« Grfzt nahm ebenfalls sein Getränk an sich. »Vielleicht ist sie aber so marode, dass sie selbst das Trinkgeld inzwischen vergisst. Oder sie hat es aufgegeben, weil sie endlich einsieht, dass bei mir nichts zu holen ist. Wie auch immer, wir waren eben bei dem Raumschiffsantrieb stehengeblieben, an dem du arbeitest.«

Ein Lächeln überzog Hulmens bleiche Gesichtshaut. »Es ist so weit«, flüsterte er hinter vorgehaltener Hand. »Der Überlichtantrieb steht kurz vor der erfolgreichen Fertigstellung. Es stehen nur noch ein paar abschließende Tests aus, bevor das Aggregat in ein Schiff eingebaut wird und wir einen Feldversuch unternehmen.«

»Ist das wirklich wahr? Du spielst nicht mit mir wie diese Rob-Ameise?«

»Wie käme ich dazu?«, empörte sich Hulmen. »Nein, es stimmt. Die Weltregierung ist bereits unterrichtet. Nun ja, sie war ohnehin die meiste Zeit auf dem Laufenden. Präsident Flnx ist schier aus dem Häuschen.«

»Kann ich mir vorstellen.«

Bei Flnx handelte es sich wie bei Grfzt um einen Glonk. Seine Regierungszeit ging dem Ende entgegen. Es galt als offenes Geheimnis, dass er diesen Erfolg unbedingt noch in seiner Amtsperiode als höchster Repräsentant von Pral erleben wollte.

»In wenigen Monaten wird er turnusmäßig von einem Vertreter eines anderen Volkes als Präsident abgelöst«, überlegte Grfzt laut.

»Flnx hat seinen Besuch angekündigt«, eröffnete Hulmen seinem Freund.

»Bei euch?«

»Ja.«

Grfzts Kopfschuppen nahmen einen leichten Blaustich an, ein Zeichen für die aufrichtige Anerkennung der Echse. »Du wirst den Präsidenten persönlich kennenlernen. Ich merke schon, ich hätte nicht zu den Streitkräften gehen, sondern wie du Wissenschaftler werden sollen. Aber ich gönne es dir von ganzem Herzen.«

»Danke, das weiß ich.«

»Darauf trinken wir! Darauf und auf die erfolglosen Versuche der Tissen, eure Bemühungen zu sabotieren.«

»Gute Idee.« Hulmens Miene verfinsterte sich. »Obwohl es ihnen wiederholt gelungen ist, unsere Anstrengungen zunichte zu machen. Ohne das Wirken ihrer eingeschleusten Agenten wären wir längst am Ziel. Durch ihre Sabotageakte haben sie unseren Erfolg immer wieder hinausgezögert.«

»Umgekehrt sind unsere Leute bei ihnen aktiv«, gab Grfzt zu bedenken. »Auch wir haben ihnen immer wieder Rückschläge zugefügt, sonst wären sie vielleicht als Erste fertig geworden. Auf gewisse Weise ist es paradox. Die gegenseitige Unterwanderung auf Pral und Tis ist nur deshalb möglich, weil auf beiden Planeten die gleiche Völkervielfalt beheimatet ist. Die Tissen werden sogar wie wir von einem periodisch wechselnden Präsidenten regiert.«

»Glaubst du, dass sie uns auch als Schurken bezeichnen, so wie wir sie?«

»Bestimmt sogar.« Der Glonk zeigte ein Echsenlächeln. »Na und? Sollen sie doch! Seit fünf Jahren dauert der Konflikt zwischen ihnen und uns mittlerweile an, doch nun ist er endlich vorbei. Wir sind jetzt vorn, dank dir und deinen Kollegen. Es gibt keinen Grund mehr, sich zu grämen, jedenfalls nicht auf unserer Seite.«

»Ja, du hast recht.« Der Missmut in Hulmens Miene machte Freude Platz, schließlich traf zu, was Grfzt sagte.

Die Freunde hoben die Becher und prosteten sich mit dem Glühtrunk zu. Der Glonk schnalzte genießerisch mit der Zunge. Er ließ sein Getränk sinken, als jemand aufschrie. Ein paar andere Gäste starrten entsetzt auf den Holo-Bildschirm, den Grfzt ganz aus den Augen verloren hatte. Soeben lief eine Sondersendung an, ein außergewöhnliches Vorkommnis, das nur selten eintrat.

»Ton!«, schrie jemand. »Es hat eine Explosion gegeben. Stellt den Ton lauter!«

Hulmen riss die Augen weit auf. Auf dem Bildschirm zeichnete sich die Forschungsanlage ab, in der er arbeitete. Flammen erhellten die Nacht, und ein riesiger Rauchpilz stieg in den wolkenverhangenen Himmel.

*

Die Rob-Ameise kam der Aufforderung nach, und die Stimme eines unsichtbaren Sprechers unterlegte den Bildbericht. Hulmen fiel der Becher aus der Hand. Der Inhalt ergoss sich über die Tischplatte, tropfte über die Kante und bildete eine Lache zwischen den Stuhlbeinen. Die Freunde achteten nicht darauf. Wie die wenigen anderen Gäste folgten sie der Berichterstattung, von Schockstarre getroffen, unfähig, sich zu rühren.

»… wer für den Anschlag verantwortlich ist, der sich vor wenigen Minuten ereignete, steht zu diesem Zeitpunkt noch nicht fest. Darüber, wieso es überhaupt in der staatlichen Forschungseinrichtung zu einer Explosion kam, lässt sich nur spekulieren. Nur so viel scheint sicher zu sein: Ein Unfall kann ausgeschlossen werden. Überlebende, die der Flammenhölle entkamen, sprachen konkret von einem feindlichen Angriff. Das lässt natürlich Raum für Vermutungen. Stecken die Tissen dahinter? Wenn ja, was war das Ziel der Schurken? Worauf hatten sie es abgesehen?«

Auf den Überlichtantrieb, schoss es Grfzt durch den Kopf. *Sie haben das Aggregat gesprengt, bevor es in das Experimentalschiff eingebaut werden konnte.*

Verletzte waren zu sehen, die orientierungslos durch die Nacht torkelten. Schweber schossen heran, sowohl Feuerwehr als auch Polizeikräfte. Absperrungen wurden errichtet, um die Presse zurückzuhalten. Im Hintergrund setzten Löscharbeiten ein. Grfzt bildete sich ein, eine grässlich entstellte Leiche zu sehen.

Wie viele Opfer mochte es geben? Wie viele Tote, wie viele Verletzte?

»Hulmen?«

Sein Freund reagierte nicht. Er zitterte am ganzen Leib. Ihm war klar, dass er der Katastrophe nur haarscharf entgangen war.

Wäre er nur eine halbe Stunde später aufgebrochen, würde er sich vielleicht ebenfalls unter den Opfern befinden.

Grfzt legte ihm die Klauenhand auf die Schulter und flüsterte beruhigend auf ihn ein.

Endlich gelang es Hulmen, seine Erstarrung zu überwinden. »Sie …, sie haben es zerstört«, stotterte er. »Wir müssen wieder ganz von vorn anfangen.«

Hulmen ging es weniger um sein eigenes Leben als vielmehr um den Überlichtantrieb, begriff Grfzt. Er hatte sich am Ziel seiner Träume gesehen, am Ziel ihrer aller Träume, doch im letzten Moment hatten die Tissen ihm den zum Greifen nahen Erfolg weggenommen. Plötzlich erwachte brennender Zorn in Grfzt. Er verdammte die Schurken. Auf die Idee, dass womöglich jemand anderes hinter dem Anschlag steckte, kam er erst gar nicht. Sie war völlig abwegig. Die Schurken trugen die Schuld, und nur sie allein! Sie durften nicht davonkommen mit ihrer feigen Tat.

»Wir müssen uns rächen«, murmelte Hulmen. Er schien dieselben Überlegungen zu hegen wie die Echse.

Seine Forderung wurde von den anderen Gästen aufgegriffen. Hasserfüllte Parolen drangen durch das Lokal. Wütende Appelle wurden an den Präsidenten gerichtet, Rufe nach Rache. Auch wenn Flnx sie nicht hörte, dachte er sicher schon über Vergeltung nach. Schließlich hatten die Tissen auch seinen Traum zerstört.

Grfzt zuckte zusammen, als sein Kom-Armband einen durchdringenden Ton ausstieß. Der Glonk brauchte nicht auf den Absender zu schauen, um zu wissen, von wem der Anruf kam. Die Mobilmachung der Flotte begann. Er musste sich bei seiner Einheit melden, umgehend.

*

Präsident Flnx verlor keine Zeit. Noch in der Nacht befahl er Vergeltungsmaßnahmen. Die zahlreichen Toten durften ebenso wenig ungerächt bleiben wie die Zerstörung des Überlichtantriebs. Auch wenn sämtliche Unterlagen sicher aufbewahrt wurden und das Wissen um den Antrieb nicht verloren ging, würde es viel Zeit und Arbeit erfordern, um einen neuen Prototypen zu bauen. Diesmal gab es kein Zögern und kein Zaudern. Flnx sah nur eine angemessene Reaktion auf die Provokation der Schurken.

Ein direkter Angriff auf den Nachbarplaneten.

Ein Überfall auf Tis.

In aller Eile ließ er seine höchstrangigen Offiziere die Raumsoldaten mobilisieren. Alle schlanken Raketenschiffe, die auf dem Raumhafen bereitstanden, wurden in Startbereitschaft versetzt.

Früh am nächsten Morgen erhoben sich die Raketen in die Luft. Das Donnern ihrer Antriebe drang viele Kilometer weit und versetzte das Land in Aufruhr. Aus dem Bett holte es allerdings kaum jemanden, denn die gesamte Planetenbevölkerung war noch in der Nacht über das Verbrechen des Schurkenstaates informiert worden und wachte. Ganz Pral stand wie ein Mann hinter der Flotte. Die Bevölkerung unterstützte den Plan, die Bomben des Zorns zum verhassten Gegner nach Tis zu tragen, vorbehaltlos.

*

Grfzt bekam den Start der Flotte aus nächster Nähe mit. Er diente als Ortungsoffizier auf einem der stolzen Schiffe, die sich auf Feuerstrahlen aufmachten, um den Schurken ihre verdiente Strafe zu überbringen. Die Rakete trug keinen offiziellen Namen, sondern lediglich eine aus Ziffern bestehende Kennung. Bei sich nannte Grfzt sie jedoch LYNZK, nach seiner Eischwester, die kurz vor dem Schlüpfen gestorben war.

Der Glonk empfand ein Gefühl der Erhabenheit, als der Raumhafen von Pral unter der LYNZK kleiner wurde, ebenso wie in der Ferne die Stadt Pluuht, in der er sich am Vorabend mit Hulmen getroffen hatte. Er wusste nicht, ob es seinem Freund inzwischen besser ging. In der Hektik und den Wirren war ihnen keine Zeit geblieben, sich voneinander zu verabschieden und sich gegenseitig Glück zu wünschen. Grfzt nahm sich vor, sich unmittelbar nach seiner Rückkehr bei Hulmen zu melden.

Als ein durchdringender Alarm durch die Zentrale der LYNZK gellte, begriff er, dass es töricht war, voreilige Gedanken an die Zukunft zu verschwenden, wenn die Gefahr im Hier und Jetzt auftrat. Das Raketenschiff hatte die Atmosphäre von Pral noch nicht ganz hinter sich gelassen, als eine Vielzahl Echos auf seinem Ortungsschirm erschien.

Die Echse war nicht weniger überrascht als alle anderen Besatzungsmitglieder und als die Besatzungen der anderen Schiffe, als sich ihnen eine zweite Flotte entgegenstellte: plumpe, walzenförmige Raumer, jedoch aufgrund ihrer Bauweise nicht langsamer oder träger als die Raketen von Pral.

Die Tissen warteten nicht auf ihrem Heimatplaneten auf den Vergeltungsschlag, sondern gingen ihrerseits in die Offensive. Sie fingen die Pralen über deren eigener Welt ab und verwickelten sie binnen Sekunden in eine verheerende Schlacht, die sich zum Teil in den oberen Atmosphäreschichten und zum Teil im interplanetaren Raum abspielte.

Grfzts Warnung vor den heimtückischen Angreifern kam viel zu spät, genauso wie die seiner Kollegen auf den anderen Schiffen. Mit einem solchen Feindmanöver hatte keiner von ihnen gerechnet, auch nicht die Admiralität, geschweige denn Präsident Flnx.

Mit voller Wucht prallten die beiden Flotten aufeinander. Der Überraschungseffekt der Tissen währte nur kurz, da die Pralen sich ihnen todesverachtend entgegenwarfen und alles daransetzten, die Schurken von ihrer Heimatwelt fernzuhalten. Das gelang ihnen unter ersten Verlusten, auf die sie mit dem Einsatz sämtlicher Bordwaffen reagierten. Kein Bombenhagel, sondern eine regelrechte Wand aus Bomben und Energiestrahlen schlug den Tissen entgegen.

Über Pral gingen in rascher Folge mehrere kleine Sonnen auf, die rasch wieder erloschen.

Mit Entsetzen verfolgte Grfzt die Explosionen auf seinem Ortungsschirm. Er sah, wie Echos sprunghaft anwuchsen und dann so schnell von der Darstellung verschwanden, als hätten sie niemals existiert. Eine Kälte griff nach seinem Herzen, die selbst der dickste Schuppenpanzer nicht abzuwehren vermochte, als er sich vorstellte, wie viele seiner Landsleute soeben gestorben waren.

Tissen ebenfalls, doch die Schurken verdienten es nicht besser.

Grfzt wünschte ihnen den Tod, ihnen allen, einem jeden einzelnen von ihnen, bis keiner mehr übrig war.

Bald stellten sich die Gegner aufeinander ein, und umso verbissener wurde die Schlacht geführt.

Eine wrack geschossene Rakete, die ihren Antrieb verlor, geriet außer Kurs und trudelte davon. Grfzt blieb keine Zeit, ihr weiteres Schicksal zu verfolgen, denn die LYNZK schwenkte abrupt herum, begleitet von zwei weiteren Raketenschiffen. Eine Walze der Angreifer schickte sich an, durch die Linien der Pralen zu brechen und zur Planetenoberfläche vorzustoßen. Zwar gelang es den Verteidigern, den mörderischen Angriff zu unterbinden und die Walze mit vereinten Kräften abzuschießen, doch der Erfolg blieb Stückwerk. Bei der Explosion zerbrach sie in mehrere Teile, die brennend und qualmend abstürzten. Die meisten Trümmer verloren sich in unbesiedelten Landstrichen, doch ein Fragment bohrte sich unweit von Pluuht in den Boden.

Grfzt konnte sich die beim Aufprall freiwerdende kinetische Energie kaum vorstellen, die Folgen hingegen schon: Erdbeben, Stürme und Feuersbrünste. Tod und Verderben! Sein Hass auf die Tissen erreichte eine nie für möglich gehaltene Qualität.

Unterdessen wogte die Schlacht weiter. Zum Glück entfernte sie sich in der Folgezeit immer weiter von Pral, sodass keine weiteren Abstürze auf den Planeten zu befürchten waren. Auch gelang den Tissen kein Durchbruch mehr. Dafür hielt der Tod weiterhin reiche Ernte. Mit Besatzungen vollgestopfte Schiffe verwandelten sich in Schlackehaufen, die im Vakuum des Alls rasch ausglühten. Wenn sie erloschen wie Sternschnuppen, lebte an Bord der Wracks längst niemand mehr.

Grfzt erlebte die schrecklichen Stunden wie in einem Taumel. Er verlor jedes Gefühl für die Zeit, jedes Gefühl für die Anzahl der Opfer. Es kam ihm so vor, als würde überhaupt jegliches Gefühl in seinem Inneren für immer sterben.

Irgendwann trat auf seinem Ortungsschirm eine Veränderung ein, mit der er kaum noch gerechnet hatte. Einige Echos – allzu viele wurden ohnehin nicht mehr abgebildet – zogen sich zurück und verschwanden. Die geschlagenen Tissen flohen zu ihrer Heimatwelt. Sie waren als Angreifer gekommen und gingen als Verlierer.

Doch wie, dachte der Glonk bei sich, *kann man von Siegern und Besiegten reden, wenn es zwischen beiden kaum einen Unterschied gab? Hüben wie drüben existiert nicht einmal mehr die Hälfte der Flotte.*

Verbittert sackte die Echse auf ihrem Platz vor dem Ortungsschirm zusammen. Die Anzahl der verlorenen Raketenschiffe vermochte sie zu ermitteln, doch der geleistete Blutzoll überstieg Grfzts Fähigkeit, ihn zu beziffern. Er versuchte es erst gar nicht, um nicht den Verstand zu verlieren.

3.

Bordleben 6

»Hoffentlich begehe ich keinen Fehler«, sagte Dhark, als er und Amy Stewart unter sich waren. »Aber ich konnte nicht anders handeln.«

»Du konntest schon«, widersprach seine Gefährtin. »Du wolltest nicht. Du hast diese Entscheidung getroffen, weil du sie für unbedingt erforderlich hältst. Ist es denn diesmal wirklich so sehr anders als sonst?«

»Wenn das jemand beurteilen kann, dann du mit deinen Fähigkeiten. Was sagt dir dein analytischer Verstand?«

Stewart brauchte nicht lange zu überlegen. »Leider, dass du recht hast. Unsere Aussichten waren noch nie so schlecht wie in Voktar, da sich nicht die Frage stellt, *ob* die grünen Raumer uns wiederfinden, sondern *wann* sie es tun. Das unverschämte Glück, ihnen entkommen zu sein, zweimal sogar, wird sich nicht dauerhaft wiederholen. Früher oder später erwischen sie uns – und dass den Friedensstiftern nicht daran liegt, uns lebend zu kriegen, haben sie zweifelsfrei demonstriert. Dein Vorschlag an die Besatzung ist daher logisch und nachvollziehbar. Ich würde zwar gern etwas anderes behaupten, doch es entspräche nicht den Tatsachen.«

Dhark hatte unwillkürlich erwartet, Amy würde die Lage relativieren, sie womöglich sogar schönreden, um ihn aufzumuntern. Glücklicherweise tat sie das nicht. Ihm lag nichts an Augenwischerei. Ihr hatten sie sich vielleicht schon viel zu lange hingegeben.

»Glaubst du, Artus hat schon die maximale Dauer der Gnadenfrist berechnet?«, fragte er.

»Nein. Und wenn doch, so wird er uns sein Ergebnis sicher nicht auf die Nase binden. So viel Feingefühl besitzt er.«

»Es sei denn, er würde eine für uns günstige Wahrscheinlichkeit errechnen. Wenn er sich jedoch nicht meldet, sieht die Sache tatsächlich so schlecht aus, wie ich sie bewerte – oder noch schlechter!«

»Du solltest die Dinge nicht verkomplizieren – und dich nicht verrückt machen«, riet Amy ihrem Gefährten. »Fällt dir etwas auf?«

Dhark nickte. Er wusste, was sie meinte.

Niemand begegnete ihnen. Die üblichen Geräusche aus den Tiefen des Schiffs begleiteten sie bei ihrem Spaziergang, und doch schien die POINT OF wie ausgestorben.

Wo mochten seine Freunde sein, seine Kameraden, all jene Männer und Frauen, die er schon so lange kannte und schätzte und die er an diesen Ort geführt hatte, an einen Ort ohne Wiederkehr? Saßen sie in Gruppen zusammen, um gemeinsam zu beratschlagen? Wägten sie das Für und Wider der sich unerwartet stellenden Option ab und diskutierten es? Oder hockten sie jeder für sich in ihren Quartieren und grübelten?

»Weißt du, wovor ich mich fürchte, Amy?«

»Wovor denn, Ren?«

»Morgen Mittag die Messe zu betreten.«

»Das kann ich mir vorstellen. Wie viele werden sich zum Gehen entscheiden? Wer bleibt bei uns?«

Dhark spürte das Verlangen nach einer Zigarette. Er hatte keine Schachtel eingesteckt. Es kam nur noch selten vor, dass er nach einem Glimmstängel griff. In diesem Moment wurde der Drang jedoch beinahe übermächtig.

Er wünschte, der schwere Gang am nächsten Tag läge bereits hinter ihm, sein vielleicht schwerster Gang als Kommandant dieses Ringraumers.

»Du selbst hast natürlich keinen Augenblick daran gedacht, deiner eigenen Offerte zu folgen«, sagte Amy unvermittelt. Es handelte sich um keine Frage, sondern um eine Feststellung. Sie kannte ihn viel zu gut, um auch nur in Erwägung zu ziehen, er könnte auf die Idee kommen, sein Schiff aufzugeben.

»Du denn etwa?«

»Nein. Es ist ja nicht so, dass wir schon tot sind. Wir haben immer noch eine Chance.«

Schritte näherten sich ihnen, und eine stämmig-untersetzte Gestalt kam der Gangkrümmung folgend geradewegs auf sie zu. Der Mann entpuppte sich als Hon Wolt, der einzige Tel, der zur Besatzung der POINT OF gehörte. Dhark vermochte nicht zu sagen, wann er den Leutnant Hornig unterstellten Ausbilder zuletzt gesehen hatte. Es war bereits eine ganze Weile her. Der Schwarze Weiße blieb unmittelbar vor ihnen stehen.

»Ich habe Ihre Ansprache gehört, deshalb bin ich auf der Suche nach Ihnen«, sagte der grauhaarige Tel ohne Umschweife.

Dhark nickte. »Sie möchten das Schiff verlassen?«, nahm er an.

»Ich habe ebenfalls gehört, dass Parock zugesichert hat, auf jeden Fall an Bord bleiben zu wollen«, überging Hon Wolt die Frage.

»Das ist richtig.«

»Gleiches gilt für mich«, versetzte der Schwarze Weiße. »Wir Tel sind es nicht gewohnt, den Schwanz einzuziehen, sobald die Lage bedrohlich wird. Denken Sie an das Bohrschreckenmassaker auf Corim*.«

»Ich habe es nicht vergessen«, versicherte Dhark.

»Gut. Ich muss weiter.«

»Weiter?«, wunderte sich Stewart. »Was gedenken Sie zu tun?«

»Mir schweben ein paar Modifikationen für den Fitnessraum des Ausbildungsbereichs vor«, antwortete der Mann aus dem Telin-Imperium. »Dies scheint mir ein guter Zeitpunkt zu sein, um sie ungestört durchführen zu können.«

Bevor Dhark oder Stewart die Ankündigung des Tel kommentieren konnten, eilte Hon Wolt bereits davon.

Der Anflug eines schlechten Gewissen streifte den Commander. Zu seiner Besatzung gehörten viele Leute, an die er ähnlich wie an den Tel schon lange keinen Gedanken verschwendet hatte.

---

* Siehe Weg ins Weltall Band 3, »Unter Rebellen«

Ein Versäumnis. Sie hatten Besseres verdient, sie alle. Während er noch dastand und dem sich entfernenden Schwarzen Weißen hinterherschaute, legte Amy ihm einen Arm um die Schulter und drängte ihn zum Weitergehen.

*

Bordleben 7

Als der Flashpilot Rani Atawa aus der Medo-Abteilung abholte, wirkte die Inderin still und in sich gekehrt. Pjetr Wonzeff ging es nicht anders, wie wohl auch dem Rest der Besatzung. Es gab vermutlich niemanden an Bord, den Ren Dharks Angebot, das Schiff zu verlassen und sich auf einem Planeten niederzulassen, nicht in einen Gewissenskonflikt stürzte. Als Rani den hochgewachsenen Ukrainer erblickte, hellte sich ihre Miene schlagartig auf.

Er beugte sich zu ihr hinunter und drückte ihr einen Kuss auf die Lippen.

Rani lächelte in sich hinein. Daran konnte sie sich gewöhnen. Nein, sie hatte sich bereits daran gewöhnt.

Sie waren erst seit Kurzem zusammen – so sagte man doch? – und sie hatte das Gefühl, all das nachholen zu müssen, was sie an Beziehungen seit Jahren versäumt hatte. Jeder Kuss von Pjetr löste ein Feuerwerk der Gefühle in ihr aus.

Das Schönste war, dass sie deutlich spürte, dass es ihm ebenso ging wie ihr.

»So kommt man schon wieder zu einer unerwarteten Freischicht«, begrüßte sie ihn.

Wonzeffs eisgraue Augen funkelten. »Ein anderer Anlass wäre mir lieber.«

»Mir auch.« Rani deutete mit dem Daumen über die Schulter. Sirrend schloss sich die Tür zur Krankenstation. »Was glaubst du, was da drin los ist? Manu Tschobe ist außer sich. Ich habe ihn noch nie so schimpfen gehört. Er schimpft auf alles und auf jeden.«

»Auch auf Dhark?«

»Besonders auf den Commander. Er nennt es unverantwortlich, den Leuten ein solches Angebot zu machen.« Der schwermütige Ausdruck kehrte in Ranis Gesicht zurück. »Das ist umso schlimmer, wenn man weiß, dass er genau das Gegenteil meint. Im Grunde teilt er Ren Dharks Überlegungen, will das aber auf keinen Fall zugeben, weil er dann auch eingestehen müsste, dass er dessen Befürchtungen ebenfalls teilt.«

»Dass der POINT OF – und damit uns allen – nicht mehr viel Zeit bleibt?«

»Genau«, hauchte Rani.

Der Pilot ergriff ihre Hand und zog sie mit sich. »Verschwinden wir erst mal von hier.«

»Wohin denn?«

»Was hältst du von der Messe? Ich habe Hunger.«

»Hunger?« Wie konnte er in einem solchen Moment ans Essen denken? Rani fürchtete, keinen Bissen hinunterzubekommen. »Meinetwegen.«

Sie schlenderten schweigend nebeneinander her.

Wonzeff klammerte sich an ihre Hand wie ein Ertrinkender an einen Rettungsanker. Zumindest kam ihr das so vor, aber wahrscheinlich projizierte sie bloß ihre eigene Unsicherheit in die Pjetrs.

Ein Stimmengewirr empfing die frisch Verliebten. Die Messe, ohnehin nicht besonders groß, erwies sich als gut gefüllt. Man gönnte ihnen kaum einen Blick. Unter anderen Umständen hätten ihre Kameraden dem äußerlich ungleichen, händchenhaltenden Paar mehr Aufmerksamkeit gewidmet, wäre wahrscheinlich sogar die eine oder andere anzügliche Bemerkung gefallen, so jedoch drehten sich sämtliche Gespräche um den bisher einmaligen Vorgang: Ren Dhark stellte es seinen Leuten frei, die POINT OF zu verlassen.

»Willst du wirklich hierbleiben?«, raunte Atawa dem Piloten zu.

Wonzeff schüttelte den Kopf, und sie zogen sich grußlos aus der Messe zurück.

»Was macht dein Hunger?«, fragte die Biologin.

»Ich habe in meinem Quartier noch eine Kleinigkeit.«

»Fein.« Bei der verlockenden Aussicht bekam auch Atawa Appetit.

*

Bordleben 8

Charlie Parker fand Stanley Oliver in einem Lagerraum, wo der zum Hausmeisterteam gehörende Techniker an einem peripheren Hyperkalkulatoranschluss arbeitete, über den Warenentnahmen und -zugänge verarbeitet wurden.

Ein Kreischen erfüllte den Raum, durch den blaues Licht geisterte.

Oliver schweißte an der Bruchstelle eines Verkleidungselements.

Als der junge Raumsoldat eintrat, unterbrach der Ältere seine Arbeit.

»Man sagte mir, dass ich dich hier finde«, begann Parker umständlich. »Was machst du da?«

»Meine Arbeit«, brummte der Techniker kurz angebunden, was sonst nicht seine Art war.

»Das sehe ich, aber das meine ich nicht, Stanley.« Parker hob eine Hand und deutete zur Decke hinauf. »Ich meine, warum arbeitest du im Dunkeln? Die Beleuchtung ist nicht eingeschaltet.«

Nur ein Notlicht flackerte.

Oliver legte das Schweißgerät aus der Hand, setzte die Schutzbrille ab und begab sich zu einem Lichtschalter.

Offenbar hatte er die Automatik deaktiviert. Nun schaltete er sie wieder ein, und die Deckenbeleuchtung flammte auf.

Er kam herüber und setzte sich umständlich auf eine Kiste. »Besser so?«

»Hm«, machte Parker verständnislos. Der Blick aus seinen strahlend blauen Augen suchte den des mehr als dreißig Jahre älteren Mannes, mit dem er gut befreundet war. »Zumindest normaler. Eben sah es so aus, als wolltest du dich hier drin eingraben.«

»Wirklich?«

»Ja. Und außerdem habe ich das Gefühl, ich müsste dir jedes Wort einzeln aus der Nase ziehen. Wenn ich dich störe, sag es, dann verziehe ich mich wieder.«

Endlich rang sich Oliver zu einem Lächeln durch. Es wirkte gequält. »Nein, nicht nötig, Charlie. Entschuldige den etwas frostigen Empfang. Ich war nur eben … nun ja, im Grunde ganz woanders, verdammt weit weg.«

»Ja? Wo denn?« Ein Ausdruck des Begreifens trat in Parkers schmales Gesicht. Er fuhr sich mit der Hand durch die blonden Haare. »Ich kann es mir denken. In der Milchstraße?«

»Genau. Du hast die Ansprache des Chefs also auch gehört.«

»Hat das nicht jeder? Mister Dhark gab seine Ausführungen über Rundruf durch. Sie konnten also niemandem entgehen. Dabei wäre es mir lieber, ich hätte sie nicht gehört.« Parker seufzte. »Obwohl das auch nichts ändern würde.«

»Nein.«

»Der Commander will, dass wir von Bord gehen.«

»Der Chef will das nicht, er stellt es uns lediglich frei.« Oliver lächelte erneut, diesmal offener, aufrichtiger. »Genau darüber habe ich eben nachgedacht. Wie ich sehe, geht es dir nicht anders. Wäre ja auch seltsam. Und was denkst du darüber?«

»Dass Mister Dhark einen solchen Vorschlag nicht ohne Not unterbreitet.« Es brach aus dem jungen Raumsoldaten heraus. »Es muss also ziemlich schlimm um uns stehen. Er fürchtet, dass uns nicht mehr viel Zeit bleibt, bis die Friedensstifter uns erwischen. Er rechnet damit, dass wir vernichtet werden. Deshalb will er uns die Gelegenheit geben, zu überleben, auch wenn es in einer völlig fremden Umgebung geschieht. Er selbst würde das Schiff natürlich niemals verlassen. Lieber geht er mit ihm unter. Und all die anderen? Ich weiß es nicht, Stanley.« Seufzend unterbrach Parker seinen Redeschwall. Er ließ sich neben dem Älteren auf einer Kiste nieder und fuhr fort: »Eines steht jedenfalls fest: Einen solchen Schritt hat uns der Commander noch nie angeboten. Also muss die Lage ernster als ernst sein. Er glaubt wirklich, dass wir verloren sind. Was meinst du, wie viele werden gehen?«

Oliver hob die Schultern. »Keine Ahnung«, antwortete er wahrheitsgemäß.

Parker räusperte sich. »Und du?«

»Ich?« Der Techniker rang unschlüssig mit den Händen. Er griff nach dem Schweißgerät, betrachtete es lange, als würde er darauf warten, von ihm eine Antwort zu erhalten, und legte es wieder beiseite. »Darüber habe ich eben nachgedacht. So einfach ist das nicht. Der Chef weiß schon, warum er uns vierundzwanzig Stunden Zeit lässt, uns zu entscheiden.«

»Aber du tendierst doch bestimmt zu einer von beiden Möglichkeiten«, bohrte Parker.

»Ich habe das Für und Wider abgewägt«, gestand Oliver. »Einerseits ist die Milchstraße mein Zuhause, die Erde. Von dort stamme ich, und dorthin gehöre ich, wenn ich nicht auf der POINT OF bin. In Voktar hingegen bin ich nur ein Fremder. Hier kenne ich niemanden. Außerdem gefallen mir die Verhältnisse in dieser ach so friedlichen Galaxis nicht.«

»Und andererseits?«

»Auf der anderen Seite steht, so wie es aussieht, das Überleben.« Der Techniker schürzte die Lippen. »Und ihm gegenüber der Tod.«

Der junge Raumsoldat ließ hörbar die Luft entweichen. »Dann ist es für dich also entschieden.« Er schüttelte den Kopf. »Ich kann das nicht – entscheiden, meine ich. Ich bin zu jung, um auf irgendeinem Planeten zu versauern. Ich habe mein Leben immer dort draußen gesehen, zwischen den Sternen, unterwegs von einem Ort zum nächsten, so wie jetzt. Ich kann mir gar kein anderes Leben vorstellen.«

»Leben«, schritt Oliver ein. »Genau das ist es. Ich hocke lieber bis ans Ende meiner Tage gelangweilt auf einer abgeschiedenen Hinterwäldlerwelt als …« Den Rest des Satzes ließ der Techniker offen.

»Aber genau jetzt von Bord zu gehen, wo der Commander und die POINT OF mich am dringendsten brauchen? Ich käme mir vor wie ein Verräter, wenn ich alle im Stich ließe.«

»So zu denken ist falsch«, belehrte Oliver den Raumsoldaten. »Der Chef stellt uns die Entscheidung frei, und das hat er sich bestimmt nicht leicht gemacht. Wäre er nicht von der Richtigkeit seines Angebots überzeugt, hätte er es uns nicht unterbreitet. Er ist der Meinung, dass wir in diesem Fall selbst über unser Leben entscheiden müssen.«

»Also rätst du mir, das Schiff zu verlassen?«

Der Techniker schüttelte mit Nachdruck den Kopf. »Niemand kann dir raten, wie du dich entscheiden sollst. Das musst du ganz allein tun, so wie ich und jeder andere auch. Diese Freiheit gewährt uns der Chef. Also mach das Beste daraus.«

Parker nickte lahm. Er erhob sich und trottete zum Ausgang. »Ich gehe ein wenig spazieren. Das hilft mir sicherlich beim Nachdenken.«

Nachdem das Schott sich hinter dem Blondschopf geschlossen hatte, wandte sich Oliver wieder seiner Arbeit zu. Auch er musste überlegen, um zu einer endgültigen Entscheidung zu gelangen.

*

Bordleben 9

»Eine jungfräuliche Welt oder ein unbewohnter Planet?«, fragte Rani Atawa.

»Wie bitte?« Wonzeff trug auf dem kleinen Tisch auf, was in seiner Unterkunft vorhanden war: Brot, etwas Käse, eine ungeöffnete Flasche Wein.

Aus den unergründlichen Ablagen förderte er sogar eine Kerze zutage, deren flackernder Schein wenig später Schatten an die Wände warf.

»Würdest du eine bewohnte oder eine unbewohnte Welt bevorzugen, wenn du die POINT OF verließest?«, konkretisierte die Biologin ihre Frage.

»Ach so.« Wonzeff nahm ihr gegenüber Platz. Er öffnete den Wein, schenkte beiden ein, und sie machten sich über das Dargebotene her. »Ziehst du denn in Erwägung, das Angebot des Commanders anzunehmen?«

»Nein.« Rani schaute versonnen in ihr Glas. Das Kerzenlicht schuf gespenstische Bewegungen im Rotwein. Es ließ ihn von innen heraus leuchten. Als sie das Glas vor die Augen hob, sah sie Wonzeff wie durch einen Schleier, weit fort und verzerrt, fremd und doch ständig vertrauter werdend. »Besser gesagt, ich weiß es nicht. Die Vorstellung, irgendwo sesshaft zu werden, besitzt einen gewissen Reiz, nicht wahr?«

»Ich dachte, du fühlst dich wohl auf der POINT OF.«

»Das tue ich auch. Ich mag das Schiff, ich mag die Menschen, und ich mag meine Arbeit. In der Gesamtheit ist das vermutlich der Sinn meines Lebens.«

»Aber?«

Rani lächelte bittersüß. »Ich kann das alles nur mögen, solange ich am Leben bin. Wenn ich sterbe, wenn wir alle sterben, kann ich weder dem Schiff noch irgendeinem meiner Freunde und Kameraden dienlich sein. Und seien wir ehrlich, allzu gut stehen unsere Chancen wohl nicht, diesen unheimlichen Friedensstiftern auf Dauer aus dem Weg zu gehen. An eine Rückkehr in die Milchstraße ist schon gar nicht zu denken. Ob wir wollen oder nicht, wir müssen uns mit dem Gedanken vertraut machen, den Rest unseres Lebens in Voktar zu verbringen.«

Wonzeff nickte kauend. »Und dieser Rest könnte sich als ziemlich kurz erweisen.«

Oder als ziemlich lang, schoss es Rani durch den Kopf.

Große Güte! Sie gehörte jenem kleinen Kreis Unsterblicher an, von dem der Rest der Menschheit nichts wusste. Auch nicht Pjetr, natürlich nicht! Seit ihrem ersten Kuss hatte sie keinen einzigen Gedanken an diese Tatsache verschwendet, ganz so, als sei sie überhaupt nicht existent.

Hast du mir so sehr den Kopf verdreht? Oder habe ich meine Unsterblichkeit unterbewusst verdrängt, weil sie für eine Beziehung nichts als Schwierigkeiten bedeutet?

Wonzeff trank einen Schluck Wein und betrachtete sie aufmerksam. »Was ist los mit dir? Du siehst aus, als hättest du einen Geist gesehen.«

Rani riss sich zusammen. »Du hast meine anfängliche Frage noch nicht beantwortet«, wich sie aus.

»Weil sie sich für mich nicht stellt. Ich könnte die POINT OF auf keinen Fall verlassen. Wir haben uns erst vor ein paar Tagen darüber unterhalten. Erinnerst du dich? Wir beide sind von Beginn an dabei, seit ihrer Entdeckung in der Ringraumerhöhle auf Deluge. Das verbindet mehr, als ein Außenstehender es sich vorstellen kann.«

»Also hast du deine Entscheidung getroffen«, stellte die Biologin leidenschaftslos fest.

Wonzeff bedachte sie mit einem schwermütigen Seufzer. »Ich würde lügen, wenn ich es mir so einfach machen würde. Vor Kurzem noch hätte es nicht den geringsten Zweifel an meiner Entscheidung gegeben. Allerdings haben sich die Dinge geändert.«

Rani begriff nicht, worauf Pjetr hinauswollte. »Inwiefern?«

Er zögerte mit einer Antwort. »Weil ich in den Tag hinein gelebt habe, und ich habe von einem Tag auf den nächsten gedacht. Jetzt bin ich aber nicht mehr allein für mich verantwortlich. Du bist da, und auf eine mir bisher unbekannte Weise denke und fühle ich wie zwei.« Wonzeff senkte den Kopf und grinste schief. »Das muss sich furchtbar kitschig anhören.«

»Und wie!« Rani lachte glockenhell, fasste Pjetrs Kinn und hob seinen Kopf. »Nein, im Ernst, es klingt kein bisschen kitschig. In meinem ganzen Leben hat noch kein Mann so etwas zu mir gesagt.«

Vorsicht, Mädchen, nicht in Sentimentalität ertrinken!

Sie stellte ihr Weinglas ab, erhob sich und ergriff beide Hände des Piloten.

Später konnte sie nicht einmal mehr genau sagen, wie sie ins Bett gekommen waren.

*

Bordleben 10

Tausend Gedanken und Überlegungen gingen Dhark durch den Kopf, als er sich auf den Weg zur Messe machte, Zweifel und Hoffnungen.

Und Angst, da der Commander nicht wusste, was ihn erwartete.

Wer würde sich von ihm abwenden, würde das Schiff verlassen wollen?

Shanton vielleicht – oder Doorn?

Oder womöglich gar beide?

Einen solchen Aderlass würde die POINT OF nur schwer verkraften, und doch würde Dhark keinem von ihnen einen Vorwurf machen, seinen alten Wegbegleitern keine Steine in den Weg legen. Sie waren ihm nicht verpflichtet, niemand an Bord war das. Zum einen gehörte die POINT OF ihm, zum anderen handelte es sich schon lange um ein ziviles Raumschiff, ungeachtet ihres unermüdlichen Einsatzes für die Menschheit.

Amy begleitete ihn nicht, weil er fand, diesen Weg ganz allein beschreiten zu müssen. Sie wartete in ihrem Quartier auf seine Meldung, kaum weniger gespannt als Dhark selbst.

Vor dem Eingang zur Messe blieb er stehen. Noch einmal ging er die Worte durch, die er sich zurechtgelegt hatte, eine Mischung aus Dankesrede für die gemeinsame Zeit und Zuversichtsbekundung für die Zukunft.

Er öffnete und trat über die Schwelle.

Stille empfing ihn.

Das Zugleiten der Tür ließ ihn zusammenzucken. Er spürte einen Kloß im Hals und hörte sein Herz hämmern wie die Schläge auf einem Amboss. Der Anblick, der sich ihm bot, fraß sich in seinen Verstand.

Still und verlassen lag der Raum vor ihm. Er war allein, niemand außer ihm hielt sich in der Messe auf.

Dhark wandte sich dem Getränkeautomaten in der Ecke zu. Er zog sich eine Cola, öffnete sie und nahm am Tisch Platz.

Mit einem kräftigen Schluck spülte er den imaginären Kloß die Kehle hinunter, danach zog er eine Zigarettenschachtel aus der Tasche. Diesmal hatte er daran gedacht, sie einzustecken, weil er sich sicher gewesen war, ohne Kippe nicht auszukommen. Es traf zu, wenn auch aus einem anderen als dem befürchteten Grund.

Nicht ein einziges Besatzungsmitglied nahm sein Angebot an. Nun ja, ein paar Minuten blieben noch bis zum Verstreichen der Frist.

Er angelte eine Zigarette aus der Schachtel, zündete sie an, nahm einen tiefen Zug, inhalierte den Rauch und stieß ihn wieder aus. Während die automatische Absaugvorrichtung aktiv wurde und den blauen Dunst schluckte, begann sich der Commander zu entspannen. Sein Blick huschte zur Tür, ging zurück zu seinem Getränk und wieder hinüber.

Die Sekunden verrannen, erst quälend langsam, dann schneller, und verfielen schließlich in wilden Galopp. Die Tür öffnete sich nicht, niemand betrat die Messe.

Ein Lächeln huschte über Dharks Gesicht. Alle blieben an Bord, niemand wählte den vermeintlich leichten Weg – obwohl alle wussten, dass diese Entscheidung ihr Ende bedeuten konnte. In Gedanken versunken verbrannte er sich die Finger. Er drückte die Kippe aus, und die Absaugvorrichtung entsorgte sie und die Asche.

Nachdem er den Rest seiner Cola getrunken hatte, erhob er sich, um sich in die Zentrale zu begeben. Bevor er die Messe verließ, meldete er sich über Bordsprech bei Amy.

»Alles in Ordnung«, teilte er seiner Gefährtin mit. »Es ist alles in bester Ordnung.«

*

In der Zentrale brach kein Jubel aus, und niemand zeigte überbordende Freude über das Ergebnis. Nichts davon wäre den Umständen angemessen gewesen.

Bei seinem Bericht an die Mannschaft registrierte Dhark dennoch die Erleichterung, die auch er selbst empfand. Er fragte sich, ob er überhaupt damit gerechnet hatte, dass jemand auf sein Angebot einging. Im Nachhinein kam es ihm surreal vor, wie auch die Vorstellung einer teilweise entvölkerten POINT OF, die ihren Weg durch NGK 3109 mit einer Rumpfbesatzung fortsetzte.

Doch zuvor?

Ja, gestand er sich selbst, er hatte mit dem Schlimmsten gerechnet. Und wenn nicht damit gerechnet, so es doch zumindest einkalkuliert.

Andererseits hätte ein Ausstieg nicht zu den Männern und Frauen gepasst, die er sich einbildete, so gut zu kennen.

»Ich bedanke mich«, näherte er sich dem Ende seiner Ansprache. »Ich bedanke mich bei Ihnen allen, bei jedem einzelnen von Ihnen. Ihr Vertrauen, dass wir es allen Widrigkeiten zum Trotz schaffen können, stärkt mir den Rücken. Es verleiht mir zusätzliche Kraft, die schwere Aufgabe, die vor uns liegt, anzupacken. Ich verspreche, ich werde alles daransetzen, uns gesund nach Hause zu bringen. Ihre Entscheidung bedeutet eine Verpflichtung für mich, und ich werde nicht aufgeben, mich dieser Verpflichtung würdig zu erweisen.«

Dhark deaktivierte Bordsprech. Seit gut vierundzwanzig Stunden hielten sie sich in der sternenarmen Region auf, ohne Hinweise auf grüne Ter-Ringraumer oder andere Raumschiffe. Nun wollte der Commander keine weitere Zeit verlieren. Wie der Rest der Führungsebene hielten sich auch Doorn und Wächterin Doris in der Zentrale auf. Niemand verlor ein Wort über den gestrigen Zwischenfall.

Mit neuer Entschlossenheit rief Dhark die Sternkarten der Corell auf. Diese Karten stellten das einzige Hilfsmittel dar, das den Raumfahrern zur Verfügung stand. Noch immer hoffte er, in den Aufzeichnungen der Kartografen einen hilfreichen Fingerzeig zu finden.

Die Anwesenden richteten ihre Aufmerksamkeit auf das Kartenwerk, und schnell setzte ein lebhaftes Gespräch ein. Die bisherigen Fortschritte mit den von den Corell zur Verfügung gestellten Unterlagen hielten sich in Grenzen. Die Raumfahrer diskutierten verschiedene Optionen, wohin sie sich wenden sollten. Flugrouten wurden gesichtet, Ausschau gehalten nach Sonnensystemen, die zu besuchen sich anbot. Dabei legten sie ihr Augenmerk auf Regionen, die zum einen mit stark frequentierten Welten Informationen boten und die zum anderen sicher schienen. Besonders letzteres ließ sich aus der Ferne jedoch kaum ermitteln. Die Friedensstifter und die Reckbatz schienen in der ganzen Kleingalaxis präsent zu sein.

Sie hielten nach der POINT OF Ausschau, jagten sie, wo immer sie auftauchte.

Sie schossen sich im wahrsten Sinne des Wortes auf sie ein.

In diesem Zusammenhang erinnerte Falluta noch einmal daran, dass sich das eigene Schiff zu einem Hemmschuh entwickelte. Ausgerechnet der Ringraumer, dem sie so viel verdankten, schwebte wie ein Damoklesschwert über den Köpfen der Männer und Frauen, die er beherbergte.

»Dass wir vorübergehend auf ein anderes Schiff ausweichen, bedeutet nicht, dass wir die POINT OF aufgeben«, führte Dharks Stellvertreter seine Überlegung aus. »Wir könnten sie getarnt irgendwo unterstellen und sie zu einem späteren Zeitpunkt wieder übernehmen.«

»Welches andere Schiff schwebt Ihnen vor?«, stellte Shanton eine pragmatische Frage. »Woher sollen wir es nehmen?«

»Keine Ahnung«, gestand Falluta. »Wir müssen uns eben umschauen.«

»Ich halte das für Zeitverschwendung.«

»Ich auch«, schlug sich Doorn auf die Seite seines Duzfreundes. »Wir hatten Glück, uns nach unserer Ankunft in Voktar in den Besitz der TOTENSCHIFF bringen zu können, aber gute Raumschiffe fallen nicht vom Himmel.«

»Und wer garantiert uns, dass wir nicht ausgerechnet bei der Suche nach einem anderen Schiff von den Friedensstiftern erwischt werden?«, fuhr Shanton fort. »Das wäre geradezu grotesk.«

Ein weiterer Grund ließ Dhark an der POINT OF festhalten. »Der Checkmaster hat uns wiederholt gerettet. Es wäre dumm, auf seine Unterstützung zu verzichten. Dass wir keinen zweiten Hyperkalkulator mit seinen Fähigkeiten finden, dürfte klar sein. Wenn die grünen Raumer uns aufspüren, sind wir ohne den Checkmaster so gut wie chancenlos.«

Die Ausführungen des Commanders leuchteten seinen Leuten ein. Fallutas Warnung konnte er dennoch nicht von der Hand weisen.

»Wir operieren in nächster Zeit mit der POINT OF nur noch, wenn es unumgänglich ist, Hen«, schränkte Dhark seine Entscheidung ein. »Sofern möglich, verstecken wir sie und führen Erkundungen mit den Flash durch.«

»Fliegen wir also eine weitere Freihandelswelt an?«, schlug Doorn vor.

Dhark blickte in die Runde. Natürlich dachten alle dasselbe. Das nach Kartenstudium vielversprechende Pudim-System der Kenporim, als stark frequentiertes Handelszentrum ausgewiesen, hatte sich als Schlag ins Wasser erwiesen. Es gab keine Garantie dafür, dass sich das nächste Ziel als ergiebiger erweisen würde.

»Hat jemand einen besseren Vorschlag?«

Es gab keinen.

»Wir wählen eine Freihandelswelt, die als Handelszentrum erst im Entstehen begriffen ist. Das verringert die Wahrscheinlichkeit, dass die Reckbatz ein Chaos wie bei den Kenporim ausgelöst haben.« Überhaupt solche Überlegungen hinsichtlich eines Zielplaneten anstellen zu müssen, besaß einen deprimierenden Beigeschmack.

Dhark wählte ein Sonnensystem aus, das den Anforderungen entsprach, und markierte es. »Das Schlingpun-System. Wie lange brauchen wir bis dorthin, Checkmaster?«

»Mit der gebotenen Vorsicht und wenn wir alle auf dem Weg liegenden Sonnensysteme weiträumig umfliegen, gut eine Woche«, berechnete das Bordgehirn in Sekundenschnelle die Flugdauer.

»Was ist das da?«, warf Shanton ein.

Dhark stellte die Entscheidung, die er gerade kundtun wollte, zurück. »Was meinen Sie, Chris?«

»Diese Markierung zwischen unserem Standort und dem Schlingpun-System. Anscheinend handelt es sich um ein Sperrgebiet.«

Falluta fasste den deutlich rot markierten Raumabschnitt ins Auge. »Weder ist ein Sonnensystem verzeichnet noch sind Erläuterungen hinzugefügt. Vielleicht handelt es sich schlicht um einen unsicheren Bereich im Leerraum, in dem gefährliche hyperphysikalische Phänomene auftreten.«

»Oder um ein aus welchen Gründen auch immer ausgespartes Sonnensystem«, konterte Shanton. »Groß genug, um ein ganzes System zu umfassen, ist die Sperrzone allemal. Da frage ich mich doch, wozu ein solches Versteckspiel dient.«

»Dafür kann es viele Gründe geben.« Doorn schnaubte.

»Zum Beispiel den, dass es sich um das Heimatsystem der Friedensstifter handelt.« Als sich sämtliche Blick auf ihn richteten, hob Shanton beide Hände. »Warum denn nicht? Auch diese Kerle müssen schließlich irgendwo herkommen.«

An einen solchen Zufall glaubte Dhark nicht. Eine Bedeutung, die es zu ergründen lohnte, mochte die Sperrzone dennoch haben. »Möglicherweise befindet sich dort etwas, das den Friedensstiftern ein Dorn im Auge ist, vielleicht sogar so sehr, dass wir es gegen sie oder die Reckbatz einsetzen können.«

»Potenzielle Verbündete?«, brachte sich Doris in die Diskussion ein. Sie schien sich gefangen zu haben. »Wenn es sich bei den Friedensstiftern wirklich um Wächter handelt, dürfen wir keinen möglichen Verbündeten außer acht lassen.«

»Und wenn unwissende Dummköpfe wie wir genau das glauben sollen?«, warf Parock mit kehliger Stimme ein.

Dhark wandte sich dem hünenhaften Kraval zu. »Wie meinst du das?«

»Es ist doch möglich, dass es sich um eine raffinierte Falle der Friedensstifter handelt, die Neugierige anlocken soll, Wesen, die wie wir auf der Suche nach Verbündeten sind.«

»Eine gute Überlegung«, fand Grappa. »Der Große könnte recht haben. Dieses Sperrgebiet ist zu auffällig. Das riecht wirklich nach einer Falle. Warum haben die Corell es in ihren Unterlagen verzeichnet, wenn sie offenbar nichts darüber wissen? Sich ihm zu nähern könnte fatale Folgen für uns haben. Statt ihm einen Besuch abzustatten, sollten wir einen noch größeren Bogen darum machen als ohnehin geplant.«

»Damit würden wir uns einer Gelegenheit berauben, die so schnell bestimmt nicht wiederkommt«, protestierte Doris.

»Ganz meine Meinung. Ich will wissen, was dort ist«, appellierte Shanton an die Versammelten. »Um zu der Sperrzone zu gelangen, brauchen wir nicht mal einen größeren Umweg einzulegen, auch wenn Mister Grappa das bevorzugen würde. Sie liegt fast an der Stecke zum Schlingpun-System.«

Diesem Hinweis konnte sich Dhark nicht verschließen. Außerdem interessierte auch ihn, was sich in dem Sperrgebiet verbarg.

Gefahr lauerte für die POINT OF in ganz Voktar, mal mehr, mal weniger. Daher wäre es in der Tat fahrlässig, eine sich unerwartet bietende Chance ungenutzt zu lassen. Er nickte bedächtig und befahl dem Checkmaster, einen neuen Kurs anzulegen.

4.

Die Verluste an Lebewesen und Material übertrafen die schlimmsten Erwartungen des Präsidenten. Ausdruckslos lauschte Flnx den Berichten, die die Spezialisten und seine Berater ihm lieferten.

Immer wenn er dachte, nun habe er alles gehört, betrat jemand den Konferenzraum und wartete mit einer weiteren Hiobsbotschaft auf.

Ständig wurden die Verlustmeldungen weiter nach oben korrigiert.

»Der wirtschaftliche Schaden ist enorm«, fasste einer der Berater zusammen. »Der militärische ist es nicht minder. Wir haben fast zwei Drittel der Flotte verloren. Einen weiteren Angriff der Tissen überstehen wir nicht.«

»Es wird keinen weiteren Angriff geben, zumindest vorläufig nicht«, brummte der Präsident ungehalten. »Ihnen geht es nicht besser als uns. Der Großteil ihrer Flotte wurde ebenfalls zerstört.«

»Sie werden sich umgehend daranmachen, neue Schiffe zu bauen.«

»Na und? Das werden wir auch. Schließlich wird wieder ein ungefähres Gleichgewicht herrschen. Ich glaube nicht, dass die Schurken noch einmal die Verwegenheit aufbringen, Pral anzugreifen. Sie taten es, um uns zuvorzukommen. Sie wussten, dass wir die Zerstörung des Überlichttriebwerks nicht auf sich beruhen lassen würden.«

Das Grauen über das zerstörte Triebwerk, in das der Präsident seine ganze Hoffnung gesetzt hatte, überschattete alles andere. Es versetzte Flnx einen Stich.

»Wie sieht es in Pluuht aus?«, erkundigte er sich.

Jemand hustete. »Die Stadt ist zu über achtzig Prozent zerstört. Es gibt Tote im fünfstelligen Bereich. Es sind starke Einsatzkräfte vor Ort, damit keine Krankheiten oder gar Seuchen ausbrechen. Die Überlebenden werden vor Ort versorgt oder gleich evakuiert.«

»Gut. Wir dürfen die Leute jetzt nicht im Stich lassen.« Es waren keine leeren Worte. Die Bevölkerung lag Flnx am Herzen. Er liebte sein Volk so sehr, wie er die Tissen hasste. »Für jeden einzelnen Toten werde ich die Schurken zur Rechenschaft ziehen.«

Aber wie?, fragte er sich.

Ihm blieb nicht mehr viel Zeit. Seine Amtsperiode endete in wenigen Monaten. Kaum vorstellbar, dass es ihm bis dahin gelang, die Tissen für ihr Verbrechen bezahlen zu lassen. Nun ja, sein Nachfolger, welchem Volk auch immer er angehören würde, würde sein Werk fortsetzen. Auf Pral zogen sie alle an einem Strang.

Die Schurken brauchten sich nicht einzubilden, ungeschoren davonzukommen!

»Was gibt es sonst noch?« Eigentlich wollte der Präsident nicht noch mehr schlechte Nachrichten hören, doch sie zu ignorieren löste die Probleme nicht.

»Das Überlichttriebwerk«, meldete sich ein blasser Humanoide zu Wort.

Flnx überlegte kurz, dann erinnerte er sich an den Mann. Er hieß Hulmen und gehörte zu den führenden Köpfen, die mit dem Überlichtantrieb beschäftigt waren. »Ja, ich höre.«

»Es wird eine Weile dauern, bis wir einen neuen Prototyp gebaut haben«, erläuterte Hulmen. Es klang entschuldigend.

»Das ist mir klar. Ihr bekommt alle Zeit, die ihr braucht.« *Auch wenn ich die Fertigstellung in meiner Amtszeit nicht mehr erleben werde.* »Euch trifft keine Schuld an der Zerstörung.«

»Nein, aber darum geht es nicht.«

»Sondern?«

»Soweit wir wissen, arbeiten die Tissen an einem ähnlichen Antrieb«, versetzte Hulmen. »Wir waren ihnen ein gutes Stück voraus, vor allem zeitlich, nun jedoch sind sie im Vorteil. Sie können ihren Antrieb in aller Ruhe zur Vollendung bringen. Wir verlieren den Wettlauf.«

Die Schuppen des Präsidenten begannen zu brennen. Er wand sich wie unter Schmerzen. Daran hatte er gar nicht gedacht.

»Allein darum ist es ihnen gegangen«, stieß er mit plötzlichem Begreifen aus. »Sie haben diese Opfer gebracht, um uns zu überflügeln. Eine Frage an meine Geheimdienstleute: Wie lange brauchen die Schurken noch, bis sie fertig sind? Wann sind sie in der Lage, ein funktionierendes Überlichttriebwerk in ein Raumschiff einzubauen?«

Die Angesprochenen schauten sich zögernd an. Schließlich trat einer von ihnen vor. »Einen Monat, vielleicht ein wenig mehr. Jedenfalls keine zwei Monate.«

»Wir müssen es vor seiner Fertigstellung zerstören«, verlangte Flnx mit eiserner Entschlossenheit. »Ihre hinterhältige Sprengung darf ihnen auf keinen Fall den entscheidenden Vorteil bringen. Wenn nötig, greifen diesmal wir sie auf ihrer Welt an.«

»Ausgeschlossen!«, warf ein hochrangiger Offizier ein. »Die Schlagkraft unseres Militärs zumindest soweit wiederherzustellen, dass wir einen Angriff wagen könnten, dauert länger als zwei Monate. Jeder frühere Versuch wäre von vornherein zum Scheitern verurteilt.«

»Alternativen?« Die Aussicht, dass es den Schurken gelang, das Triebwerk für den Überlichtflug fertigzustellen, versetzte den Präsidenten in Panik. Die Folgen für Pral waren nicht absehbar. »Wenn uns nichts einfällt, sehe ich schwarz für unser Volk.«

»Warum schlagen wir die Tissen nicht mit ihren eigenen Waffen?«, schlug Hulmen vor. »Wir haben schon früher Agenten bei ihnen eingeschleust, wenn auch meist zu Spionagezwecken. Machen wir es doch wie sie. Schicken wir ihnen eine Reihe von Sabotageteams, die möglichst viele wichtige Forschungs- und Produktionsstätten in die Luft sprengen.«

»Sehr gute Idee.« So einfach wie erfolgversprechend. Warum war Flnx nicht selbst darauf gekommen? »Wahrscheinlich rechnen die Tissen mit einem solchen Schritt und werden entsprechende Wachsamkeit an den Tag legen. Das müssen wir berücksichtigen.«

Diejenigen, die die Mission durchführten, mussten daher eine Reihe von Voraussetzungen erfüllen. Sie mussten in der Lage sein, Tis zu erreichen und sich dort allein und unerkannt durchzuschlagen, und sie mussten auch bereit sein, ihr Leben zu opfern.

Der Präsident machte sich nichts vor. Wer sich auf einen solchen Einsatz begab, besaß kaum eine Chance, lebend in die Heimat zurückzukehren. Er schuldete es den Freiwilligen, sie vorab mit dieser Tatsache vertraut zu machen.

Die Zeit drängte.

Noch zur selben Stunde leitete der Präsident die Operation ein, von der Wohl und Wehe von Pral abhingen.

*

»Ich bin froh, dass du heil zurückgekommen bist«, begrüßte Hulmen die Echse.

Grfzt machte eine zustimmende Geste. Doch war er wirklich so froh, wie er vorgab zu sein? Es handelte sich um reinen Zufall, dass er noch lebte, um nichts anderes. Kaum die Hälfte der Flotte existierte noch. Grob gerechnet hatte er also eine Chance von fünfzig zu fünfzig gehabt, wieder auf Pral zu landen.

»Glück«, murmelte er fatalistisch.

Hulmen musterte ihn. »Was meinst du?«

»Dass wir beide eine gehörige Portion Glück hatten, ich in der Schlacht und du, weil du keine Überstunden gemacht hast.«

»Wenn man es so betrachtet, ja.«

Der Ort ihres letzten Zusammentreffens existierte nicht mehr. Grfzt besuchte seinen Freund Hulmen in dessen Haus auf dem Land, abseits der Forschungsanlage und der weitgehend zerstörten Stadt Pluuht.

Seltsamerweise dachte der Glonk in diesem Moment an die schräge Rob-Ameise. Auf eine merkwürdige Weise ging sie ihm genauso durch den Kopf wie all jene Toten, die von der Raumschlacht nicht mehr nach Hause gekommen waren. Es war grotesk, an die mechanische Kreatur im selben Atemzug zu denken wie an diejenigen, die ihr Leben verloren hatten.

Etwas stimmt nicht mit mir, dachte Grfzt. Immer wieder kam ihm dieser Gedanke, und er wollte einfach nicht verstummen. Seit der Landung der LYNZK ging das jetzt schon so.

»Bedrückt dich etwas?« Hulmen blickte besorgt drein. »Du bist ungewohnt ruhig. So kenne ich dich gar nicht. Du wirkst völlig verschlossen.«

»Wundert dich das?« Es stimmte. Erst als sein Freund ihn darauf ansprach, merkte Grfzt es selbst. Er war nicht als derselbe zurückgekommen, als der er in die Schlacht gezogen war, erkannte er. Eine irritierende Vorstellung.

»Nein«, gestand Hulmen. »Für die meisten von uns hat sich das Leben verändert.«

»Für die Tissen vermutlich auch.«

»Ja. Wir haben beim Präsidenten darüber gesprochen, dass sie ihren Überlichtantrieb derzeit weiterentwickeln. Es wird geschätzt, dass sie keine zwei Monate bis zu seiner Fertigstellung brauchen.«

Die Echse stöhnte. »Also geht ihr Plan auf. Sie schaffen es, uns zu überflügeln. Damit hätte ich nie gerechnet.«

»Wer hätte das schon? Aber noch sollten wir nicht allzu schwarz sehen. Es gibt einen Plan, ihren Vorsprung zunichte zu machen.«

Grfzt horchte auf. »Willst du mir davon erzählen?«

»Warum nicht?« Hulmen berichtete ihm von seiner Idee, die Tissen mit ihren eigenen Methoden zu schlagen, indem man Sabotagekommandos auf ihre Welt schickte. »Dabei werden kleine Einwegraketen zum Einsatz kommen, schnell, unauffällig und wendig. Das einzige Problem dabei besteht darin, dass unsere Leute keine Chance haben, nach Ende ihrer Mission heimzukehren.«

Der Glonk lauschte der Schilderung seines Freundes mit wachsendem Interesse. Es konnte gelingen, davon war er überzeugt. Es bestand also doch noch Aussicht, verlorenen Boden wieder gutzumachen und den Tissen zuvorzukommen.

Diese Schurken! Diese Mörder!

Sie hatten so viele seiner Kameraden auf dem Gewissen, dass es Grfzt körperliche Schmerzen bereitete.

Warum sind sie alle gestorben?, fragte er sich. *Warum habe ich überlebt?*

Er fand keine Antwort auf die Frage, die ihn seit der Landung der LYNZK quälte.

Wahrscheinlich gab es gar keine. Gerecht war es jedenfalls nicht.

Er dachte an seine totgeborene Eischwester. Warum kam sie ihm ausgerechnet jetzt in den Sinn?

»Vielleicht triumphiert ihr mit eurem Antrieb doch noch vor den Tissen«, sagte er.

»Vielleicht? Nein, ganz bestimmt sogar!«, zeigte sich Hulmen zuversichtlich. »Ich glaube fest daran.«

Zu seinem Erstaunen tat Grfzt das ebenfalls. Es gab keinen Grund dafür, und trotzdem verspürte er Gewissheit, dass sie die Tissen letztendlich überflügeln würden. Es hing nur vom Erfolg der Sabotagekommandos ab.

Trotz seiner Überzeugung konnte er sich Hulmens Enthusiasmus jedoch nicht anschließen. Er empfand keine Freude, keine Begeisterung, nur die Notwendigkeit, dass dieses Ringen zwischen ihnen und den Schurken zu einem gerechten Ende gebracht werden musste.

Mit einem Ruck erhob sich Grfzt. »Es wird Zeit, dass ich aufbreche.«

»So früh schon?«, wunderte sich Hulmen. »Du bist doch kaum angekommen.«

»Ich bin müde«, log der Glonk. Tatsächlich beschäftigte ihn eine Idee, die ihn nicht mehr losließ.

»In dem Fall will ich dich nicht aufhalten.« Hulmen brachte seinen Freund zur Tür und verabschiedete ihn. »Bis bald.«

»Ja, bis bald«, entgegnete Grfzt.

Ich glaube nicht, schob er in Gedanken hinterher.

Er trat aus Hulmens Haus auf die Straße, und die Tür schloss sich hinter ihm.

Zum letzten Mal.

*

»Ich will nicht verhehlen, dass ich bezweifle, einen von euch jemals wiederzusehen.« Flnx' Blick glitt über die Freiwilligen. »Ich wünschte es, aber ich glaube es nicht. Jeden von euch, der mich durch seine Rückkehr vom Gegenteil überzeugt, empfange ich jedoch mit offenen Armen.«

Die Versammelten lächelten. Auch Grfzt lächelte. Nun lernte er den Präsidenten also doch noch persönlich kennen. Ein sympathischer Mann, fand er, sympathischer noch als bei seinen Holo-Auftritten.

Gebannt lauschte Grfzt den Worten, die Flnx an die Freiwilligen richtete. Der Präsident appellierte nicht an sie, sich mit aller Kraft und bis zum letzten Atemzug der vor ihnen liegenden Aufgabe zu widmen. Das lag ohnehin in ihrer Absicht, denn sonst würden sie nicht hier stehen. Nein, er versicherte sie seiner Dankbarkeit, weil sie aufbrachen, um selbstlos für ihr Volk einzutreten.

»Habt ihr Fragen?«

»Wie lange werden wir zu den Schurken unterwegs sein?«, wollte einer der Männer wissen.

»Es wird ein kurzer Flug werden«, sagte der Präsident voraus. »Zum Zeitpunkt des Starts, also heute in einer Woche, kommt es zur größten räumlichen Annäherung unserer Welten. Nur wenige Lichtminuten trennen Pral und Tis dann voneinander.«

»Also kann gar nichts schiefgehen«, jubelte jemand.

»Ganz im Gegenteil«, zeigte sich Flnx schonungslos offen. »Zweifellos wird die Raumüberwachung des Feindes euren Anflug anmessen und die meisten von euch noch im Raum abschießen.«

Stille setzte ein. Die Freiwilligen ließen die einem Todesurteil gleichkommenden Worte sacken.

Grfzt lauschte in sich hinein. Er suchte nach Anzeichen von Angst. Er entdeckte keine, weil er den Tod nicht mehr fürchtete. Unauffällig schaute er nach links und nach rechts, versuchte aus der Körpersprache seiner Kameraden auf deren Gefühlslage zu schließen. Nicht einer von ihnen verriet sich durch eine Regung. Die Angehörigen so unterschiedlicher Völker schienen ebenso entschlossen zu sein wie der Glonk.

»Noch ist Zeit, euch anders zu entscheiden«, fuhr der Präsident fort. »Wenn also einer von euch zurücktreten möchte, werde weder ich noch sonst wer ihm das übelnehmen.«

Niemand meldete sich. Sie alle wollten dabei sein, es den Tissen so richtig zu zeigen. Grfzt hatte nichts anderes erwartet. Er fühlte Stolz in sich aufsteigen, weil er dazugehörte.

»Ich danke euch.« Flnx klang ergriffen, als er einen hochrangigen Offizier der Streitkräfte heranwinkte. »Oberst Prrr wird euch nun in die Bedienung der Raketen einweisen. Oberst, bitte, sie gehören Ihnen.«

Die Freiwilligen folgten dem gebeugt gehenden Insektoiden. Prrr führte sie ins Freie, wo ein Transportschweber auf sie wartete. Die rund zwei Dutzend Männer stiegen ein, und das Schwebefahrzeug ruckte an.

Grfzt beobachtete die Landschaft, die an ihnen vorbeirauschte. Sie war ihm fremd. Er konnte sich nicht erinnern, diese Gegend Prals jemals besucht zu haben. Es war ohne Belang. Die eintönige Fahrt ermüdete ihn, und er begann zu dösen, bis der Schweber zu einem in der Ödnis gelegenen Militärareal gelangte, wo er nach einer kurzen Kontrolle vom Wachpersonal durchgewunken wurde.

Wenig später erreichte der Schweber ein Landefeld, auf dem sich Dutzende schlanke Flugkörper reihten. Er hielt an, und die Freiwilligen stiegen aus.

Grfzt musterte die Einwegraketen. Mit ihren kaum zwanzig Metern Länge wirkten sie zerbrechlich und kaum raumflugtauglich, doch davon ließ sich der Glonk nicht beirren. Die Raketen sollten keinen Schönheitspreis gewinnen, sondern ihn und seine Kameraden ans Ziel bringen. Mehr brauchten sie nicht zu leisten, denn einmal auf Tis gelandet, würden sie sich nie wieder in die Luft erheben.

Oberst Prrr zog die allgemeine Aufmerksamkeit auf sich. Er öffnete die Einstiegsluke einer der Raketen und begann mit der Einweisung.

Begierig sog Grfzt jede Information in sich auf. Er dachte an seine in der Schlacht über Pral gefallenen Kameraden. Er würde sich ihrer als würdig erweisen. Er war bereit, ihnen zu folgen.

*

Eine Woche später hoben die Einwegraketen von Pral ab. Auf Feuerstrahlen schossen sie in den Himmel hinauf.

Grfzt lag ausgestreckt in der Röhre, deren Enge kaum Spielraum für Bewegungen gestattete. Ein Geräuschorkan ließ ihn vorübergehend taub werden.

Die Konstrukteure hatten auf jegliche Annehmlichkeit verzichtet. Bei den torpedoförmigen Geschossen kam es ausschließlich auf Funktionalität an.

Der Glonk schloss die Augen und presste die Klauenhände auf die Ohröffnungen. Er wurde kräftig durchgeschüttelt. Er schluckte, weil er das Gefühl hatte, sein Magen würde von innen nach außen gestülpt.

Nach Überwinden der Atmosphäre ebbten die unangenehmen Begleiterscheinungen ab. Grfzt verharrte weiterhin in liegender Position. Auf eine Sitzmöglichkeit war verzichtet worden, da sie bei dem einmaligen Flug der Rakete nicht gebraucht wurde. Er fühlte sich hilflos, der Automatik auf Gedeih und Verderb ausgeliefert. Erst kurz vor dem Ziel würde sie die manuelle Steuerung freigeben. Zwar gab es die Option einer vorherigen Umschaltung, doch diese diente lediglich für Notfälle.

Einen solchen wollte die Echse lieber nicht erleben. Sie bezweifelte, dass die Rakete eine Notfallsituation überstand.

Grfzt trug keinen Raumanzug, sondern schlichte Alltagskleidung, um auf Tis nicht aufzufallen. Er führte kein Gepäck mit sich, sah man von dem Dutzend Thermosprengladungen ab, die die Größe eines Fingergliedes nicht überstiegen, deren Sprengkraft jedoch ausreichte, um mehrere Häuserblocks in Schutt und Asche zu legen.

Hin und wieder erhaschte er auf dem Bildschirm einen Blick auf eins der anderen Schiffe. Sie flogen in weitem Pulk, wie ein Schwarm Insekten. Nur wenige von ihnen würden nicht schon beim Anflug abgeschossen werden. Gehörte Grfzt zu jenen Glücklichen, oder endete seine Mission, bevor sie richtig begann?

Er bemühte sich, nicht darüber nachzudenken, doch es gelang ihm nicht. So sehr er sich auch mit anderen Themen abzulenken versuchte, kehrten seine Überlegungen immer wieder zu dieser entscheidenden Frage zurück. Es geschah nicht, weil er den Tod fürchtete, sondern weil die Vorstellung, vernichtet zu werden, bevor er etwas ausrichten konnte, ihn quälte.

Der Flug verlief in ermüdender Eintönigkeit. Grfzt schloss die Augen, um ein wenig zu schlafen. Es gelang ihm nicht. Er versank in einem Dämmerzustand zwischen Wachen und Schlafen, wo man sich der Realität noch bewusst ist, aber trotzdem von wirren Träumen heimgesucht wird.

Wenig später schreckte er hoch, orientierte sich, und alles begann wieder von vorn.

Die Erlösung erfolgte schließlich in Form eines akustischen Signals. Die Automatik gab die Bedienung frei und ermöglichte die Steuerung durch den Piloten.

Grfzt griff darauf zu, froh darüber, endlich selbst die erforderlichen Handgriffe machen zu können. Argwöhnisch betrachtete er das Zentralgestirn, das sich vom Bildschirmrand her in den Erfassungsbereich schob wie ein gigantisches gelbes Auge.

Und dann sah er Tis, die Welt der Schurken. Sie lag nicht im Fokus der Flugbahn, sodass er eine geringfügige Kurskorrektor vornehmen musste. Als er sie durchführte, wanderte die Sonne wieder aus der Erfassung. Dadurch gewann Tis optisch an Geltung. Grfzt war schon viel näher dran, als er gedacht hatte.

Ob sie uns schon bemerkt haben?

Anscheinend nicht, denn noch stiegen keine Abwehrraketen von der Planetenoberfläche auf.

Sekundenlang gab sich der Glonk der närrischen Illusion hin, die Tissen bekämen die Annäherung der Einwegraketen überhaupt nicht mit. Sie zerplatzte wie eine Seifenblase, als es draußen aufblitzte. Eine kurz aufflammende kleine Sonne verriet ihm, dass es einen seiner Kameraden erwischt hatte.

Die Raumüberwachung von Tis war wach geworden. Die Schurken feuerten, was das Zeug hielt.

Im Weltraum ereigneten sich mehrere Explosionen fast gleichzeitig. Es geschah so schnell, dass Grfzt mit dem Zählen nicht nachkam. Er erschrak fürchterlich, denn einen solchen Abwehrschlag hatten sie nicht erwartet.

Sie wissen Bescheid. Sie warten auf uns.

Wie viele Schiffe außer dem seinen existierten noch? Er hielt auf dem Bildschirm Ausschau, entdeckte aber lediglich vorbeifliegende Trümmer. Er konnte von Glück reden, dass sie ihn nicht trafen und die Rakete perforierten.

Tis hing inzwischen als gewaltige Scheibe im All, und Grfzt raste ungebremst auf den Planeten zu. Gerade als er Anstalten machte, die Bremstriebwerke zu zünden und die Schubumkehr vorzubereiten, registrierte er einen verwaschenen Fleck. Der Schatten jagte ihm entgegen. Es dauerte viel zu lange, bis Grfzt begriff, was da mit enormer Geschwindigkeit auf ihn zukam.

Eine Abwehrrakete!

Der Glonk riss seinen Flugkörper brutal aus der Bahn. Ein Geräuschorkan fiel über ihn her, der so klang, als würde das Metall der Hülle zerreißen.

Ein harter Schlag traf die Einwegrakete. Augenblicklich begann sie zu rotieren wie ein außer Kontrolle geratener Kreisel.

Grfzt knallte mit dem Kopf gegen die Wand. Seine Hände rutschten von der Steuerung, und es wurde schwarz um ihn.

*

Hulmen beobachtete die aufsteigenden Raketenschiffe aus der Ferne. Nur sie standen noch zwischen dem Triumph der Tissen und der Aussicht, dass er seine eigene Entwicklung ein zweites Mal vollenden konnte. Ein halbes Jahr benötigten er und seine Kollegen. So viel Zeit mussten die mutigen Männer herausschlagen, die sich auf den Weg nach Tis machten, von wo sie wahrscheinlich nie mehr zurückkehren würden.

Kleiner und kleiner wurden die Raketen am Himmel, bis sie nur noch als winzige Pünktchen zu erkennen waren.

Noch lange nach dem Verblassen der hinter den Schiffen zurückbleibenden Impulsstrahlen schaute Hulmen zum Himmel hinauf. Es fiel ihm schwer, sich von dem Anblick zu lösen und zu seiner eigenen Arbeit zurückzukehren. Es kostete Kraft, sich zu motivieren, wenn in den Sternen stand, ob man sie je würde zu Ende führen können.

Endlich gelang es ihm, den Blick abzuwenden. Als er in seinen Schweber stieg, versuchte er zum zweiten Mal an diesem Tag, Grfzt zu erreichen. Wie schon beim vorangegangenen Versuch meldete der Glonk sich nicht. Das war ungewöhnlich. Ohnehin hatte er sich in den letzten Tagen sehr rar gemacht. Hulmen überkam immer mehr die Überzeugung, dass die schreckliche Raumschlacht gegen die Tissen Grfzt schlimmer belastete, als dieser es zugab. Hulmen unternahm eine weitere Anstrengung, Kontakt herzustellen, abermals erfolglos, sodass er es einstweilen aufgab.

Die Instandsetzungen an seinem Arbeitsplatz gingen zügig vonstatten. Bis zu ihrem Abschluss arbeiteten die Forscher in einer anderen Halle des Areals.

Bevor Hulmen sich auf den Weg dorthin machte, schaute er kurz zu Hause vorbei, um ein paar Unterlagen zu holen, mit deren Studium er sich die Nacht um die Ohren geschlagen hatte. Erst nachdem er sie in einer Aktentasche verstaut hatte, bemerkte er, dass der Nachrichtenspeicher seines Hauses eine Mitteilung für ihn bereithielt.

»Heute Abend«, murmelte er, doch dann überlegte er es sich anders.

Er aktivierte die Anlage und stellte fest, dass es sich um eine Videobotschaft handelte. Ein kubisches Hologramm baute sich auf, und Grfzt blickte ihm aus dem Würfel entgegen. Die Echse lächelte ihr dünnen Echsenlächeln, das Hulmen schon immer gemocht hatte.

»Guten Tag, alter Freund«, begann der Glonk.

Hulmen rutschte die Aktentasche aus der Hand, als er den weiteren Worten lauschte. Ungläubig ließ er sich auf einen Sessel fallen, als er erfuhr, dass Grfzt sich den Sabotagekommandos angeschlossen und Pral verlassen hatte. Er befand sich in einer dieser kleinen Nussschalen, deren Start Hulmen beigewohnt hatte, auf dem Weg zu den verhassten Tissen. Er wollte seinen Beitrag leisten, damit die Pral ihr Überlichttriebwerk doch noch vor den Feinden fertigstellen konnten.

Regungslos saß Hulmen da. Nach Beendigung der Botschaft spielte er sie erneut ab. Schwermut packte ihn, als er begriff.

»Ich habe dich erst auf diese Idee gebracht, nicht wahr?«, murmelte er. »Vor einer Woche, als ich dir von meinem Vorschlag an Präsident Flnx erzählte. Deshalb also habe ich dich kaum noch zu Gesicht bekommen. Aber warum hast du mir nichts von deiner Absicht gesagt?«

Die Antwort lag auf der Hand: Weil Hulmen versucht hätte, Grfzt dieses Vorhaben auszureden, diese Selbstmordmission, von der der Glonk sich unter keinen Umständen abbringen lassen wollte.

»Ich wünsche dir alles Gute, alter Freund«, verabschiedete sich Grfzt.

Hulmen schaltete die Anlage aus. Das Abbild der Echse verblasste, das Holo erlosch. Auf einmal hatte er es eilig, sich an seine Arbeit zu begeben. Er musste den Antrieb, um den sich alles drehte, so schnell wie möglich fertigstellen. Das schuldete er Grfzt.

»Mach's gut, alter Freund« sagte er, als er das Haus verließ. Die Tür fiel hinter ihm ins Schloss.

*

Ein dumpfer Schlag weckte Grfzt aus der Bewusstlosigkeit. Langsam dämmerte er in den Wachzustand hinüber. Sein Kopf schmerzte, und er fühlte sich elend, dennoch rappelte er sich eilig auf, als die Erinnerung einsetzte.

Der Antrieb der Rakete schwieg, sämtliche Instrumente befanden sich im Zustand der Inaktivität. In der Röhre herrschte Totenstille.

Es dauerte eine Weile, bis Grfzt begriff, dass er sich nicht mehr im Weltraum aufhielt. Er hatte einen Treffer abbekommen und war abgestürzt. Offenbar hatte die Automatik die drohende Gefahr eines ungebremsten Aufschlags erkannt, wieder die Steuerung übernommen und die abgeschossene Rakete vollends zu Boden gebracht. Dass er lebte, grenzte dennoch an ein Wunder. Er nahm an, dass er dieses Überleben seinem Schuppenpanzer verdankte. Hulmen an seiner Stelle wäre wahrscheinlich weniger glimpflich davongekommen.

Trotz seiner Lage lächelte der Glonk, als er an seinen Freund dachte. Dann fiel ihm ein, dass sich vielleicht schon Tissen dem Wrack näherten, die nur darauf aus waren, das zu vollenden, was der Absturz nicht geschafft hatte.

Er wälzte sich herum, griff nach einem Hebel und öffnete die Ausstiegsluke manuell. Tageslicht fiel herein. Grfzt kroch durch den Ausstieg und roch Luft, die sich durch nichts von der auf Pral unterschied. Sie roch frisch, und sie roch gut. Er stemmte sich vom Boden in die Höhe und spähte in alle Richtungen.

Kein Tissen ließ sich blicken. Er war allein. Anscheinend hatte ihre Raumüberwachung das abstürzende Wrack aus der Erfassung verloren. Trotzdem würden sie früher oder später auf die Rakete stoßen und, da sie darin keine Leiche fanden, die richtigen Schlüsse ziehen. Bis dahin musste er längst in der Anonymität der Menge einer Stadt untergetaucht sein.

Die Röhre lag inmitten einer weiten Ebene, in der allerlei Vegetation gedieh. Auch sie unterschied sich nicht sehr von jener auf Pral. Statt auf der Welt der Schurken hätte er glatt zu Hause sein können. Das war er aber nicht. Er hielt sich in Feindesland auf, umgeben von Tissen, die ihn hassten und die er hasste. Wenn sie seiner habhaft wurden, würden sie nicht zögern, ihn zu töten.

Ihm kam seine Mission in Erinnerung. Grfzt tastete nach den unter seiner Kleidung verborgenen Thermosprengsätzen. Sie steckten vollzählig in der Innentasche, vollzählig und einsatzbereit. Er zog sie hervor und betrachtete sie mit grimmiger Entschlossenheit. Sie verliehen ihm die Kraft, die er brauchte, um seine Mission erfolgreich durchzuführen. Er steckte sie wieder weg und glättete seine Kleidung.

Wie viele weitere Raketen mochten durchgekommen sein? Wie viele seiner Kameraden machten sich gleich ihm auf den Weg, um die Mission zu erfüllen?

Grfzt wusste es nicht, und er besaß keine Möglichkeit, es herauszufinden. Er musste davon ausgehen, dass er allein das Ziel erreicht hatte. Also lag es an ihm, das zu tun, was getan werden musste.

In der Ferne entdeckte er die Aufbauten einer Stadt. Grfzt wandte sich von dem Wrack ab und machte sich auf den Weg dorthin.

5.

Eine Flugzeit von drei Tagen lag hinter dem Ringraumer, als er sich mit voller Tarnung und auf Schleichpfaden dem Zielgebiet näherte.

In großem Abstand verringerte Dhark die Geschwindigkeit und brachte die POINT OF schließlich zum relativen Stillstand. Die Warnungen seiner Leute klangen ihm noch im Ohr. Er wollte nicht sehenden Auges in eine Falle fliegen.

Doch von sehenden Auges konnte keine Rede sein. Wenn vor ihnen ein Sonnensystem lag, hätten die Instrumente es längst erfassen müssen. Dies jedoch taten sie nicht.

Der Commander blickte fragend zu seinem Ortungsoffizier. »Keine Anzeigen, Mister Grappa?«

Der Mailänder saß vornübergebeugt an seinem Arbeitspult. In Kopfhöhe flimmerten kleine Holos, die keine nennenswerten Daten abbildeten. »Negativ, Commander.«

»Kann es sein, dass die Entfernungsangaben in den Karten der Corell nicht stimmen?«

»Unwahrscheinlich«, antwortete Shanton. »Zumindest wäre es das erste Mal, dass die Unterlagen ungenau sind. Bisher gab die Akkuratesse keinen Grund zur Beanstandung.«

Wohl wahr, dachte Dhark. *Also doch eine Spur ins Nichts?*

»Befand sich dort womöglich etwas, was zerstört wurde?«, überlegte er laut.

Grappa, der davon ausging, die Frage sei an ihn gerichtet, wiegte den Kopf. »Das müsste schon lange her sein. Die Instrumente registrieren keine Emissionen, keine Reste von Streustrahlung. Die Taster erfassen weder dichte Materierückstände noch auffällige Staubballungen.«

»Vorschläge?«

»Näher herangehen. Was sonst?«, brummte Doorn. »Wenn nichts da ist, kann uns auch nichts gefährlich werden.«

Dhark griff auf die Steuerung zu, und die POINT OF nahm mit geringen Werten Fahrt auf. Im Hintergrund unterhielten sich Doorn und Shanton, sonst sprach niemand ein Wort.

Viele Lichtjahre trennten das Schiff vom nächsten Sonnensystem.

Wozu ein solcher Eintrag der Kartografen?

Wozu etwas verzeichnen, das nicht existierte?

Das ergab keinen Sinn. Oder waren die Karten der Corell wirklich schon so alt, dass sie vorn und hinten nicht mehr stimmten?

An diese Einschätzung glaubte Dhark nicht, weil die Corell ihre Unterlagen dann nämlich nicht als Unterstützung an Hilfesuchende weitergegeben hätten.

»Schwache Emissionen«, riss Grappa den Commander aus seinen Überlegungen. »Auch die Taster registrieren jetzt etwas. Ein Raumkörper in Flugrichtung!«

»Ein Schiff?«, fragte Dhark alarmiert.

Nach kurzem Zögern schüttelte der Mailänder den Kopf. »Stationär verankert.«

»Eine Raumstation?«

»Anscheinend. Moment mal …« Grappa stutzte. »Da ist eine zweite … und noch eine.«

Die Entdeckung versetzte Dhark in höchste Alarmbereitschaft. Normalerweise dienten Raumstationen als Schutzeinrichtungen, entweder für oder gegen etwas. Doch was schützten sie hier? Er erinnerte sich an Shantons halb im Scherz und halb ernsthaft gemachte Äußerung. *Das Heimatsystem der Friedensstifter.* Deren Sitz war mit Sicherheit weiträumig abgeriegelt. Doch es gab hier keine Planeten. Existierte eine Vorrichtung, die sie vor den Instrumenten sich nähernder Raumschiffe abschirmte?

»Ich entdecke ständig weitere Raumkörper«, meldete Grappa. »Allmählich beginnt sich eine Struktur abzuzeichnen.«

Da in der Bildkugel nichts zu sehen war, richteten die Anwesenden ihre Aufmerksamkeit auf den Ortungschef. Grappa nahm in rasender Eile Schaltungen vor. Er arbeitete jetzt schweigend und verbissen, ohne auf Zwischenrufe zu reagieren. Dhark gab den anderen durch ein Handzeichen zu verstehen, sie mögen sich gedulden. Es zahlte sich aus, denn schließlich richtete sich Grappa auf. Mit fliegenden Fingern hackte er eine Befehlskette in die Eingabeelemente und deutete dann zur Bildkugel hinüber.

In der Sphäre, die in der Mitte der Zentrale schwebte, leuchteten rote Markierungen auf. Es waren Dutzende, die von der Ausgangsposition in verschiedene Stellungen wanderten und eine Art grobmaschiges Netz bildeten.

»Was ist das?«, fragte jemand.

Dhark ahnte es bereits, als Grappa die Erklärung lieferte: »Raumstationen, die das Sperrgebiet grob kugelförmig umgeben. Was wir dort sehen, sind die Anlagen im vorderen Bereich, also die uns nächstgelegenen. Was weiter in die Tiefe des Raumes hineinreicht, kann ich von hier aus nicht messen, da die Emissionen sich überlagern und die Tiefenortung erschweren. Wenn sich das sichtbare Verteilungsmuster jedoch einigermaßen gleichmäßig fortsetzt, handelt es sich um eine aus etwa vierhundert Stationen bestehende Kugelschale mit einem Radius von einem halben Lichtjahr.«

Doorn stieß einen Pfiff aus. »Junge, Junge, ein beträchtlicher Aufwand. Wie groß sind die Stationen?«

»Kubisch mit einer Kantenlänge von knapp einem Kilometer.« Grappa verschränkte die Finger beider Hände ineinander. »Sie bestehen aus Unitall.«

»Unitall«, sprach Doris aus, was alle dachten. Demzufolge Worgun oder Wächter. In diesem speziellen Fall zweifelte niemand daran, dass es sich bei den Erbauern der Riesenanlage um Wächter handelte.

»Der Durchmesser von einem Lichtjahr passt.« Shanton hatte in den Karten der Corell einen raschen Abgleich der Darstellung der Sperrzone mit anderen verzeichneten Sonnensystemen vorgenommen.

»Schön und gut«, knödelte Doorn. »Aber wozu dient diese Kugel? Was verbirgt sie?«

»Verbirgt sie überhaupt irgendetwas?«, fragte Glenn Morris von der Funk-Z her.

Grappa schwenkte seinen Sessel herum und widmete sich wieder seiner Anlage. »Damit kommen wir zu dem vermutlich interessanten Aspekt. Es befindet sich nämlich tatsächlich etwas innerhalb der Kugelschale …«

»Etwas, das sich der optischen Beobachtung entzieht?«, fiel Amy Stewart dem Mailänder ins Wort.

»Ganz recht, und da ich nur verwaschene Daten erhalte, muss ich spekulieren. Ich tippe auf ein Sonnensystem, also keine Überraschung. Davon gingen wir ja schon aus, bevor wir uns auf den Weg machten.«

Allerdings, überlegte Dhark, *haben wir da noch nicht mit einem aus Raumstationen bestehenden Bollwerk gerechnet, das den Sperrbereich kugelförmig umgibt.*

»Ich wünschte, wir könnten Kontakt mit den Corell aufnehmen, um sie nach weiteren Informationen zu fragen«, äußerte Doris.

»Ich glaube nicht, dass wir welche bekämen«, sagte Doorn zu seiner Gefährtin. »Die Kartografen wissen kaum mehr als wir, sonst hätten sie die Darstellung mit einem Datenanhang versehen.«

Dem stimmte Dhark zu. Je länger er über die seltsame Konstruktion nachdachte, desto größer wurde seine Neugierde. Was sollte dort vor Unbefugten verborgen werden? Um wenig handelte es sich bestimmt nicht, wenn jemand Hunderte Raumstationen in Position brachte. Argwöhnisch musterte er die roten Markierungen. »Waffensignaturen, Tino?«

»Negativ, Commander. Was aber nicht heißt, dass die Stationen keine Waffen tragen. Was anderes sollten sie darstellen als waffenstarrende Bollwerke? Die Emissionen sind jedoch schwach und lassen sich nicht klassifizieren.«

»Erhöht es unsere Chancen, einen Blick ins Innere der Kugelschale zu werfen, wenn wir noch näher herangehen?«

Grappa winkte ab. »Dazu müssten wir nicht ran, sondern rein.«

Diese Antwort hatte Dhark erwartet. Er nahm die Restfahrt weg und brachte die POINT OF zum Stillstand. Fürs Erste wollte er eine der geheimnisvollen Stationen aus der Nähe betrachten. Er rief den Maschinenraum und wies Miles Congollon an, eine Sonde auszuschleusen.

Wenige Minuten nach der Bestätigung des Leitenden Ingenieurs raste das kleine technische Wunderwerk in den Raum hinaus.

*

Die Sonde bestätigte zwei bereits von Grappa ermittelte Informationen. Die Raumstation bestand aus Unitall, und die Kantenlänge des unregelmäßig geformten Kubus betrug knapp einen Kilometer.

Für Größenverhältnisse der Worgun und der Wächter nahm sich das zwar recht bescheiden aus, dennoch handelte es sich um einen ganz schönen Brocken, wie Doorn es ausdrückte. Rechnete man die Tatsache hinzu, dass dort draußen vierhundert dieser ganz schönen Brocken im Raum schwebten, potenzierte sich eine beeindruckende Feuerkraft.

Zumindest wenn es sich bei den Stationen um Abwehrfestungen handelte.

Und davon ging Dhark aus.

Die Sonde raste bis dicht an den Raumkörper heran, bremste scharf ab und schwenkte über eine der Flächen ein. Gestochen scharfe Bilder trafen ein.

»Der reinste Antennenwald«, kommentierte Shanton die bizarren Aufbauten, die der Station das Aussehen eines gigantischen Igels verliehen. »Ich nehme an für Funk, Ortung und Strahlenwaffen. Vor allem für Strahlenwaffen, Nadel vermutlich.«

»Keine Hinweise darauf, dass die Sonde erfasst wird, Tino?«

»Nein, Commander.«

Wieder stellte sich Dhark die Frage, wessen Verteidigung die Raumforts dienten.

Wen sollten sie zurückhalten?

Und weshalb legten ihre Erbauer offenbar großen Wert darauf, dass man beim Anflug nicht sah, was sich im Inneren des Sperrgebiets befand?

»Zwei Ringraumer!«, meldete Grappa plötzlich.

»Grüne Ringraumer?« Die Frage kam Dhark wie von selbst über die Lippen.

»Nein, kein Ter, sondern Unitall. Sie kommen nicht auf uns zu.«

Also keine Friedensstifter, sondern vermutlich eine Patrouille der Reckbatz, folgerte Dhark.

Beruhigen konnte ihn diese Tatsache jedoch nicht, und den anderen ging es ähnlich. Von einem Moment auf den nächsten packte höchste Anspannung sie alle.

»Ist es Zufall, dass sie ausgerechnet jetzt hier auftauchen?«, fragte Doorn brummig. »Ich traue den Krabben nicht.«

»Was machen sie, Tino?«

»Sie fliegen einen geradlinigen Kurs.« Zur Demonstration legte Grappa zwei leuchtend rote Marken in die Bildkugel. »Geringe Geschwindigkeit. Es sieht nicht so aus, als würden sie nach etwas suchen.«

Trotzdem hielt Dhark es für ratsam, sich vorsichtig zurückzuziehen.

Die POINT OF entfernte sich vom Rand der Sperrzone, ohne die beiden Raumer aus der Ortung zu verlieren. In großer Entfernung hielt er wieder an, während die Reckbatz den eingeschlagenen Kurs beibehielten.

Schnell wurde klar, dass es sich tatsächlich nur um einen Patrouillenflug handelte.

»Die Sperrzone wird bewacht. Das war nicht anders zu erwarten«, brachte Doorn die Beobachtung auf den Punkt.

»Wagen wir trotzdem einen Vorstoß?«, fragte Grappa.

In der Bildkugel glühten die Markierungen der beiden Ringraumer. Sie nahmen eine Kurskorrektur vor und folgten der Peripherie der gedachten Kugelschale mit gleichbleibender Geschwindigkeit. Ihr Verhalten verriet gelangweilte Routine. Wie lange mochte das künstliche Gebilde im All bereits existieren? Und war es jemals von Unbefugten angegangen worden?

»Es ist einen Versuch wert.« Dharks Neugierde gestattete keinen Rückzieher. Er hoffte auf Erkenntnisse, auf einen Lichtblick, auf den sie schon viel zu lange warteten. »Wir sind gewarnt, und der Checkmaster kann uns wegbringen, sollten wir entdeckt werden.« Genau das galt es eben zu verhindern. »Sobald die Reckbatz verschwinden, unternehmen wir einen Vorstoß.«

»Wenn wir erst mal drin sind, könnte das für uns sogar eine gewisse Sicherheit bedeuten«, spekulierte Hen Falluta, »da wir dann nicht mehr ohne Weiteres aufzuspüren sind, wie Mister Grappas Schwierigkeiten bei den Messungen zeigen. Selbst vor den grünen Ringraumern wären wir vermutlich für eine Weile sicher.«

»Es sei denn, es wimmelt da drin von eben jenen grünen Schiffen«, unkte Grappa.

»Glauben Sie immer noch an eine Falle?«, hielt ihm Doorn vor.

Gelassen bediente der Mailänder seine Ortungsanlage. »Mangels Fakten glaube ich an gar nichts, und aus dem gleichen Grund ziehe ich jede denkbare Option in Erwägung, auch eine Falle.«

Eine Möglichkeit, die Dhark nicht ausschloss, und dennoch sagte ihm eine innere Stimme, dass etwas anderes hinter diesem Geheimnis steckte. Wenn die Raumstationen wirklich ein Sonnensystem einhüllten und es mit solcher Waffenpräsenz sicherten, musste es damit etwas Besonderes auf sich haben. Dass vor ihnen das Heimatsystem der Friedensstifter lag, glaubte er indes immer weniger. Wieso sollten sie es von gelangweilten und offenbar nur sporadisch eintreffenden Patrouillen überwachen lassen, wenn ihre Ter-Raumer den Einheiten der Reckbatz sowohl an Schnelligkeit als auch an Feuerkraft überlegen waren?

Zwei Stunden später änderten die Reckbatz ihren Kurs. Sie entfernten sich von der Sperrzone und verschwanden in den Tiefen des Weltalls. Die POINT OF löste sich aus ihrer Warteposition, Dhark ging in die Offensive.

*

Die Anspannung hielt an. Das galt besonders für Grappa, der körperlich regungslos vor seinen Kontrollen hockte. Sein wacher Geist arbeitete hingegen umso reger.

Dhark steuerte die POINT OF mit ruhiger Hand auf die hypothetische Kugelschale zu. Er folgte einem vom Checkmaster berechneten Kurs und schlich an einem Punkt möglichst weit weg von den nächsten Raumstationen auf die unsichtbare Grenze zu.

»Weiterhin alles ruhig«, murmelte Grappa ungefragt vor sich hin.

Mit einem Ohr verfolgte Dhark den daraufhin einsetzenden Dialog Doorns und Shantons. Die Freunde zogen aus der Meldung Schlüsse, die der Commander teilte.

»Die Reckbatz scheinen die Patrouillen nur sporadisch durchzuführen«, brummte der Rotschopf.

»Sporadisch und halbherzig«, ergänzte Shanton.

Und wieder Doorn: »Vermutlich, weil sie sich in der Vergangenheit als überflüssig erwiesen haben. Auf mich macht das Ganze den Anschein, als sei hier seit einigen Jahrhunderten oder gar Jahrtausenden nichts mehr passiert, das eine Überwachung erfordert.«

»Du meinst, die Sperrzone wird nur noch routinemäßig überwacht, weil es schon immer so geschah, Arc?«

»Genau, Chris. Oder würdest du an Stelle der Krabben andernfalls so lax vorgehen?«

»Nein.«

Dhark spähte aus dem Augenwinkel zur Ortungszentrale hinüber. »Tino?«

»Immer noch nichts, Commander.«

Die Minuten zogen sich dahin, wurden zu einer Stunde.

Mit feuchten Handflächen bediente Dhark die Steuerung. Er kämpfte gegen seine Ungeduld an, unterdrückte den Drang, die Geschwindigkeit zu erhöhen, weil ihm eine irrige Vorstellung weismachen wollte, just im nächsten Moment käme unversehens ein Geschwader Feindschiffe aus dem Sperrgebiet. Es geschah nicht.

Die ausgeschleuste Sonde befand sich längst wieder im Schiff, inzwischen fingen die Bordkameras eines der Wachforts ein und übertrugen ihre Aufnahmen in die Bildkugel. Sie boten keine zusätzlichen Erkenntnisse, doch die Abbildung des gewaltigen Unitallkubus mit seinem Antennenwald wirkte bedrohlich auf Dhark. Es kam ihm so vor, als würde jede ihrer Bewegungen von unsichtbaren Augen verfolgt.

Sie waren nah dran. *Viel zu nah,* wisperte es in ihm.

Sein Verstand hingegen beruhigte ihn. Vierhundert Wachstationen, das klang viel, doch verteilt über ein Kugelgebilde von einem Lichtjahr Durchmesser verloren sie sich dort draußen. Die Tarnung machte die POINT OF unsichtbar, entzog sie jeder Wahrnehmung bis auf die optische, und um das Schiff in der Schwärze des Alls mit bloßem Auge oder entsprechenden technischen Hilfsmitteln zu entdecken, musste man schon sehr nah herankommen.

Drei weitere Stunden später schlüpfte der Ringraumer durch das grobmaschige Netz. Just in dem Moment, als er die unsichtbare Grenze hinter sich ließ, richtete sich Grappa auf. Er erhielt endlich genaue Daten.

*

»Ein Sonnensystem«, verkündete der Mailänder. »Es ist, als sei die Anlage soeben erst richtig angesprungen. Die Stationen dienen also nicht lediglich der Abwehr potenzieller Eindringlinge. Sie verfügen über eine Einrichtung, die eine abschirmende Wirkung besitzt. Sie behindert jede Ortungstechnik. Die Erbauer dieses Systems wollten unter allen Umständen unterbinden, dass jemand von außen einen Blick hineinwerfen kann.«

»Da bin ich mir nicht so sicher«, warf Doorn ein.

»Wie meinen Sie das, Arc?«, wollte Dhark wissen.

»Unterbrechen Sie kurz Ihre Tätigkeit und orten Sie stattdessen nach außen«, bat Doorn den Mailänder.

»Meinetwegen.« Grappa tat, wie ihm geheißen. Er stutzte. »Merkwürdig.«

»Was ist merkwürdig?«, erkundigte sich der Commander.

»Die Ortung nach außen klappt noch schlechter als zuvor andersherum.« Grappa schnaufte. »Wüsste ich es nicht besser, würde ich annehmen, dass mir die Anlage einen Streich spielt. Aber das ist nicht der Fall, sämtliche Instrumente arbeiten einwandfrei. Sie erzielen bloß nicht die übliche Wirkung, weil sie einer Blockierung unterliegen. Jetzt noch mehr als zuvor. Haben Sie das gerochen, Mister Doorn?«

»Nur so eine Ahnung«, haspelte der Rotschopf. »Ich glaube, wir sind bisher von falschen Voraussetzungen ausgegangen. Die ortungstechnische Dämpfung dient mitnichten dazu, den Blick ins Innere des Sperrgebiets zu unterbinden. Sie erfüllt vielmehr den Zweck, eine Beobachtung von innen nach außen zu verhindern. Dass man dadurch auch draußen Schwierigkeiten bekommt, ist nur ein Nebeneffekt.«

Stimmen schwirrten durcheinander, weil die Analyse des Worgunmutanten keinen Sinn ergab, erst recht nicht unter der Prämisse, dass es sich bei der Sperrzone um die Heimat der Friedensstifter handelte. Denn wozu sollten die vermeintlichen Wächter sich selbst Steine in den Weg legen?

Dhark wischte den scheinbaren Widerspruch beiseite. »Hinweise auf grüne Ringraumer, Mister Grappa?«

»Negativ.«

»Beruhigend. Ich wünsche eine genaue Durchortung des Sonnensystems.«

»Ich bin schon dabei, Commander. Es wird aber eine Weile dauern.«

Dhark nahm Fahrt heraus, und die POINT OF verweilte im Randbereich der Sperrzone. Solange keine Ter-Raumer und keine Einheiten der Reckbatz auftauchten, bestand keine Notwendigkeit zu übertriebener Hast.

*

»Erinnert sich jemand an das Tetra-System?«, brach Grappa schließlich sein Schweigen.

Die rhetorische Frage löste einhelliges Nicken aus. Alle erinnerten sich, schließlich lag die Entdeckung des der Milchstraße am nächsten liegenden Außenbereichs Voktars nur wenige Wochen zurück.*

Im Zentrum des Tetra-Systems befanden sich vier identische Zwergsonnen, deren Anordnung die Eckpunkte eines perfekten Tetraeders bildeten. Noch erstaunlicher war die Tatsache, dass die

---

* Siehe Weg ins Weltall Band 65, »Aufbruch nach NGK 3109«

sage und schreibe einhundertfünfundsechzig Planeten des Systems sich auf fünf Kugelschalen verteilten, deren mittlere in der habitablen Zone lag. Dass das gesamte System auf künstliche Weise erschaffen worden war, lag auf der Hand. Die Astronomische Abteilung vertrat den nachvollziehbaren Standpunkt, dass es den Erbauern darum gegangen war, möglichst viele Welten in der Lebenszone zu platzieren, und Dhark teilte diese Ansicht. Die Ähnlichkeit zu kühnen Konstruktionen wie der Sternenbrücke und dem Sternenkreisel hatte umgehend die Worgun als Konstrukteure ins Spiel gebracht, auch wenn sich dafür keine Beweise ergeben hatten. Die Untersuchung der mittleren Schale, die aus achtundzwanzig Planeten bestand, hatte für die Raumfahrer eine Enttäuschung bedeutet. Die Welten waren tatsächlich einst bewohnt gewesen, doch schon vor langer Zeit einem Krieg zum Opfer gefallen.

Keiner dieser Planeten trug heute noch höherentwickeltes Leben.

»Heißt das, in dem Sperrgebiet herrschen die gleichen Verhältnisse wie im Tetra-System?«, erkundigte sich Dhark.

»Die gleichen nicht, aber es gibt Ähnlichkeiten«, relativierte Grappa seine Andeutung. »Die größte ist jene, dass auch dieses System nicht auf natürliche Weise entstanden sein kann. Es existieren zu viele außergewöhnliche Faktoren, was schon bei der gelben Sonne anfängt. Ich nehme an, die Astro führt bereits eigene Messungen durch.«

»Was ist so ungewöhnlich an einer gelben Sonne?«, wunderte sich Morris.

»An *einer* gelben Sonne gar nichts, an *dieser* gelben Sonne hingegen …«

Grappa kam nicht dazu, seine Erklärung zu Ende zu führen, denn wie aufs Stichwort meldete sich die Astronomische Abteilung über Bordsprech. Die Stimme des Astrophysikers Spence Claus Bentheim drang aus den Sprechrillen. Allerdings blieben seine Worte unverständlich, da im Hintergrund mehrere Personen durcheinanderriefen.

Dhark meinte Jens Lionel und Jerome Sheffield zu vernehmen. Seufzend schritt er ein. »Wir können zusammen singen, meine

Herren, aber nicht zusammen reden. Wenn Sie also bitte die Güte hätten, Ihr Anliegen manierlich vorzutragen.«

Er hörte Bentheim schimpfen, offenbar nicht an die Adresse der Zentrale gerichtet.

»Diese Sonne!«, drang der Astrophysiker endlich verständlich durch. »Worauf sind wir da bloß gestoßen? Eine so große gelbe Sonne dürfte es eigentlich gar nicht geben. Ein kosmisches Wunder, da stimmen alle in der Astro überein. Das Phänomen müssen wir unbedingt genauer untersuchen, Commander. Wann gehen wir näher ran?«

Grappa gestattete sich ein flüchtiges Grinsen. Wenn die Eierköpfe in der Astro außer Rand und Band gerieten, was in diesem Augenblick anscheinend gerade wieder einmal der Fall war, konnte man sie kaum noch mit dem Lasso einfangen. Mit einer beiläufigen Handbewegung legte der Mailänder eine neue visuelle Darstellung in die Bildkugel. In einem Ausschnitt der Sphäre flammte ein gelbes Zentralgestirn auf, um das sich fünfzehn Planeten drehten. Selbst dem größten Laien wäre sofort aufgefallen, dass in dem System nicht alles mit rechten Dingen zuging.

»Zunächst müssen Sie sich auf Fernmessungen beschränken, Mister Bentheim«, bedauerte Dhark.

»Verstanden, Commander. Dennoch, wann gehen wir näher heran?«, drängte der Astrophysiker. Schon wieder begannen im Hintergrund seine Kollegen zu plärren.

Dhark würgte die ganze Bande ab, indem er Bordsprech unterbrach. Er verzog das Gesicht zu einer säuerlichen Miene. Die Spezialisten in der Astro würden ihre Wünsche selbst dann vortragen, wenn die POINT OF unter schwerem Feuer lag.

»Verstehen Sie, was ich meine?«, säuselte Grappa süffisant. »Bentheim hat natürlich völlig recht. Man muss kein Astronom sein, um das zu erkennen. Gelbe Sonnen dieser Größenordnung existieren nicht.«

»Also wieder mal die Worgun oder die Wächter«, knurrte Doorn.

»Anzunehmen.« Grappa nickte. »Wenn ich nun auf die anderen Auffälligkeiten aufmerksam machen darf, die in der Natur nicht vorkommen?«

Dhark beschäftigte sich bereits mit der Darstellung, die jeder astronomischen Basis Hohn sprach. Von den fünfzehn Planeten des Systems wanderten sechs durch die habitable Zone, und zwar alle im exakt gleichen Abstand um ihr Zentralgestirn, wie die eingeblendeten Daten verrieten. Sie befanden sich an Position Nummer vier. Drei Welten beschrieben also sonnennähere Umlaufbahnen, sechs weitere folgten weiter draußen ihren natürlichen Bahnen.

»Bei den Nummern 4 – ich nenne jene sechs Planeten so, die einen identischen Sonnenabstand aufweisen – handelt es sich ausnahmslos um Sauerstoffwelten«, führte Grappa seine Messungen aus. »Sie stellen einen massiven Eingriff in den Haushalt dieses Systems dar. Man hat sie mit technischen Hilfsmitteln dort platziert, gar keine Frage. Das kennen wir ja schon von anderen Beispielen, zuletzt eben vom Tetra-System – und ich wage sogar die Spekulation, dass dieses System hier ein Prototyp von Tetra sein könnte.

Die restlichen neun Welten liegen in der normalen Ekliptik. Ich gehe davon aus, dass sie sich auf ihren ursprünglichen Umlaufbahnen befinden, also auch dort entstanden sind. Ich nehme an, die Astro wird das bestätigen.«

Gebannt lauschte Dhark den Ausführungen seines Ortungschefs. »Lebenszeichen?«

»Auf allen sechs Nummer-4-Welten, ja. Es gibt sogar Raumfahrt, allerdings nur sehr spärlich und offenbar auf dieses System beschränkt, vielleicht sogar auf den planetennahen Raum der Nummern 4. Im Bereich der äußeren Umläufer messe ich jedenfalls keine Schiffe an. Und jetzt kommt es.« Grappa legte eine bedeutungsschwere Pause ein, um sich der allgemeinen Aufmerksamkeit zu versichern. »Die Emissionen deuten darauf hin, dass sich zwei der bewohnten Planeten miteinander im Krieg befinden.«

»Im Krieg?« Einer spontanen Eingebung folgend schüttelte Shanton den Kopf. »Sie müssen sich irren. Wir wissen, was passiert, wenn irgendwo in Voktar gewaltsame Auseinandersetzungen ausbrechen. Die Reckbatz werden vorstellig und sorgen mit drastischen Mitteln für Ruhe und Ordnung.«

Der Ortungschef zuckte mit den Achseln. »Ich habe es nicht vergessen. Das ändert jedoch nichts an den Fakten.«

»Erst vor ein paar Stunden sind die Reckbatz in wenigen Lichtminuten Entfernung vorbeigeflogen«, sinnierte Dhark. »Sie haben die Kämpfe ignoriert. Anscheinend tun sie das schon länger. Dieses Verhalten widerspricht allem, was wir über Voktar wissen.«

»Vielleicht haben wir ein paar unserer vermeintlichen Erkenntnisse falsch ausgelegt«, vermutete Falluta.

»Nein«, entgegnete Amy Stewart im Brustton der Überzeugung. »Sie basieren auf eindeutigen Beobachtungen und logischen Schlussfolgerungen. Außerdem haben wir die Augenzeugenberichte verschiedener in Voktar ansässiger Völker vernommen. Sie infrage zu stellen wäre ein Fehler. Vielleicht hat die Ignoranz der Reckbatz mit der Existenz der Sperrzone zu tun.«

»Du denkst an eine Art Experimentierfeld?«, fragte Dhark.

Der weibliche Cyborg nickte. »Anderen Völkern bleibt verborgen, was in der Sperrzone geschieht. Wenn sie sich hier drin die Köpfe einhauen, bekommt das draußen niemand mit. Die Gefahr eines Flächenbrandes ist also ausgeschlossen.«

»Trotzdem widerspräche ein Nichteingreifen der Philosophie der Friedensstifter«, fasste Dhark seine Zweifel in Worte. »Wie verhält sich die Bevölkerung der anderen vier bewohnten Planeten, Tino? Bekommt sie die Auseinandersetzungen aufgrund ihres technischen Entwicklungsstandes mit?«

»Aller Wahrscheinlichkeit nach ja. Sie scheint sich einfach nicht um den Krieg zu kümmern. Allerdings«, schränkte Grappa ein, »lässt sich das von hier aus nicht definitiv beantworten. Für eine Klärung müssen wir uns die Planeten aus der Nähe ansehen.«

»Es wird immer mysteriöser.« Shanton machte auf eine weitere Ungereimtheit aufmerksam. »Angenommen, auf den beiden kriegführenden Planeten leben zwei unterschiedliche Völker, was hat es dann mit den Bewohnern der restlichen Welten auf sich? Handelt es sich bei ihnen um ein drittes Volk? Denn würden sie einem der beiden anderen angehören, hielten sie sich bestimmt nicht aus allem heraus.«

Aufmerksam studierte Dhark die Planetendarstellung in der Bildkugel. »Im Orbit des fünften Planeten, also dem ersten jenseits der Nummern 4, ist das ein Mond?«

Da Grappa bestätigte, reifte in Dhark ein Entschluss. Von schräg unterhalb der Ekliptik kommend steuerte er die POINT OF auf die genannte Welt zu und versteckte sie im Ortungsschatten des kleinen Mondes.

Eine halbe Stunde später jagte ein Schwarm Drohnen ins All hinaus, um die bewohnten Planeten zu untersuchen.

*

An Stelle der Ortungsanlage rückte nun die Funk-Z in den Mittelpunkt des Interesses, denn es gelang Glenn Morris, einen Wust an Funksprüchen einzufangen.

Die erste Erkenntnis, nämlich dass auf allen sechs bewohnten Planeten Worgun gesprochen wurde, überraschte niemanden, hatten die Raumfahrer Worgun bisher doch als die *Lingua franca* von Voktar kennengelernt. So bestätigte sich die Erwartung, dass sie auch in der Sperrzone als Verkehrssprache diente. Schnell wurde klar, dass sich jede der sechs Welten als eine Art Nationalstaat betrachtete. Das lieferte zumindest einen Erklärungsansatz, wieso sich zwei der Planeten im Kriegszustand miteinander befanden und sich die anderen heraushielten. Derlei Verhältnisse kannten die Menschen aus der Geschichte Terras und der früheren irdischen Nationalstaaten bestens.

Dharks Neugierde auf die verschiedenen Völker wuchs. Wer kämpfte in diesem System gegen wen? Das von allen Beteiligten verwendete Worgun ließ keine Rückschlüsse darauf zu.

Umso größer fiel die Verblüffung aus, als die Drohnen die ersten Aufnahmen übermittelten. Die Menschen sahen sich mit einem bunten Völkergemisch konfrontiert, was auf alle sechs Welten gleichermaßen zutraf.

»Dass der Krieg aus ethnischen Gründen geführt wird, können wir ausschließen«, stellte Stewart fest, um sodann noch einmal zu betonen: »Dass er überhaupt stattfindet, ist umso erstaunlicher. Die kriegsführenden Parteien haben keine Angst vor einem Einschreiten der Reckbatz. Das untermauert meine Vermutung, dass die Friedensstifter die Bewohner der Sperrzone schalten und walten lassen, wie es denen gefällt. Hauptsache, es dringt nichts davon nach draußen.«

Shanton wies darauf hin, dass ihm die beobachteten Völker unbekannt waren. »Da unten tummeln sich die Angehörigen zahlreicher Spezies, aber ich entdecke weder Sarrack noch Woniozell oder Corell.«

»Bekannt oder unbekannt, wozu dieses Stelldichein?«, maulte Doorn. »Das Zusammentreffen geht weit über das Völkergemisch einer Freihandelswelt hinaus, und um eine solche handelt es sich nicht einmal. Ich behaupte, dass niemand in die Sperrzone hinein oder aus ihr heraus kommt.«

Also tatsächlich ein Experimentierfeld?, fragte sich Dhark. *Zu welchem Zweck und mit welchem Hintergrund?*

Grappa kratzte sich nachdenklich am Kinn. »Das Ganze kommt mir vor wie eine Art Zoo.«

»Ein Zoo?« Doorn schnaubte unwillig. »Reichlich geschmacklos.«

»Aber nicht von der Hand zu weisen. Eine gewisse Ähnlichkeit ist vorhanden«, beharrte der Mailänder auf seiner Überlegung. »Eine Art Zoo, in dem die Friedensstifter intelligente Wesen aus allen Teilen Voktars sammeln. Ich behaupte ja nicht, dass mir die Vorstellung gefällt.«

»Dort sind nicht nur Wesen aus Voktar versammelt.« Mit drei raumgreifenden Schritten erreichte Shanton die Bildkugel. Er streckte einen Arm aus und zeigte auf eine zerbrechlich aussehende Gestalt mit einem keilförmigen Kopf, den ein wirres Gespinst rostroter Strünke bedeckte, die wie frische Pflanzentriebe wirkten.

»Ein Gyrre!«, entfuhr es Doris. Sie klang entsetzt. »Wie kommt ein Gyrre aus Orn nach NGK 3109?«

»Und wie eine Echse aus Andromeda?«, fügte Doorn knurrig hinzu.

Die Wächterin wandte ihrem Gefährten den gesichtslosen Kopf zu. »Was denn für eine Echse?«

»Ist das rechts in der Menge etwa kein Glandare?«

»Doch, du hast recht, Arc.« Shanton, noch immer vor der Bildkugel stehend, deutete auf ein aufrechtgehendes Reptil mit blauer Lederhaut, kurzer Schnauze und gelben Augen. Die meisten von ihnen erinnerten sich lebhaft an die Herren des Glandaren-Imperiums mit ihrer Quantentechnik. »Aber ihr Reich wurde vom Geheimen Imperium zerstört. Kaum ein Glandare überlebte den Massenmord.«*

»Vielleicht stammt dieser Glandare nicht aus Andromeda«, sagte Doris gedehnt.

»Woher denn sonst?«, konterte Falluta mit leisem Spott in der Stimme.

Die Wächterin schwieg betreten.

Dhark beobachtete sie unauffällig. Wie immer fiel es ihm schwer, dem Roboterkörper die geringste Regung anzusehen, aber er hatte den Eindruck, Doris sei verunsichert, fast eingeschüchtert. Zum ersten Mal seit ihrem Auftauchen an Bord war er sich sicher, dass sie nicht willentlich Wissen zurückhielt, sondern von den Erkenntnissen überrollt wurde. Dass allem Anschein nach Wächter in die geheimnisvollen Vorgänge in Voktar verstrickt waren und sie keine Kenntnis davon besaß, schien ihr beinahe körperliche Schmerzen zu bereiten.

Wo Simon, Arlo und Doris in ihrer Wächterfunktion auftraten, zollte man ihnen Respekt, brachte man ihnen Ehrfurcht entgangen. Egal ob in der Milchstraße, in Andromeda oder Orn, der Orden war bei den meisten in diesen Galaxien ansässigen Völkern hoch angesehen. In Voktar hingegen stellte sich die Situation ganz anders dar.

Dhark stutzte. Ihm kam eine verrückte Idee.

»Haltet nach Intelligenzen aus der Milchstraße Ausschau«, hörte er sich sagen.

»Aus der Milchstraße?«, wunderte sich Grappa.

Dhark nickte stumm.

Nun wandte Doris den Kopf in seine Richtung.

Obwohl dessen Vorderseite keine menschlichen Züge aufwies und keine Augen besaß, hatte der Commander das Gefühl, dass

---

* Siehe Weg ins Weltall Band 9, »Crekker!« u. ff.

ihr Blick ihn sezierte. Dachte sie dasselbe wie er? Lag vor ihnen ein – wie Grappa es ausgedrückt hatte – intergalaktischer Zoo mit Angehörigen von Völkern aus jenen Galaxien, in denen die Worgun vor Äonen genetische Experimente durchgeführt hatten?

Dhark flehte inständig, er möge sich täuschen.

Bloß keine Humanoiden! Bloß keine Wesen aus der Milchstraße!

Was er befürchtete, trat jedoch ein.

Wieder machte Shanton die Entdeckung, die ein weiteres Puzzleteil in dem undurchschaubaren Mosaik darstellte. Auf einem stark frequentierten Marktplatz stach ihm ein durch seine drei Meter Körpergröße aus der Menge ragender Riese mit birnenförmigem Kopf ins Auge, eindeutig ein Rateke.

»Völker aller Welten, vereinigt euch«, murmelte Doorn. Auch der Worgunmutant wusste nicht, was er von der Präsenz all dieser Wesen in der geheimnisvollen Sperrzone halten sollte. »Fehlt bloß noch eins.«

Auch ohne dass der Sibirier aussprach, was er meinte, verstand Dhark ihn.

Fehlt bloß noch eins. Fehlt bloß noch ein Mensch.

*

Zunächst entdeckten sie weitere Reptilien aus Andromeda und Humanoiden aus der Milchstraße. Obwohl all das keinen Sinn zu ergeben schien, drängte sich Dhark die Ahnung auf, dass dem Vielvölkergemisch auch Insektenabkömmlinge aus Triangulum und Wasserstoff- beziehungsweise Methanatmer aus Maffei 1 angehörten.

Oder waren das übereilte Schlussfolgerungen, die in die falsche Richtung wiesen? Verhielt sich womöglich alles ganz anders, noch grotesker und undurchschaubarer, als er es sich vorstellen konnte?

Dann trat ein, was sie insgeheim alle erwarteten – und befürchteten.

Eine Drohne übermittelte Aufnahmen aus den Straßen einer Stadt, durch die sich flache Bodenfahrzeuge wälzten.

»Menschen«, keuchte Grappa. »Und gleich zwei zusammen.«

Die Drohne schnappte ein paar Brocken der Unterhaltung der beiden auf. Sie wurde auf Worgun geführt, gab aber inhaltlich nicht viel her, und gleich darauf tauchten die Humanoiden in der vielgesichtigen Menge unter.

»Vielleicht sollte ich mich den Friedensstiftern als Wächterin zu erkennen geben«, überlegte Doris laut. »Vielleicht sollte ich versuchen, Kontakt zu ihnen herzustellen.«

»Was versprichst du dir davon?«, wollte Doorn wissen.

»Ich muss herausfinden, was dieser ganze Wahnsinn bedeutet. Findet ihr denn nicht auch, dass es so nicht weitergehen kann?«

»Wir kennen die Reaktion der Friedensstifter. Du kämst nicht einmal an sie heran. Schlag dir das also aus dem Kopf«, lehnte der Sibirier kategorisch ab.

Dhark war uneingeschränkt seiner Meinung. »Sie schießen uns ab, sobald wir uns ihnen nähern. Genau das ist es ja, was wir unter allen Umständen zu verhindern versuchen. Wir dürfen ihnen mit der POINT OF nicht zu nahe kommen.«

»Dann muss ich das Schiff eben verlassen und es allein versuchen.«

Diese Vorstellung berührte Dhark unangenehm. Sie erschreckte ihn sogar. Er ahnte, dass sie Doris nie wiedersehen würden, wenn die rote Wächterin einen solchen Versuch unternahm.

»Das lasse ich keinesfalls zu!«, polterte Doorn mit seltener Härte.

»Erst kürzlich stand die ganze Besatzung vor der Entscheidung, das Schiff zu verlassen oder zu bleiben«, brachte Dhark in Erinnerung. »Niemand ist gegangen, auch du nicht. Damit ist das Thema erledigt. Arc hat recht, du bleibst.«

Natürlich gehörte Doris der Besatzung überhaupt nicht an. Weder konnte er sie an einem Aufbruch hindern noch in anderer Weise über sie verfügen. Wächter kamen und gingen, wie es ihnen beliebte. Er hoffte jedoch, dass sich Doris nicht aus schierer Verzweiflung zu einer Kurzschlussreaktion hinreißen ließ, die bestenfalls keinen Erfolg nach sich zog und schlimmstenfalls zum Ende der Wächterin führte. Unwillkürlich musste Dhark an den am Miniaturuniversum für immer verlorengegangenen Svante denken. Er lauerte auf Doris' Widerspruch, doch sie schwieg, was er als gutes Zeichen wertete.

»Das Vielvölkergemisch auf den sechs Nummer-4-Planeten beschert uns einen bisher in Voktar einmaligen Vorteil«, dachte Shanton bereits einen Schritt weiter. »Als Humanoide fielen wir bisher auf jeder Welt, die wir besuchten, auf wie bunte Hunde. Hier jedoch nicht. Wir können landen und uns unter die Bevölkerung mischen, ohne dass jemand sonderlich Notiz von uns nimmt.«

»Eine bessere Gelegenheit, an Informationen zu gelangen, bot sich uns bislang tatsächlich nicht«, unterstützte Doorn den Vorschlag.

Dhark selbst dachte in dieselbe Richtung. Wenn die Besucher ihre Fragen vorsichtig formulierten, kämen die unterschiedlichen Wesen dort unten gar nicht auf die Idee, dass die Raumfahrer soeben erst gelandet waren.

»Mister Grappa, was sagen Ihre Instrumente? Keine Hinweise darauf, dass wir mit unliebsamem Besuch zu rechnen haben?«

Der Mailänder schüttelte den Kopf. »Keinerlei Emissionen aus dem Randbereich, Commander. Alles ruhig.« Grappa furchte die Stirn. »Was sich außerhalb der Kugelschale aus Raumstationen ereignet, bleibt uns jedoch weiterhin verborgen. Ich kann also nicht ausschließen, dass sich draußen eine Streitmacht der Friedensstifter und der Reckbatz zusammenzieht.«

»Hören Sie auf zu unken, Tino!«, wies Dhark seinen Ortungschef an. »Sollte ein solcher Fall eintreten, mache ich Sie persönlich dafür verantwortlich.«

Falluta grinste, während Grappas Mundwinkel nach unten sackten, als seien sie plötzlicher übermäßiger Schwerkraft ausgesetzt.

Bevor Dhark dazu kam, sich Gedanken über die Zusammenstellung der Landetruppe zu machen, kam Bewegung in Doris. Sie löste sich aus ihrer Ruheposition und baute sich in ganzer Größe vor der Bildkugel auf.

»Ich möchte an dem Einsatz teilnehmen«, verlangte sie.

»Keine gute Idee«, platzte es prompt aus Doorn heraus. »Dich können wir da unten ganz sicher nicht gebrauchen.«

»Wie bitte?«

»Du bleibst an Bord.«

»Entscheidest du das neuerdings?«

»Arc hat recht, auch wenn er das in seiner brummigen Art ein wenig feinfühliger ausdrücken könnte«, gab sich Dhark Mühe, zwischen den beiden zu vermitteln. »Wir anderen erregen auf dem Planeten keine Aufmerksamkeit, aber das gilt nicht für dich, Doris. Du unterscheidest dich nun einmal unübersehbar von allen anderen dort versammelten Lebensformen. Es wäre fahrlässig von uns, davon auszugehen, dass die Friedensstifter nicht über die Geschehnisse in der Sperrzone auf dem Laufenden gehalten werden. Möglicherweise erführen sie kurzfristig von der Anwesenheit einer Wächterin.«

»Das ist unwahrscheinlich«, brachte Doris hervor.

»Aber nicht ausgeschlossen, das weißt du selbst. Ein solches Wagnis dürfen wir nicht eingehen. Es würde unsere Mission gefährden. Wir müssen das Risiko minimieren.«

»Ja«, sagte Doris knapp. Sie sah es ein.

»Gleiches gilt für dich, Parock«, kam Dhark dem vierbeinigen Hünen zuvor, der gerade auf sich aufmerksam machen wollte.

»Aber niemand kennt mich hier. Niemand kennt mein Volk«, protestierte der Kraval.

»Du würdest nicht weniger Aufmerksamkeit erregen als Doris. Ich weiß deine Einsatzbereitschaft zu schätzen, doch ich fürchte, sie wäre uns keine Hilfe. Ich will erreichen, dass man uns möglichst wenig beachtet.«

Schließlich fügte sich Parock ebenfalls den Sachzwängen, auch wenn Dhark seinem Freund von Brock ansah, dass es ihm schwerfiel, zurückzustehen.

»Wer soll dich begleiten?«, fragte Stewart.

Amy nimmt es als selbstverständlich hin, dass ich das Außenteam anführe, erkannte Dhark. Früher hätte seine Freundin dagegen Einspruch erhoben, dass er sich an vorderster Front bewegte, heute akzeptierte sie es.

»Doorn und Shanton.« Der Commander nickte den Genannten zu. »Arc, Chris, ich baue auf Ihren Sachverstand.« Beide nickten. »Darüber hinaus brauche ich eine schlagkräftige Truppe, der man ihre Kampfkraft nicht ansieht. Also du, Amy, und dazu Bram Sass und Jes Yello. Benachrichtige deine Kollegen, dass sie sich in einer halben Stunde in den Flash-Depots einfinden.«

Stewart rief die beiden Cyborgs über Bordsprech und informierte sie über den bevorstehenden Einsatz. Dhark komplettierte die Einsatzgruppe durch die beiden Roboter Artus und Jimmy. Zudem teilte er sieben Flashpiloten ein, wobei er auf den Einsatz der Schwarzen Eins verzichtete.

»Welchen der sechs Planeten fliegen wir überhaupt an?«, erkundigte sich Shanton.

»Den, der sich momentan am weitesten von den beiden Kriegsparteien entfernt befindet«, entschied Dhark. Er wollte vermeiden, durch einen unglücklichen Zufall in die Händel der verfeindeten Welten hineingezogen zu werden.

6.

Dhark betrat die Flashdepots als Letzter, gerade als Rani Atawa diese verließ. Der Rest seiner Einsatztruppe erwartete ihn bereits.

Alle verzichteten auf auffällige Raumanzüge. Das galt jedoch nicht für die Piloten, die in ihren startbereiten Raumzylindern saßen.

»Mister Sass, Mister Yello«, begrüßte Dhark die beiden Cyborgs. »Sie wissen, worum es geht?«

»Wir sind im Bilde, Sir«, bestätigte Bram Sass steif. Die buschigen Augenbrauen, das schulterlange, dunkle Haar und das grobe, kantige Gesicht verliehen dem in Südtirol geborenen Ladiner ein markantes Aussehen. Die sonnengebräunte Gesichtshaut ließ den begeisterten Hobbytenor älter erscheinen, als er war.

»Amy hat uns unterrichtet, Sir«, fügte der schmächtige Australier Jes Yello hinzu.

Die Cyborgs waren die einzigen Besatzungsmitglieder, die Dhark mit »Sir« anredeten. Er hatte es längst aufgegeben, sie davon abbringen zu wollen, weil es vergebliche Liebesmüh war.

Sass und Yello waren beide recht kleingewachsen und boten optisch keinen allzu beeindruckenden Anblick. Man sah ihnen nicht an, was in ihnen steckte. Niemand, der ihnen begegnete, wäre auf die Idee gekommen, dass diese Männer genau wie Amy dank bionischer Implantate und der Option, ins Zweite System umschalten zu können, herausragende Eigenschaften besaßen. Artus' körperliche Fähigkeiten stellten einen weiteren Trumpf dar, ebenso wie Jimmys technische Spielereien, die der Roboterhund der Findigkeit seines Konstrukteurs Chris Shanton verdankte.

»Wir sind zu acht«, stellte der künstliche Scotchterrier mit dem pechschwarzen Fell fest. »Ich zähle aber nur sieben startbereite Flash.«

»Lass den Blödsinn!«, mahnte Shanton das Brikett auf Beinen. »Du weißt genau, dass du bei Artus mitfliegst, so wie meistens.«

»Selbstverständlich weiß ich das.« Jimmy bellte vergnügt. »Ich wollte nur die Atmosphäre ein wenig auflockern, bevor es losgeht. Ihr kommt mir nämlich alle so verbissen vor. Intelligente Maschinen natürlich ausgeschlossen, Artus. Ich bezog mich ausschließlich auf die Biologischen.«

Shanton bedachte seine Kreatur mit einem maßregelnden Blick. »Dir juckt wieder das Fell. Ich verstehe gar nicht, dass Dhark dich und deine vorlaute Kodderschnauze bei einer so eminent wichtigen Mission dabeihaben will.«

»Im Gegensatz zu dir verstehe ich es umso besser«, konterte der Vierbeiner. »Er denkt eben weiter als du, deshalb ist er ja auch der Kommandant der POINT OF. Er weiß genau, dass diese Mission jemanden vertragen kann, der für die anderen mitdenkt. Zumindest für einen anderen. Habe ich nicht recht, Großer?«

Artus rückte sein grünes Stirnband mit dem goldenen »A« zurecht, und Amy lächelte amüsiert, während Shanton die Spitzfindigkeit seiner Schöpfung mit einem Achselzucken abtat.

»Das war nicht nett«, sagte Artus zu seinem kleinen Freund. »Du hast versprochen, dich zu benehmen.«

»Ja, habe ich«, gab das Brikett auf Beinen ganz gegen seine Gewohnheit zu. »Ich benehme mich ja auch – sobald unser Einsatz beginnt.«

Dhark straffte seine Gestalt. »Es freut mich, das zu hören, Jimmy, denn der Einsatz beginnt genau jetzt. Von nun an also keine Extratouren mehr.«

»Zu Befehl, Sirrrr!« Der Roboterhund gab sich Mühe, ein rollendes R hinzubekommen, was jedoch gründlich misslang und parodistisch wirkte. Er wirbelte auf seinen vier Beinen herum und folgte Artus in den Flash, in dem Ray Dafner auf dem Pilotensitz saß.

Auch die Menschen stiegen in die Beiboote. Dhark nahm hinter Pjetr Wonzeffs Rücken Platz. Er gab den Startbefehl, und unter Zuhilfenahme der Intervalle flogen die sieben Flash auf direktem Weg durch die Bordwand der POINT OF.

*

Der Ringraumer blieb hinter den zylinderförmigen Beibooten zurück, dann der Mond des fünften Planeten, in dessen Ortungsschutz die POINT OF lag. Auf dem Bildschirm über seinem Kopf verfolgte Dhark, wie er rasch kleiner wurde.

Um den bewohnten Welten möglichst wenig Zeit für eine Erfassung zu bieten, beschleunigten die Piloten ihre Flash mit hohen Werten. Die Planeten Nummer 4 verteilten sich über einen ausgedehnten Raumbereich diesseits und jenseits der unerklärlich großen gelben Sonne, sodass die Flash einen eliptischen Kurs fliegen mussten, um an ihr Ziel zu gelangen.

»Hat Miss Atawa Sie besucht?« Dhark kam seine Frage erst zu Bewusstsein, als er sie bereits ausgesprochen hatte. Er biss sich auf die Unterlippe. Schließlich gingen ihn die persönlichen Beziehungen seiner Leute nichts an.

Wonzeff schien es jedoch locker zu sehen. »Rani hat kurz vorbeigeschaut, um mir viel Glück bei dem Einsatz zu wünschen.« Der Ukrainer drehte kurz den Kopf. »Ich hoffe, dagegen ist nichts einzuwenden, Commander.«

»Aber nein«, beeilte sich Dhark zu sagen. »Sie wissen ja, wie das ist.«

»Wie was ist?«, fragte der Pilot wie aus der Pistole geschossen.

Dhark bereute bereits, das Thema angeschnitten zu haben. »Gerüchte machen in der POINT OF schnell die Runde. Dafür braucht man nicht mal einen Klatschjournalisten an Bord zu haben. So etwas verselbstständigt sich, und nicht jeder schätzt es, wenn über ihn gesprochen wird.«

Wonzeff hob eine Hand und winkte ab. »Ich sehe das ganz entspannt. Von mir aus können meine Kameraden wissen, dass es zwischen Rani und mir gefunkt hat. Mich stört das nicht.« Nach einer kurzen Pause schob der Ukrainer hinterher: »Ich glaube, Rani sieht das ähnlich wie ich.«

Dhark nickte versonnen. Er begriff immer noch nicht, weshalb er unbewusst die Sprache darauf gebracht hatte. Plötzlich drängte sich ihm die Antwort auf. Es ging vordergründig um Wonzeff und Atawa, doch ebenso sehr um ihn selbst und Amy – und um die Tatsache, dass jeweils einer von ihnen dem kleinen Kreis Unsterblicher angehörte, von dem der Partner nichts wusste.

Unter den Absolventen von Robert Saams Unsterblichkeitsprogramm galt es als unausgesprochener Grundsatz, darüber absolutes Stillschweigen zu bewahren.

Ein alter Film, den er als Jugendlicher gesehen hatte, kam Dhark in den Sinn.

Die erste Regel im Fight Club lautet: Sprich niemals über den Fight Club.

Rani Atawa würde nicht dagegen verstoßen, und er selbst hatte den Umstand seiner relativen Unsterblichkeit Amy gegenüber auch nicht erwähnt. Stellte es aber dem Partner gegenüber nicht einen Vertrauensbruch dar, wenn man einen dermaßen wichtigen Aspekt seines Lebens vor ihm verbarg? Hinterging man ihn nicht auf gewisse Weise? Belog man ihn nicht? Anlässlich seiner und Amys neu entflammter Leidenschaft stießen ihm diese Fragen unbehaglich auf. Angenommen, sie erfuhr es eines Tages, überlegte er, hätte sie dann nicht jedes Recht, sauer auf ihn zu sein? Konnte er dann wirklich guten Gewissen von ihr verlangen, dass sie seine Beweggründe, sie nicht einzuweihen, akzeptierte oder gar verstand?

Wonzeff räusperte sich vernehmlich und riss Dhark damit aus dessen Überlegungen. »Wollten Sie noch etwas dazu sagen, Commander?«

»Nein«, versicherte Dhark. »Nein, Mister Wonzeff. Ich musste nur gerade an etwas anderes denken. Was Sie und Miss Atawa betrifft, so drücke ich Ihnen beiden die Daumen.«

»Danke, Commander.« Der Pilot schien ehrlich erfreut zu sein.

Dhark war froh, als endlich der ausgewählte Planet auf dem Bildschirm sichtbar und seine Aufmerksamkeit dadurch auf etwas anderes gelenkt wurde. Mit einem beiläufigen Blick auf die Instrumente vergewisserte er sich, dass die anderen sechs Flash Anschluss hielten. Mit hoher Geschwindigkeit rasten sie durch den interplanetaren Raum ihrem Ziel entgegen, das, einmal in der optischen Erfassung aufgetaucht, rasch größer wurde.

Minuten später ließen sich an der Oberfläche erste Einzelheiten voneinander unterscheiden. Eine besonders große Stadt stach Dhark ins Auge.

»Der Ausdehnung nach zu urteilen, scheint das die Hauptstadt zu sein.« Er stellte eine Funkverbindung zu den anderen Flash her. »Wir sehen uns in der großen Stadt um, halten aber beim Anflug weiträumig Abstand dazu. Wir fliegen zweitausend Kilometer weiter westlich an, tauchen mit den Flash in den Planetenmantel ein und nähern uns der Stadt unterirdisch bis auf drei Kilometer Distanz. Das letzte Stück gehen wir zu Fuß.«

Die Bestätigungen trafen in rascher Folge ein. Wonzeff führte die erforderliche Kurskorrektur durch. Inzwischen füllte die Planetenscheibe den ganzen Bildschirm aus.

*

Mit immer noch hoher Geschwindigkeit rasten die Flash durch die Atmosphäre und schossen in einem kargen Landstreifen in den Boden. Der Bildschirm über Dharks Kopf wurde dunkel, und der Flug ging unterirdisch weiter. Der Commander löste einen Peilstrahl aus, damit sich die Beiboote unter der Erde nicht verloren. Allmählich verringerten sie die Geschwindigkeit.

»Wir sind nah genug, Mister Wonzeff. Wir steigen auf.«

Sekunden später nahm der Bildschirm seine Tätigkeit wieder auf. Der Raumzylinder fand sich in einem Waldstück wieder. Die Instrumente registrierten in der Umgebung keine Lebenszeichen.

Wonzeff schaltete das Intervall aus und landete, woraufhin Dhark die Luke öffnete. Als der Commander ins Freie kletterte, schlug ihm frische, würzige Luft entgegen. Diese Wohltat genoss er bei jeder Landung auf einer fremden Welt. Trotz seiner Weltraumleidenschaft zeigte sie ihm, dass es mehr gab als das Leben an Bord eines Raumschiffs, selbst wenn es sich bei diesem Raumschiff um die sagenumwobene POINT OF handelte.

Wie riesige unitallblaue Käfer erhoben sich die anderen Flash aus dem Boden. Sie verharrten kurz in der Luft, bevor sie auf ihren spinnenbeinartigen Auslegern aufsetzten. Dharks Kameraden stiegen aus und sahen sich um.

Bram Sass und Jes Yello machten sich sofort daran, den Landeplatz zu den Flanken hin zu sichern. Dass Dhark ihnen erklärte, in der Nähe ließen sich keine fremden Lebenszeichen anmessen, hielt die Cyborgs nicht davon ab, weiterhin die Augen offenzuhalten.

Jimmy tollte auf dem grasbewachsenen Waldboden herum, ohne dass ihn jemand daran hinderte.

»Hören Sie den Funkverkehr ab, meine Herren!«, wies Dhark die Piloten an. »Ich will wissen, ob die planetare Luftüberwachung unsere Annäherung bemerkt hat.«

Um die Zeit zu überbrücken, ließen sich Doorn und Shanton auf dem Boden nieder, aßen Nahrungskonzentrate und tranken Wasser aus den Bordvorräten der Flash. Dhark schloss sich ihnen an, da in den Sternen stand, wann sich das nächste Mal die Gelegenheit dazu ergeben würde. Währenddessen wiederholte er ein paar Verhaltensmaßregeln.

Stewart setzte sich neben ihren Gefährten ins Gras. »Hast du eigentlich daran gedacht, dass Friedensstifter oder Reckbatz in der Sperrzone auftauchen könnten, während wir diesen Planeten erkunden?«

»Davon gehe ich nicht aus.« Dhark verließ sich auf sein Gefühl, hatte aber dennoch entsprechende Befehle erteilt. »Sollte es dazu kommen, weiß Falluta, was er zu tun hat. Die Sicherheit der POINT OF geht vor. Notfalls wird er uns zurücklassen und später versuchen, uns zu holen.«

»Wir wären dann aber für unbestimmte Zeit auf uns allein gestellt. Mit den Flash kommen wir gegen einen grünen Raumer nicht an.«

»Die Flash verleihen uns eine gewisse Mobilität. Solange die Friedensstifter nicht auf uns aufmerksam werden, können wir uns im Planeteninneren verstecken.«

»Nicht ewig«, gab Stewart zu bedenken.

»Ich weiß, aber wahrscheinlich kommt es ja gar nicht dazu.« Dhark erhob sich, als sein Pilot aus dem Raumzylinder stieg. »Entwarnung, Mister Wonzeff?«

»Wir sind unbemerkt durchgeschlüpft«, bestätigte der Ukrainer. »Entweder waren wir zu klein und zu schnell, um überhaupt entdeckt zu werden, oder die örtliche Luftüberwachung hielt uns für eine Störung auf den Schirmen. Kein Wunder, kein natürliches Phänomen würde unsere Geschwindigkeit erreichen, und wenn irgendein gewitzter Bursche wirklich an ein Raumschiff denken würde, müsste es zerschellt sein. Da jedoch keine Aufschlagstelle existiert, bleibt lediglich die Erklärung einer Störung. Mit anderen Worten, niemand auf dieser Welt ahnt etwas von unserer Anwesenheit. Sie können sich unbesorgt auf den Weg machen.«

»Meine Herren, Sie haben es gehört. Es geht los.«

Doorn und Shanton erhoben sich, die anderen schlossen sich an.

»Sollen wir permanent in den Flash bleiben?«, fragte Wonzeff.

»Sitzbereitschaft?« Nach kurzem Überlegen schüttelte Dhark den Kopf. »Nein, nicht nötig. Es genügt, wenn Sie in permanenter Empfangsbereitschaft bleiben und bei Bedarf rasch in den Booten sind. Wir melden uns in unregelmäßigen Abständen und geben kurze Wasserstandsmeldungen durch.«

Dhark gab das Zeichen zum Aufbruch, gespannt darauf, was sie in der Stadt erwartete. Er hoffte inständig, dass sie die Rückendeckung durch die Flash nicht würden in Anspruch nehmen müssen. Als er losmarschiere, setzten sich Bram Sass und Jes Yello wie selbstverständlich an die Spitze der Gruppe.

7.

Als die Tür zu Moklis' Suite aufflog, konnten sich Liv Sanders und Ömer Giray gerade noch rechtzeitig hinter die Betonplastmöbel ducken. Sie hörten das Gepolter von mehreren Rateken, die in den Wohnraum stürmten. Sanders umklammerte den Griff ihres Handnadelstrahlers, ihr Zeigefinger schwebte über dem Abzug.

»Wo sind die Terraner?«, donnerte einer der Grauen mit raumfüllender, dunkler Stimme.

»Terraner?«, entgegnete Moklis mit überrascht aufgerissenen Augen. Als versierter Glücksspieler musste er öfter schauspielern. »Ich fürchte, es handelt sich um ein Missverständnis.«

»Los, durchsucht das Appartement!«

»Was fällt euch ein? Ich rufe den Sicherheitsdienst!«

»Schnauze, Blauer!«

Schwere Schritte näherten sich dem Sofa, hinter dem sich die beiden GSO-Agenten verbargen.

Giray, mit gezogenem Paraschocker, nickte seiner Kollegin zu, woraufhin Sanders kurz durchatmete, sich entspannte und dann blitzschnell aus ihrem Versteck hervorlugte. Kaum hatte sie ihr Ziel erfasst, gab sie einen Schuss auf den Blaster des Rateken ab, der sich vom Nadelstrahl getroffen dematerialisierte.

Mit wütendem Gebrüll wollte sich der Entwaffnete auf sie stürzen, doch da erwischte ihn ein Schockstrahl aus Girays Paralysator.

Seine beiden Kollegen fackelten nicht lange und eröffneten sofort das Feuer auf das Sofa. Wie Granaten schlugen die Blasterstrahlen ein und sprengten kleine Stücke aus dem Material. Zum Glück konnte Betonplast einiges aushalten, sodass Giray und Sanders nicht sofort gegrillt wurden.

Für einen kurzen Augenblick verstummten die Salven. Stattdessen ertönte ein leiser Pfeifton, der darauf hinwies, dass die Blaster sich automatisch deaktiviert hatten, um nicht zu überhitzen.

Die Agenten wollten das winzige Zeitfenster für einen Gegenschlag nutzen, doch sie hatten nicht mit dem zuvor paralysierten Rateken gerechnet, der sich erschreckend rasch von dem Schock erholte.

Offenkundig war die Parastrahlendosis für den Drei-Meter-Koloss zu gering gewesen, was Giray sofort korrigierte.

Der Kerl setzte zu einem neuerlichen Angriff an, doch selbst die maximale Dosis schien ihm nichts mehr anhaben zu können. Im Gegenteil machte sie ihn bloß umso wütender. Er sprang auf das Sofa, seine mächtige Pranke fegte über Girays Kopf hinweg und verfehlte die schwarze Haarpracht nur um wenige Millimeter.

Ohne zu zögern schoss Liv zweimal mit minimalem Versatz auf den Grauen, der sich über der Sofalehne auftürmte. Die Nadelstrahlen fraßen zwei Löcher quer durch seine Körpermitte. Einen Atemzug lang sah es so aus, als ob ihn selbst das nicht beeindruckte, doch dann kippte er vornüber und landete mit dem Facettenkranz voraus zwischen den Agenten.

Die verbliebenen Rateken dröhnten aus allen acht Mündern einen Schlachtruf. Es folgte eine weitere Salve. Liv spürte die Hitze der Plasmastrahlen, die in die Ruine des Sofas einschlugen und über sie hinwegzischten. Die gleißende Hitze ließ das Panoramafenster bersten, das sich rund vier Meter hinter ihr befand. Sofort wirbelte eine heftige Windböe durch den Wohnraum im vierzigsten Stockwerk des Luxushotels. Energisch wischte sich Liv die kinnlangen Haarsträhnen aus dem Gesicht, die ihr in die Augen peitschten.

»Wo willst du hin, du blauer Zwerg?«, brüllte einer der Rateken gegen den aufheulenden Wind an.

Alarmiert warf Liv ihrem Partner einen Blick zu. Doch Giray hatte sich längst erhoben und feuerte mehrere Schockstrahlen ab, ehe er sich wieder fallen ließ und gleichzeitig ihren Kopf herunterdrückte.

Keine Sekunde später riss ein Plasmaprojektil ein großes Stück aus der Betonplastlehne. Die rußschwarzen Ränder des Einschlaglochs glühten wie Lava.

»Es sind zwei«, warnte Ömer seine Kollegin.

Natürlich sind es das, dachte Liv grimmig. Rasch schluckte sie ihren gekränkten Stolz herunter, denn Mok Moklis schwebte noch immer in Gefahr. Sie passte den richtigen Moment ab, um rechts unten aus ihrem Versteck hervorzuschauen.

Aufgrund seiner Größe bot der Rateke ein leichtes Ziel. Er hielt seinen Blaster auf irgendetwas gerichtet, das die Agentin von ihrer niedrigen Position aus nicht erkennen konnte, weil die Möbel ihr die Sicht blockierten. Sie vermutete jedoch, dass es sich um Mok handelte. Allerdings wollte der Graue offenbar keinen Plasmastrahl aus nächster Nähe abfeuern, denn er hob sein Bein, um sein Opfer wie ein Insekt mit dem Fuß zu zermalmen.

Liv betätigte den Abzug ihres Nadelstrahlers. Der erste Schuss ging daneben. Der zweite streifte die Brust des Hünen. Der dritte traf ihn mitten im Facettenkranz, der sich daraufhin mitsamt seines Gesichts auflöste. Aus der Wunde sprühte eine Fontäne eitergelben Blutes gegen die Decke und die Wand.

Einer noch, fasste die Agentin für sich die Lage in Gedanken zusammen und zog sich rasch hinter das Sofa zurück, um dem verbliebenen Rateken kein leichtes Ziel zu bieten. Vorsichtig lugte sie über die Rückenlehne, konnte den Verbliebenen jedoch nirgendwo entdecken.

Fragend blickte sie ihren Kollegen an, der mit dem Finger in Richtung Hausbar deutete. *Dort versteckt sich der Koloss also,* grübelte sie mit zusammengepressten Lippen. *Er muss auf dem Boden liegen.*

Während sie noch überlegte, ob sie die Bar mit Nadelstrahlen pulverisieren sollte, nahm Giray ihr mit einem Mal die Waffe ab und huschte davon. Den Impuls zu protestieren unterdrückte sie, obwohl sie nun mit leeren Händen dasaß. Natürlich hätte sie den letzten Eindringling viel lieber selbst gestellt, doch dazu hätte sie entweder um das Sofa herumkriechen oder über seinen toten Komplizen klettern müssen. Giray befand sich dichter am Ziel.

Allerdings ärgerte sich Sanders einmal mehr darüber, dass ihr werter Partner nicht seinen eigenen Nadelstrahler benutzte. *Sobald diese Sache ausgestanden ist, werde ich ein ernstes Wort mit Ömer reden müssen,* nahm sie sich vor.

Plötzlich donnerte die dunkle Stimme eines Rateken los, der aus allen vier Mündern gleichzeitig seinen Schlachtruf brüllte. Ein gleißendes Licht flammte hinter der Bar auf. Dann herrschte wieder relative Stille. Nur die Windböen, die um die oberen Etagen des Hotels wehten, durchwühlten raschelnd Mok Moklis' Appartement.

Liv konnte nicht richtig erkennen, was geschehen war, wagte aber nicht, ihren Hals noch weiter aus ihrem Versteck zu recken. Ihr wurde abwechselnd heiß und kalt. *Oh nein!,* schoss es ihr durch den Kopf. *Bitte sei noch am Leben, Ömer!*

Als könnte ihr Kollege Gedanken lesen, erhob sich der GSO-Agent in diesem Moment hinter der Bar und nickte ihr zu.

Erleichtert atmete sie auf und eilte zu ihm.

»Er hat mir keine andere Wahl gelassen«, erklärte Giray mit bedauernder Miene. Es klang wie eine Entschuldigung. »Lasst uns schnellstens von hier verschwinden!« Er gab ihr den Nadelstrahler zurück, den sie sofort in ihr Holster steckte.

*

»Ist …, ist es vorbei?« Mok Moklis' zerzauste Haartolle thronte wie ein blaues Plüschtier auf der Sessellehne. Darunter kamen ab und zu zwei blaue Augen zum Vorschein.

»Fürs Erste ja«, bestätigte Giray und machte sich sofort daran, die Toten zu durchsuchen. Als er nichts Relevantes fand, begann er, das GSO-Eigentum im Wohnraum einzusammeln – einschließlich jenem, das von den Plasmastrahlen eingeschmolzen worden war.

Zögerlich kam der Utare aus seinem Versteck hervor und blickte sich entsetzt um. Seine heißgeliebten Betonplastmöbel muteten wie die Überbleibsel eines Bürgerkriegs an. »Das werden sie mir büßen!«, knurrte er zornig und schnappte sich sein Tischvipho, das trotz seines desolaten Zustands noch funktionierte. Hektisch polierte er den halb geschmolzenen Bildschirm, um die Adressbucheinträge besser lesen zu können.

»Du solltest jetzt besser niemanden anrufen«, riet Liv Sanders ihm.

»Keiner legt sich mit Mok Moklis an! Den Schaden zahlen mir die Typen auf den Credit zurück!«

»Die Typen sind tot.«

»Na und? Die hatten sicherlich einen Auftraggeber. Außerdem will ich mich beim Hotelmanager beschweren. Irgendjemand muss sie hereingelassen haben. Und wo sind überhaupt meine Bodyguards, wenn ich sie brauche?«

Sanders ging neben ihrem Gastgeber auf die Knie und legte ihm beruhigend die Hand auf die Schulter. »Ich verstehe, dass du dich ärgerst, doch wir müssen gehen, bevor Verstärkung kommt. Packe das Nötigste in einen Koffer. Nimm am besten alte Kleidung.«

»Wieso das denn? Meine Maßanzüge halten viel mehr aus.«

»Die feinen Stoffe entlarven dich sofort. Wir müssen eine Weile untertauchen, und da wäre es am besten, wenn du wie ein durchschnittlicher Utare aussähest.«

Moklis seufzte und trottete in seine privaten Gemächer. »Erst meine Möbel und jetzt meine Kleidung!«, murmelte er vor sich hin. Er wirkte um mehrere Zentimeter geschrumpft.

Sanders warf Giray einen hilflosen Blick zu, doch im Augenblick war keine Zeit, um irgendetwas auszudiskutieren. Während ihr Kollege die Tür zur Suite schloss, ging sie in ihr Zimmer, um ihr Gepäck zu holen. Weil sie als Geheimagentin gefährlich lebte und stets auf eine übereilte Flucht vorbereitet sein musste, verteilte sie ihre Sachen grundsätzlich nicht in Schränken oder auf dem Boden, wenn sie irgendwo übernachtete. Deshalb kehrte sie keine Minute später mit ihrem Koffer in den Wohnbereich zurück.

Kurz darauf folgte Giray, der es mit der Organisation seiner Sachen wohl ebenso hielt wie sie.

»Ab jetzt nimmst du deinen Nadelstrahler«, sprach sie aus, was ihr schon seit geraumer Zeit auf der Zunge brannte. Sie durchbohrte ihren Partner mit einem Blick, der keinen Widerspruch duldete. »Ich hoffe, dir ist bewusst, dass wir unvorstellbares Glück hatten.«

Wortlos zog er seine Jacke beiseite. Darunter kam ein Holster zum Vorschein, in dem ein Nadelstrahler steckte.

Livs Mundwinkel zuckten. »Immer für eine Überraschung gut, was Aykut?«

»Ich bin durchaus lernfähig«, erklärte der Angesprochene lapidar.

»Was war überhaupt mit deinem Paraschocker los?«

Er zuckte mit den Schultern. »Offenkundig benötigen Rateken die maximale Strahlendosis, und davon gleich mehrere. Blöderweise neigte sich mitten im Gefecht der Energiespeicher dem Ende zu. Die Waffen sind nicht für eine effiziente Verteidigung gegen eine Gruppe Rateken ausgelegt.«

»Zum Glück kenne ich solche Probleme nicht. Gegen Nadelstrahlen kommen selbst Drei-Meter-Riesen nicht an. Schade nur, dass sie so viel Schaden anrichten. Ich hätte zu gerne einen dieser Mistkerle verhört.«

Giray brummte irgendetwas Unverständliches vor sich hin und fragte schließlich: »Wo bleibt eigentlich Mok?« Ungeduldig sah er in Richtung des breiten Korridors, der zu den Schlafzimmern führte.

Liv Sanders hingegen tippte auf ihrem modifizierten GSO-Hand-Suprasensor herum. Ihr war ein Verdacht gekommen, der sich nun zu bestätigen schien. »Die Wanze in Yakis' Büro überträgt nichts mehr.« Sie präsentierte ihrem Partner die Bildschirmanzeige des Miniaturrechners. »Ob er sie wohl entdeckt hat?«

Giray zuckte mit den Schultern. »Nachdem sein findiger Plan, uns umzubringen, gescheitert ist, sitzt er vermutlich auf glühenden Kohlen. Gut möglich, dass er in einem Paranoia-Anfall sein Büro auf den Kopf gestellt hat.«

»Wahrscheinlich weiß oder ahnt er, dass hinter Lek noch weitaus schlimmere Zeitgenossen stecken, die niemandem einen Fehler durchgehen lassen. Wer so wie er zu Selbstgesprächen neigt, muss besonders gut aufpassen. Er muss ganz schön blöd geguckt haben, als er tatsächlich eine Wanze entdeckte. Glaubst du, er hat erkannt, dass sie aus terranischer Produktion stammt?«

»Ich bin kein Hellseher«, entgegnete Ömer trocken, woraufhin seine Kollegin ihn finster anfunkelte. Er schmunzelte leicht. »Selbst wenn Yakis es nicht erkannt hat, wird er höchstwahrscheinlich versucht haben, das Signal zurückzuverfolgen. Jemand wie er kennt gewiss Experten, die das für ihn erledigen können. Letztendlich stieß er auf dieses *unscheinbare* Hotel-Appartement. Ich kann mir vorstellen, dass er es zunächst eine Weile beobachten ließ. Vielleicht haben dabei sogar ein paar Credit-Chips den Besitzer gewechselt. Auf diese Weise erfuhr er ziemlich schnell, wer hier residiert.«

»Und schon schickte er sein Killerkommando, um nicht nur den Lauscher zu erledigen, sondern auch Leks Auftrag abzuschließen«, führte Sanders den Gedanken zu Ende. »Das sind zwei Fliegen mit einer Klappe. Wie praktisch!«

Giray neigte abwägend den Kopf hin und her. »Ich bin mir nicht sicher, ob Yakis überhaupt klar war, wer genau hinter der Abhöraktion steckte. Auf jeden Fall musste er den- oder diejenigen daran hindern, etwas mit dem neu erworbenen Wissen anzufangen.«

In diesem Moment kam Mok Moklis frisch eingekleidet und mit mehreren Antigrav-Koffern an, die ihm wie Waggons folgten. Als er neuerlich das Schlachtfeld erblickte, das vor wenigen Minuten noch ein hübscher Wohnbereich gewesen war, stiegen ihm Zornestränen in die Augen. »Diese miesen Dreckschweine! Nicht nur meine Möbel haben sie demoliert, sondern auch meinen guten Ruf ruiniert. Ich werde von Danlechraa fliehen müssen, wenn ich nicht in irgendeinem Loch enden will.«

»Wie meinst du das?«, hakte Sanders beunruhigt nach.

Der Utare deutete auf den gesichtslosen Toten, der in einer gelben Blutpfütze badete. »Auf wen stürzen sich unsere Behörden wohl als Erstes? Sobald sie einmal jemanden gefasst haben, wird es für denjenigen verdammt schwer, da ohne einen Ersatzverdächtigen wieder herauszukommen. So läuft das hier nämlich.«

»Du hast recht«, räumte der GSO-Agent ein. »Weißt du, wo wir eine Art Gabelstapler leihen können?«

»Was hast du damit vor?«

»Die Rateken können wir schlecht aus dem Fenster werfen, das sie dir netterweise geöffnet haben. Sie uns unter den Arm klemmen und so von hier fliehen können wir auch nicht.«

Moklis fasste sich grübelnd ans Kinn. »Das Reinigungspersonal verfügt über eine kleine Transportplattform, die mit Antigrav funktioniert.«

»Wo finden wir die?«

»Mit ein wenig Glück in dem Raum am Ende des Flurs, wo das Putzzeug aufbewahrt wird.«

»Sehr schön. Ich bin gleich zurück.«

»Moment! Der Raum ist bestimmt abgeschlossen.«

Giray grinste bloß und verließ das Appartement.

Mok Moklis seufzte. »Sollte ich das hier überleben, mache ich erst einmal Urlaub.« Er klopfte das Oberteil seines Anzugs ab und zog schließlich ein handliches Gerät aus einer der Taschen. »Hier ist übrigens die Fernbedienung für meinen Gleiter.«

»Den können wir nicht nehmen«, lehnte Liv Sanders ab.

»Weshalb nicht?«

»Wahrscheinlich kennen unsere Feinde deinen Fuhrpark.«

»Aber woher nehmen wir jetzt ein Fahrzeug? Soll ich eines im planetaren Datennetz bestellen?«

»Nein, das kann zurückverfolgt werden. Falls jemand deine Kontobewegungen überwacht, weiß sofort jeder Bescheid. Wir müssen uns bedeckt halten.«

»Also gehen wir zu Fuß?«

»Dieses Hotel verfügt doch über mindestens eine Parkebene. Dort werden wir bestimmt fündig.«

Moklis blinzelte skeptisch. »Du meinst … wir stehlen eines?« Seine Augen wurden groß.

»Ich bevorzuge den Begriff ›ausborgen‹.«

»Oje.«

»Hast du etwa Gewissensbisse?«

»Nein, ich dachte nur gerade daran, dass mich die Hoteldirektion achtkantig hinauswerfen wird, wenn sie herausfindet, dass ich meine Nachbarn bestehle. Das ist schlecht fürs Geschäft.«

»Um den Saustall hier machen sie sich keine Sorgen?«

»Den könnte ich notfalls mit einer Party wegerklären, und wenn ich dann noch dem einen oder anderen einen Credit-Chip zustecke, ist es fast so, als wäre nie etwas passiert. Insofern bereiten mir lediglich die Toten Sorgen.«

»Das kriegen wir schon hin«, zeigte sich Liv zuversichtlich. Obwohl sie in Wahrheit ziemlich ratlos war, wollte sie ihrem kleinen, blauen Freund zumindest ein wenig Trost und Zuversicht spenden. Pessimismus konnte Mok im Augenblick sicher nicht gebrauchen, nachdem er quasi binnen Minuten fast alles im Leben verloren hatte.

Plötzlich klopfte es an der Tür.

Liv zog ihren Nadelstrahler und eilte mit lautlosen Schritten zum Eingang der Suite, positionierte sich direkt an der Wand und öffnete die Tür einen Spalt. Zu ihrer Erleichterung handelte es sich um ihren Kollegen. Sofort senkte sie ihre Waffe und ließ ihn herein.

*

Die drei toten Kolosse auf der mitgebrachten Transportplattform zu stapeln entpuppte sich als ziemlicher Kraftakt. Mehr als einmal ertappte sich Liv bei dem Gedanken, die Rateken einfach mit ihrem Nadelstrahler aufzulösen, doch das hätte eine noch größere Schweinerei ergeben als ohnehin schon.

In weiser Voraussicht organisierte Mok Moklis mehrere große Decken, die die Agenten über den Toten ausbreiteten. Abschließend wischten sie die größten Blutpfützen weg, damit alles mehr nach einer brutalen Schlägerei als nach einem Kampf um Leben und Tod aussah. Möglicherweise hielt das die Hoteldirektion davon ab, sofort die hiesige Ordnungsmacht zu rufen, und ließ sie stattdessen darauf spekulieren, von dem Mieter dieses Appartements fürstlich entschädigt zu werden. Um etwas nachzuhelfen, hinterließ Moklis kurzerhand eine entsprechende Nachricht auf dem zertrümmerten Tisch. Einen Credit-Chip legte er jedoch nicht bei, denn der würde höchstwahrscheinlich vom Finder eingesteckt, anstatt dem Direktor vorgelegt zu werden.

Ömer klatschte in die Hände. »So, und jetzt nichts wie weg!«

*

Das Parkdeck befand sich auf der vierunddreißigsten Ebene des Hotels. Obwohl es nur sechs Stockwerke unter Mok Moklis' Appartement lag, kam es den drei Flüchtigen vor wie eine kleine Weltreise. Glücklicherweise passte die Transportplattform, auf der die Rateken ruhten, in den Antigrav-Schacht.

»Ob sich wohl unter der Plattform ein Gravitationsfeld befindet?«, warf Giray mit einem Mal in den Raum.

Moklis runzelte die Stirn. »Wir schweben in einem Antigrav-Feld.«

»Eben deshalb. Die Plattform verfügt ebenfalls über einen entsprechenden Generator. Wenn ein Antigravitationsfeld die Schwerkraft aufhebt und ein weiteres Feld darin wirkt, in welche Richtung wirkt die Antigravitationskraft?«

»Nach unten, oder? Die Generatoren sind immerhin den planetaren Schwerefeldlinien entgegengesetzt ausgerichtet.«

»Und wenn man sie aufeinander richtet? Stoßen sie sich dann ab wie gleiche Magnetpole?«

Liv Sanders räusperte sich. »Müssen wir das jetzt wirklich ausdiskutieren?«

Die Gruppe erreichte unbehelligt das vierunddreißigste Stockwerk. Niemand begegnete ihnen. Überraschenderweise parkten hier nicht viele Fahrzeuge. Vermutlich waren die meisten Hotelbewohner ausgeschwärmt, um unter der Woche ihrer Arbeit nachzugehen.

Moklis deutete nach vorne. »Da drüben steht mein Gleiter. Einen Schweber in der Tiefgarage hätte ich auch anzubieten. Noch können wir uns entscheiden.«

Giray schüttelte den Kopf. »Wir leihen uns einen Wagen. Sicherlich findet man im Hyperfunknetz entsprechende Anleitungen.«

»Und ich weiß auch genau, wo«, verkündete Mok und aktivierte sogleich sein viphoartiges Gerät.

Der Geheimagent nahm es ihm ab. »Das kann zurückverfolgt werden«, erklärte er und verstaute das Gerät in einer dünnen Tasche, deren Material sämtliche Signale abschirmte. Stattdessen gab er Moklis seinen Hand-Suprasensor, der im Tarnmodus lief und den Anschein eines herkömmlichen Kleinrechners erweckte.

Der Utare verzog missmutig das Gesicht, zuckte dann jedoch mit den Schultern und begab sich ins Hyperfunknetz.

Ungeduldig und wachsam blickte sich Liv Sanders nach allen Seiten um. Sie rechnete damit, dass jeden Moment ein weiterer Trupp schwerbewaffneter Rateken hinter irgendeiner Ecke hervorspringen könnte, auch wenn die Parkebene sehr übersichtlich war. Bis auf die kunstvoll ummantelten Antigrav-Schächte und die wenigen Dutzend parkender Gleiter gab es nicht viele Versteckmöglichkeiten – weder für potenzielle Angreifer noch für sie selbst. Letzteres bereitete ihr Sorgen.

Es reicht ja schon, wenn ein Hotelangestellter oder Gast vorbeikommt und zufällig die Leichen sieht, grübelte sie. *In dem Fall würden unsere Gesichter spätestens in den Abendnachrichten in ganz Rutekan bekannt sein. Allmählich avancieren wir zu kleinen Berühmtheiten, worauf ich liebend gern verzichten würde.*

Während sie bei der mobilen Transportplattform und dem Gepäck blieb, suchten sich die Männer ein passendes Gefährt, unter das Giray kroch, während Moklis ihn dabei beobachtete.

Aus der Distanz konnte Liv nicht viel erkennen, mutmaßte jedoch, dass ihr Kollege von unten den Bordrechner des Gleiters anzapfen wollte.

Dank der hervorragenden Ausrüstung der Galaktischen Sicherheitsorganisation brauchte er kein Hacker oder Technikgenie zu sein, sondern bloß die bis zu einem gewissen Grad anpassungsfähigen GSO-Adapter anzuschließen und ein entsprechendes Programm auf seinem Hand-Suprasensor auszuführen – schon sprang die Luke zum Fond auf.

Moklis winkte Liv aufgeregt zu.

Sie winkte zurück.

Ihr kommt mal schön hierher und holt euer Zeug ab, dachte sie. *Ich bin nämlich nicht euer Packesel.*

*

Das Verstauen sowohl der Leichen als auch von Moklis' umfangreichem Gepäck stellte eine kleine organisatorische Herausforderung dar, die die Gruppe mit ein wenig Improvisation und einer Prise Gewalteinwirkung meisterte.

Rund zwanzig Minuten später saßen die beiden Terraner und der Utare gequetscht im Gleiter, wobei Moklis ans Steuer durfte.

In einem heruntergekommenen Stadtviertel luden sie die Rateken in einem halbfertigen Gebäude ab, an dem schon seit Langem niemand mehr gebaut zu haben schien. Die üblichen »Bewohner« solcher Ruinen – sprich: Junkies und kriminelle Jugendbanden – waren ausnahmsweise nicht anzutreffen. Möglicherweise unterschied sich das Leben auf Danlechraa aber auch in diesem Aspekt von dem Leben in einer menschlichen Kolonie.

Giray und Sanders deckten die Rateken notdürftig mit der Decke zu und stellten Planken sowie eine rostige Tonne vor das notdürftige Versteck, damit nicht jeder Dahergelaufene die Leichen sofort entdeckte. Je später die Ordnungshüter kamen, desto besser.

Anschließend parkten die drei den Gleiter ein paar Kilometer weiter in einer Seitenstraße und organisierten sich einen neuen fahrbaren Untersatz – einen rostroten dreißig Jahre alten Schweber, staubig von außen und dreckverkrustet von innen.

»Igitt!« Angewidert hielt sich Moklis die Nase zu, als er in das Fahrzeug stieg. Voller Ekel ließ er seinen Blick über den Unrat schweifen, der sich auf den Sitzen stapelte. »Können wir uns nicht einen anderen Schweber aussuchen? Hier will ich mein Gepäck nur ungern abstellen. Da fange ich mir ja wer weiß was ein!«

»Wahrscheinlich ist der Besitzer sogar froh, wenn wir diese schwebende Mülldeponie für ihn entsorgen«, bemerkte Giray ironisch. »Wer fährt?«

»Am besten du. Ich will hier so wenig wie möglich anfassen.

*

Zu Mok Moklis' großer Enttäuschung fuhren sie nicht zu seiner Zweitwohnung.

»Die wollen wir sicherheitshalber meiden«, erklärte Liv Sanders, »denn wir können nicht ausschließen, dass Yak Yakis Erkundigungen über dich eingezogen hat und dabei auch auf deine Zweitwohnung gestoßen ist.«

Der Utare zog ein langes Gesicht und blickte traurig auf seine Koffer. »In all der Eile habe ich nur das Erstbeste eingepackt. Die meisten meiner Lieblingssachen befinden sich noch im Hotel. Hoffentlich kann ich bald nach Hause zurückkehren.«

Liv schluckte den imaginären Kloß in ihrem Hals herunter. Trösten zählte nicht zu ihren Stärken. Ihr fehlten einfach die Worte. Ein »Kopf hoch, das wird schon!« empfand sie als unangemessen, denn mittlerweile kannte der Blaue sie schon zu gut, um ihr diesen überschwänglichen Optimismus abzukaufen. Sie wollte ihm keinesfalls den Eindruck vermitteln, ihn wie ein kleines, naives Kind zu behandeln. Also blickte sie nur schweigend aus der Windschutzscheibe.

Eine gefühlte Ewigkeit später hielt Ömer Giray an und drehte sich zu den Passagieren um. »Fürs Erste dürften wir weit genug von der Gefahrenzone entfernt sein. Jetzt müssen wir uns nur eine Bleibe suchen – außer ihr zieht es vor, den Schweber zu einem Wohnmobil umzufunktionieren.«

Aus dem Augenwinkel sah Liv einen winzigen Schatten vorbeihuschen. Als sie hinsah, war er längst verschwunden, doch sie spürte förmlich die Blicke aus Tausenden winziger Knopfaugen, das Trippeln unzähliger Beinchen sowie das Malmen viel zu vieler Mundwerkzeuge. Unter ihrem Hintern kribbelte es. Etwas zwickte ihr ins Bein. Sie wollte sich gar nicht vorstellen, was in diesem Fond alles nistete. »Ich ziehe eine anständige Wohnung vor.«

»Ich auch«, pflichtete ihr Moklis prompt bei. »Praktischerweise bunkere ich meine Credits nicht zu Hause, sondern bei der Bank, sodass wir bestimmt schnell etwas finden werden. Im Nordwesten Rutekans gibt es hübsche Wohnungen in einem ruhigen Viertel. Dort wollte ich früher mal hinziehen, bevor ich mich für das No-Seasons-Hotel entschied. Um die Miete müssen wir uns keine Sorgen machen. Notfalls spiele ich ein paar Runden im Kasino.«

Giray lächelte ihn an. »Danke, Mok, deine Großzügigkeit wissen wir sehr zu schätzen. Du bist unser bester und vermutlich einziger Freund auf ganz Danlechraa. Unseretwegen sitzt du nun in der Tinte.«

Der Angesprochene kratzte sich verlegen am Kopf und machte eine wegwerfende Handbewegung. »Ach was, das ist doch gar nichts. Mit dem ganzen Geld weiß ich sowieso nichts anzufangen, und wenn ich euch etwas Gutes damit tun kann, mache ich das gerne. Suchen wir uns jetzt eine nette Unterkunft oder wollen wir uns weiter mit Nichtigkeiten aufhalten?«

»Momentchen, ich war noch nicht fertig. Das war bloß die Einleitung.«

»Oh, habe ich dich etwa unterbrochen? Das tut mir leid. Was wolltest du denn sagen?«

Giray seufzte. »Wahrscheinlich verfehlt meine Rede ohnehin ihre Wirkung, deshalb mache ich es kurz: Ich zahle.«

»Du?« Moklis betonte das Wort mit einem merkwürdigen Singsang, als hätte er soeben das Unglaublichste der Welt erfahren.

»Ja, ich.«

»Bist du dir wirklich sicher? Ich meine …«

»Ganz sicher, Mok.«

»Verfügst du denn über ausreichend Geld?«

»Mach dir darum keine Gedanken! Diesmal bist du unser Gast.«

»Ich weiß nicht. Das fühlt sich so falsch an. Ich fürchte, ich werde die nächsten Tage nicht mehr ruhig schlafen können.«

»Das wirst du sowieso nicht«, erwiderte Liv trocken. »Jetzt nimm sein Angebot doch einfach an! Damit würdest du uns sehr glücklich machen.«

»Aber wir mieten lediglich eine ganz billige Wohnung!«

»Ja, das machen wir«, bestätigte Giray. »Als Erstes benötigen wir allerdings neue Tarnnamen. Ich heiße ab sofort Homer Gorey.«

»Und ich Laine Shander«, verkündete Sanders.

Nachdenklich tippte sich Moklis mit dem rechten Zeigefinger auf sein Kinn. »Hm, wie klingt Morr Morrho für euch?«

»Mir gefällt es.«

»Mir auch«, pflichtete Giray ihr bei. »Dann widmen wir uns jetzt der Wohnungssuche. Morr, du kennst dich am besten in Rutekan aus. Was schlägst du vor?«

Der Angesprochene runzelte die Stirn. »Ich würde als Erstes im planetaren Datennetz nachschauen. Was sonst?« Daraufhin reichte ihm Liv ihren Hand-Suprasensor, mit dem er sich gleich ans Werk machte.

Die beiden Agenten änderten währenddessen ein bisschen ihr Äußeres mithilfe des Schminkkoffers und zweier Perücken.

8.

»Menschen?«, fauchte der blaue Gnom. »An solches Pack vermiete ich nicht. Macht, dass ihr fortkommt!«

Mok Moklis zückte unbekümmert einen Credit-Chip. »Überlege es dir noch einmal! Wir zahlen gut.«

»Da gibt es nichts zu überlegen. Bei mir nisten sich keine Worgunmanipulierten ein.«

»Wieso nicht? Ich bürge doch für sie und …« Weiter kam Mok nicht, denn da schlug ihm schon die Haustür vor der Nase zu. Mit bedauernder Miene drehte er sich zu seinen beiden Freunden um. »Tut mir leid, da kann man wohl nichts machen.«

»Egal«, meinte Giray gelassen und machte kehrt, um zum Schweber zurückzukehren. Die anderen folgten ihm. »Das ist sicher nicht die einzige freie Unterkunft in dieser Megametropole.«

»Aber bereits der vierte Vermieter, der sich weigert, bloß weil ihr Menschen seid.«

»Du könntest allein eine Wohnung anmieten und wir ziehen gemeinsam ein«, schlug Liv vor.

Mok schüttelte den Kopf. »Das halte ich für keine gute Idee. Falls ich erwischt werde, wie ich illegal Leute in der Wohnung unterbringe, hetzt man uns vielleicht die Ordnungshüter auf den Hals oder setzt uns einfach auf die Straße. Unsere Sachen behalten sie dann als ›Entschädigung‹.«

»Und wenn wir behaupten, Gäste zu sein?«

»Ich denke, es kommt darauf an, wie lange wir die Wohnung benötigen. Wenn ihr wochenlang bleibt, erregt das möglicherweise Verdacht. Oder der Vermieter verbietet allgemein Terraner in seinem Haus und kündigt mir daraufhin fristlos.«

»Oje, gibt es auf Danlechraa etwa kein Mieterschutzrecht?«

»Nicht wirklich. Unsere Wirtschaft floriert doch nur deshalb, weil es kaum Regeln gibt.«

»Ich frage mich, wie viele Verlierer es in diesem System wohl gibt.«

»Eine Menge. Sie sind lediglich kaum sichtbar im Stadtbild, weil sie vertrieben werden unter dem Vorwand, geschäftsschädigend zu sein. In der Regel leben sie in den heruntergekommenen Bezirken Rutekans.«

»Sind die Leute dort toleranter?«, erkundigte sich Giray.

»Gute Frage. Ich persönlich würde in so einem Gebiet nicht wohnen wollen. In diesen Vierteln herrscht nicht nur eine hohe Fluktuation, sondern auch eine hohe Kriminalität. Wenn ich dort mit meinen Koffern auflaufe, sind die bestimmt bald weg.«

»Wenn es nur um dein Gepäck geht, könnten wir es irgendwo sicher verstauen. Du brauchst es im Moment sowieso nicht.«

»Ich trenne mich nur ungern davon. Außerdem möchte ich in einer vernünftigen Gegend leben, wo ich nicht Angst haben muss, überfallen oder von Ungeziefer angenagt zu werden. Tut mir leid, falls ich zu anspruchsvoll für euch bin. Wie gesagt, bezahle ich gerne aus eigener Tasche.«

»Das kommt nicht infrage«, entgegnete der Agent. »Du hast mein Angebot angenommen, folglich gibt es nichts mehr daran zu rütteln.«

»Eigentlich habe ich … Ach, vergiss es!«

*

Etliche gescheiterte Wohnungsbesichtigungen später trafen Giray, Sanders und Moklis endlich auf einen Vermieter, der menschlichen Mietern gegenüber aufgeschlossen zu sein schien. Er lotste die drei durch den engen Hausflur zu einer geräumigen Wohnung mit drei Schlafzimmern sowie einem eigenen Ausgang auf einen Abschnitt des äußeren Gebäuderings. Der Balkon bestand vollständig aus Glas mit einem schwindelerregenden Ausblick auf die Straße in vierzig Metern Tiefe.

»Die Gegend ist sehr ruhig«, warb der Vermieter. »Etwas Besseres bekommt ihr in diesem Viertel nicht.«

»Im Flur haben wir ein Plakat der Vereinigung der Alten Völker gesehen«, merkte Giray an. »Sind wir hier als Menschen überhaupt willkommen?«

Etwas blitzte in den Augen des Utaren auf. »Natürlich«, beeilte er sich zu sagen. »Das hängt dort nur so. Ignoriert es einfach!«

»Ich fürchte, wir müssen jetzt gehen«, behauptete Moklis mit undurchdringlicher Miene.

»Warum? Ihr seid doch eben erst gekommen. Gefällt euch die Wohnung etwa nicht? Ich könnte euch noch eine weitere zeigen.« Mit unterdrückter Nervosität linste der Vermieter auf sein Mobilgerät.

»Danke, dass du uns herumgeführt hast. Wir melden uns gegebenenfalls bei dir.« Mit diesen Worten ging Moklis Richtung Ausgang und bedeutete seinen terranischen Freunden, ihm zu folgen.

In diesem Moment warf sich der Vermieter dazwischen. »Ihr habt doch noch gar nicht das Badezimmer besichtigt! Eine so schöne Dusche bekommt ihr nie wieder zu Gesicht.«

»Das bezweifele ich. Gehst du bitte aus dem Weg?«

Nach einigen angespannten Atemzügen lächelte Moklis' Artgenosse plötzlich und trat beiseite. »Aber sicher.«

»Du gibst aber schnell auf«, spöttelte Giray.

Der Angesprochene schoss einen giftigen Blick auf ihn ab und malmte mit den Kiefern. Kurioserweise blieben seine nach oben gebogenen Mundwinkel unverändert, als hätte er sie sich an den blauen Bäckchen festgetackert. Mit den Augen folgte er den dreien, die auf den Flur hinaustraten.

Wenig überraschend stiegen in diesem Moment vier düster aussehende Utaren, ein spindeldürrer Tel sowie ein Rateke aus dem Antigrav-Schacht.

»Oh, oh«, machte Moklis leise. »Ich hatte schon so eine Vorahnung.«

»Das sind die Typen«, keifte der Vermieter. »Erteilt ihnen eine Lektion!« Rasch schloss er die Wohnungstür hinter sich und gewann Sicherheitsabstand zu der bevorstehenden Schlägerei, die er sich offensichtlich nicht entgehen lassen wollte.

Der drei Meter große Graue – ein besonders breit gebautes Exemplar seiner Art – übernahm die Führung und stapfte auf die Wohnungssuchenden zu.

Mit spitzen Fingern zeigten die Utaren auf Mok.

»Du Verräter!«, kreischte einer von ihnen. »Weshalb machst du gemeinsame Sache mit Worgunmanipulierten? Stehst du unter ihrer Kontrolle?«

»Nein«, entgegnete Moklis kühl. »Und ich glaube, ihr solltet besser umkehren, bevor noch etwas Schlimmes passiert.«

»Rate mal, warum wir hier sind! Phrobb, du übernimmst die Terraner. Wir kümmern uns um unseren Artgenossen. Ihr werdet euch anschließend wünschen, Danlechraa niemals betreten zu haben.«

In der nächsten Sekunde hielt Liv Sanders ihren Handnadelstrahler in der Hand und blickte den Angreifern unbeeindruckt entgegen. »Leute, wir können das auf die friedliche Art regeln oder auf die schmerzvolle. Ihr entscheidet.«

»Das ist ein Nadelstrahler«, zischte einer der Utaren. »Diese verfluchten Terraner! Ständig kämpfen sie mit unlauteren Mitteln. Was machen wir denn jetzt?«

Auch der Rateke blieb nun stehen. Sein Facettenkranz glitzerte gefährlich.

Anhand seiner Körperhaltung erkannte Liv, dass der Hüne nur auf einen Moment der Schwäche lauerte, um sich auf sie und ihren Partner zu stürzen.

»Wir hätten ebenfalls unsere Waffen mitbringen sollen«, ärgerte sich ein weiterer Utare aus der Bande.

Sein Kumpan schürzte die Lippen. »So gern ich diese Worgunmanipulierten tot sähe, für dieses Vergnügen will ich nicht riskieren, im Gefängnis zu landen.«

»Da habt ihr noch einmal Glück gehabt, Terraner!«, brummte Phrobb. »Aber bald wird die gesamte Milchstraße euer wahres Gesicht erkennen, und die Alten Völker werden sich gegen euch erheben und euch in eure Schranken weisen. Wir holen uns unsere Planeten zurück, und du, Blauer, solltest dir sehr gut überlegen, auf wessen Seite du dann stehen willst.« Damit drehte er sich um.

»Tut mir leid, wenn ich deinen filmreifen Abgang ruiniere«, rief Giray ihm nach, »doch was meinst du mit ›wahrem Gesicht‹?«

»Ignoriere ihn!«, riet einer der Utaren Phrobb. »Sie wollen bestimmt versuchen, dich zu hypnotisieren. Dann endest du so wie der Blaue.«

»Warum so ängstlich?«, erkundigte sich Giray. »Ihr seid in der Überzahl.«

»Schnauze, Mensch! Auf deine Tricks fallen wir nicht herein. Man hat uns vor euch gewarnt.«

»Wer hat euch gewarnt?«

Der Utare tippte sich an seinen Anzug, dessen Revers ein kreisrunder Button zierte, auf dem der schwarze Scherenschnitt eines Menschen zu sehen war, über den ein roter Querbalken verlief.

»Schick! So einen wollte ich schon immer mal haben«, meinte Giray. »Gibt es dafür eigentlich einen Souvenirladen?«

»Lache nur, solange du noch kannst!«

»Eigentlich lache ich gar nicht.«

Der Utare kreischte frustriert auf, ging jedoch nicht weiter auf die Provokation ein. Stattdessen eilte er zurück zum Antigrav-Schacht, in den er sich regelrecht hineinstürzte. Seine Kumpane folgten ihm.

Als Giray, Sanders und Moklis sich nach dem Vermieter umwandten, konnten sie diesen nirgendwo entdecken.

*

Zurück im Schweber bedachte Mok Moklis seine Artgenossen mit allerlei Schimpfworten, von denen die Translatoren lediglich einen Bruchteil übersetzten. Er hörte erst auf, als ihm die Luft ausging.

Etwas ruhiger fügte er schließlich hinzu: »Es scheint immer schlimmer zu werden mit dieser verfluchten Vereinigung der Alten Völker. Ich wünschte, sie würden ihre Energie endlich mal in konstruktive Projekte investieren, Schulen zum Beispiel.«

»Vielleicht tun sie das bereits«, erwiderte Sanders.

»Als Wohltäter fallen sie in der Öffentlichkeit nicht auf.«

»Es geht weniger um Wohltätigkeit. Kleinen Kindern Angst vor Menschen einzutrichtern wäre sehr viel nachhaltiger, als die Öffentlichkeit mit reißerischen Plakaten zu penetrieren. Die Indoktrinierung findet solange im Verborgenen statt, bis eine gewisse Sättigung erreicht ist, um das Risiko des Auffliegens zu verringern. Die Mehrheit der Leute solidarisiert sich nämlich in der Regel mit der schwächeren Partei, der Unrecht widerfährt, in diesem Fall also mit den Menschen. Damit eine Solidarisierung nicht stattfindet, dürfen die sogenannten Worgunmanipulierten unter keinen Umständen als Opfer gelten. Dazu bedarf es eines tief verwurzelten Feindbildes, das normalerweise nicht von heute auf morgen entsteht.«

»Deine blühende Fantasie macht mir Angst.«

»Glaube mir, so abwegig ist das gar nicht.« Sanders blickte grimmig drein. »Es handelt sich um typische Merkmale totalitärer Systeme.«

»Wir leben aber in einer liberalen, fast schon anarchistischen Gesellschaft – mal abgesehen von unseren Alibi-Behörden, die bei Morden oder Entführungen durchaus in die Gänge kommen. Trotz aller Unterschiede sind sich die Bewohner Danlechraas, einschließlich mir, in einem Punkt einig: Unsere Freiheiten werden wir niemals freiwillig aufgeben, für nichts und niemanden, schon gar nicht für eine quasireligiöse Doktrin. Insofern klingt deine Ausführung für mich hauptsächlich nach Verschwörungstheorie. Bevor die VdAV in unseren Schulen herumwuselt, spazieren die Worgun höchstselbst durch den Vordereingang des VdAV-Hauptquartiers.«

»Hoffen wir, dass du recht behältst. Ansonsten könnte es auf dieser Freihandelswelt in wenigen Jahren sehr düster aussehen. Ich bezweifele, dass die Organisation sich am Gipfel ihrer Macht auflöst, nachdem sie uns Terraner und jeden, der in ihren Augen sonst noch als worgunmanipuliert gilt, erfolgreich von Danlechraa vertrieben hat.«

Moklis stöhnte entnervt auf. »Lass uns bitte das Thema wechseln! Gespräche über diesen obskuren Verein deprimieren mich immer. Das kann ich jetzt echt nicht gebrauchen.«

*

Die Abneigung gegen Menschen schien seit Girays und Sanders’ letztem Besuch auf Danlechraa vor rund drei Jahren deutlich zugenommen zu haben. Die beiden Agenten erwarteten nicht, mit Begeisterung empfangen zu werden. Blöde Sprüche waren sie gewohnt, doch diese unverhohlene Feindseligkeit, die ihnen mittlerweile entgegenschlug, stellte eine ganz neue Herausforderung dar. Zwar steckten die Einwohner nach wie vor gerne Credit-Chips in ihre Taschen, doch neben Terranern wollten sie auf keinen Fall wohnen. Die Ausreden gestalteten sich vielfältig. Nicht jeder verkündete unverblümt, Worgunmanipulierte zu hassen oder hetzte diesen gar Schlägertrupps auf den Hals. Trotzdem steckte hinter allem eine Geschichte, die vor allem auf Hörensagen basierte. Jeder war felsenfest davon überzeugt, dass die Menschen irgendetwas im Schilde führten, um Danlechraa zu schaden. Was genau die glatthäutigen Feindbilder planten, wusste allerdings niemand.

Auf der Freihandelswelt gab es keine nennenswerten Rohstoffvorkommen, und sie befand sich an keinem für Terraner relevanten strategischen Punkt in der Milchstraße. Weshalb die Menschen trotzdem Danlechraa invadieren wollten, anstatt beispielsweise Esmaladan, den heutigen Heimatplaneten der Utaren, konnte niemand beantworten. Diese Logiklücke schien jedoch niemanden zu stören.

Insgeheim bewunderten die beiden GSO-Agenten die Propagandafähigkeiten und den Einfallsreichtum der Vereinigung der Alten Völker, auch wenn sie nach wie vor nicht verstanden, weshalb die Organisation so viele Kapazitäten auf Volksangehörige verschwendete, von denen es auf Danlechraa bestenfalls eine Handvoll gab. Steckte möglicherweise mehr dahinter, als es momentan den Anschein hatte?

Dies zu erörtern mussten Giray und Sanders jedoch auf später verschieben, denn im Augenblick benötigten sie dringend eine Wohnung. Nach einer Nacht im provisorischen Wohnmobil reichte es Mok Moklis nämlich schon. Zeternd zeigte er auf purpurfarbene Pusteln auf seiner Haut, die seiner Meinung nach von den ungezieferverseuchten Sitzpolstern herrührten. Außerdem brauchten alle drei dringend eine Dusche. Je länger sie in dem Schweber verbrachten, desto weiter sanken ihre Chancen auf eine Unterkunft, denn wenn sie stanken, würde sie erst recht jeder abweisen.

Der erste potenzielle Vermieter an diesem Morgen erklärte sich tatsächlich bereit, eine Wohnung an einen Utaren sowie zwei Menschen zu vergeben. Allerdings verlangte er eine Monatsmiete, die etwa dem entsprach, was Moklis' Luxus-Appartement im No-Seasons-Hotel kostete.

Weil Bernd Eylers, der Chef der GSO, mit Sicherheit nicht bereit war, solch horrende Summen für eine Bruchbude zu bezahlen, und Ömer Giray ebenfalls wenig Lust verspürte, sein Erspartes für diesen fragwürdigen Luxus anzuzapfen, lehnten die drei das Angebot dankend ab.

Auf dem Weg zum nächsten Termin schlug Moklis vor: »Wenn wir bis heute Abend nichts gefunden haben, mieten wir uns in einem Stundenhotel ein. Die sind anonym, und da bekommt jeder ein Zimmer.«

»Dort werden uns Yakis' Leute rasch aufspüren«, hielt Giray dagegen, obgleich ihm der Gedanke an ein richtiges Bett gefiel. »Notfalls organisieren wir uns ein Zelt und campen in einem Park oder ein wenig außerhalb.«

»Campen? Was ist das denn?«

»Man übernachtet draußen in einem Zelt.«

»Wie ein Obdachloser?«

»Nicht ganz.«

»Ein seltsames Völkchen seid ihr Terraner. Kein Utare, Rateke, Fanjuur – überhaupt niemand, den ich kenne – würde freiwillig draußen übernachten wie unsere primitiven Vorfahren. Welchen Zweck erfüllt die Zivilisation, wenn man auf all die Annehmlichkeiten verzichtet, die sie mit sich bringt?«

»Zelten macht Spaß. Das solltest du irgendwann einmal ausprobieren – allerdings mit vernünftiger Ausrüstung.«

»Nein, danke, ich verzichte. Allein der Gedanke daran, wie ich meine Frisur morgens in Form bringen soll, lässt mich verzweifeln.« Demonstrativ fühlte Moklis nach seiner ausladenden, blauen Tolle, die noch immer akkurat auf seinem Kopf saß. Er benutzte kostspielige Pomade für dieses Meisterwerk, damit es nicht wie ein glitschiger Filzhut – so wie bei manch anderem Zeitgenossen – anmutete.

Die Tolle fungierte bei den Utaren als Statussymbol: je schöner die Haarpracht, desto ehrenwerter ihr Träger. Dies galt freilich auch für die Damen. Eine ganze Kosmetik- und Werbeindustrie mit jährlichem Milliardenumsatz drehte sich allein um die aufwendige Haarpflege.

*

Am frühen Nachmittag stieß die ungleiche Gruppe endlich auf den ersten Vermieter, der einen seriösen Eindruck erweckte – oder besser gesagt: Es schien ihm alles egal zu sein. Der Rateke hieß Reltak. Weder begegnete er den Terranern mit Feindseligkeit noch versuchte er, sie über den Tisch zu ziehen oder zu verprügeln.

Er schaut genauso grimmig und respekteinflößend wie seine Artgenossen, fand Sanders. Ihre Meinung behielt sie wohlweislich für sich. *Darf ich so etwas überhaupt denken? Bestimmt geht es ihm mit seinen Vorurteilen genauso. Wie mögen wir Menschen wohl auf Rateken wirken?*

Der größere Wohnkomplex lag in einem heruntergekommenen Viertel, das sich nur wenige Kilometer vom Raumhafen entfernt befand und von größeren Produktionsstätten umgeben war.

»Die Fenster lasst ihr am besten zu«, empfahl Reltak. »Wenn der Wind ungünstig steht, weht euch sonst alles ins Zimmer. Zu tief solltet ihr dann lieber nicht inhalieren.«

»Du sorgst dich um unsere Gesundheit?«, fragte Sanders verwundert.

»Bedingt. Natürlich mische ich mich nicht in euer Privatleben ein. Mir geht es einzig und allein um die Credits.«

Giray grinste. »Oh, das war frappierend ehrlich.«

»Wenn du ein Problem darin siehst, Terraner, solltest du mich besser nichts fragen.«

»So meinte ich das nicht. Ich schätze deine Ehrlichkeit. Bisher hatten wir nur Pech. Seit unserer Ankunft hat fast jeder versucht, uns zu verarschen.«

»Tja, willkommen auf Danlechraa, wo jeder jeden abzockt.«

»Du klingst nicht gerade begeistert.«

»Ich habe eine Familie zu ernähren. Daher bevorzuge ich Ehrlichkeit und Sicherheit. Jeden Verlust bekommen meine beiden Mädchen unmittelbar zu spüren, vor allem in Zeiten wie diesen.«

»Wie meinst du das?«

»Dieses Haus hier habe ich vor vielen Jahren gekauft, als Rutekan noch deutlich kleiner war als heute. Aber dann ...« Reltak tippte gegen die Konsole des Antigrav-Schachtes. Als nichts geschah, stampfte er zweimal kräftig auf den Boden. »So ein Mist! Ausgerechnet jetzt fallen mal wieder die Generatoren aus.« Mit seinem Facettenkranz funkelte er die drei Besucher an. »Ich kann verstehen, falls ihr jetzt lieber absagen wollt. Zugegebenermaßen muss hier einiges renoviert und gewartet werden, doch dafür ist die Miete verhältnismäßig günstig.«

Mit mulmigem Gefühl in der Magengrube blickte die Agentin den Schacht hinauf.

Das Gebäude verfügte über einhundertfünfzig Wohneinheiten, schätzungsweise sechs auf jeder Etage. Bei einer Deckenhöhe von etwa vier Metern sowie einer Bodendicke von rund einem halben Meter entsprach das je nach Betrachtungswinkel einer Höhe beziehungsweise Tiefe von gut einhundertundzwölf Metern, vielleicht sogar mehr. Sanders hatte nicht nachgezählt.

Falls wir hier einziehen, meide ich diesen Antigrav-Lift wie der Teufel das Weihwasser, beschloss sie in Gedanken.

»Wir möchten die Wohnung trotzdem sehen«, entschied Giray zu Reltaks Erleichterung. »Was ist übrigens geschehen, nachdem du das Haus gekauft hast?«

Der Rateke führte die drei zum spindelförmig hinauflaufenden Gang, dessen rauer Bodenbelag noch recht neu anmutete. Richtige Treppenstufen gab es hier offenbar nicht. »Das hier war mal ein richtig schickes Viertel, in das eine Menge Leute investiert haben. Uns wurde prognostiziert, dass es in absehbarer Zeit boomen würde. Also kratzte ich mein Erspartes zusammen, nahm einen Kredit auf und kaufte dieses damals eben erst fertiggestellte Gebäude.

Tatsächlich lief es in der Anfangsphase der Besiedlung recht gut, als die ganzen Utaren von Esmaladan übersiedelten und hier ihre Geschäfte gründeten. Doch dann kam irgendein Spinner aus der Stadtverwaltung auf die grandiose Idee, direkt nebenan ein paar Fabriken zu bauen. Nach und nach zogen die Mieter aus, denn selbst in der Nacht herrscht hier eine ziemliche Geräuschkulisse.« Er grunzte verächtlich. »Manche meiner Konkurrenten begannen, an irgendwelche zwielichtigen Personen zu vermieten, die dem Viertel zu einem fragwürdigen Ruf verhalfen und zu guter Letzt manches Gebäude ruinierten. Obwohl sie sich nicht allzu lange hier aufhielten, sind die Geschichten nach wie vor unvergessen.

Zum Glück achte ich immer darauf, wer bei mir einzieht. Obwohl mir kurzfristig viel Geld dadurch verloren geht, spare ich langfristig, denn gute Mieter hinterlassen Wohnungen in dem Zustand, in dem sie diese vorgefunden haben. In diesem Haus steckt mein ganzes Geld. Es zu verkaufen lohnt sich nicht, also mache ich das Beste aus der Situation und setze auf die Zufriedenheit meiner Mieter.«

*

Nach zwanzig Minuten erreichten die vier die elfte Etage. Mok Moklis, der über die kürzesten Beine verfügte, wischte sich schwer atmend den Schweiß von der Stirn. »Das reicht mir an Sport für diese Woche.«

»Ich sagte ja bereits, dass ich es verstehe, wenn ihr nicht einziehen wollt«, wiederholte Reltak. In seiner Stimme lag eine subtile Verzweiflung.

»Wir finden schon eine Lösung«, versicherte Giray dem Hünen rasch, um Moklis zuvorzukommen. Er fürchtete, dass sein blauer Freund sonst auf das Angebot eingehen würde.

Das hier ist ein echter Glückstreffer, dachte er. *Wer weiß, ob wir so schnell einen weiteren seriösen Vermieter finden, dem unsere Herkunft egal ist. Gut, wir kennen diesen Reltak nicht, doch mein Instinkt sagt mir, dass wir ihm vertrauen können. Ich werde zur Sicherheit später seinen Namen und sein Bild im Hyperfunknetz recherchieren.*

Dank seines künstlichen linken Auges verfügte der Agent über genügend Aufnahmen, die er in dem Datenspeicher dicht unter der Haut hinter seinem linken Ohr aufbewahrte. Selbstverständlich waren diese technischen Modifikationen optisch perfekt an den Körper ihres Trägers angepasst, sodass niemand Uneingeweihtes sie bemerkte.

»Das freut mich«, erwiderte Reltak sichtlich erleichtert. »Hier in meinem Haus müsst ihr euch jedenfalls keine Sorgen um kriminelle Bandenhauptquartiere und explosive Drogenlabore machen. Die Schließanlage funktioniert auch reibungslos.«

»Das klingt alles ganz fantastisch. Mit dem bisschen Lärm, dem Gestank und dem funktionsuntüchtigen Fahrstuhl kommen wir schon klar.«

»Machst du dich über mich lustig?«

»Im Gegenteil. Ausnahmsweise meine ich das vollkommen ernst.«

»Entschuldige bitte unseren Freund«, mischte Sanders sich ein. »Er sorgt mit seinem gewöhnungsbedürftigen Humor andauernd für Irritation.«

Reltak brummte zustimmend. »Das kenne ich. Meine Witze versteht auch niemand. Dabei bin ich eigentlich voll lustig. Aber egal, wir sind schließlich wegen der Wohnung hier.« Er zückte eine Zugangskarte und öffnete damit die hinterste der sechs Türen auf diesem Laubengang, den eine große, von außen schmutzverkrustete Scheibe von der Außenwelt trennte. Jenseits davon in etwa zwanzig Metern Entfernung erhob sich ein weiteres Gebäude, dessen brüchige Fassade Bände sprach. »Da wären wir.«

Der Vermieter betrat die Wohnung als Erster, eilte zu einem Gerät, das sich in zwei Metern Höhe befand, und aktivierte es. »Als das mit den Fabriken losging, habe ich Luftfilter installieren lassen. Leider hat es nichts genutzt, obwohl sich hier im Raum vermutlich die beste Atemluft Rutekans befindet. Man kann sogar Gaskartuschen einlegen und sich individuell sein eigenes Gemisch konfigurieren. Ich hatte gehofft, damit bei Volksangehörigen punkten zu können, die von Planeten mit anderer Luftzusammensetzung stammen. Im Moment leben auf Danlechraa allerdings bis auf wenige Ausnahmen überwiegend Utaren und Rateken. Vielleicht ändert sich das ja in Zukunft mal. Und? Was sagt ihr?«

Die unmöblierte Wohnung bestand aus drei Räumen: einem Schlafzimmer, einer Wohnküche sowie einem Bad. Reltak füllte fast ein Viertel des Zimmers aus.

»Ein bisschen klein«, fand Moklis. »Ich hätte schon gern ein eigenes Zimmer.«

»Kein Problem, Homer und ich teilen uns die Wohnküche«, bemühte sich Liv um einen Kompromiss.

»Und wenn ich Hunger habe? Ich benötige ungehinderten Zugang zum Speiseautomaten.«

»Wir stellen dir einen ins Zimmer.«

Giray zeigte sich wenig begeistert von der Idee. Zwar mochte er seine attraktive Kollegin gut leiden, doch auch er brauchte seine Privatsphäre. Noch wussten sie nicht, wie lange sie in ihrem Unterschlupf würden bleiben müssen, daher bot es sich an, den Stresspegel von Anfang an niedrig zu halten. Deshalb wandte er sich an Reltak: »Hättest du etwas Größeres für uns im Angebot?«

»Klar!«, platzte es aus diesem unumwunden hervor. »In der dreiundzwanzigsten Etage ist ein sehr geräumiges Appartement frei, das euch möglicherweise gefallen könnte. Allerdings kostet die Monatsmiete fünfhundertfünfzig Credits zuzüglich achtzig Credits Nebenkosten. Dafür bekommt ihr jedoch einen Stellplatz auf dem kleinen Parkdeck in derselben Etage.«

»Hier gibt es ein Parkdeck?«, entfuhr es Moklis verblüfft. Seine Augen funkelten bei der Aussicht auf ein bisschen Luxus.

»Es ist sogar gesichert, sodass nur Bewohner und ihre Gäste Zugang dazu haben.«

»Unglaublich! Der ganze Spaß soll lediglich sechshundertdreißig Credits kosten? Da kann doch etwas nicht stimmen.« Intensiv stierte er den Fassettenkranz des Rateken an, als ob er die Gedanken dahinter lesen könnte.

»Ohne die verfluchten Fabriken in der Nachbarschaft wäre es hier deutlich teurer. Aber kommt erst einmal, ich zeige euch die Wohnung.«

Moklis' Gesicht verlor ein wenig Blauanteil.

*

Als die Gruppe im dreiundzwanzigsten Stockwerk ankam, sah der ein Meter große Utare so aus, als ob er in alles einwilligen würde, Hauptsache, er musste keine weiteren Etagen erklimmen. Auch Girays Waden und Oberschenkel schmerzten. Liv ließ sich nichts anmerken, obwohl sich bereits auffällige Schweißflecken unter ihren Achseln und an ihrem Rücken gebildet hatten.

Rateken hingegen waren von Natur aus sehr robust und ausdauernd. Insofern hätte Reltak wahrscheinlich bis ins hundertste Stockwerk steigen können, hätte es ein solches in diesem Gebäude gegeben.

Der Vermieter hatte nicht zu viel versprochen. Tatsächlich gefiel Giray, Sanders und Moklis die Wohnung auf Anhieb. Sie verfügte nicht nur über einen großzügigen, hellen Gemeinschaftsraum mit großem Fenster, sondern auch über drei Schlafzimmer mit jeweils einem eigenem Bad. In der Küche warteten ein Speiseautomat und Regale darauf, gefüllt zu werden. Mit etwas schönerem Ausblick und ohne den Lärm von draußen wäre die Wohnung perfekt gewesen.

»Und du hast keine Bedenken, an Terraner zu vermieten?«, erkundigte sich Sanders bei Reltak, nachdem sie sich ausgiebig umgeschaut hatte.

»Wieso sollte ich?«, gab dieser verdutzt zurück.

»Alle anderen haben uns entweder sofort abgewiesen oder versucht, uns auszubeuten. Du scheinst die große Ausnahme zu sein.«

»Tatsächlich? Eigentlich liegt der Mietpreis dieser Wohnung über dem Durchschnitt der Umgebung.«

»Haben die anderen eine Luftfilterungsanlage und Zugang zum Parkdeck?«

»Nein, das nicht.«

»Siehst du, in dem Falle ist der Preis doch gerechtfertigt. Was meinst du, Morr?«

»Absolut!«, pflichtete ihr Moklis bei. »Bloß der Antigrav-Lift …«

»Den brauchen wir dank des Parkdecks sowieso nicht.«

»Schweber können nicht fliegen.«

»Oh«, merkte Reltak auf. »Außen am Gebäude befindet sich extra ein Antigrav-Lift für Fahrzeuge.«

»Was? Wieso fällt dir das jetzt erst ein? Ich hätte mir den verdammten Weg hier rauf sparen können! Und nun stinke ich wie ein verwesender Geräuschteufel.«

»Ich dachte, es geht schneller, von der elften Etage direkt hier hinaufzusteigen, anstatt erst ins Erdgeschoss zurückzukehren und draußen um das Haus herumzugehen.«

»Warum könnt ihr Rateken nie Rücksicht auf uns Utaren nehmen? Dabei handeln unsere beiden Völker schon so lange miteinander. Du müsstest genau wissen, dass unsere kurzen Beinchen nicht für Marathons dieser Art gemacht sind.«

Giray räusperte sich geräuschvoll. »Jeder Gang macht schlank, und jetzt ist es ohnehin zu spät. Seien wir lieber froh, eine so schöne Wohnung gefunden zu haben!« Er blickte Reltak an. »Mir ist aufgefallen, dass deine Flure gar keine Plakate der Vereinigung der Alten Völker zieren.«

Der Rateke grunzte verächtlich. »Ich biete nun einmal keine Gratiswerbeflächen an, vor allem nicht für derartig absurde Hetze. Mir sind alle Mieter willkommen, solange sie immer pünktlich ihre Miete zahlen, mein Eigentum respektvoll behandeln und mir nicht an den Karren pinkeln.«

»Es heißt, mein Volk würde versuchen, Danlechraa zu zerstören. Befürchtest du nicht, eine Terrorzelle zu beherbergen?«

»Seid ihr Terroristen?«

»Nein.«

»Dann gibt es auch nichts zu befürchten. Den Stuss, den die VdAV verzapft, habe ich nie geglaubt. Ein entfernter Verwandter von mir war seinerzeit unter Klantu beim Einsatz am Miniuniversum dabei. Ich kenne mich mit den genauen Begebenheiten nicht sehr gut aus, aber ich weiß noch, wie er von eurem Mut geschwärmt hat, weil ihr euch, trotzdem wir in der Übermacht waren, gegen unsere Kampfflotte aufgelehnt habt, um die Anomalie im Zentrum der Milchstraße zu beschützen und uns vor einem tödlichen Fehler zu bewahren. Obwohl wir euch angegriffen haben, wart ihr uns nicht feindselig gesonnen, sondern habt uns sogar eine Zusammenarbeit angeboten.* Dazu gehört meines Erachtens Größe.« Reltak richtete seinen Facettenkranz auf die beiden Terraner. »Natürlich glaube ich nicht, dass automatisch alle Menschen so sein müssen. Wie in jedem Volk gibt es vermutlich auch bei euch reichlich Schurken und Windbeutel, doch so abscheulich, wie es die VdAV behauptet, seid ihr in der Summe nicht. So jedenfalls sieht es mein Verwandter. Ihr seid die ersten Terraner, denen ich begegne, also benehmt euch besser wie würdige Vertreter eures Volks.«

»Das werden wir«, versprach Giray. »Übrigens würden wir die Miete gern ein halbes Jahr im Voraus bezahlen, wenn das recht ist.«

Reltak stutzte. »Habt ihr etwas ausgefressen?«

Nun kam Mok Moklis zum Einsatz und tischte dem Grauen kurzerhand die vorbereitete Legende auf: »Nicht direkt. Genau genommen muss ich für eine Weile untertauchen, nachdem mich meine Frau bei einem ganz blöden Missgeschick erwischt hat, auf das ich nicht näher eingehen möchte.«

»So? Und was haben die Terraner damit zu schaffen?«

»Gar nichts. Eigentlich sind sie nur zu Besuch hier, aber meine Frau hat sie ebenfalls vor die Tür gesetzt. Eine Wohnung zu mieten schien uns die beste Option zu sein. Hotelzimmer wären teurer gewesen. So bleibt uns zumindest noch ein bisschen Geld übrig, um ins Einkaufszentrum und in den Zoo zu gehen. Wie ich meine Frau kenne, wird sie mir nicht so schnell verzeihen, deshalb …«

»Ja, ja, schon verstanden«, würgte der Hüne ihn verbal ab. »Die Details interessieren mich ehrlich gesagt nicht.«

»Jedenfalls bekommst du es wegen uns nicht mit der Polizei zu tun, falls das deine Sorge ist«, erklärte Giray wahrheitsgetreu.

---

* Siehe Weg ins Weltall Band 59, »Kampf um das Miniuniversum«

Dass irgendwann Yakis oder von ihm geschickte Schläger auftauchen könnten, verschwieg er jetzt trotz des Anflugs eines schlechten Gewissens.

Reltak scheint ein anständiger Kerl zu sein, dachte er. *Es wäre schade, ihn zu enttäuschen – noch dazu als Terraner. Hoffen wir also das Beste!*

9.

In den folgenden Tagen durchstöberten Giray und Sanders das planetare Datennetz nach verdächtigen Anfragen bezüglich eines Utaren in Begleitung zweier Terraner. Allerdings fanden sie nichts dergleichen, was sie einerseits erleichterte, weil ihnen nicht halb Rutekan auf den Fersen war, und andererseits besorgte, weil Yakis diesen Fall offensichtlich diskret behandeln wollte. Auf diese Weise erfuhren sie nicht, was Leks Handlanger momentan im Schilde führte. Deshalb hielten sie es für das Beste, zunächst nicht mehr öffentlich als Gruppe aufzutreten, sondern jeweils auf eigene Faust Erkundigungen einzuziehen. Natürlich standen Giray, Sanders und Moklis bei ihren Ausflügen ununterbrochen in Verbindung miteinander.

Zwar hätten die Agenten ihren Freund lieber in der Wohnung gelassen, doch der weigerte sich strikt: »Nachdem man mir mein schönes Appartement zerlegt hat, sitze ich bestimmt nicht däumchendrehend herum. Ich will einen Anteil daran haben, wenn wir Yakis das Handwerk legen.«

Bevor der blaue Sturkopf irgendetwas Unüberlegtes anstellte, willigte Giray lieber ein.

Wie üblich klapperten die drei in Verkleidung diverse Kneipen und Etablissements ab, besuchten den Raumhafen und hörten sich ganz allgemein um. Nichts deutete darauf hin, dass überhaupt noch jemand nach ihnen suchte. Selbst über den Vorfall im Hotel hörten sie nichts.

»Vielleicht kommt so etwas häufiger vor, sodass es niemanden mehr interessiert«, mutmaßte Liv eines Abends im Wohnzimmer. Die Fensterscheibe bestand aus Spezialglas, das ähnlich wie ein Einwegspiegel funktionierte. Von außen erschien es in mattem Grauton und erlaubte keinen Einblick ins Innere der Wohnung.

»Oder es wurde vertuscht«, hielt Moklis dagegen. »Ich kann mir kaum vorstellen, dass sich solch ein brutaler Überfall positiv auf den Ruf des Hotels auswirkt.« Er rückte das Kissen unter seinem Hintern zurecht, das ihm in Ermangelung eines Sessels als Sitzfläche diente. Von Anfang an versuchte er, Giray und Sanders zu überreden, sich wohnlicher einzurichten, doch diese hatten sich lediglich auf ein paar Kissen, Matratzen, einen niedrigen Tisch sowie eine Kühltruhe und einen Miniherd eingelassen. Falls unerwünschter Besuch kam, so die Begründung, würde dieser zumindest keine Designermöbel zum Zerstören vorfinden.

Giray hob den Blick von seinem Hand-Suprasensor. »Die drei Rateken wurden endlich gefunden.«

»Das wurde auch langsam mal Zeit«, kommentierte seine Kollegin trocken. »Was schreiben sie denn so?«

»Nichts natürlich.«

Als Moklis loskicherte, entglitten Sanders die Gesichtszüge. »Du weißt genau, wie ich das meine, Homer!«

»Entschuldige, bei dieser Steilvorlage konnte ich einfach nicht widerstehen«, verteidigte sich Ömer mit spitzbübischem Grinsen. »Aber Spaß beiseite, in diesem Artikel steht tatsächlich nicht viel. Der Journalist vermutet, dass die Toten zu einer Drogenbande gehört und sich mit den Falschen angelegt hätten. Dafür spreche der Fundort.«

»Schon im ersten Jahr auf der Polizeiakademie lernt man, dass der Fundort nicht zwangsläufig auch der Tatort ist.«

»Das mag sein, doch in weiser Voraussicht haben wir aufgeräumt, daher ist es recht unwahrscheinlich, dass die Behörden auf die Hotelsuite stoßen, zumindest nicht sofort. Dafür müssten sie nämlich erst eine Verbindung zwischen dem zertrümmerten Wohnraum und dem Leichenfund herstellen. In einer Megametropole wie dieser hierpassiert eine Menge, entsprechend dauert es.«

»Außer jemand gibt ihnen einen Tipp«, wandte Moklis ein. »Das wäre doch die ideale Gelegenheit für Yakis, mir eins auszuwischen.«

»Dagegen sprechen zwei Dinge. Erstens müsste er erklären, was er mit den drei Rateken zu schaffen hat und weshalb diese mit Blastern bei einem unbescholtenen Bürger Rutekans aufliefen. Zweitens weiß er nicht, wie viele Informationen wir dank der Wanze über ihn besitzen. Er muss befürchten, dass wir unsere Erkenntnisse gegen ihn verwenden, sobald er uns zu sehr in die Ecke drängt. Die beste Option für ihn wäre folglich, uns in Sicherheit zu wiegen und schließlich aus dem Hinterhalt zuzuschlagen.«

»Ja, das ergibt Sinn. Und was machen wir jetzt? Die Sache aussitzen?«

»Wir müssen irgendwie an diesen Yakis herankommen. Zunächst werde ich mich jedoch bei deinen Wohnungen umsehen, ob sich meine Theorie bestätigt.«

»Da gehst du aber nicht alleine hin, oder?«

»Doch, natürlich. Allein bin ich einfach flexibler.«

»Vielleicht haben Yakis' Leute eine Falle für uns aufgestellt.«

»Damit rechne ich sogar.«

»Wenn du schon weißt, was Sache ist, was willst du dann dort?«

»Ich möchte mich davon überzeugen, dass ich recht habe. Andernfalls laufen wir Gefahr, kostbare Zeit zu verschwenden. Ewig wollen wir schließlich nicht in dieser Bude wohnen, oder?« Mithilfe seiner humorigen Art gelang es Giray stets, seine wahre Gefühlswelt zu kaschieren. Tatsächlich plagten ihn eine Menge Sorgen, die vor allem um Moklis kreisten.

Im Gegensatz zu dem Utaren konnte den Geheimagenten alles Weitere egal sein, denn nach Abschluss des Falls würden sie diesen Planeten verlassen. Doch Mok war nun einmal ihr Freund und hatte ihnen überdies sehr geholfen. Nachdem sie ihn in diese missliche Lage gebracht hatten, durften sie ihn erst recht nicht im Stich lassen. Deshalb mussten sie sich davon überzeugen, dass Yak Yakis dauerhaft keine Gefahr mehr für ihn darstellte, wenn sie hier fertig waren. Im Idealfall interessierte sich der Ganove nicht für seinen Artgenossen, woran Giray allerdings sehr zweifelte.

*

Da Mok Moklis bereits am Tag des Einzugs den gestohlenen Schweber durch einen Mietschweber ersetzt hatte, konnte Giray am nächsten Morgen relativ gefahrlos durch die Stadt fahren. Natürlich bestand immer die Möglichkeit, aus irgendeinem Grund angehalten zu werden und dadurch aufzufallen, aber das gehörte zum Berufsrisiko.

An jenem Morgen trug der Agent mehrere Lagen Kleidung sowie eine tief ins Gesicht gezogene Kapuze. Sein Gesicht hatte er mit dunkelblauer Farbe eingepudert in dem Bewusstsein, dass seine Verkleidung keinem genauen Blick standhalten würde. Das brauchte sie auch nicht, denn er wollte lediglich vermeiden, sofort als Terraner oder sonstiger »Worgunmanipulierter« erkannt zu werden.

Das imposante No-Seasons-Hotel, in dem sich Moklis' Suite befand, ließ die Gebäude neben sich winzig erscheinen wie die Untertanen der alt-ägyptischen Pharaonen in den Wandmalereien. Hier residierten die Reichen der Reichen, die sich keine Villa in den gehobenen Vierteln leisteten oder einfach nur einen Zweitwohnsitz unterhielten. Die geschwungene, silbrige Fassade schimmerte makellos.

Mit seinem künstlichen Auge konnte Giray genau erkennen, dass das zerstörte Fenster im vierzigsten Stockwerk erneuert worden war. Zudem fielen ihm einige verdächtig unauffällige Gestalten in unmittelbarer Nähe des Hoteleingangs auf, die nach irgendetwas Ausschau zu halten schienen. Natürlich bestand die Möglichkeit, dass die gefährlich aussehenden Rateken gar nicht nach einem Utaren in Begleitung zweier Menschen suchten, sondern nach jemand anderem. Vielleicht spielten ihm auch bloß seine Vorurteile einen Streich beim Anblick der drei Meter großen Muskelberge, und in Wahrheit handelte es sich um ehrbare Bürger Rutekans – so wie Reltak.

Weil Giray schlecht nachfragen konnte, fuhr er kurzerhand weiter zu Moklis' Zweitwohnung. Während die Gegend bei seinem letzten Besuch noch ziemlich leer und trist gewesen war, wirkte sie mit den beiden herumlungernden Gruppen in unmittelbarer Nähe des Hauseingangs nun regelrecht belebt. Auch in diesem Fall konnte sich der Agent irren, weshalb er beschloss, besagte Gruppen aus sicherer Entfernung eine Weile zu beobachten.

In gemäßigtem Tempo fuhr er bis ans Ende der langen Straße, bog nach rechts ab und fuhr nach einigen Metern in die Tiefgarage eines Elektronikmarktes. Anschließend kehrte er zu Fuß zurück zu Moklis' Straße, wo er sich zunächst hinter einem Pfeiler postierte und von dort aus eine halbe Stunde die Gruppen beobachtete. Die Distanz von knapp zweihundert Metern stellte kein Problem für ihn dar. Dank der Zoomfunktion seines künstlichen Auges konnte er sogar die einzelnen Gesichter erkennen, auch wenn sie ihm nicht bekannt vorkamen.

Dreißig Minuten später betrat er das nächstgelegene Gebäude, dessen primitives Türschloss er binnen Sekunden mit seinem mitgebrachten Werkzeug knackte. Mit dem Antigrav-Lift erreichte er das oberste Geschoss, wo er ein weiteres Schloss knackte, um auf das Dach zu gelangen. Nachdem er die Tür wieder abgesperrt hatte, ging er zum Rand des etwa fünfzig Meter hohen Gebäudes. Hier oben wehte ein raues Lüftchen, das Giray trotz seiner mehrlagigen Kleidung frösteln ließ. Der Himmel hatte sich mittlerweile zugezogen, und es begann zu tröpfeln.

Die Gruppen schienen sich zu kennen, denn zwischendurch tauschten sie ihre »Mitglieder« untereinander aus. Gegen dreizehn Uhr Ortszeit kreuzte ein kleiner Schweberbus auf, der weitere kriminell aussehende Rateken, Utaren und Tel ausspuckte und die anderen einsammelten.

Möglicherweise gehen die Typen nur krummen Geschäften nach, grübelte Giray. Der Bus gab keinen Aufschluss darüber, wer am Steuer saß oder in wessen Auftrag er gefahren wurde. Um vom zwölften Stock aus in die Tiefgarage zu gelangen und mit dem Mietfahrzeug die Verfolgung aufzunehmen, dafür war es leider schon zu spät. *Falls Yakis doch dahintersteckt, wird er seine Handlanger kaum in der Nähe des Va Valdi parken lassen. Vermutlich regelt er alles per Vipho und tritt nur im äußersten Notfall persönlich in Erscheinung – wie beispielsweise als Liv aus der Lagerhalle entwischt ist.*

Da er bezweifelte, durch das Sondieren der Lage weitere Erkenntnisse zu erlangen, fuhr er zu einer kleinen Spielhalle in der

Nähe seiner neuen Unterkunft. Nachdem er sich davon überzeugt hatte, dass dort keine Gefahr für Mok bestehen würde, kehrte er in die Wohnung zurück, wo der Utare und Liv bereits sehnsüchtig auf ihn warteten.

*

»Wie sieht es aus? Kann ich bald in mein Hotel zurückkehren?«, verlangte Mok Moklis zu wissen.

Giray hatte sich bereits auf dem Weg hierher Ausreden überlegt, sodass er diese nur noch abspulen musste. »Das Fenster haben sie repariert, aber wir sollten uns trotzdem noch ein, zwei Wochen verstecken, um sicherzugehen, dass uns keine bösen Überraschungen erwarten. Yakis wird Laine und mich bestimmt noch nicht abgeschrieben haben.« Er stellte es bewusst so dar, als ob Moklis ihm und Sanders einen persönlichen Gefallen täte, indem er bei ihnen blieb. Dadurch umschiffte er geschickt das Dilemma, seinem Freund erklären zu müssen, dass Yakis diesen möglicherweise zum neuen Erzfeind auserkoren hatte. »Außerdem brauchen wir dringend deine Hilfe«, fuhr der Agent fort. »Kennst du die Spielhalle zwei Blocks von hier entfernt?«

Die Augen des Glücksspielers leuchteten hochinteressiert auf. »Nein, was ist denn damit?«

»Ich möchte, dass du dorthin gehst, unauffällig ein paar Runden zockst, während du dich umhörst, ob uns schon jemand auf die Spur gekommen ist. Schaffst du das?«

Mok Moklis ließ sich nicht zweimal bitten – im Gegenteil: Er drängte darauf, dass »Laine« ihn sofort schminkte, damit er losziehen konnte. Offenkundig brannte er regelrecht auf diese Abwechslung. Natürlich wurde er auch mit einem Sender ausgestattet für den Fall, dass es Ärger gab und er Verstärkung benötigte.

Kaum hatte er die Wohnung verlassen, klärte Ömer seine Partnerin über den wahren Grund auf, weshalb er den Blauen weggeschickt hatte: »Ich wollte ihm keine Angst machen.«

»Können wir uns denn sicher sein, dass es sich tatsächlich um Yakis' Leute handelt?«

»Sicher nicht, aber die Kerle in der Nähe von Morrs Zweitwohnung erschienen mir zu verdächtig. Für jugendliches Herumlungern in Hauseingängen waren sie zu alt. Gegen die Drogendealer-Theorie spricht, dass während der gesamten Zeit, in der ich sie beobachtet habe, nicht ein einziger Kunde vorbeischaute. Zudem wäre es ziemlich teuer, so viele Schlägertypen zu bezahlen, damit diese in der Gegend herumstehen. Dahinter muss folglich etwas Größeres stecken. Drei schwerbewaffnete Rateken konnten uns nicht erledigen. Also liegt es nahe, dass Yakis diesmal mehr Leute schickt.«

»Und da seine Leute offenbar die Zweitwohnung kennen, bedeutet das, dass er unseren Freund auf dem Schirm hat«, schlussfolgerte Liv.

»Exakt«, bestätigte Giray. »Bevor wir Danlechraa verlassen, müssen wir zuallererst Morr aus der Schusslinie bringen.«

»Nur wie sollen wir das anstellen? Rutekan ist vermutlich zu klein, um hier unter neuer Identität unbehelligt weiterzuleben. Meinst du, er wäre notfalls bereit, umzuziehen? Falls ja, könnten wir ihn mit nach Babylon nehmen, oder wir helfen ihm dabei, nach Esmaladan überzusiedeln.«

»Ich weiß nicht … Zugegeben plagt mich bereits seit Tagen mein schlechtes Gewissen, weil wir sein gesamtes Leben auf den Kopf gestellt haben. Ich bezweifele, dass wir ihm etwas Äquivalentes bieten können, mit dem er sich wohlfühlt. Jedenfalls kann ich den Luxus nicht aus eigener Tasche bezahlen, und unser Chef ist sicherlich auch nicht bereit, auszuhelfen.«

»Dann bleibt uns nur ein Direktangriff auf Yak Yakis, wobei Attentate nicht zu meinem Ressort zählen. Das müsstest also du erledigen.«

»Na, hör mal!«, empörte sich Ömer. »Niemand hat von einem Mordanschlag gesprochen, und du machst schon Nägel mit Köpfen?«

»Was willst du denn sonst machen? Dem Kerl einen netten Brief schreiben, in dem du ihn darum bittest, Morr in Frieden zu lassen?«

»Mich wundert es, dass du nicht auf die Alternative kommst.«

»Ich werde nicht fürs Kreativsein bezahlt.«

»Ach, komm schon! Du kennst doch das Klischee: Typen wie Yakis haben immer eine Leiche im Keller. Man muss nur tief genug graben.«

Nachdenklich schürzte Sanders ihre Lippen. Die Entführung konnten sie dem Utaren nicht nachweisen, denn dazu hätte sie sich neuerlich als Schwarze Weiße verkleiden müssen. Falls es zu einer Untersuchung käme, womöglich noch mit einem echten Tel, würde ihre Tarnung sofort auffliegen und im ungünstigsten Fall vielleicht sogar einen innergalaktischen Konflikt heraufbeschwören.

Terraner und Tel waren in der Vergangenheit schon einmal aneinandergeraten, als 2057 die POINT OF in den Bereich der Sternenbrücke – eine Großstation der Mysterious – eingedrungen war, die die Schwarzen Weißen für sich beanspruchten. Wenige Jahre später hatten Tel-Rebellen und Blaue Nogk versucht, Cromar und Babylon in einen Krieg gegeneinander zu hetzen, was ihnen glücklicherweise misslungen war.

Wenn sich nun ein Terraner als Tel verkleidet auf Danlechraa aufhielt, würde das nicht nur viele Fragen aufwerfen, sondern auch neuen Zündstoff für die Verschwörungstheorien der VdAV liefern. Folglich mussten die beiden GSO-Agenten das tun, was sie am Besten konnten: sprichwörtliche oder echte Leichen finden und ausgraben.

*

Als Mok Moklis spät in der Nacht sichtlich vergnügt aus der Spielhalle in die Mietwohnung zurückkam, erklärten ihm Giray und Sanders, dass sie Yak Yakis aus dem Verkehr ziehen wollten.

»Der Typ kann nicht ungeschoren davonkommen für das, was er uns beiden angetan hat!«, meinte Liv mit gespielter Empörung. Auch ihr tat es leid, ihren Freund mit Halbwahrheiten abzuspeisen, doch letztlich teilte sie Ömers Ansicht, dass es so das Beste war.

Moklis, der wahrscheinlich sofort an seine Luxuswohnung und »Azealias« Entführung dachte, nickte verständnisvoll. »Mir geht es genauso wie dir, doch was sollen wir drei gegen Yakis ausrichten? Er ist ein sehr erfolgreicher Geschäftsmann mit wer weiß wie vielen Kontakten ins schwerkriminelle Milieu. Möglicherweise befinden sich sogar Polizisten auf seiner Gehaltsliste. So einfach wird das nicht werden.«

»Dessen sind wir uns natürlich bewusst, weshalb wir nicht die offene Konfrontation suchen, sondern erst einmal ausgiebig recherchieren wollen. Dazu benötigen wir jedoch wie üblich deine Hilfe.«

»Gar keine Frage! Was soll ich tun?«

»Weil Yakis mittlerweile wissen dürfte, dass wir noch am Leben sind, brauchen wir nicht mehr so tun, als gäbe es uns nicht mehr. Das bedeutet, dass du wieder zum Vipho greifen darfst. Wir stellen dir unseres zur Verfügung, denn das kann nicht zurückverfolgt werden.«

Moklis' Augen begannen zu leuchten. »Wo habt ihr das her?«

»Erinnerst du dich an den Koffer, den du für mich vom Raumhafen abgeholt hast?«, fragte Giray, und als der Blaue nickte, ergänzte er: »Darin habe ich es gefunden.«

»Ich würde auch gerne mal so etwas finden.«

»Was ist mit deinem Mini-Vipho?«

»Das habe ich gekauft.«

Der Agent durchschaute Moklis' Verhörstrategie natürlich sofort und wechselte kurzerhand zum eigentlichen Thema zurück: »Wir brauchen so viele Informationen über Yakis wie möglich, selbst wenn es sich nur um die Namen seiner verstorbenen Haustiere handelt.«

Moklis lachte auf. »Wer zum Grako gibt denn Tieren Namen? So etwas Verrücktes habe ich ja noch nie gehört!«

»Wir zum Beispiel.«

»Ernsthaft? Ihr Terraner seid unglaublich witzig und faszinierend. Ich verstehe einfach nicht, wie die VdAV euch nicht mögen kann. Und? Habt ihr beiden Haustiere? Und falls ja, wie heißen sie?«

»Ich hatte als Kind mal einen Hamster namens Lisa«, warf Liv schmunzelnd ein.

»Hamster kenne ich nicht.«

»Er war klein, flauschig und sehr verfressen.«

»Wie niedlich! Was ist mit dir, Ay…, ich meine: Homer?«

»Ich hatte nie Haustiere«, antwortete der Angesprochene kurz angebunden. Insgeheim ärgerte er sich darüber, dass der Blaue ihn ausgerechnet in dieser ungünstigen Situation mit persönlichen Fragen löcherte. *Andererseits ist es schon spät, und Mok hat vielleicht etwas in der Spielhalle getrunken,* überlegte er, während er mit halbem Ohr »Lisas Abenteuern« lauschte, die Liv auf Moklis' Drängen hin erzählte. Als sie endete, war der Blaue zu müde, um noch irgendjemanden anzurufen.

*

Gleich am nächsten Morgen nach einem verhältnismäßig spartanischen Frühstück klemmte sich Mok Moklis an das abhörsichere GSO-Vipho, um sich in seinem Bekanntenkreis umzuhören. Stundenlang schnatterte er und wurde dabei wundersamerweise einfach nicht heiser. Leider musste er diesen Weg wählen, denn er konnte schlecht mit der Tür ins Haus fallen.

Währenddessen recherchierten Giray und Sanders sowohl im Hyperfunknetz als auch im planetaren Datennetz von Danlechraa und Esmaladan. Auch die Verbrecherdatenbank der GSO konsultierten sie – leider erfolglos.

Am späten Abend, kaum dass er sein letztes Viphonat beendet hatte, seufzte Moklis laut auf. »Heute Nacht werde ich garantiert nicht schlafen können.«

»Wieso nicht?«, erkundigte sich Liv Sanders besorgt.

»Ich habe so viele verstörende Geschichten gehört, dass es mich jetzt noch gruselt.«

»Über Yak Yakis?«

»Schön wär's. Meine Bekanntschaften und die Bekanntschaften meiner Bekanntschaften haben mir zum Teil sehr ausführlich von ihren zahlreichen Krankheiten erzählt, sodass ich fast den Eindruck gewann, in Rutekan wäre eine lebensgefährliche Seuche ausgebrochen. Und wenn es nicht um Krankheiten ging, dann handelten ihre Erzählungen von der bösen Welt, die immer nur auf der betreffenden Person herumhacken würde. Ich war mehr als einmal kurz davor, das Gespräch einfach abzuwürgen.«

»Ja, das kenne ich nur zu gut. Aber sag, konntest du etwas über Yakis herausfinden?«

»Nicht direkt. Die Leute, mit denen ich geredet habe, lassen sich jedoch meines Erachtens in drei Kategorien einteilen: Die einen haben Angst vor Yakis, die anderen stehen vermutlich auf seiner Lohnliste, und die dritte Gruppe weiß tatsächlich nichts.« Er zog die Mundwinkel nach unten und zuckte mit den Schultern. »Vielleicht könnte ich die zweite Gruppe noch einmal bearbeiten.«

Sanders schüttelte den Kopf. »Zu gefährlich. Davon abgesehen wollen wir Yakis nicht auf die Nase binden, dass wir uns über ihn erkundigen, sonst setzen wir das Überraschungsmoment aufs Spiel, falls wir auf etwas stoßen.«

»Es kann doch nicht so schwer sein, etwas zu finden? Typen wie er *müssen* Dreck am Stecken haben – richtigen Dreck, nicht Kleinscheiß, für den ihn sowieso niemand belangt!«

»Leider läuft es nur selten so reibungslos wie mit Bol Bolderopp oder Uhm Uhmino«, wandte Ömer Giray ein. »In der Regel beanspruchen solche Recherchearbeiten viel Zeit und Nerven. Dabei ist es wichtig, sich zwischendurch eine Pause zu gönnen, um wieder Kraft zu tanken.«

»Das stimmt. Ich fühle mich total schlapp. Eine Woche Kurlaub auf Esmaladan würde mir sicher guttun, aber das kommt nicht infrage. Ich kann euch doch schließlich nicht im Stich lassen.«

Der Agent lächelte die Versuchung weg, sofort ein Flugticket zur Hauptwelt der Utaren in der Milchstraße zu kaufen. Moklis hätte sofort begriffen, dass Giray ihn am liebsten von Danlechraa fortschicken wollte – zumindest, bis die Sache mit Yak Yakis geklärt war. Möglicherweise wäre er wütend geworden, weil er wegen seiner Gäste auf die Abschussliste eines relativ mächtigen Mannes geraten war. Vielleicht wäre er dann sogar erst recht in Rutekan geblieben, weil ihn das Abenteuer und die Gefahr reizten.

Insofern musste Giray zu einem naheliegenderen Ziel greifen. So beiläufig wie möglich schlug er vor: »Geh doch noch einmal in die Spielhalle.«

Das schien Moklis zu gefallen, doch er genierte sich noch – wahrscheinlich, damit seine Freunde nicht böse auf ihn würden, wenn er sich vergnügte, während sie in der kahlen, tristen Wohnung zurückblieben. Zaghaft fragte er: »Meinst du wirklich?«

»Sicher. Immerhin hast du heute fast ununterbrochen am Vipho gehangen.«

»Und es ist in Ordnung, wenn ich euch ein paar Stündchen allein lasse?«

»Absolut. Wir können jetzt sowieso nichts mehr machen, und die ganze Zeit über aufeinanderhocken müssen wir eigentlich auch nicht.«

»Na gut, dann bringe ich euch nachher etwas vom Imbiss mit. Gestern war ich auch schon dort, habe aber leider auf dem Rückweg alles aufgefuttert. Diesmal kaufe ich mehr.«

»Tu das. Nur bitte bleib immer erreichbar und melde dich, falls etwas ist.«

Der Blaue versprach alles hoch und heilig, dann sprang er auf und schnappte sich seine Sachen.

Kaum war er durch die Wohnungstür nach draußen verschwunden, schüttelte Liv Sanders tadelnd den Kopf. »Wieso hast du ihn weggeschickt?«

»Wir müssen unseren Chef anrufen«, antwortete Giray und holte den Sprachverwirbler aus seinem Agentenkoffer.

»Ach, stimmt! Da war ja was. Wann haben wir ihn eigentlich zuletzt gesprochen?«

»Vor unserer Abreise von Brana, ist also schon ein wenig länger her.«

»Eylers ist bestimmt ziemlich sauer auf uns. Am besten erledigst du das mit dem Anruf.«

»Wieso ich?«

»Weil du ihn länger kennst als ich, und außerdem *du* meistens diesen Part übernimmst.«

»Aber wenn wir das immer so handhaben, wieso erwähnst du es dann so explizit?«

»Ich nahm an, dass du dich vielleicht drücken willst.«

»Ich habe mich noch nie vor etwas gedrückt, jedenfalls nicht in Bezug auf unsere Arbeit.« Giray zuckte mit den Schultern.

»Na ja, Eylers wird uns schon nicht zur Sau machen. Erstens wurde nichts vereinbart. Zweitens hat er sich auch nicht bei uns gemeldet.«

Interessiert starrte Liv auf ihre Fingernägel. »Die Entführungsgeschichte lassen wir weg, oder?«

»Mal sehen …«

*

»Wieso melden Sie sich so spät?« Im ersten Moment wirkte Bernd Eylers sowohl aufgebracht als auch erleichtert darüber, seine Agenten wohlauf zu sehen.

Dieser Moment verflog ebenso schnell, wie er gekommen war, als Giray kryptisch irgendwelche Schwierigkeiten erwähnte.

Der GSO-Chef stellte wieder seinen üblichen undurchdringlichen Gesichtsausdruck zur Schau. »Sind Sie den verschwundenen H-Cyborgs schon nähergekommen?«

»Leider wurden wir aufgehalten. Allerdings sind wir im Zuge unserer Ermittlungen auf zwei Namen gestoßen: Gro Grovis und Yak Yakis. Ersterer scheint ein hohes Tier bei der Vereinigung der Alten Völker zu sein. Wir begegneten ihm erstmals 2070. Liv lenkte ihn damals ab, während ich versuchte, das Hauptquartier der VdAV zu infiltrieren.

Ein weiteres Mal stolperten wir über seinen Namen, als uns ein Speicherkristall in die Hände fiel, aus dem wir Datenfragmente auslasen und so die Teile eines Berichts fanden, den er offenbar verfasst hatte.«

»Haben Sie den Speicherkristall noch?«

»Natürlich.«

»Dann schicken Sie mir den bitte unverzüglich zu.«

»Das gestaltet sich zurzeit ein bisschen schwierig. Die Mitglieder und Anhänger der VdAV scheinen in letzter Zeit immer paranoider zu werden und haben in dem Zuge fleißig das Raumhafenpersonal bestochen. Wir sollten lieber abwarten, bis sich die Lage wieder etwas beruhigt hat. Ich übersende Ihnen jedoch gleich die Fragmente des Berichts über die verschlüsselte Hyperfunkverbindung.«

Eylers nickte. »Was hat es mit diesem Yak Yakis auf sich?«

»Dieser Utare bereitet uns momentan große Schwierigkeiten. Erst vor einigen Tagen vereitelten wir einen Mordanschlag auf uns, weshalb wir kurzfristig eine neue Bleibe suchen mussten. Wir glauben, dass er immer noch nach uns sucht. Jedenfalls haben wir etwas Interessantes über ihn herausgefunden: Offenbar sollte er uns in Leks Auftrag umbringen.«

»Lek? Dieser umtriebige Gnom! Da hätten wir ja auch unsere Verbindung zur Cyborg-Technologie. In Mister van Haags Bericht steht, dass der Blaue höchstwahrscheinlich Kontakte zur VdAV unterhält. Schön, wie sich eines ins andere fügt! Doch woher weiß Lek, wo Sie sich aufhalten, und wie konnte er überhaupt diesen Auftrag erteilen?«

»Darüber zerbrechen wir uns auch schon den Kopf. Nach unserem Kenntnisstand sollte ihm auf Babylon der Prozess gemacht werden mit anschließender Überführung nach Esmaladan. Nun lautet die Frage: Wo befindet sich Lek in diesem Augenblick?«

»Darum kümmere ich mich schon«, erklärte der GSO-Chef. »Gibt es sonst noch etwas über Yakis?«

»Leider nicht. Seit unserer Ankunft auf Danlechraa sitzt er uns im Nacken, deshalb suchen wir gerade nach einem Weg, ihn nachhaltig aus dem Verkehr zu ziehen, ohne dass seine Anhängerschaft auf Rache sinnt.«

»Seit wann nehmen Sie Rücksicht auf die Gefühle von Ganoven, Mister Giray?«

»Genau genommen geht es uns – also Liv und mir – um jemand anderen. Er heißt Mok Moklis und fungiert derzeit als unser wichtigster Informant. Wir befürchten, dass er dauerhaft in Lebensgefahr schweben wird, solange Yakis frei herumläuft. Leider atmet diese Stadt förmlich Korruption, sodass Yakis höchstwahrscheinlich dem Knast entgeht, selbst wenn wir ihm irgendetwas nachweisen können. Die Toleranzschwelle, was Verbrechen betrifft, ist in Rutekan ziemlich hoch angesetzt, und den Gefallen, einen Mord zu begehen, wird er uns wohl eher nicht tun.«

»Und was hat dieser Moklis mit Yakis zu schaffen?«

»Nichts direkt. Er geriet ins Visier, als er uns Unterschlupf gewährte. Ich vermute, dass Yakis bereits weitreichende Erkundigungen über Moklis eingezogen hat und unter anderem dessen sonstige Wohnsitze kennt. Zumindest habe ich dort verdächtige Gestalten in der Nähe gesichtet.«

Bernd Eylers wirkte nicht begeistert davon, dass seine Agenten sich trotz der wichtigen Mission von Kleinigkeiten aufhalten ließen, doch letztlich willigte er ein, ihnen zu helfen. Etwas anderes blieb ihm ohnehin nicht übrig, denn die Galaktische Sicherheitsorganisation war auf ihr Netzwerk an zuverlässigen Informanten angewiesen. Dieses basierte vor allem auf gegenseitigem Vertrauen. Einen der Helfer im Stich zu lassen würde sich rasch herumsprechen, selbst wenn dieser gar nichts von der GSO wusste. »Also gut, ich werde ein Team auf den Fall Yakis ansetzen und melde mich wieder bei Ihnen, sobald wir etwas Verwertbares über den Blauen herausgefunden haben. Sie und Miss Sanders kümmern sich inzwischen um Gro Grovis.«

»Verstanden.«

10.

Mit einem schmierigen Grinsen begrüßte Gro Grovis eine Schar Touristen aus dem Telin-Imperium und lotste sie in das Innere des zweihundert Meter hohen, pyramidenähnlichen Gebäudes mit der charakteristischen grauen Halbkugel auf der Oberseite.

Die Zentrale der Vereinigung der Alten Völker wirkte wie der missglückte Versuch, utarische und ratekische Bauweise miteinander zu kombinieren, stach jedoch unästhetisch aus dem übrigen Stadtbild heraus – jedenfalls für menschliche Geschmäcker. Ob diese Bastion des Widerstands gegen die angebliche Terranerinvasion bereits mit Architekturpreisen bedacht worden war, hatten Giray und Sanders nie recherchiert.

Die beiden Agenten saßen verkleidet in einem gut besuchten Café in Blickweite des Hauptquartiers der VdAV, wobei die Aufgabe der Observation hauptsächlich dem Deutsch-Türken zufiel. Liv verfügte nämlich über keinerlei Modifikationen ihrer mandelförmigen Augen, sodass sie zu einem auffälligen Hilfsmittel hätte greifen müssen, um überhaupt Gesichter aus einer Entfernung von achtzig Metern einigermaßen detailliert erkennen zu können.

Ömer kannte diese Probleme schon lange nicht mehr. Nachdem er im November 2057 bei einem von Achmed Gezmec angezettelten Aufruhr schwer verletzt worden war, hatte er in der Cyborgstation im Branatal auf Terra ein künstliches linkes Auge erhalten*. Dieses konnte im erweiterten Spektralbereich sehen, ließ sich als Teleskop einsetzen und konnte zudem einen bis auf einen Meter wirksamen Schockstrahl verschießen.

---

* Siehe Drakhon-Zyklus Band 2, »Die galaktische Katastrophe«

Im Augenblick gebrauchte Giray jedoch nur die Teleskopfunktion.

Ein Röntgenblick wäre jetzt praktisch, dachte er bedauernd, als Gro Grovis mit der Gruppe hinter einer Säule verschwand. Stattdessen musterte er die zahlreichen anderen Utaren in ihren schicken Uniformen, die hinter der gläsernen Fassade die helle und freundlich gestaltete Eingangshalle des VdAV-Hauptquartiers bevölkerten. Sie schenkten jedem Besucher ein offenherziges Lächeln und verteilten großzügig Aufkleber mit dem verschnörkelten VdAV-Logo, Infobroschüren sowie Anti-Menschen-Buttons.

Nur selten nahmen ihre Gesichter einen ernsten, fast schon traurigen Ausdruck an – immer dann, wenn sie gemeinsam mit einem Besucher die Broschüren durchblätterten.

Vom Café aus konnte der Agent natürlich nichts von alledem hören, was auf der anderen Straßenseite gesprochen wurde. Auch das Lippenlesen gelang ihm aufgrund mangelnder Erfahrung nicht. Allerdings ahnte er, worum es ging: Die Utaren erzählten von den gefährlichen Worgunmanipulierten, die an jeder Straßenecke lauerten und nur darauf warteten, die Angehörigen der Alten Völker ins Verderben zu stürzen.

Das Gebaren weckte in Ömer Assoziationen zu religiösen Sekten, die nach außen hin meistens sehr einladend wirkten, in deren Innerem jedoch Psychoterror herrschte, sobald ein Mitglied es wagte, von den Dogmen abzuweichen.

Er glaubte nicht daran, dass jeder Einzelne der uniformierten Utaren »böse« war. In der Regel bildete ein positiver Gedanke das Fundament einer jeden Organisation, denn die meisten vernunftbegabten Wesen sehnten sich nach einem konstruktiven Sinn im Leben, nicht nach Hass und Zerstörung. Wahrscheinlich träumten auch diese Utaren von einem friedlichen, angstfreien Leben ohne Worgunmanipulierte – dem hiesigen Äquivalent zu Teufeln, Hexen und Dämonen.

Nach einer guten Dreiviertelstunde verließen die Schwarzen Weißen, die Gro Grovis herumgeführt hatte, das pyramidenähnliche Gebäude wieder. Eine ganze Schar von Utaren stellte sicher, dass jeden einzelnen Tel mindestens ein Button schmückte und er eine Broschüre mitbekam. Im Grunde verwandelten sie die Touristen in laufende Werbeflächen für die Vereinigung der Alten Völker.

Das Schauspiel zog sich den ganzen langen Tag so weiter hin: Interessierte kamen in normaler Alltagskleidung und gingen später als Weihnachtsbäume.

Am frühen Abend strömten die Mitarbeiter der VdAV durch den Haupteingang aus der Zentrale. Schweberbusse, -taxis und mit Chauffeuren bemannte Limousinen fuhren vor, um sie abzuholen.

»Offenkundig zeigt die Organisation gerne, wie gut sie ihre Leute behandelt«, kommentierte Giray leise.

Der kleine Sprachverwirbler, den er auf den Tisch gestellt hatte, verhinderte zwar potenzielle Lauschattacken, doch die Lautstärke eines Gesprächs konnte nach wie vor die Aufmerksamkeit der Nachbartische auf sich ziehen. Obwohl die Bioplast-Masken die Originalgesichter ihrer Träger stark veränderten, konnten Giray und Sanders trotz ihres nichtmenschlichen Aussehens womöglich für Terraner gehalten werden. Der Großteil der Bevölkerung Rutekans kannte Menschen nämlich nur vom Hörensagen, bestenfalls aus den kuriosen Videos, die die VdAV über alle planetaren Kanäle ausstrahlen ließ, doch das genügte bereits, um für Unannehmlichkeiten zu sorgen. Wer Ärger suchte, fand ihn auch, so wie beispielsweise jener Rateke, dem in diesem Moment die falsche Speise serviert wurde.

»Was zum Worgun ist das denn für ein Fraß?«, brüllte er so laut, dass die Einrichtung und die Fensterscheiben nur so bebten. »Willst du mich vergiften?«

»Entschuldige bitte«, antwortete der Kellner ruhig und griff nach der Servierplatte. »Ich bringe dir sofort das Bestellte.«

»Nein, das hast du mit Absicht gemacht! Wieso stellt der Wirt überhaupt einen Worgunmanipulierten ein? Konnte er nichts Besseres als dich finden?«

»Eigentlich bin ich ein Tel …«

»Lügner! Eine dunkle Hautfarbe macht aus dir längst keinen Abkömmling der Alten Völker. Auf die Gene kommt es an. Wage es nie wieder, unser Erbe zu beschmutzen, du Scheißmensch!«

»Aber ich …«

»Nichts aber!« Der Rateke wandte sich an sein Publikum, das aus lauter verdutzten Leuten bestand. »Wem von euch hat dieser Abschaum bereits Essen gebracht?«

Rund die Hälfte der Anwesenden hob mehr oder weniger zögerlich die Hand.

»Fühlt ihr euch nicht irgendwie unwohl?«, rief der Aufwiegler.

»Eigentlich nicht«, piepste ein Utare kleinlaut.

Wütend schlug der Koloss die Pranke auf den Tisch, dass nicht nur seine Servierplatte, sondern auch die seiner unmittelbaren Nachbarn einen Satz machten und auf dem Boden zersprangen. »Unsinn! Er hat euch bestimmt etwas druntergemischt, vielleicht sogar ein Hypnotikum. Diese Worgunmanipulierten schrecken vor nichts zurück!«

»Bist du jetzt völlig übergeschnappt?«, empörte sich ein Schwarzer Weißer, der etwas weiter entfernt saß und sich nun von seinem Stuhl erhob. »Dieser Mann ist ein Angehöriger meines Volkes. Wie kannst du es wagen, das anzuzweifeln?«

»Kennst du ihn etwa persönlich?«

»Das nicht, aber er arbeitet schon seit Monaten hier. Das eine oder andere Mal haben wir uns in unserer Muttersprache über das Telin-Imperium unterhalten. Er kennt sich auf Cromar hervorragend aus.«

»Papperlapapp! All das kann ich im Hyperfunknetz nachlesen. Einen Tel erkennt man an den Innereien. Im Gegensatz zu Drecksmenschen besitzen sie von jedem Organ zwei Exemplare.« Bedrohlich deutete der Unruhestifter auf den Kellner. »Soll ich mal nachschauen, was sich unter deiner schönen schwarzen Haut alles verbirgt?«

»Raus mit dir, du Schande der Alten Völker!«, donnerte mit einem Mal ein weiterer Rateke – ein alter, sehr stabil gebauter Muskelberg mit einer tiefen Narbe auf der Glatze –, der sich als der Besitzer des Cafés herausstellte. »Verschwinde!«

»Aber diese Worgunmanipulierten … Schaut euch mal die beiden da an!« Der Aggressor zeigte auf Giray und Sanders. »Findet ihr nicht auch, dass die verdächtig aussehen? Woher stammen die überhaupt?«

Der Wirt stampfte auf seinen unverschämten Artgenossen zu. »Lenk nicht ab! Mein Mitarbeiter ist ein Tel. Meine Gäste lässt du gefälligst in Frieden. Geht das endlich in deinen verdammten Schädel oder muss ich es dir erst einhämmern? Das kannst du gerne haben.« Demonstrativ knackte er mit den Knöcheln seiner Pranken, die selbst die des anderen wie zarte Händchen wirken ließen.

Die Atemspalten des Sitzenden pulsierten. Für einen Moment sah es so aus, als wollte der Kerl tatsächlich eine Schlägerei beginnen, doch dann sprang er auf und raste wie eine Dampfwalze aus dem Café, nicht ohne drei Tische auf dem Weg nach draußen umzuwerfen.

»Wer meinen Kellner oder meine friedliebenden Gäste blöd anmacht, bekommt es mit mir zu tun!«, verkündete der Wirt, woraufhin begeisterter Beifall losbrach.

Der Tel, der um ein Haar dem Menschenhass zum Opfer gefallen wäre, griff sich mit Tränen in den Augen an den Brustkasten, in dem seine zwei Herzen schlugen.

Im Laufe der nächsten Viertelstunde steckten ihm die Leute ein paar Credit-Chips als Trinkgeld zu und solidarisierten sich mit ihm mit Sprüchen wie »Wir haben nie daran gezweifelt, dass du ein Angehöriger der Alten Völker bist« und »Wir Angehörigen der Alten Völker müssen zusammenhalten«.

Danach gingen alle ziemlich rasch wieder zur Tagesordnung über.

Giray und Sanders waren froh, glimpflich davongekommen zu sein. Das fiktive Volk, das sie vertraten, kannte niemand. Folglich wusste auch niemand, ob es sich bei ihnen nicht vielleicht doch um Worgunmanipulierte handelte. Zum Glück interessierte die Beschuldigung keinen, denn der Rateke hatte sich auch bei dem Tel geirrt. Wer wollte schon ins nächste Fettnäpfchen treten?

»Gro Grovis hat soeben das Gebäude verlassen«, informierte Giray seine Kollegin. Wie beim letzten Mal stand der Utare ungeduldig mit seiner Aktentasche vor dem Eingang der VdAV-Zentrale, bis ein luxuriöser Sportschweber vorfuhr. »Er scheint einen neuen Wagen zu besitzen. Geschmack hat der Mann, das muss man ihm lassen. Der Schlitten sieht ziemlich teuer aus. Ich bezweifele immer mehr, dass Grovis dort als einfacher Gästeführer arbeitet. Wenn ich nur wüsste, womit er hauptberuflich seine Kohle verdient!«

Liv ließ ihren Blick auf dem Inhalt ihrer Tasse, an der sie nippte. Sie konnte nicht gemeinsam mit ihrem Gegenüber aus dem Fenster starren, sonst hätten es die anderen Gäste vielleicht neugierig nachgemacht. Möglicherweise kannte einer von ihnen die Zielperson und rief sie später an, um ihr von den zwei merkwürdigen Gestalten im Café zu erzählen, die stundenlang die Zentrale der VdAV beobachtet hatten.

Sanders beschränkte sich also auf Nicken und kurze Kommentare. Da Frauen in der Öffentlichkeit Rutekans normalerweise keine große Rolle spielten, wunderte sich niemand über ihr Verhalten.

»Jetzt steigt er ein«, fuhr Giray fort. »Offenbar lenkt er seinen Schweber noch immer selbst. Wirklich ein überaus ästhetisches Teil! Allein diese elegant geschwungene Karosserie macht mich wehmütig, und erst das Design der Fenster! In einem anderen Leben hätte ich mir sicherlich auch so einen geleistet. Auf welche Geschwindigkeit er es wohl bringt?«

»Vergiss nicht, warum wir hier sind!«

»Keine Sorge, das tue ich nicht, aber bei der ganzen Scheiße, die wir seit Wochen erleben, möchte ich mich zur Abwechselung mal für ein paar Sekunden über etwas Schönes freuen. Jetzt ist Grovis eh davongedüst.«

»Mich schüttelt es heute noch, wenn ich an diesen Schmierlappen denke. Wollen wir gehen?«

*

Zu gern hätten sich die beiden GSO-Agenten die Beschattung ein wenig erleichtert, doch nach dem Desaster mit Yak Yakis wagten sie nicht, einen Peilsender unter Gro Grovis' Sportschweber anzubringen. Stattdessen beschränkten sie sich darauf, ihn möglichst unauffällig zu observieren. Nach rund zwei Wochen schienen sie alles über sein unspektakuläres Leben außerhalb der Zentrale der VdAV herausgefunden zu haben.

Der Blaue wohnte in einem viel zu großen Haus mit bläulich schimmernder Fassade und gepflegtem Garten in einem ruhigen Teil Rutekans.

Seine Nachbarschaft setzte sich aus erfolgreichen Geschäftsleuten, Bankiers und Anwälten zusammen. Über das letztere Berufsbild wunderten sich Giray und Sanders, denn wer brauchte schon Anwälte in einer Welt, in der es so gut wie keine Gesetze gab? Sie konnten nur raten, wo und wie diese ihren Lebensunterhalt verdienten.

Jeden Morgen um Punkt sieben Uhr verließ Grovis das Grundstück in seinem Schweber, den er normalerweise in einer unterirdischen Garage parkte, wenn er ihn an freien Tagen bei schönem Wetter nicht liebevoll per Hand mit einem Tuch polierte.

Als Erstes fuhr er zu einer Bäckerei, in der er sich mit klebrigem Kuchen eindeckte, und anschließend weiter zu seiner Arbeitsstätte. Er stieg direkt am Eingang aus und ließ seinen Schweber per Autopilot in die gesicherte Tiefgarage fahren, die sich auf der anderen Seite des Gebäudes befand. Freundlich begrüßte er jeden, der ihm begegnete. Er schien beliebt zu sein, doch weil alle ständig lächelten, ließ sich das nicht mit Sicherheit bestimmen.

Die meiste Zeit über hielt er sich irgendwo im Inneren der Zentrale auf, die Giray nicht einsehen konnte, da er leider keinen Röntgenblick besaß.

Ab und zu kreuzte Grovis in der Halle auf, um Gäste in Empfang zu nehmen. Das tat er so unregelmäßig, dass die Agenten sich fragten, ob er persönliche Führungen nach Reservierung gab. Dagegen sprach allerdings, dass Liv sich damals nicht angemeldet hatte, aber trotzdem von ihm herumgeführt worden war.

Möglicherweise galten 2073 andere Regeln als vor drei Jahren.

Am frühen Abend fuhr Grovis wieder heim. Eine Familie schien er nicht zu haben, jedenfalls ließ diese sich nie blicken, wenn Giray und Sanders das Haus aus der Ferne beobachteten. Allzu lang durften sich die Agenten nicht in dem Viertel aufhalten. Zwar beklebten sie ihren Mietschweber täglich neu mit Aufklebern irgendwelcher existierender und nicht existierender

Firmen, doch auf Dauer würden sie in dieser luxusverwöhnten Gegend mit ihrem vergleichsweise schäbigen Gefährt auffallen.

Grovis leistete sich eine utarische Haushaltshilfe, die alle paar Tage kam, sobald er fort war, und wieder verschwand, bevor er zurückkehrte. Sie arbeitete auch bei einem der Nachbarn, etwas weiter die Straße hinunter.

Jeden Abend verließ der Blaue noch einmal für zwei Stunden das Haus, um in einem sieben Kilometer entfernten Sportzentrum anscheinend an seiner Figur zu arbeiten. Was er tatsächlich dort trieb und was er den restlichen Abend sowie die Nacht über in seinem Haus veranstaltete, konnten Giray und Sanders nicht feststellen, denn die Fenster erlaubten keinen Einblick in die Räumlichkeiten, und allzu aufdringlich durften sie ihn nicht beschatten.

Manchmal fuhr Grovis an einem freien Tag in seinen Lieblingsclub, ins »Golden Sphere«. Laut Mok Moklis wurde das ausschließlich von der höheren Gesellschaft frequentiert. Die Leute rissen sich um eine Mitgliedschaft. Das Etablissement machte einen seriösen Eindruck. Neben Gesellschaftsspielen und einem Saunenkomplex warb es mit Haute Cuisine. Importierte Spitzenköche von Esmaladan und Oorch verwöhnten die Gäste, zu denen auch Politiker und berühmte Schauspieler zählten, mit erlesenen Speisen.

»Jetzt weiß ich, woher Yak Yakis seine Inspiration für das ›Va Valdi‹ hatte«, kommentierte Liv Sanders abfällig, als sie das »Golden Sphere« erstmals im planetaren Datennetz recherchierte.

Wenn sich Gro Grovis nicht dort, auf der Arbeit, im Sportzentrum oder zu Hause aufhielt, schlenderte er gern über den Markt im Herzen seines Wohnviertels. Eine zweihundert Meter durchmessende, nahezu unsichtbare Kuppel beherbergte eine Landschaft aus lauter kleinen, bunten Ständen, an denen allerlei Früchte, Gemüse, Stoffe, Töpferwaren und vieles mehr feilgeboten wurde. Dazwischen erhoben sich riesige Stauden, sodass der Markt wie eine Mischung aus Gewächshaus und Basar anmutete.

In dieser abgeschotteten Welt existierten ausschließlich Wesen mit einer Körpergröße von maximal einem Meter. Alles wirkte so possierlich, friedlich, geregelt. Selbst der Plebs verirrte sich nicht hierher. Handelte es sich um den Prototyp dessen, was die Vereinigung der Alten Völker für ganz Danlechraa umzusetzen hoffte?

*

»Was machen wir nur, wenn sich am Ende herausstellt, dass Gro Grovis bloß ein harmloser, engagierter Bürger ist, der in seiner kleinen, utopischen Blase lebt?«, gab Liv Sanders eines Nachmittags zu bedenken, als sie mit ihrem Kollegen im Wohnzimmer saß und die spärlichen Erkenntnisse über die Zielperson in ihren Hand-Suprasensor eingab.

Ömer Giray hob verwundert die Augenbrauen. »Glaubst du das?«

»Um ehrlich zu sein, weiß ich nicht, was ich glauben soll. Bislang hat sich der Typ nichts zuschulden kommen lassen, wo wir ansetzen könnten. Natürlich wissen wir nicht, mit wem er sich beispielsweise im ›Golden Sphere‹ trifft, doch in der Öffentlichkeit zeigt er sich nie mit fragwürdigen Personen.«

»Es könnte sich um eine Taktik handeln. Die Vereinigung der Alten Völker plant zu expandieren, hat es jedoch bislang nicht über Danlechraa hinaus geschafft – oder besser gesagt: Uns ist nichts über nennenswerte Aktivitäten auf anderen Planeten bekannt. Selbst vor der terranischen Botschaft auf Esmaladan herrscht kein Großaufgebot.«

»Im August 2072 hat sie versucht, erste Kontakte zur Regierung der Kraval auf Brock zu knüpfen. Dagegen hat sich der Weltrat allerdings versperrt.«

Giray musterte seine Partnerin amüsiert. »Beeindruckend! Vielleicht sollten wir dich ab sofort ›Miss Lexikon‹ nennen. Kennst du die ganzen Daten auswendig?«

Das holperige Kompliment prallte an Liv ab. Sie drehte Ömer ihren Hand-Suprasensor zu, sodass er lesen konnte, was auf dem Bildschirm stand. »Ich halte gern meine Informationen beisammen, damit ich sie bei Bedarf möglichst rasch wiederfinden kann«, erklärte sie. »Das solltest du bei Gelegenheit auch mal probieren.«

»Wer behauptet, dass auf meinem Rechner keine Ordnung herrscht?«

»Dazu sage ich mal nichts.« Schmunzelnd tippte sie die letzten Zeilen über Grovis und überflog anschließend das Dokument. »Wir müssen unbedingt näher an diesen angeblichen Touristenführer herankommen. Wollen wir den morgigen Tag nicht nutzen, um uns ein wenig in seinem Haus umzusehen?«

»Abgelehnt. Zuerst kümmern wir uns um Yak Yakis. Ich glaube, sobald Grovis herausfindet, dass wir ihn bespitzeln, fährt er deutlich schwereres Geschütz auf als sein Artgenosse. Da wäre es gut, nicht von zwei Seiten gleichzeitig unter Beschuss genommen zu werden.«

»Meinst du das wörtlich oder im übertragenen Sinne?«

»Sowohl als auch.«

»Dann hoffen wir, dass sich der Chef möglichst bald mit guten Nachrichten meldet, damit wir zumindest eine Sorge los sind.«

*

Zwei Tage später war es so weit. »Yak Yakis gibt es gar nicht«, behauptete der Chef der Galaktischen Sicherheitsorganisation kurz angebunden.

Verblüfft über diese Nachricht ihres Vorgesetzten tauschten die GSO-Agenten einen kurzen Blick miteinander aus.

»Wie meinen Sie das, Mister Eylers?«, hakte Liv Sanders vorsichtig nach, obwohl sie die Antwort bereits ahnte.

»Das Rechercheteam konnte keinen Eintrag auf diesen Namen in den Geburtenregistern sämtlicher uns bekannter und zugänglicher Planeten in der Milchstraße finden.«

»Was ist mit Andromeda? Vielleicht stammt er von dort.«

»Das halte ich für äußerst unwahrscheinlich. Ihren Berichten zufolge erfreut sich Yakis bester Gesundheit.«

Liv klimperte irritiert mit den Augen. »Ähm, uns sind keinerlei Gebrechen bekannt, daher hatten wir auch nichts dergleichen erwähnt. Wissen Sie Näheres?«

»Ich fürchte, Sie missverstehen mich, Miss Sanders. Worauf ich hinauswollte, ist, dass die Andromeda-Utaren bekanntermaßen hochallergisch auf alles Mögliche reagieren. In unserer Galaxis könnten sie vermutlich ohne aufwendige Hilfsmittel nicht überleben – außer ihnen ist es zwischenzeitlich gelungen, eine wirksame Immuntherapie zu entwickeln. Dagegen spricht jedoch, dass sie zumindest bis 2065 nach dem Motto ›Die Allergie ist unser Schicksal‹ lebten und Ärzte sowie medizinische Forschung für Verschwendung hielten.

Zwar gab es Ausnahmen wie beispielsweise Lek Remaleg, der mit seinem Freund Lip Lipozig Hunderte glandarische Kriegsgefangene für illegale und brutale Experimente missbrauchte. Doch die beiden sind nach unserem Kenntnisstand tot, und ein Heilmittel haben sie nicht entwickelt.

In Forschungsergebnissen stecken oftmals sehr viele Jahre an Arbeit, und das Ganze ist gerade einmal zwölf Jahre her. Yakis hätte also nicht nur binnen dieses knappen Zeitraums sein Immunsystem in den Griff bekommen, sondern auch nach Danlechraa gelangen und eine steile Karriere hinlegen müssen. So etwas hätte sich garantiert herumgesprochen, besonders unter seinen Konkurrenten und Feinden.«

»Ich verstehe«, presste Liv hervor. Unter anderen Umständen hätte sie diese kleine Geschichtsstunde interessant gefunden, doch in diesem Augenblick fühlte sie sich dumm und töricht. Vor ihrem Chef wollte sie unbedingt glänzen, und dann war ihr eine solch dumme Frage herausgerutscht.

Hätte ich das mal vorher mit meinem Hand-Suprasensor nachgeschlagen!, ärgerte sie sich. *Ich könnte mir in den Allerwertesten beißen!* Vorsichtig linste sie zu ihrem Kollegen, der jedoch genauso ernst schaute wie Eylers. Ein kleiner Hoffnungsschimmer glomm in ihr auf. *Vielleicht übertreibe ich ja nur. Wie ich Ömer kenne, hätte er zumindest ein bisschen schadenfroh gegrinst, wenn ich mich blamiert hätte.*

Sanders wagte einen neuen Anlauf: »Das bedeutet dann wohl, dass die Zielperson eine neue Identität angenommen haben muss.«

Eylers nickte. »Auch wenn wir Yakis' exaktes Alter nur raten können, ist er deutlich zu alt, um auf Danlechraa geboren zu sein. Oder glauben Sie, er ist jünger als dreißig Lenze?«

»Mok Moklis schätzt ihn auf Mitte bis Ende vierzig. Genauer weiß er es nicht, da er in der Vergangenheit nur kurz mit ihm zu tun hatte und sonst keinen Kontakt zu ihm pflegt.«

»Na schön, dann verfolgen Sie bitte diese Spur. Oder benötigen Sie auch dafür meine Hilfe?« Eylers musterte seine Untergebenen mit stechendem Blick, der alles zu durchschauen schien. Selbst auf dem Bildschirm des Spezialviphos büßte das Hellgrün seiner Augen nichts von seiner fast schon unangenehmen Intensität ein.

Sanders presste ihre Kiefer aufeinander. *Das war jetzt bestimmt ein Seitenhieb, weil wir uns so lange nicht bei ihm gemeldet haben,* mutmaßte sie in Gedanken. *Auf diese Provokation gehe ich lieber nicht ein.*

Glücklicherweise interpretierte Ömer Giray die kleine Pause als Aufforderung, nun selbst etwas zu sagen, und entgegnete trocken: »Vielen Dank für das Angebot, doch wir wissen schon, an wen wir uns als Nächstes wenden, um etwas über Yak Yakis' wahre Identität in Erfahrung zu bringen.«

»Dann tun Sie das. Ich erwarte dann bald Ihren Bericht. Viel Erfolg!« Mit diesen Worten unterbrach Eylers die Verbindung. Er hielt sich selten mit Floskeln auf, und so gab er seinen Agenten auch dieses Mal keine Gelegenheit, sich vernünftig zu verabschieden.

Nach fünfundzwanzig Dienstjahren bei der GSO war Giray längst daran gewöhnt. Bloß die ehemalige Polizistin verspürte auch nach fast vier Jahren noch immer das Bedürfnis, Gespräche auf die herkömmliche Weise zu beginnen und zu beenden.

*

Tags darauf trafen sich Giray, Sanders und Moklis mit Turiax. Der Murip zeigte sich wenig erfreut, als er die Gruppe im »Old Star« auf sich zukommen sah, verbarg seine Abneigung jedoch recht gut. Unter anderen Umständen hätten die Agenten hinter diesem Verhalten Menschenfeindlichkeit vermutet, doch Moklis hatte sie darüber aufgeklärt, dass das Volk der Flaumigen generell sehr scheu war. Aus diesem Grund überließen Giray und Sanders das Reden zunächst ihrem Freund, der damit begann, die gezinkten Karten über den grünen Klee zu loben, die er vor einiger Zeit von dem Fälscher erworben hatte.

Turiax hörte mit einem geduldigen Lächeln zu, seine Hände ruhten dabei auf der Tischplatte. Nach gefühlten zwanzig Minuten Dauerbeschallung erwiderte er mit ruhiger Stimme: »Das freut mich zu hören, aber bist du nur wegen der Karten hier? Was hat es mit deiner Begleitung auf sich?«

Moklis machte eine wegwerfende Handbewegung und rückte näher an seinen mit leichtem Fell bedeckten Sitznachbarn heran, um das Gespräch intimer zu gestalten. »Ach, ignoriere die beiden einfach! Du hast ganz richtig erkannt, dass ich nicht wegen der Karten hier bin, auch wenn ich für die Zukunft nicht ausschließen will, noch einmal welche bei dir in Auftrag zu geben.«

Dem Murip schien die Zudringlichkeit des Blauen nicht zu gefallen, denn er rückte mit einer eleganten Bewegung ein Stückchen von ihm weg. »Ich möchte darauf hinweisen, dass ich keinerlei Dienstleistungen fleischlicher Natur anbiete.«

Moklis' Wangen und Stirn färbten sich purpur. »Das hat niemand in Zweifel gezogen!«

Liv Sanders prustete los, schlug sich jedoch sofort die Hand vor den Mund, um nicht die Aufmerksamkeit der anderen Gäste dieses Lokals auf sich zu ziehen.

Turiax musterte sie aufmerksam aus seinen treuherzigen Rehaugen, dass sie fast glaubte, er hätte erkannt, dass eine Bioplast-Maske ihr wahres Gesicht verbarg. Entschuldigend lächelte sie ihn an und sah sich rasch um.

Zu ihrer Erleichterung interessierte sich niemand für sie oder ihren Kollegen, was vielleicht daran lag, dass sie beide hinter einem halbtransparenten Raumteiler saßen.

»Also, was kann ich für dich tun?«, wandte sich Turiax wieder an den Utaren. Die Höflichkeit gebot es ihm offenbar, das Missverständnis unter den Tisch fallen zu lassen.

»Wir suchen jemanden«, erklärte der Angesprochene. »Möglicherweise kennst du ihn.«

»Ich bedaure, doch ich kann dir leider keine Auskünfte über meine Kunden geben.«

»Woher willst du wissen, dass es sich um einen deiner Kunden handelt? Noch habe ich dir keinen Namen genannt.«

»Wohl wahr. Verzeih mir bitte meine Voreiligkeit!«

»Er heißt Yak Yakis.«

Ein unangenehmes Schweigen breitete sich am Tisch aus. Lediglich Turiax schien es nichts auszumachen, denn er lächelte vor sich hin. Kurioserweise sah er dabei alles andere als überheblich aus. Es passte zu seiner sanftmütigen, zurückhaltenden Art.

Aus irgendeinem Grund fand Liv ihn unheimlich sympathisch, erinnerte er sie doch ein wenig an einen englischen Gentleman, ein Relikt aus längst vergangenen Zeiten, als die Wahrung der Etikette in der Gesellschaft noch eine höhere Priorität besessen hatte als das Ausleben der eigenen Individualität.

»Kennst du ihn?«, hakte Giray nach einer Weile nach.

Turiax hob den Blick und nickte. »Ja, er besitzt das ›Va Valdi‹.«

»Genau. Wir interessieren uns allerdings primär für das, was er früher mal besaß beziehungsweise dafür, wer er früher einmal war. Es heißt, du seist die Anlaufstelle Nummer eins in Rutekan, wenn es um den Wechsel von Identitäten geht.«

»Das zu beurteilen liegt im Ermessen meiner Kunden.«

»Betrachte uns einfach als deine Kunden. Wir sind auf der Suche nach Informationen und bereit, einen angemessenen Preis dafür zu zahlen.«

Der Murip blickte ihn abwartend an.

Sanders spürte leichte Aggressionen in sich aufkeimen.

Allmählich geht mir dieses Gentleman-Getue doch gehörig auf den Keks!, ärgerte sie sich. *Zwar bietet er keinerlei Angriffsfläche mit seinem tadellosen Benehmen, aber wenn er glaubt, sein Gegenüber damit in die Irre führen zu können, hat er sich gewaltig geschnitten. Los, Ömer! Konfrontiere ihn doch endlich mal direkt mit unserem Anliegen, damit er nicht ständig ausweichen kann!* Natürlich mischte sie sich nicht ein, denn sie wusste nicht, wie der Fälscher reagieren würde, wenn er zu sehr bedrängt wurde. Er besaß nicht nur die Augen eines Rehs, sondern wirkte auch so scheu wie ein solches. Vielleicht flüchtete er, wenn sie es übertrieben.

»Ich verstehe, dass du dich um deine Reputation sorgst, Turiax«, versicherte Giray dem Flaumigen. »Dein Geschäftsmodell basiert auf Vertrauen. Trotzdem müssen wir dringend den früheren Namen von Yak Yakis erfahren. Kannst du uns dabei behilflich sein?«

»Ich kenne seine vorherige Identität nicht.«

»Du kennst sie nicht oder du willst sie uns nicht nennen?«

Turiax schien unter dem durchbohrenden Blick des Agenten zusammenzuschrumpfen. Trotzdem entgegnete er mit fester Stimme: »Ich kenne sie nicht.«

»Aber du weißt, dass er nicht immer so geheißen hat wie heute.«

»Diesbezüglich habe ich mich nie geäußert.«

»Allerdings hast du mir auch nicht widersprochen.«

Stolz auf ihren Partner lächelte Liv in sich hinein.

Gegen Ömers Verhörtechnik kommt niemand an, dachte sie. *Wenn das haarige Kerlchen nicht aufpasst, rutscht ihm vielleicht schneller etwas heraus, als ihm lieb ist.*

»Möglicherweise hat mir vor langer Zeit einmal jemand erzählt, dass der Utare einst anders hieß«, räumte Turiax schließlich zögerlich ein. »Aus diesem Umstand lässt sich jedoch keineswegs ableiten, dass ich mich an den genauen Namen desselben erinnere.«

Giray hob die Augenbrauen. »Wirklich? Ich dachte, in deinem Beruf merkt man sich die kleinsten Details. Welche Mnemotechnik verwendest du eigentlich? Das Mastersystem, den Gedächtnispalast?«

»Du verwirrst mich, Terraner.«

»Es handelt sich um Methoden, um sich Dinge besser merken zu können.«

»Die Begriffe ›Mastersystem‹ und ›Gedächtnispalast‹ sagen mir nichts.«

»Aber Yak Yakis sagt dir doch etwas, oder?«, fuhr Sanders mit barscher Stimme dazwischen. »Wie wäre es, wenn wir aufhören, gegenseitig unsere Zeit zu verschwenden? Ich finde, wir waren jetzt lange genug geduldig mit dir. Verrate uns einfach, was wir wissen wollen!«

Turiax' Blick wanderte zwischen den beiden Agenten hin und her, als ob er sich nicht entscheiden könnte, wem er nun antworten sollte. »Wie ich bereits erwähn…«

»Lass die Spielchen! Wir alle wissen, dass du die Antwort kennst. Rück endlich mit der Sprache heraus, oder wir ziehen andere Seiten auf, verstanden?«

»Ich verstehe euch sehr gut, doch leider sind mir in diesem Fall die Hände gebunden. Meine Kunden schätzen meine Verschwiegenheit, die zu meinem Lebensunterhalt beiträgt. Würdet ihr wollen, dass ich Informationen an einen x-beliebigen Fremden über euch preisgebe, Terraner?«

Liv blinzelte erbost. »Drohst du uns etwa?«

»Nichts liegt mir ferner. Mir ging es lediglich um ein anschauliches Beispiel. Deiner Reaktion entnehme ich, dass auch du die Anonymität bevorzugst. Liege ich mit meiner Vermutung richtig?«

»Lenke nicht vom Thema ab! Es geht um Yak Yakis, nicht um uns.«

»Ich kann nur so viel verraten, dass er nie zu meinem Kundenkreis gehörte und meine Kenntnisse über ihn entsprechend rar sind. Insofern bringt es nichts, mich einzuschüchtern, wenn ihr die Wahrheit erfahren wollt.«

Giray brummte eine Zustimmung. »Das verstehen wir alles. Trotzdem kennst du doch bestimmt Leute, die die gewünschten Informationen liefern könnten.« Er zog einen Einhundert-Credit-Chip aus seiner Jackentasche hervor und schob ihn mit dem Zeigefinger über den Tisch, sodass das Guthaben auf dem kleinen Display gut für den Murip zu sehen war. »Betrachte dies als Anzahlung.«

Nicht ein einziges Mal würdigte Turiax den vor ihm liegenden Credit-Chip auch nur eines Blickes. Er schien das einzige intelligente Wesen auf diesem Planeten zu sein, das sich mit Geld nicht ködern ließ – abgesehen von den beiden GSO-Agenten und vielleicht auch noch Moklis. »Informationsbeschaffung zählt nicht zu meinen Dienstleistungen, sondern das Gegenteil. Ich verschleiere Identitäten, helfe beim Optimieren von Karrieren, von Gewinnchancen, nicht umgekehrt.«

»Yakis' vorheriger Name, vielleicht sogar sein richtiger Name, stellt für uns so etwas wie einen Jackpot dar. Was kostet es uns, damit du uns hilfst, diesen zu gewinnen?«

Turiax seufzte leise und begann, sich von seinem Platz zu erheben. »Ich glaube, dieses Gespräch führt zu nichts. Möglicherweise sollte ich jetzt gehen.«

Liv ballte die Fäuste auf ihrem Schoß. *Ömer, worauf wartest du?,* schrie sie ihren Kollegen in Gedanken an. *Erhöhe gefälligst die Summe! Auf dieser Freihandelswelt ist doch jeder käuflich.*

Am liebsten hätte sie den nur einen Meter fünfzig großen Murip am Kragen gepackt und einmal über die Tischplatte gezogen, bis sich sein Gesicht dicht vor ihrem befunden hätte. Sie wollte ihrer Drohung mehr Ausdruck verleihen, doch das durfte sie natürlich nicht tun. Einerseits gab es im »Old Star« zu viele Zeugen, andererseits hätte es Turiax dazu verleiten können, sie mit einer Lüge abzuspeisen. Davon abgesehen konnten Giray und sie keinen weiteren Feind gebrauchen.

»Jetzt warte doch mal!«, rief Mok Moklis dem Fälscher mit der herzzerreißenden Verzweiflung eines quengelnden Kleinkindes nach. »Bitte!«

Tatsächlich blieb Turiax stehen und ließ die Schultern sinken. Anschließend drehte er sich zu dem Utaren um. Ob ihm das seine Höflichkeit diktierte, ließ sich nicht sagen. »Es tut mir leid. Ich kann euch in dieser Angelegenheit nicht helfen.« In seiner Stimme lag ehrlich wirkendes Bedauern.

»Bitte setze dich noch einmal!« Moklis deutete auf den freien Stuhl neben sich, auf dem der Angesprochene zögerlich Platz nahm. »Lass mich dir erklären, weshalb wir Yak Yakis' Identität so dringend herausfinden müssen. Danach lassen wir dich in Ruhe, in Ordnung?«

»Ich höre dir zu.«

*

Mok Moklis berichtete Turiax in Kurzform von den Ereignissen der letzten Wochen: die Entführung seiner telschen Freundin, die Begegnung mit Bol Bolderopp und Uhm Uhmino, die Befreiungsaktion sowie die Erstürmung und Zerstörung seiner Wohnung. »Unseren Recherchen zufolge handelte Uhm Uhmino im Auftrag von Yak Yakis, der über das Scheitern wenig erfreut war. Yakis beschloss daraufhin, die Sache selbst in die Hand zu nehmen und fand in dem Zuge heraus, dass ich an der Befreiungsaktion mitgewirkt habe. Also hat er mir gleich ein ›Aufräumkommando‹ auf den Hals gehetzt. Meine Gäste und ich entkamen nur haarscharf dem Tod.«

»Über diesen Vorfall haben die Medien nicht berichtet«, wandte der Murip ein.

»Warst du schon einmal in dem Hotel? Falls ja, dann wüsstest du, dass sie niemanden einfach so hineinlassen. Da steht überall Sicherheitspersonal herum. Wie sollen sie erklären, dass drei Rateken ungehindert in den vierzigsten Stock gelangen und minutenlang mit ihren Blastern eine der teuersten Suiten flambieren konnten? In dem Hotel nächtigen teilweise hochkarätige Gäste, die viel Wert auf ihre persönliche Sicherheit legen. Wenn diese davon Wind bekommen, buchen sie künftig woanders.«

»Das leuchtet mir ein.«

»Seit dem Überfall beim Frühstück vor zwei Wochen kann ich nicht mehr nach Hause zurückkehren, denn überall hat er seine Spitzel postiert. Sobald ich mich dort blicken lasse, machen die bestimmt Kleinholz aus mir. Das nächste Mal habe ich mit Sicherheit nicht mehr so viel Glück.«

»Weshalb erklärst du dem Direktor nicht unmissverständlich, dass die Kenntnis über dieses Ereignis an die Öffentlichkeit gelangt, sollte er nicht die Sicherheit gewährleisten, für die du ihn bezahlst?«

»Ich bezweifele, dass sich Yak Yakis davon aufhalten lassen würde.«

Der Murip ließ seinen Blick über die drei wandern, die mit ihm am Tisch saßen. Einen Atemzug länger ließ er ihn auf Liv ruhen. Ob er ahnte, dass es sich bei ihr um die vermeintliche Tel handelte? Er sah Moklis an. »Wieso investiert dieser Utare so viel Geld und Mühe, um dich zu finden?«

»Das wüsste ich auch gerne. Möglicherweise ärgert er sich darüber, dass ich ihm die Entführung vermasselt habe.«

»Deswegen arrangiert er einen Mordanschlag auf dich? Damit riskiert er seinen Ruf und seine Karriere. Womöglich wird er sogar deswegen für lange Zeit inhaftiert.«

»Möglicherweise sind ihm meine terranischen Gäste ein Dorn im Auge. In letzter Zeit grassiert der Menschenhass besonders stark in Rutekan. Vielleicht fühlte er sich durch die Propaganda der VdAV dazu aufgerufen, den vermeintlichen Feind in den eigenen Reihen zu eliminieren.«

»Und du hoffst, wenn du die wahre Identität dieses Yak Yakis kennst, dass er dich dann in Ruhe lässt?«

»Genau. Im Augenblick gilt er einfach nur als Choleriker und erfolgreicher Geschäftsmann mit für danlechraa'sche Verhältnisse blütenreiner Weste. Jemand wie er hat jedoch bestimmt irgendwann einmal etwas ausgefressen, sonst hätte er kaum seinen Namen geändert. Hätte ich ein Druckmittel gegen ihn in der Hand, könnte er mir nichts mehr anhaben.«

Nachdem es zunächst so aussah, als ob der Murip sich neuerlich erheben und gehen wollte, holte dieser schließlich einen kleinen Notizblock hervor, auf den er etwas schrieb. Den obersten Zettel riss er ab und schob ihn mit der beschriebenen Fläche nach unten Mok Moklis zu, der ihn kurz anhob und dann einsteckte.

»Es liegt schon eine Weile zurück, dass ich ihm zuletzt begegnet bin«, begann Turiax mit gedämpfter Stimme. »Damals in meiner Anfangszeit auf diesem Planeten beschäftigte ich ihn als eine Art Lehrling, musste mich jedoch sehr bald wieder von ihm trennen.«

»Was hat er denn angestellt?«, wollte Liv Sanders neugierig geworden wissen.

»Leider verfiel er mehr und mehr dem Glücksspiel.«

»Das scheint typisch für Rutekan zu sein. Und dieser Jemand kennt Yak Yakis von früher?«

»Zumindest bekam er mit, wie der Utare mich einmal sehr brüskiert hat.«

»Was hat er denn gemacht?«

»Darauf möchte ich nicht näher eingehen. Allerdings hinterließ sein Auftritt einen bleibenden Eindruck bei mir, sodass ich es ablehnte, jemals wieder Geschäfte mit ihm zu machen.«

»Und wann ist das passiert?«

»Es müsste Mitte der 2050er Jahre gewesen sein und ereignete sich, kurz nachdem er seinen neuen Namen angenommen hatte. Doch mehr kann ich dazu wirklich nicht sagen.« Damit erhob sich Turiax, nicht ohne noch einmal laut zu betonen: »Es tut mir sehr leid, dass ich euch bei eurem Anliegen in keiner Weise weiterhelfen konnte. Lebt wohl.« Dann eilte er aus dem Lokal.

11.

Zurück im Quartier betrachteten Moklis und die Terraner den Zettel, der vor ihnen auf dem Fußboden des Wohnzimmers lag. In eleganten utarischen Lettern stand »Krol Netrak« darauf geschrieben.

»Das klingt für mich wie der Name eines Tels«, äußerte Giray seine Vermutung. Seit einigen Jahren lernte er Fremdsprachen, darunter auch Telin, das er bereits seit geraumer Zeit fließend und akzentfrei beherrschte. Deshalb konnte er Namen einigermaßen treffsicher zuordnen.

Nachdenklich knabberte sich Moklis auf der Unterlippe herum. »Ich erinnere mich tatsächlich an einen Tel dieses Namens. In Rutekan wimmelt es ja nicht gerade von Angehörigen dieses Volks. Allerdings hätte ich nie gedacht, dass Turiax mit diesem Netrak zu schaffen haben könnte. Das ist ein völlig durchgeknallter Typ.«

»Inwiefern?«

»Die Spielsucht hat ihn buchstäblich ruiniert. Ich bin ihm ein paarmal unfreiwillig in diversen Kasinos über den Weg gelaufen. Er scheint dort regelrecht zu wohnen.«

»Das scheinen so einige. Ich frage mich immer, wie sie sich das auf Dauer leisten können.«

»Netrak pumpt regelmäßig Leute an. Mit mir hat er das auch schon mehrmals versucht. Einmal musste ich seinetwegen meine Viphonummer ändern. Seinen Kontakt zu sperren hat nichts genutzt, weil er ständig von öffentlichen Viphozellen aus anrief.«

»Ein Stalker also.«

»Zum Glück kein allzu hartnäckiger. Er fand schnell einen Ersatz für mich, der den Fehler machte, ihn mit einem Credit-Chip abwimmeln zu wollen. Sein armes Opfer verließ allerdings

Danlechraa wenig später Hals über Kopf Richtung Esmaladan. Ihm dorthin zu folgen war Netrak dann doch zu aufwendig.«

»Kaum zu glauben, dass so jemand einst für Turiax gearbeitet haben soll«, warf Liv fassungslos ein. »Der Murip macht auf mich nicht den Eindruck, als ob er sich mit solchen Gestalten umgibt, geschweige denn sie sein Handwerk lehrt.«

»Möglicherweise war Netrak früher anders oder Turiax hat seinen Fehler schnell erkannt und entsprechende Konsequenzen gezogen. Ein zweites Mal passiert ihm das sicher nicht.«

»Wenn der Schwarze Weiße ständig mit Schnorren und Nachstellen beschäftigt ist, wann zum Geier findet er Zeit, um seine Kohle zu verzocken?«

»Mittlerweile dürfte das gesamte vermögende Rutekan einen Bogen um ihn machen, sodass sich Betteln kaum noch für ihn lohnt. Meines Wissens geht er diversen Helfershelfer-Jobs nach: Einbrüche, Einschüchterung, Erpressung. Schutzgeld kassieren lässt man ihn wohl nicht. Nach allem, was man so hört, soll er selbst seine Auftraggeber bestehlen, wenn sich ihm die Gelegenheit dazu bietet.«

»Er muss ja bekannt sein wie ein bunter Hund«, schlussfolgerte Giray. »Da dürfte es nicht allzu schwer sein, ihn zu finden.«

»Es ist jetzt früher Nachmittag. Falls Krol Netrak noch lebt, treffen wir ihn vielleicht an seinem Stammplatz für diese Uhrzeit an.«

*

Über dem Bartresen, an dem sich fast alle Gäste drängten, hing ein flimmerndes Leuchtreklameschild. Es zeigte im Prinzip das, was sich drei Meter unter ihm abspielte, bloß dass die abgebildeten Figuren deutlich munterer wirkten als ihr lebendiges Pendant. Die Luft roch nach Hochprozentigem, darunter eine beißend-säuerliche Note, als hätte sich erst kürzlich jemand in einer Ecke übergeben.

Abgesehen vom Tresen war die schäbige Kneipe nahezu leer. Umso deutlicher stach die einsame Gestalt an einem Tisch inmitten des Schankraums ins Auge, die darüber hinaus auch noch lautstarke Selbstgespräche führte. Es handelte sich um einen Schwarzen Weißen, den einzigen weit und breit.

»Und wenn ich erst mal gewinne, dann gebe ich euch allen einen aus!«, posaunte er lallend und hob sein gut gefülltes Glas einem imaginären Publikum entgegen, bevor er mehrere große Schlucke daraus trank. »Erst gestern war ich sooo knapp vor dem ganz großen Gewinn. Es fehlte lediglich eine winzige Umdrehung, keinen Finger breit, und ich hätte die ganze Zeile voll gehabt. Nachher gewinne ich den Jackpot, das spüre ich. Meine Instinkte sagen mir, dass ich gewinnen werde. Wisst ihr eigentlich, wie viel ich im Laufe meiner Karriere schon gewonnen habe? Bestimmt mehr als hunderttausend Credits. Da staunt ihr, was?«

Er murmelte irgendetwas Unverständliches vor sich hin, während er in sein Glas wie in eine Wahrsagerkugel glotzte. Das Haar klebte ihm fettig am Kopf. Sein schwarzes Gesicht glänzte speckig und kränklich.

Plötzlich brüllte er: »Hört ihr mir überhaupt zu, ihr Arschlöcher?«

»Halt die Schnauze, Netrak!«, donnerte der ratekische Wirt, woraufhin der Angesprochene zusammensackte, als ob ihn sämtliche Lebensgeister auf einen Schlag verlassen hätten.

Stumm schlürfte der Tel an seinem Getränk. Niemand schenkte ihm Beachtung, nicht einmal die Bakterien, die er mit dem Finger von der Tischplatte aufrubbelte. Er bot einen absolut jämmerlichen Anblick.

Giray und Sanders setzten sich an einen Tisch in der Nähe, bestellten jeweils ein Getränk bei dem herbeieilenden utarischen Kellner und unterhielten sich leise über Nichtigkeiten.

Netrak hatte sie beide natürlich längst bemerkt, tat jedoch sein Bestes, sie zu ignorieren. Möglicherweise sahen sie nicht lohnenswert für ihn aus oder er mochte Menschen einfach nicht. Abgesehen vom Kellner, der das Bestellte brachte und abkassierte, behelligte niemand die Terraner, was wahrscheinlich daran lag, dass sich in diesem Raum derzeit lediglich elf Gäste befanden, Giray und Sanders nicht mitgezählt, allesamt stark alkoholisiert und auf die zahlreichen Flaschen im Regal hinter der Bar fixiert, in denen verschiedenfarbige Flüssigkeiten verheißungsvoll funkelten.

Wie vereinbart trat zehn Minuten später Mok Moklis durch die Eingangstür. Der Wirt begrüßte ihn grunzend, was der Neuankömmling mit einem knappen Nicken erwiderte. Moklis bestellte ein Wabanak mit Eiskristallen und ganz viel Sirup, ehe er auf den freien Stuhl an Netraks Tisch kletterte.

Erstaunt hob der Schwarze Weiße den Kopf und blinzelte, als ob er nicht recht glauben konnte, dass sich tatsächlich jemand zu ihm gesetzt hatte. »He, Kumpel«, krächzte er und trank rasch einen Schluck, um seine Stimmbänder zu befeuchten.

»Bist du an einem Auftrag interessiert?«, kam Mok gleich zur Sache.

Netraks Augen weiteten sich. Hastig nickte er mit dem Kopf, wobei ihm ein Speichelfaden aus dem offenstehenden Mund tropfte, den er sogleich fortwischte. »Wie viel krieg ich denn dafür?«

Geheimniskrämerisch hob Moklis die Hand vor den Mund. »Nicht hier. Triff mich in zwei Minuten draußen!« Mit diesen Worten sprang er vom Stuhl und tapste flink Richtung Ausgang.

Der Tel nutzte das Zeitfenster, um nicht nur sein eigenes Glas, sondern auch das seines potenziellen Auftraggebers zu leeren, welches der Kellner in diesem Moment brachte. Anschließend verließ auch er die Bar.

Giray und Sanders blieben an ihrem Tisch, denn sie waren nur als Rückendeckung für ihren blauen Freund gekommen, für den Fall, dass sich zufällig einer von Yakis' Leuten in diesem Etablissement aufhielt. Über den obligatorischen Knopf im Ohr belauschten sie das Gespräch, das zwischen Mok, der wie üblich ein winziges, unauffälliges Mikrofon trug, und Netrak stattfand.

»Beuge dich tiefer zu mir herunter!«, forderte Mok. »Noch tiefer! Oder willst du, dass jeder mithört?«

»Das geht mir voll auf die Knie, Blauer!«, grummelte der andere widerwillig.

»Stell dich nicht so an! Also, ich brauche heute Abend deine Hilfe bei einem Ding. Bist du dabei?«

»Ja, mal sehen. Was springt denn für mich dabei heraus?«

»Zweihundertfünfzig, wenn es gut läuft.«

»Wer garantiert mir, dass du mich nicht verarschst? Ich habe nämlich normalerweise Besseres zu tun. Bin sehr gefragt, weißt du?« Geräuschvoll räusperte sich Netrak und spie einen schleimigen Batzen auf den Boden.

»Kann dich ein Fünfzig-Credit-Chip als Anzahlung überzeugen?«

»Das ist reichlich wenig«, behauptete der Tel. Als sein Auftraggeber nicht darauf einging, fügte er hinzu: »Aber ich will mal nicht so sein.«

»Das freut mich.« Etwas raschelte. Offenkundig holte Mok soeben den Zettel mit der Adresse hervor. »Wir sehen uns heute Abend nach Sonnenuntergang bei dieser Lagerhalle. Sei ja pünktlich!«

»Ich werde dort sein.«

*

Kurze Zeit später betrat Netrak wieder das »Old Star« – allein. »Ich habe euch doch gesagt, dass ich heute den großen Jackpot gewinne!«, posaunte er und wedelte breit grinsend mit dem Credit-Chip. »Diese Runde geht auf mich – die der weißen Affen ausgeschlossen!«

Nun erhielt er erstmals die Aufmerksamkeit der anwesenden Gäste, was ihm sichtlich Freude bereitete. Mit langen Schritten schlurfte er zur Bar.

»Bezahl erst einmal deine eigene Rechnung!«, forderte der ratekische Wirt. »Du schuldest mir noch vierundzwanzig Credits.«

»Dann zieh die doch von diesem Chip ab, du alter Geizkragen!« Mit diesen Worten klatschte Netrak Moks »Anzahlung« auf den Tresen und legte anschließend den Arm um den Hals eines Utaren, der auf einem erhöhten Hocker in Griffweite saß.

Der Blaue biss ihm beherzt in die Hand. »Nimm deine Pfoten von mir!«

Netrak kreischte schrill und wich rasch zurück. »Aua! Wofür war das denn?«

»Du sollst mich nicht anfassen.«

»Ich wollte dir gerade dein Getränk spendieren.«

»Nett von dir. Trotzdem will ich in Frieden gelassen werden. Wir sind schließlich keine Freunde.«

»Du undankbarer Zwerg!«

Ein anderer Utare kletterte von seinem Hocker, taumelte zu Netrak und trat ihm ein paar Mal unbeholfen gegen die Wade. »Mach uns nicht doof von der Seite an!«

Da stieß der Tel ihn grob zur Seite, sodass der Blaue stolperte und auf dem Hintern landete.

Prompt solidarisierten sich alle sieben Utaren mit ihrem Artgenossen, hüpften von ihren Hockern und attackierten Netrak wie ein Schwarm wütender blauer Wespen. Einer versuchte sogar, den Hintern ihres Ziels mit einem Minimesser zu punktieren. Aufgrund ihres hohen Alkoholpegels konnten sie jedoch nicht allzu viel ausrichten, sodass Netrak sie einen nach dem anderen beiseite trat, bis sich ein Rateke einmischte, der ihn mit seiner Pranke im Nacken packte und nach oben riss.

Mit der bloßen Kraft seiner sechs Finger hätte der Drei-Meter-Riese ihm spielend leicht das Genick brechen können. Stattdessen schleuderte er ihn wie einen widerlichen Lappen davon, sodass der Tel durch den halben Schankraum flog und vor dem Tisch der Terraner landete. Wortlos wandte sich der Graue wieder dem Tresen und seinem Getränk zu.

Ächzend raffte sich Netrak auf, warf Giray und Sanders einen wütenden Blick zu und wirbelte dann herum. »So lasse ich mich nicht von euch behandeln, ihr degenerierten Idioten! Eure Mütter haben es doch mit einem Worgun getrieben!«, schrie er wütend. »Gib mir sofort meinen Chip zurück, Pordat!«

»Zieh Leine, Netrak!«, donnerte der Wirt. »Du bist hier nicht mehr erwünscht.«

»Zuerst gibst du mir mein Geld!«

»Nein, du hast die Runde spendiert. In diesem Raum befinden sich dreizehn Zeugen.«

Aufgebracht raufte sich Netrak das fettige Haar und fegte vor Wut Girays und Sanders' Getränke herunter, ehe er mit Gebrüll auf den Tresen zustolperte.

Die beiden Agenten hielten dies für den idealen Zeitpunkt, das Weite zu suchen, was sie dann auch zügig taten. Insgeheim hofften sie, dass der Schwarze Weiße die sich anbahnende Kneipenschlägerei überlebte. Bei sieben Utaren und vier Rateken – Wirt und Kellner nicht mitgezählt – standen seine Gewinnchancen allerdings schlecht. Mindestens ein paar schmerzhafte Blessuren würde er auf jeden Fall davontragen.

*

Am selben Abend fuhren Moklis, Giray und Sanders vor Einbruch der Dunkelheit zum Treffpunkt. Nachdem die Agenten die Lage sondiert und sich versteckt in Position gebracht hatten, lehnte sich der Utare an die Mauer der Lagerhalle. Nun hieß es abzuwarten.

Tatsächlich tauchte der angehende Informant pünktlich nach Sonnenuntergang auf. Er humpelte leicht, dafür torkelte er jedoch nicht. Hastig blickte er sich nach allen Seiten auf der Straße um, bis er seinen Auftraggeber im Halbschatten entdeckte und zu ihm hinübereilte. »Hier bin ich.«

»Du sieht ziemlich lädiert aus«, bemerkte Mok. »Hast du dir Ärger eingehandelt?«

»Halb so schlimm. Ein paar Halbstarke wollten sich mit mir anlegen. Habe ihnen direkt gezeigt, wo's langgeht.«

»Nicht, dass sie dich verfolgt haben …«

»Ach was, die liegen allesamt im Spital. Die wagen es kein zweites Mal, mir krumm zu kommen. Also, wann steigt die Party?«

»In wenigen Sekunden.«

»Kommen noch mehr oder sind wir die Einzigen?« Plötzlich tippte ihm jemand von hinten auf die Schulter. Erschrocken fuhr er herum, nur um direkt in den Lauf eines Handnadelstrahlers zu blicken.

Netrak wollte die Waffe beiseiteschlagen, da sagte die weibliche Stimme dahinter ruhig: »Das lass mal schön bleiben.«

Der Blick des Tel wanderte den Lauf entlang und blieb auf dem weißen Gesicht einer hochgewachsenen Brünetten hängen.

»Du!«, schnaufte er wütend. Offenkundig hatte er die Terranerin aus der Bar wiedererkannt.

Sie lächelte. »Ja, ich. Würdest du mir bitte in die Lagerhalle folgen?«

Angesichts der Waffe, die keinen Millimeter von seiner Nasenspitze wegrückte, versuchte Netrak gar nicht erst, Widerstand zu leisten. Leise vor sich hin fluchend ließ er sich von Liv Sanders durch die offene Seitentür lotsen.

*

Das Innere des Gebäudes lag im Dusteren. Die schmutzverkrusteten Fenster dämpften das Licht, das die Reklametafel der Nachbarhalle emittierte. Einige größere Skelette von Regalen schälten sich aus dem Schwarz. Die Luft roch ein wenig muffig, als ob irgendwo Holz vermoderte.

Grob stieß Sanders Netrak gegen einen Container. »Dreh dich um, damit ich dein Gesicht sehen kann!«

Mok Moklis aktivierte seinen mitgebrachten Lichtwerfer und leuchtete dem Tel damit direkt in die Augen.

Dieser kniff die Lider zusammen und hob die Arme leicht an. »Mann, Leute, wenn das wegen vorhin ist, dann tut es mir leid! War nicht so gemeint, ja?«

Daraufhin boxte ihm Liv in die Seite. »Jetzt sind wir quitt.«

Netrak rieb sich die Rippen. »Elende Mistkuh«, zischte er. »Ohne den Nadelstrahler wärst du bestimmt nicht so mutig.«

»Willst du es herausfinden?«

»Vorhin habe ich es mit fünf Rateken gleichzeitig aufgenommen. Eine weiße Äffin wie du jagt mir ganz bestimmt keine Angst ein.«

»Deswegen sind wir ja auch gar nicht hier. Wir wollen Informationen von dir.«

»Einen Scheiß verrate ich euch. Der Jackpot gehört mir.«

»Welcher Jackpot?«

»Welcher wohl? Ihr habt mich in der Bar belauscht. Jetzt wollt ihr an mein Geheimnis, aber aus mir kriegt ihr nichts heraus – außer ihr zahlt mir eintausend Credits.«

»Ganz sicher nicht, und deinen Jackpot kannst du behalten.«

»Was wollt ihr dann von mir? Geld habe ich keines dabei. Dein Chip ist futsch, Utare!«

Moklis schnaufte. »Hör doch mal auf zu quatschen, damit wir dir sagen können, was wir von dir wollen.«

»Bei Porasa, ich hab's!«, rief der Tel, der die Waffe, die neuerlich vor seiner Nase schwebte, schon halb vergessen zu haben schien. »Das hier ist eine Aktion, um Danlechraa zu schaden. Ihr verfluchten Terraner! Wieso macht der Blaue bei euch mit? Müssen wir Alten Völker nicht eigentlich zusammenhalten?«

»Jetzt halte doch mal für eine Sekunde die Klappe!«, gab Sanders forsch zurück. »Und nimm dich gefälligst nicht zu wichtig! Wie sollten wir Danlechraa schaden, wenn wir eine hirnverbrannte Suffnase wie dich aufreiben? Oder willst du uns erzählen, du seist eminent wichtig für das Funktionieren dieser Freihandelswelt?« Sie verpasste ihm einen weiteren Seitenhieb, der ihn aufkeuchen ließ. »Ich hoffe, das bringt deine grauen Zellen ein bisschen auf Trab.«

Nachdem Netrak eine Weile vor sich hin gejammert hatte, fuhr sie fort: »Wir wollen von dir Yak Yakis' vorherigen Namen erfahren.«

»Von wem?«

»Yak Yakis. Etwa einen Meter groß, blauhäutig, auffällige Frisur.«

»Kenne ich nicht.«

»Er sieht genauso aus wie ich«, mischte sich Mok ein. »Nur anders.«

Verwirrt blinzelte Netrak gegen den Strahl des Lichtwerfers an.

»Aus zuverlässiger Quelle haben wir erfahren, dass du als Fälscher arbeitest«, half die Agentin ihm auf die Sprünge.

»Allerdings. Ich bin der Beste in meinem Metier. Entsprechend kosten meine Dienste. Euch räume ich natürlich einen Rabatt ein, falls es das ist, was ihr wollt.«

Liv wechselte die Schusshand und deutete einen Faustschlag an, woraufhin ihr Gegenüber wie erwartet reagierte, indem er seine Arme schützend vor seinen Brustkasten hielt. Sie boxte ihm kurzerhand auf die Nase. »Verarsch uns nicht, Freundchen! Yak Yakis. Dämmert es langsam oder soll ich dir neue Gesichtszüge modellieren?«

»Var Varisto«, presste Netrak hervor.

»Wie war das?«

»Var Varisto«, wiederholte der Tel deutlicher und tastete vorsichtig nach seiner Nase. »So hieß der Typ mal.«

»Und du belügst uns auch nicht?«

»Wegen diesem Arsch verlor ich vor siebzehn Jahren meinen Job. Er wollte, dass ich ihm eine neue Identität verschaffe, allerdings nicht so viel zahlen. Deshalb bot ich ihm das Ganze unter der Hand an, und er willigte ein. Dann war er aber irgendwie unzufrieden mit dem Ergebnis, verpetzte mich bei meinem Chef und verlangte Ersatz. So flog alles auf.«

»Hast du Yakis beziehungsweise Varisto sein Geld zurückgegeben?«

»Natürlich nicht. Immerhin hat er seine Papiere doch von mir erhalten. Was kann ich für seine gehobenen Ansprüche? Wer mit Credit-Chips knausert, braucht sich nicht zu wundern.«

»Du hast ihn übers Ohr gehauen?«

»Hat er euch geschickt – sozusagen als verspätete Rache?«

»Wer weiß …«, erwiderte Liv kryptisch und ließ die Waffe sinken.

Misstrauisch beäugte der Tel sie. Das Weiß seiner Augen schimmerte wie ein bleicher Mond in der Dunkelheit.

»Damit wir uns nicht missverstehen, Netrak: Dieses Gespräch hat niemals stattgefunden. Wir kennen sowohl deinen Namen als auch deinen Wohnort sowie deine Lieblingsorte. Rutekan kann manchmal verdammt klein sein. Hast du verstanden?«

Der Schwarze Weiße nickte zögerlich, doch als er den Zweihundert-Credit-Chip erblickte, der mit einem Mal vor seiner Nase schwebte, schien sämtliche Unsicherheit von ihm abzufallen. Sofort schnappte er ihn sich und drückte ihn an seine Brust, als ob er befürchtete, dass der Chip sich jeden Moment wieder in Luft auflösen könnte. »Ja, ja, wir sind uns nie begegnet«, murmelte er geistesabwesend vor sich hin. In Gedanken befand er sich wahrscheinlich längst in irgendeiner Spielhölle, umschwärmt von den Dämonen der Versuchung, die ihn noch tiefer ins Verderben stürzten.

Zum Abschluss boxte ihm die Agentin ein letztes Mal in die Magengrube, deutlich fester als zuvor, jedoch nicht lebensgefährlich. Tief in ihrem Inneren fühlte sie sich mies dabei, doch so hatte sie es zuvor mit ihrem Partner abgesprochen. Ein spielsüchtiger Alkoholiker wie Netrak verstand wahrscheinlich nur noch die Sprache des Schmerzes. Alles andere würde er vermutlich binnen Sekunden wieder vergessen. Dass er irgendwo herumprahlte, wie er eine Terranerin und einen Utaren vermöbelt habe, die ihn nach Yak Yakis' Identität gefragt hatten, durfte auf keinen Fall passieren.

Der Tel krümmte sich vor Schmerz und wimmerte. Den Credit-Chip hielt er dabei wie einen wertvollen Schatz an seine Brust gepresst, den er niemals wieder loslassen wollte.

»Hoffen wir, dass es so bleibt!«, raunte sie ihm mit bedrohlicher Stimme ins Ohr. Anschließend steckte sie ihren Nadelstrahler in das Holster unter ihrer Jacke und verließ mit Mok Moklis die Halle.

Draußen wartete bereits Ömer Giray auf die beiden. Während seine Kollegin wie besprochen die Drecksarbeit erledigt hatte, hatte er Wache gestanden.

*

Mit gutem Gefühl kehrten die drei in ihre Wohnung zurück. Mok Moklis freute sich, weil er hoffentlich bald seinen Erzfeind los sein würde, und die beiden Agenten freuten sich, weil sie endlich wieder Fortschritte machten, anstatt sich mit kleinen Fischen herumzuschlagen.

Die Enttäuschung stellte sich allerdings rasch ein. Als Ömer Giray den Namen »Var Varisto« in seinen GSO-Hand-Suprasensor eingab, spuckte dieser leider kein Ergebnis aus. »Das hat nichts zu bedeuten«, murmelte er.

Empört ballte Moklis sein Fäustchen. »Dieser verdammte Netrak hat uns bestimmt hereingelegt! Wir hätten ihm nicht zweihundert Credits zustecken dürfen. Auf den Typen ist kein Verlass. Ich kenne niemanden dieses Namens. Vermutlich existiert er auch gar nicht.«

»Jetzt warte doch erst einmal ab!«

»Ich bin aber aufgewühlt und will mich aufregen!«

»Geh doch in die Spielhalle«, schlug Liv Sanders vor. »Wir brauchen hier sowieso noch ein Weilchen länger. Homer tippt ohnehin nur ein paar Schreibvarianten in seinen Suprasensor ein. Das könnte langweilig werden.«

»Keine schlechte Idee, das mit der Spielhalle«, räumte Moklis sichtlich beruhigt ein.

Nachdem Giray den Vorschlag seiner Kollegin auch noch einmal bekräftigt hatte, verließ der Blaue flink die Wohnung.

Liv lächelte. »Wie praktisch, dass wir ihn so leicht loswerden. Aber ein schlechtes Gewissen habe ich deswegen schon irgendwie.«

»Ach was«, meinte Ömer. »Besser hätte ich es nicht lösen können.«

Die Agenten riefen ihren Vorgesetzten Bernd Eylers an, der wie üblich sofort abnahm. »Ich hoffe, Sie bringen mir gute Nachrichten«, verkündete der GSO-Chef in seiner direkten Art.

»Genau genommen brauchen wir noch einmal Ihre Hilfe. Könnten Sie für uns den Namen ›Var Varisto‹ recherchieren? Wir hatten im hiesigen Datennetz leider keinen Erfolg.«

Eylers tippte etwas in sein Tischgerät ein, das sich außerhalb des Sichtbereichs von Girays und Sanders' GSO-Vipho befand. Sekunden später huschte ein Lächeln über seine Lippen. »Varisto wird wegen Mordes auf Esmaladan gesucht.«

»Was?«, platzte es aus Sanders heraus. Ungläubig suchte sie den Blick ihres Kollegen, der nicht minder überrascht war als sie. Die beiden konnten ihr Glück kaum fassen.

Giray lud die Daten, die Eylers ihm über die verschlüsselte Verbindung auf das Vipho zuschickte, auf seinen Hand-Suprasensor. Als er diese einsah, grinste ihm auf dem kleinen Bildschirm ein junger Bursche entgegen, der jegliche Klischees eines schmierigen Kleinganoven erfüllte, nur eben die utarische Variante davon: gewagte, geltriefende Frisur, orangegefärbte

Zähne (wohl das Äquivalent zum Goldgebiss), auffällige Broschen, zerrissene, farbintensive Kleidung. Seine Gesichtszüge ähnelten stark denen von Yak Yakis, wenn man den Altersunterschied berücksichtigte.

Der Mord datierte sich auf den 19. April 2055 terranischer Zeitrechnung, was sich ungefähr mit Krol Netraks Angabe deckte. Natürlich hatte Yakis beziehungsweise Varisto erst einmal von Esmaladan fliehen und sich auf Danlechraa einigermaßen einleben müssen, um in Rutekan einen Identitätsfälscher aufzutreiben. Trotz allem agierten letztere nämlich nicht in aller Öffentlichkeit.

»Ich hoffe, Sie können damit etwas anfangen«, fügte Eylers hinzu, als seine Agenten mit zufriedenen Mienen die Unterlagen sichteten. »Gibt es sonst noch etwas?«

»Könnten Sie den Behörden auf Esmaladan den derzeitigen Aufenthaltsort des Gesuchten sowie seinen neuen Namen zuspielen? Die freuen sich bestimmt, den Mordfall endlich aufzuklären, wenn auch mit einigen Jahren Verspätung.«

»Wenn es weiter nichts ist …«

*

Wenige Tage später berichteten sämtliche Medien Danlechraas über den neuesten Skandal aus der Megametropole Rutekan. Der erfolgreiche Geschäftsmann Yak Yakis war wegen Mordes überführt worden, den er vor achtzehn Jahren auf Esmaladan begangen hatte. Die Behörden beider Planeten arbeiteten so vorbildlich zusammen, dass die Verhaftung des verurteilten und bis dato flüchtigen Straftäters reibungslos über die Bühne ging.

Fotografen und Schaulustige schossen Tausende Fotos und nahmen mit schwirrenden Drohnen Videos von dem Utaren im Schlafanzug auf. In Interviews behaupteten Konkurrenten, dass sie es ja schon immer geahnt hätten, dass etwas mit dem Blauen nicht stimmen würde, jetzt ergebe alles einen Sinn. Bis ins kleinste Detail wurde Var Varistos Privatleben ausgeschlachtet, wovon über die Hälfte allerdings wie ausgedacht wirkte und es vermutlich auch war.

Absolut niemand ließ ein gutes Haar an dem Mörder. Stadtteilpolitiker nutzten die Gelegenheit, sich ins Gespräch zu bringen, indem sie den Mord verurteilten und darauf hinwiesen, dass sie alles dafür tun würden, um die Reputation Danlechraas als friedliche Freihandelswelt wiederherzustellen. Dass die galaktischen Handlungsreisenden aufgrund eines Mordes fortbleiben würden, der vor fast zwei Jahrzehnten und auf einem anderen Planeten stattgefunden hatte, war zwar höchst unrealistisch, nichtsdestotrotz verfehlten die schönen Worte ihre Wirkung nicht.

Entgegen der Befürchtungen der beiden GSO-Agenten hielt sich die Vereinigung der Alten Völker bedeckt. Falls jemals ein Eintrag im Mitgliederregister existiert hatte, so wurde der Name Yak Yakis vermutlich spätestens in diesem Augenblick unwiderruflich daraus getilgt.

Mit Var Varisto verschwanden auch die zwielichtigen Gestalten, die sich in der Nähe des No-Seasons-Hotels sowie von Mok Moklis' Zweitwohnsitz tummelten. Alles nahm wieder seinen gewohnten Gang, als hätte Yakis niemals existiert.

Das ehemalige Va Valdi stand als leeres Gebäude zum Verkauf wie so viele Gebäude, deren Besitzer gescheitert waren. Wer den Erlös erhalten würde, wussten Giray und Sanders nicht. Es interessierte sie allerdings auch nicht, denn nach dem Medienecho, das bis nach Esmaladan hallte, würde sich Varisto selbst als Millionär nicht einfach bei einem korrupten Richter oder Gefängniswärter freikaufen können.

12.

Nachdem Yak Yakis endlich Geschichte war, stand Giray und Sanders der Weg zur Vereinigung der Alten Völker offen. Während Mok Moklis zurück in seine Hotelsuite zog, residierten die beiden weiterhin in jener Wohnung. Immerhin hatten sie die Miete ein halbes Jahr im Voraus bezahlt, also wollten sie diesen Umstand auch ein wenig auskosten. Des Weiteren brachte das den Vorteil mit sich, dass sie nicht mehr so offensichtlich mit ihrem blauen Freund in Verbindung gebracht werden konnten. Die bevorstehende Infiltrierung der VdAV würde ihnen mit Sicherheit ein Dutzend neuer Feinde bescheren, die höchstwahrscheinlich nicht so leicht aus dem Weg zu räumen waren wie Yakis.

Als Erstes klemmten sich Giray und Sanders natürlich wieder an Gro Grovis dran. Da sich seine derzeitigen Gewohnheiten von seinen damaligen kaum bis gar nicht unterschieden, beschlossen die beiden, eine ähnliche Nummer durchzuziehen wie 2070. Allerdings machten sie nicht den Fehler, ihren Gegner zu unterschätzen. Deshalb gingen sie davon aus, dass Gro Grovis seit jenem Vorfall seine Schwebertüren während der Fahrt von innen verriegelte. Der Blaue hatte seinerzeit ziemlich blöd geguckt, als Giray plötzlich zu ihm eingestiegen war, als er sein Fahrzeug hatte anhalten müssen.

Im Gegensatz zu damals wollten die Geheimagenten diesmal nicht an irgendwelche Daten, die vermutlich ebenso dürftig ausfallen würden wie beim letzten Mal, sondern zielten auf seine Identität ab, um damit Zugriff auf die wirklich interessanten Dinge zu erlangen.

Zu diesem Zweck mieteten sie sich zwei unauffällige Schweber, mit denen sie am späten Nachmittag zur Zentrale der VdAV fuhren, wo Grovis bereits ungeduldig seinen Luxusschlitten erwartete, mit dem er wenig später davondüste.

Sofort hefteten sich Giray und Sanders an seine Fersen, wobei sie stets darauf achteten, ein bis zwei Fahrzeuge zwischen sich und der Zielperson zu lassen.

An seinem Fahrverhalten hatte Grovis nichts geändert. Nach wie vor konkurrierte er mit den anderen Platzhirschen um die Vorherrschaft im Feierabendverkehr. Rücksichtslos schlängelte er seinen Wagen an den anderen Fahrern vorbei, was mit wütendem Getröte quittiert wurde.

Die mattblaue Lackierung der Karosserie bildete einen schönen Kontrast zum schwarzen Straßenbelag. Trotz Grovis' kritischer Fahrweise wies sie keinen einzigen Kratzer auf, was wohl daran lag, dass die Klein- und Kleinstschweber beim Herannahen des breit gebauten, flachen Sportflitzers fast alle wie ein Schwarm Fische zur Seite wichen, sobald ihre Bordrechner Alarm schlugen.

Der Verkehr verdichtete sich zunehmend, weshalb letztlich auch Grovis zwangsläufig langsamer werden musste, wollte er keinen Unfall verursachen. Den Geschwindigkeitsverlust kompensierte er mit einer Teilnahme am hiesigen Hupkonzert, das entsprechend seiner Natur alles andere wie ein brunftiger Hirsch übertönte. »Schneller, lauter, besser« lautete wohl Grovis' Devise.

Falls er wirklich nur ein einfacher Touristenführer ist, würde sein Gebaren einiges erklären, dachte Giray abschätzig und beschleunigte.

»Leider« konnte er nicht mehr rechtzeitig bremsen und fuhr dem Sportschweber prompt ins Hinterteil. Er lenkte sein Gefährt nach links, damit es so aussah, als ob er vom Unfallort fliehen wollte, doch die anderen Verkehrsteilnehmer verbauten ihm den Weg.

Keine zwei Sekunden später sprang Grovis aus der Fahrertür. Der blaue Zwerg plusterte sich mit purpurfarbenem Kopf auf, um größer zu wirken, flitzte zum Hinterteil seines Schwebers und schien für einen Augenblick in Schockstarre verfallen zu sein. Doch dann wirbelte er plötzlich herum, stürmte auf den Unfallverursacher zu und hüpfte an der Fahrertür herum. Mit einer Größe von knapp einem Meter reichte er nicht annähernd bis ans Fenster heran, in dem das fleischige Mondgesicht eines Menschen erschien.

Da erweiterte Grovis' Gesicht das Spektrum aller möglichen utarischen Hautfarben um die Farbe Pink, die jeden Modedesigner umgehauen hätte.

Giray ließ die Seitenscheibe herunter. »Ups, das tut mir aber leid.«

»Du verfluchter Mensch!«, keifte der Winzling ihn an, während er wutentbrannt mit den Fäustchen gegen die Tür trommelte. »Steige auf der Stelle aus, sonst lernst du mich kennen!«

»Ach, komm! Da ist doch nicht einmal ein Kratzer. Außerdem habe ich es eilig. Ich könnte dir meine Kontaktdaten geben.«

»Nichts da! Den Schaden bezahlst du mir jetzt sofort!«

»Im Moment bin ich leider pleite.«

»Ich mache Matsche aus dir, du worgunmanipulierter Abschaum! Sieh dir bloß mal an, was du meinem Wagen angetan hast. Ich werde dich melden! Weißt du eigentlich, was mich allein die Lackierung gekostet hat? Das war die limitierte Sonderedition.«

»Herrje, das ist doch bloß ein Schweber. Seien wir lieber froh, dass niemand verletzt wurde!«

»Du hast mir nicht zu sagen, wie ich mich fühlen soll! Meinen Sportschweber hast du ruiniert, dafür wirst du büßen. Wenn du nicht sofort aussteigst, rufe ich meine Leute!«

Der Agent reckte den Kopf ein bisschen weiter aus dem Fenster und sah sich demonstrativ um. »Die dürften eine Weile brauchen, um sich einen Weg durch dieses Chaos zu bahnen.«

Tatsächlich kamen die Schweber nur schleppend voran. Dass Giray und Grovis mitten im Weg standen, kommentierten einige Fahrer mit wüsten Beschimpfungen und Drohungen, die jedoch niemand wahrmachte.

Während ihr Kollege den Gift und Galle spuckenden Utaren hinhielt, huschte Liv Sanders zu Grovis' Schweber, dessen Fahrertür noch immer offen stand. Auf einem der samtweichen Sitze im Fond lag eine Aktentasche, die sie öffnete. Sie nahm den darin befindlichen Hand-Suprasensor an sich und warf den übrigen Inhalt mitsamt der Aktentasche auf den Boden, sodass es so aussah, als wäre er durch den Stoß des Auffahrens heruntergefallen.

Nun legte sie den mitgebrachten, zuvor präparierten Hand-Suprasensor dazu. Das Modell entsprach Grovis' Original, allerdings nicht dessen Zustand. Die Kunststoffummantelung wölbte sich nach außen, und die linke obere Ecke, wo sich normalerweise der Akku befand, war völlig verschmort. Falls die Hitze den Datenspeicher nicht ruiniert hatte, dann die ausgetretenen Chemikalien.

Liv ging zur Bordkonsole und zog Grovis' ID-Karte aus dem Schlitz zur Aktivierung des Schwebers. Diese las sie mithilfe ihres GSO-Hand-Suprasensors aus, der über einen entsprechenden Aufsatz verfügte, und erstellte eine digitale Kopie. Anschließend steckte sie die Karte zurück an deren Bestimmungsort, damit der Besitzer keinen Verdacht schöpfte. Dann stieg sie wieder aus dem Wagen, den sie umrundete, um zu ihrem eigenen Schweber zu gelangen.

Nicht lange danach fand Giray überraschend ein paar Geld-Chips mit einem Guthaben von insgesamt dreihundert Credits in seiner Hosentasche. Er reichte das Geld Gro Grovis, der daraufhin abzog. Zuvor wünschte der Blaue dem mondgesichtigen Terraner aber noch ein verbal ausgeschmücktes, qualvolles Ende, wie es einem Worgunmanipulierten seiner Meinung nach gebührte.

*

Nach dem Überfall auf Gro Grovis ließen die Geheimagenten zunächst einige Tage verstreichen, falls der Utare misstrauisch geworden war. In dieser Zeit observierte Giray den Blauen aus sicherer Entfernung mit seinem Spezialauge. Alles schien seinen gewohnten Gang zu gehen.

Grovis besuchte nach wie vor täglich das Sportzentrum, bummelte über den Markt, gab neue Kleidung beim Schneider in Auftrag, polierte seinen kratzerfreien Schweber, fuhr zur Arbeit.

Nie sah er sich um, als ob er glauben würde, verfolgt zu werden. Er wirkte auch nicht gehetzt. Den kaputten Rechner hatte er mittlerweile durch einen neuen ersetzt, der deutlich stabiler anmutete als das alte Modell.

»Offenbar hat er keinen Verdacht geschöpft«, schlussfolgerte Liv erfreut, nachdem ihr Giray von seinen Beobachtungen erzählt hatte. »Nach all den Rückschlägen in letzter Zeit tut es gut, mal wieder Erfolg zu haben. Lass uns endlich schauen, was sich auf Grovis' Rechner befindet!«

Der Speicher des utarischen Hand-Suprasensors offenbarte keinerlei Überraschungen, sondern bloß ein paar belanglose Dokumente, Rechnungen für Schweberzubehör, Spiele zum Zeitvertreib sowie mehrere Gesprächsverläufe mit diversen Damen aus dem Datennetz – nichts, was Grovis das Genick brechen könnte oder etwas über seine Funktion bei der Vereinigung der Alten Völker verriet.

Die Agenten waren jedoch nie davon ausgegangen, dass es ihnen der Kerl so einfach machen würde, und verfolgten eigentlich einen anderen Plan. Diesen führten sie in den frühen Morgenstunden aus, als sich Grovis noch daheim in seinem Haus befand und die Nachtwächter des VdAV-Hauptquartiers müde nach Hause schlurften.

Über das Hyperfunknetz stellten Giray und Sanders mithilfe des Hand-Suprasensors eine Datenverbindung zur Zentrale der VdAV her, was quasi von selbst funktionierte. Das System erkannte sofort Grovis' altes Gerät an, sodass Liv die Bestätigung der Identität mit den von der ID-Karte gestohlenen Daten vornehmen konnte.

»Das geht fast schon zu leicht, findest du nicht?« Nervös zupfte sie sich am Ärmel ihrer ziemlich engen Bluse.

»Wir sind gut vorbereitet«, erwiderte ihr Kollege gelassen. »Außerdem haben wir das Schlimmste bereits hinter uns. Sofern wir uns jetzt nicht wie Elefanten im Porzellanladen aufführen, sollte uns niemand im System entdecken – jedenfalls nicht als Unbefugte.«

Die beiden Agenten verfügten nun über Zugriff auf die allgemeinen Bereiche des internen Datennetzes der VdAV. Dort entdeckten sie nicht nur Kopien von Medienberichten über die glorreichen Aktivitäten dieser obskuren Organisation, diverse Statistiken über Worgunmanipulierte und pseudowissenschaftliche Forschungsergebnisse über die angebliche Überlegenheit der sogenannten Alten Völker, sondern auch ausdruckbare Infobroschüren, Bestellformulare, Plakate sowie Briefpapier und Logos in diversen Ausführungen.

»Soll ich das mal alles löschen?«, fragte Giray mit einem Augenzwinkern.

»Die besitzen bestimmt mehrere Sicherungskopien«, entgegnete Liv trocken.

Skeptisch musterte er ihren neutralen Gesichtsausdruck. *Hat sie überhaupt verstanden, dass ich einen Witz gemacht habe?*, wunderte er sich.

»Jetzt beeile dich mal ein bisschen!«, trieb sie ihn an. »Unser Touristenführer dürfte jeden Augenblick aufstehen. Dann dauert es nicht mehr lange, bis er an seinem Arbeitsplatz aufkreuzt. Möglicherweise führt er aber auch von zu Hause aus einen Zugriff auf das System durch, dann fliegen wir sofort auf, wenn wir alle gleichzeitig eingeloggt sind. Klick doch mal auf das Profil!«

»Sieh mal einer an! Hinter diesem Symbol scheint sich Grovis' persönliche Datenablage zu verbergen. Bereit?«

»Mach es nicht so spannend!«

Als Giray besagtes Symbol berührte, verlangte das System eine weitere Identifikation.

Mit einem Seufzen aktivierte Liv neuerlich die Datenübertragung von ihrem Hand-Suprasensor, der sich mit Grovis' Gerät verband und die verlangten ID-Daten ins Datennetz der VdAV übertrug.

Einige Atemzüge lang geschah rein gar nichts, so als ob sie die Netzverbindung verloren hätten, doch dann öffnete sich mit einem Mal eine weitere Eingabemaske, die ein zusätzliches Passwort verlangte.

Als Fußnote stand dort geschrieben: »Es sind maximal drei Versuche erlaubt. Die korrekte Eingabe muss innerhalb von dreißig Sekunden erfolgen, andernfalls gibt es Alarm.«

Und schließlich blendete sich ein weiteres Feld ein, dessen rotglühende, utarische Ziffern sofort damit begannen, unbarmherzig rückwärts zu zählen: 30 – 29 – 28 …

13.

Die Gruppe bahnte sich einen Weg durch das hüfthohe Gras einer weitläufigen Wiese. Etwa einen Kilometer voraus erhoben sich die schlanken Hochhäuser einer Großstadt, auf die die Gefährten zielstrebig zuhielten.

Die Gebäude der Metropole standen dicht gedrängt, vereinzelt flogen Gleiter durch die Häuserschluchten oder umschwirrten die Dächer.

In der Ferne senkte sich ein klobiges Raumschiff auf die Stadt herab und verschwand schließlich hinter ihrer Silhouette.

»Dort vorn verläuft eine Straße.« Jes Yello deutete nach Westen. Die Statur des kleinen und ziemlich dünnen Cyborgs der zweiten Serie ließ nicht erahnen, welche Kräfte in dem unauffälligen Mann in Wahrheit schlummerten. »Aus dieser Richtung weht das leise Summen von Motoren zu uns herüber.«

Amy Stewart spähte in die angegebene Richtung. Das goldene Licht der hoch am Himmel stehenden Riesensonne verlieh ihrem blonden Haar einen strahlenden Glanz und ließ ihre blauen Augen kurz aufblitzen, bevor sie sie mit einer Hand beschattete. »Du hast recht, Jes, entlang des Randes der Wiese bewegen sich mehrere Fahrzeuge. Sie verursachen allerdings so gut wie gar keinen Lärm.«

Überwältigt von der elfenhaften Erscheinung seiner Lebensgefährtin taxierte Ren Dhark den weiblichen Cyborg einen Moment lang. Der betörende Klang ihrer Stimme in Altlage fesselte den Commander genauso wie ihr schlanker, muskulöser Leib, der vor Kraft und Erotik förmlich zu sprühen schien. Einmal mehr begriff er, wie glücklich er sich schätzen konnte, dass das Schicksal ihn mit dieser aufregenden Frau zusammengeführt hatte.

Ein kaum merkliches Lächeln umspielte die Lippen des Commanders, als Amy sich ihm nun zuwandte, einen fragenden Ausdruck auf ihrem bezaubernden Antlitz. »Was meinst du, sollen wir zu der Straße gehen? Vielleicht hält ein Wagen an und nimmt uns mit in die Stadt.«

»Meinst du wirklich, dass jemand Lust hat, sechs Personen nebst Dienstroboter und Haustier in sein Fahrzeug einsteigen zu lassen?«, erkundigte sich Shanton skeptisch.

»Du nennst mich in deiner Aufzählung als Letzten und bezeichnest mich obendrein auch noch als Haustier?« Jimmy kläffte empört.

Die hohen Gräser verdeckten den kohlschwarzen Roboterhund fast vollständig. Nur anhand der wogenden Halme, die er beim Laufen mit dem Körper beiseiteschob, konnten seine Begleiter seinen Aufenthaltsort erahnen.

»Stattdessen hättest du dich, den Fettwanst, in deiner Aufzählung zuletzt nennen sollen«, fuhr Jimmy fort. »Denn nur an dir wird es letztendlich scheitern, dass uns jemand in seinem Wagen mitnehmen möchte, weil es niemand riskieren wird, wegen deines Übergewichts die Antigrav-Aggregate des eigenen Fahrzeugs zu ruinieren.«

»Wir werden es trotzdem versuchen«, entschied Dhark. »Je eher wir Kontakt mit den Bewohnern dieses Planeten aufnehmen, desto schneller gelingt es uns vielleicht, uns ein Bild davon zu machen, was es mit diesem abgeschirmten Sonnensystem auf sich hat.«

Die Gruppe änderte die Marschrichtung und bewegte sich auf die Straße zu.

»Du solltest lieber dein vorlautes Maul halten, wenn wir mit den Planetenbewohnern zusammentreffen, Jimmy«, merkte Bram Sass nach einer Weile an. »Auf dieser Welt wimmelt es zwar von seltsamen Lebensformen, doch ein sprechender, intelligenter Hund dürfte unter ihnen trotzdem für einiges Aufsehen sorgen.«

Dass der dritte Cyborg der Gruppe früher einmal Landwirt gewesen war, hätte jeder dem knapp über einen Meter siebzig großen, stämmigen Mann sofort abgekauft. Mit seinen buschigen Augenbrauen, dem stark sonnengebräunten, kantigen Gesicht, das von schulterlangen dunklen Haaren eingerahmt wurde, wirkt er jedoch älter und bodenständiger, als er in Wahrheit war.

»Keine Bange«, sprang Artus für seinen Roboterfreund in die Bresche. Der humanoide Großserienroboter aus Stahl bewegte seine dünnen, röhrenförmigen Arme und Beine insektenartig, während er seinen Torso durch das hohe Gras voranschob. »Jimmy quasselt jetzt nur deshalb so viel, damit es ihm später leichter fällt, nur noch tierische Laute von sich zu geben.«

»Es dürfte jedem von uns ja wohl klar sein, wie er sich während des Kontaktes mit der hiesigen Bevölkerung zu benehmen hat«, blaffte Doorn leicht gereizt. »Euer Geplänkel ist also völlig überflüssig.« Der Worgunmutant in der Gestalt eines in Sibirien geborenen Terraners strich sich mürrisch eine Strähne seines langen roten Haars aus dem Gesicht. »Am besten, wir überlassen es Amy, einen Wagen anzuhalten. Sie wird damit bestimmt mehr Erfolg haben als jeder andere von uns.«

Die Gruppe hatte sich der Straße inzwischen so weit genähert, dass auch die Kameraden, die über keine bionischen Implantate verfügten, sie deutlich ausmachen konnten.

Personenschweber, Busse und Lastenfahrzeuge glitten in hohem Tempo über die Fahrbahn hinweg. Das Summen der Motoren und Aggregate kam einem Flüstern gleich und ging im Pfeifen des Fahrtwindes, das die Schweber verursachten, fast unter.

Wie es auf einer Hauptverkehrsader nicht anders zu erwarten gewesen war, fiel das Verkehrsaufkommen in beiden Richtungen entsprechend hoch aus. Doch obwohl die Fahrzeuge dicht auffuhren, war es auf der gesamten Strecke, die die Gruppe einsehen konnte, zu keinem Stau oder einem Auffahrunfall gekommen. Die Wagenkolonnen glitten im gleichförmigen Strom dahin, wobei die schwerfälligeren Lastengleiter eine extra Spur für sich beanspruchten.

»Diese Fahrzeuge können eine gewisse Geschwindigkeitsgrenze offenbar nicht überschreiten«, mutmaßte Shanton. »Dadurch ergibt sich ein relativ ruhiger Verkehrsfluss.«

»Wir ziehen neugierige Blicke auf uns«, bemerkte Yello und erwiderte linkisch das Winken eines Kindes mit humanoidem

Aussehen, das die Gruppe mit seinen Katzenaugen, die über runde Pupillen verfügten, durch die Seitenscheibe eines Schwebers hindurch anstarrte. Deutlich vermochte der Australier den stark ausgeprägten Knochenkamm auf dem Kopf des Kindes sowie die markante Kaumuskulatur ausmachen, die zu einem Raubtiergebisses gehörte.

»Eine Dizin-Familie sitzt in diesem Gleiter«, stellte Sass perplex fest, während er dem Fahrzeug, in dem das winkende Kind saß, nachdenklich hinterhersah. Obwohl er darüber informiert war, dass auf den bewohnten Welten dieses Sonnensystems Vertreter von Sternenvölkern aus Orn, Andromeda und der Milchstraße zusammenlebten, erstaunte ihn der Anblick der in Orn beheimateten Dizin dennoch. Wie konnte es angehen, dass es diese katzenartigen Intelligenzwesen in dieses geheimnisvolle Sonnensystem innerhalb dieser nicht weniger geheimnisvollen Galaxis verschlagen hatte? Und aus welchem Grund befanden sich keine Völker aus Voktar in der bunten Gemeinschaft auf diesen Welten?

An den grüblerischen Gesichtern seiner Begleiter konnte Sass ablesen, dass in ihren Köpfen momentan ähnliche Gedanken kreisten.

»Wahrscheinlich ist es nicht üblich, dass sich Leute dieser Hauptverkehrsader zu Fuß nähern, darum starren die Wageninsassen uns an«, durchbrach Doorn das Schweigen seiner Kameraden mit einer nüchternen Bemerkung.

»Ich hoffe, wir begehen keine Regelwidrigkeit, wenn wir versuchen, per Anhalter in einem der Wagen mitzufahren«, gab Amy plötzlich zu bedenken. »Langsam kommen mir Zweifel, ob es wirklich eine so gute Idee war zu trampen. Von der Polizei aufgegriffen zu werden wäre sicherlich kein guter Start für unser Unternehmen.«

Als Dhark jetzt im Schritt verhielt, taten es ihm seine Begleiter gleich. Aufmerksam sah sich der Commander um.

Auf beiden Seiten der Fahrbahn verlief eine Art Leitplanke; diese zog sich anscheinend über die gesamte Länge der Landstraße hin, denn der weißblonde Terraner konnte weit und breit keine freie Stelle in der Konstruktion ausmachen. Überdies war die Planke so hoch, dass sie den Gefährten bis an die Brust reichte, und unten wies sie nur einen schmalen Spalt auf, der es nicht einmal Jimmy gestatten würde, hindurchzukriechen.

»Wir müssen über die Leitplanke hinwegklettern, um auf die Fahrbahn zu gelangen«, resümierte Dhark nicht gerade begeistert.

»Ich weiß nicht, ob das wirklich so ratsam ist.« Shanton trat an die Leitplanke heran und nahm sie genauer in Augenschein. Schließlich holte er sogar sein kleines Analysegerät hervor und strich damit über die Leitplanke hinweg.

»Wie ich es mir gedacht habe«, murmelte er, als er kurz darauf zu seinen Kameraden zurückkehrte. »Diese Leitplanken dienen viel weniger dem Zweck, ausbrechende Fahrzeuge daran zu hindern, durch die Landschaft zu purzeln, als …«

»Das wäre in diesem Streckenabschnitt auch kaum sinnvoll«, warf Jimmy vorlaut ein. »Die Straße verläuft schnurgerade, und links und rechts erstrecken sich nur flache Wiesen. Die Fahrzeuge und ihre Insassen würden kaum Schaden nehmen, wenn ein Wagen von der Piste abkommt und in die Prärie hinausschießt.«

»Eben«, erwiderte Shanton. »Dies und die Tatsache, dass die Gleiter sich alle gleichförmig fortbewegen, hat den Verdacht in mir wachgerufen, dass die Leitplanken einem ganz anderen Zweck als dem Üblichen dienen. Und das ist auch tatsächlich der Fall. Die Planken sind mit energieführenden Drähten, Spulen und Modulen ausgestattet, die unzweifelhaft dafür vorgesehen sind, den Verkehr zu regeln. Die Schweber fahren dank dieses Systems vermutlich alle vollautomatisch und benötigen das Eingreifen eines Fahrzeuglenkers gar nicht.«

»Das ist ja alles sehr faszinierend«, warf Sass ungeduldig ein. »Aber warum sollte uns diese technische Einrichtung daran hindern, über das Hindernis hinwegzuklettern?«

»Weil die Gefahr besteht, dass wir einen Stromschlag bekommen, wenn wir die Elektronik beim Überklettern versehentlich berühren«, übernahm es Artus, dem ehemaligen Landwirt den Sachverhalt zu erklären.

»Außerdem werden die Fahrzeuginsassen kaum in der Lage sein, die Fahrt ihres Gleiters zu stoppen, um uns einsteigen zu lassen«, ergänzte Shanton. »Das Verkehrsleitsystem wird einen solchen Eingriff in das reibungslose Funktionieren des Verkehrsflusses auf jeden Fall unterbinden. Hinzu kommt, dass die Trasse keinen Nothaltestreifen aufweist. Selbst wenn ein Fahrzeugführer es wollte und technisch dazu in der Lage wäre, so könnte er nirgendwo anhalten, ohne dabei Gefahr zu laufen, dass ihm hinten einer drauffährt.«

Dhark winkte ab. »Setzen wir unseren Weg also zu Fuß fort«, bestimmte er. »Doch wir bleiben erst einmal in der Nähe der Straße.«

Die Gefährten marschierten los, ließen den Verkehr dabei jedoch nicht aus den Augen. Fasziniert und abschätzig zugleich musterten sie die Insassen der an ihnen vorbeigleitenden Fahrzeuge. Die meisten Fahrgäste muteten humanoid an, wenn ihre Physiognomie sich von der der Menschen auch oft frappierend unterschied.

In einigen der Wagen entdeckten die Gefährten aber auch Geschöpfe, die eher an Schlangen oder Echsen erinnerten.

Bram Sass winkte unwillkürlich, als er eine Menschenfamilie in einem Fahrzeug entdeckte, ließ den Arm dann aber verschämt wieder sinken, als ihm bewusst wurde, wie unangebracht diese Geste anmuten musste.

Das unterschwellige Gefühl der Zugehörigkeit, das ihn beim Anblick der Menschen überwältigt hatte, wurde von den Fahrzeuginsassen offensichtlich nicht geteilt, denn sie starrten ihn nur mit argwöhnischen, finsteren Mienen an.

»Es ist bemerkenswert, dass all diese intelligenten Geschöpfe trotz ihrer offensichtlichen körperlichen Unterschiede im Verkehr alle gleich behandelt werden«, richtete Amy schließlich das Wort an ihre Gefährten.

»Was willst du damit andeuten?«, erkundigte sich der Commander.

»Das Verkehrsleitsystem macht offenbar keine Unterschiede zwischen Dizin, Anschmie oder Murip«, führte der weibliche Cyborg aus. »Es scheint unerheblich zu sein, aus welcher Galaxis die Bewohner dieser Welt ursprünglich stammen. Jedenfalls im Verkehr werden sie alle gleich behandelt.«

»Du wunderst dich, weil es keine extra Überholspur für zum Beispiel Utaren gibt?«, hakte Dhark nach.

Amy nickte. »So in etwa. Die Personenschweber unterscheiden sich auch kaum voneinander. Es scheint nur einige wenige Standardmodelle zu geben. Jedenfalls ist mir unter den Fahrzeugen bisher keine protzige Limousine aufgefallen.«

»Vielleicht sind die bevorzugten Fahrzeuge der Bessergestellten Gleiter«, gab Yello zu bedenken und deutete in den Himmel hinauf, wo in etwa einem halben Kilometer Höhe ein Personengleiter kreuzte.

»Möglich wäre es«, lenkte der weibliche Cyborg ein. »Die Verwendung von zwei unterschiedlichen Fortbewegungsmitteln könnte allerdings auch bloß einen technischen Grund haben. Die Gleiter vermögen weite Strecken schneller zurückzulegen, während es ökonomischer ist, für kürzere Wegstrecken Schweber zu verwenden.«

»Amys Beobachtungen taugen durchaus dazu, etwas über die Gesetzmäßigkeit des Zusammenlebens auf den Welten dieses Systems auszusagen«, bekräftigte Doorn. »Es wäre doch sehr bemerkenswert, wenn dieses bunte Völkergemisch es irgendwie vollbracht hätte, trotz der vorhandenen Unterschiede friedlich und gleichberechtigt zu koexistieren.«

»Zwischen zwei dieser Welten ist jedoch dennoch ein Krieg ausgebrochen«, rief Sass seinen Begleitern in Erinnerung. »So weit kann es mit der Friedensliebe der Planetenbewohner also nicht her sein.«

»Wir werden das Rätsel dieser Welten schon noch lösen«, zeigte sich Shanton zuversichtlich. »Ich bin schon sehr gespannt darauf, was uns in der Stadt erwartet.«

*

Etwa dreihundert Meter von den ersten Hochhäusern entfernt spaltete sich von der Schnellstraße eine Ausfahrt ab. Die Leitplanke bildete an dieser Stelle einen Durchlass, folgte der Ausfallstraße jedoch nicht. Diese führte in einer seichten Schleife auf eine Häuserschlucht zu.

Dhark beschloss, der Ausfahrtstraße zu folgen. Hintereinander schritten sie am Fahrbahnrand entlang, Artus und Jimmy bildeten das Schlusslicht.

Nur hin und wieder verließ ein Fahrzeug die Schnellstraße, um der Piste in Richtung der Häuserschlucht zu folgen.

Aus den in gemäßigter Geschwindigkeit an ihnen vorbeifahrenden Schwebern starrten ihnen fremde Gesichter entgegen. In einem Minibus tummelte sich eine ganze Kinderschar Utaren, die ihre bläulichen Gesichter gegen die Scheibe pressten und Grimassen schnitten.

»Dieser Metropole sind keine kleineren Siedlungen vorgelagert«, wunderte sich Shanton. »Und so weit ich sehe, gibt es auch keine Elendsviertel.«

»Sicher noch ein Indiz dafür, dass Amy mit ihrer Einschätzung richtig liegt«, bekräftigte Doorn.

In diesem Moment verlangsamte ein Schweber, während er die Gruppe passierte, die Fahrt. Das Fahrzeug schwenkte von der Straße ab auf den parallel verlaufenden Grünstreifen, stoppte und setzte dann sanft auf den Kufen auf.

»Da bahnt sich offenbar ein erster Kontakt mit den Bewohnern dieser Welt an«, kommentierte Jimmy altklug. »Ihr werdet von mir fortan nur noch Hundelaute vernehmen.«

»Eine Wohltat für uns alle«, spöttelte Shanton.

Jimmy setzte zu einer Erwiderung an, verkniff sich die freche Bemerkung jedoch, die ihm in den Schaltkreisen brannte, denn in diesem Moment öffnete sich der Wagenschlag und eine grazile, humanoide Gestalt stieg aus dem Fahrzeug.

Obwohl das etwa zwei Meter große Geschöpf spindeldürr war, konnten die Gefährten anhand der charakteristischen Rundungen nicht übersehen, dass es sich um eine Frau handelte. Die schlaksige Person trug ein zimtfarbenes Kostüm und blieb scheu neben dem offenen Wagenschlag stehen, blickte der Gruppe jedoch gefasst und selbstsicher entgegen.

Die Ohrmuscheln, die unter dem kurzen Haar hervorschauten, muteten ungewöhnlich schmal an. Jede Hand verfügte über sechs Finger, wie die Gefährten nun bemerkten, als die Frau ihnen kurz zuwinkte.

»Braucht ihr Hilfe?«, rief sie der näherkommenden Gruppe auf Worgun zu. »Hattet ihr vielleicht einen Unfall? Ich könnte die Polizei verständigen.«

»Nicht nötig!«, wehrte Dhark ab und hob beschwichtigend die Hände. »Wir sind wohlauf. Es besteht keinerlei Grund zur Sorge.«

»Sie ist ein Luware«, zischte Doorn dem Commander zu. »Ihre Heimatwelt in Orn wurde von den Zyzzkt vernichtet.«

»Mir ist das Schicksal der Luwaren geläufig«, gab Dhark mit gedämpfter Stimme zurück. »Die Überlebenden der Katastrophe haben sich mit achtzehn Walzenraumern dem Heerzug der Heimatlosen angeschlossen*.«

»Luwaren gelten allgemein als verschlagen und brutal«, warnte Artus.

»Es gibt aber auch freundliche Exemplare«, entgegnete Amy. »Diese Frau dort macht auf mich jedenfalls keinen hinterlistigen Eindruck.«

»Seid ihr euch wirklich sicher, dass ihr keine Hilfe benötigt?«, erkundigte sich die Frau, als die Fremden bei ihr anlangten.

»Wie kommst du darauf?«, stellte Amy eine Gegenfrage.

»Weil ihr zu Fuß in dieser Einöde unterwegs seid.« Die Frau deutete in die Richtung der Wiese. »In dieser Richtung ist nichts als Wildnis.«

»Es macht uns Spaß, zu Fuß zu gehen«, schaltete sich Shanton in das Gespräch und lächelte entwaffnend.

Die Luwarenfrau musterte den zur Fettleibigkeit neigenden Mann mit einem Gesichtsausdruck, der unschwer erahnen ließ, was sie in diesem Moment dachte. Doch offenbar verbot es ihr Taktgefühl, anzumerken, wie sinnvoll sie es in Shantons Fall erachtete, dass er sich sportlich betätigte. »Wo kommt ihr denn her?«, wollte sie stattdessen wissen und musterte Dhark unverhohlen von oben bis unten. »Ihr seht nicht aus, als wäret ihr in Rodon zuhause.«

Mit einer laxen Geste deutete sie auf die Stadt. »Euer Kleidungsstil entspricht so gar nicht der momentanen Mode in Ro-

---

* Siehe Weg ins Weltall Band 31, »Jagd auf die POINT OF«

don.« Ein Lächeln zeichnete sich auf ihrem schmalen Gesicht ab. »Ich muss es wissen, denn ich arbeite als Journalistin für eine Modezeitschrift.«

Sass schob sich in den Vordergrund. »Wir kommen aus einer kleinen Menschenenklave«, erklärte er. »Ein Dorf, weit weg von hier. Dort bevorzugen wir praktische Einheitskleidung.«

»So? Das ist ja interessant.« Die Frau schob den linken Ärmel zurück und machte sich an dem Armbandgerät zu schaffen, das sie am Handgelenk trug.

»Was tust du da?«, erkundigte sich Amy argwöhnisch.

»Ich mache mir Notizen«, erwiderte die Luwarin. »Dieses Zusammentreffen gibt guten Stoff für einen neuen Artikel ab. Ich wusste gleich, dass es sich lohnen würde, anzuhalten, als ich euch am Straßenrand entlangmarschieren sah.«

»Wir werden jetzt unserer Wege ziehen«, verkündete Dhark, dem die Unterhaltung allmählich zu heikel wurde.

»Nein, wartet!«, rief die Journalistin. »Ihr müsst mir mehr über das Dorf erzählen, aus dem ihr stammt. Menschenenklave – von einem solchen Ort ist mir noch nie zuvor etwas zu Ohren gekommen.«

Mit allen sechs Fingern gleichzeitig tippte sie auf dem Eingabefeld ihres Armbandgerätes herum.

Plötzlich furchte sie die Stirn. »Das ist seltsam. Zu dem Begriff ›Menschenenklave‹ gibt es im planetaren Datennetzwerk überhaupt keinen Eintrag.«

»Die Einwohner von Menschenenklave leben isoliert«, improvisierte Amy. »Wir scheuen die Öffentlichkeit und lieben es nicht besonders, wenn wir in den Fokus der Medien geraten.«

»Nicht?« Die Journalistin wirkte aufrichtig bestürzt. »In Rodon ist jeder erpicht darauf, so viel Aufmerksamkeit wie nur irgend möglich auf sich zu ziehen. In den sozialen Netzwerken anerkannt und beliebt zu sein genießt bei uns einen hohen Stellenwert.«

Sie stellte sich Dhark in den Weg, als dieser weitergehen wollte. »Es wird die Einwohner von Rodon brennend interessieren, von dem alternativen Lebensentwurf zu erfahren, den ihr in Menschenenklave zelebriert.«

»Das ist mir egal«, gab der Commander barsch zurück und schob die Frau sanft, aber bestimmend zur Seite. »Wir wollen in Ruhe gelassen werden.«

»Panowen, die keinen Wert darauf legen, Anerkennung von der Öffentlichkeit zu erheischen – das ist eine kleine Sensation!«, rief ihm die Frau mit flehendem Unterton in der Stimme nach. »Ihr könnt es mir nicht antun, mich zu ignorieren. Von euch zu berichten wird mir eine Menge Achtung einbringen und in den sozialen Netzwerken meine Bewunderungspunkte-Skala hochschnellen lassen!«

Die Journalistin hob den Arm, an dem sie ihr Armbandgerät trug, und machte Anstalten, Fotos von der Gruppe zu schießen, während diese sich an ihr vorbeibewegte.

»Panowen?«, sprach Amy die Frau an und drückte ihren Arm nieder. »Warum hast du uns so genannt?«

Die Journalistin blies die Wangen auf. »So hinterwäldlerisch könnt ihr doch gar nicht sein, dass euch der Name der Welt, auf der ihr lebt, nicht geläufig ist!«

»Ihr nennt diesen Planeten Panowen?«

Die Frau schüttelte befremdet den Kopf. »Diese Welt heißt Panow. Die Leute, die auf ihr Leben, werden Panowen genannt.«

»Du bist ein Luware«, wagte der weibliche Cyborg einen Vorstoß.

Die Journalistin blinzelte perplex. »Diesen Ausdruck kenne ich nicht«, merkte sie zurückhaltend an. »Ich hoffe doch sehr, dass es sich um keine Beschimpfung handelt.«

Augenblicklich machte sie sich an ihrem Armbandgerät zu schaffen, schüttelte dann aber wieder nur den Kopf. »Der Begriff ›Luware‹ ist gänzlich unbekannt. Im planetaren Datennetzwerk gibt es nicht einmal einen ähnlich lautenden Eintrag.«

»Du unterscheidest dich im Aussehen leicht von uns«, vertiefte Amy das Thema. »Es muss für deinesgleichen doch eine Bezeichnung geben, die diesem Umstand Rechnung trägt.«

Die Frau wich einen Schritt von Amy zurück. »Ihr Leute aus Menschenenklave seid wirklich seltsam. Das Aussehen eines Individuums spielt doch überhaupt keine Rolle. Die Vielfalt ist ein Naturgesetz, warum also sollte in dieser Hinsicht eine Unterscheidung vorgenommen werden? Viel wichtiger ist es, auf welcher Welt ein Individuum geboren wurde und was es um sich herum macht.« Sie hob das Haupt. »Ich bin stolz darauf, ein Panowe zu sein. Panow ist ein einzigartiger Planet und hebt sich in vielen Dingen positiv von den anderen Welten der Großen Sonne ab.«

»Das ist auch meine Meinung«, beeilte sich Amy zu versichern. Hastig sah sie zu ihren Kameraden hinüber, die sich bereits etliche Meter von ihr entfernt hatten. »Ich muss jetzt weiter«, verkündete sie. »Verrate mir bitte, wo du wohnst. Sollten wir es uns doch anders überlegen und wünschen, dass du einen Artikel über uns schreibst, werden wir uns mit dir in Verbindung setzen.«

Die Miene der Journalistin hellte sich wieder ein wenig auf. Aus einer Tasche ihres Kostüms nestelte sie eine Visitenkarte hervor und händigte sie Amy aus. »Verrätst du mir noch, was euch nach Rodon geführt hat?«

»Wir wollen uns in der Metropole einmal umsehen.« Amy lächelte vage. »Wir machen quasi Urlaub, um dem öden Alltag in Menschenenklave einmal für ein paar Tage zu entfliehen.«

Amy hob zum Abschied kurz die Hand und wandte sich dann ab. Es dauerte nicht lange, da hatte sie zu ihren Kameraden aufgeschlossen.

Als sie noch einmal über ihre Schulter zurückblickte, stellte sie fest, dass die Luwarin ihnen noch immer hinterherstarrte.

*

Den Rücken der hinter ihnen aufragenden Hauswand zugekehrt standen Ren Dhark und seine Begleiter da und beobachteten das Treiben auf einer nahegelegenen Baustelle.

Auf dem Baugerüst, das das neu zu errichtende Hochhaus umgab, arbeiteten Humanoide und Echsenartige Hand in Hand. Die Maschinen, derer sich die Bauarbeiter bedienten, muteten hochmodern und fortschrittlich an.

Gefährliche oder kraftraubende Tätigkeiten wurden von automatischen Gerätschaften oder Robotern verrichtet, und auch der

Frauenanteil unter den Bauarbeitern schien in etwa genauso hoch zu sein wie der Anteil an Männern.

»Verblüffend«, kommentierte Bram Sass das Geschehen auf der Baustelle. »Es scheint keine Spannungen zwischen den Vertretern der verschiedenen Sternenvölker zu geben. Sie werkeln in Eintracht vor sich hin und unterstützen sich gegenseitig.«

»Und die Frauen werden offenbar ebenfalls als gleichwertige Arbeitskräfte angesehen«, ergänzte Yello.

»Die fortschrittliche Technik macht die körperlichen Unterschiede zwischen den Geschlechtern und den Sternenvölkern weitgehend wett«, gab Amy eine etwas kritischere Einschätzung von sich. »Dies erleichtert das Zusammenleben ungemein, da die Unterschiede im Alltag nicht ausschlaggebend zum Tragen kommen.«

»Die hier herrschende Eintracht kann aber nicht nur in der modernen Technik begründet sein«, wandte Dhark ein. »Die Bereitschaft, friedlich mit anders Aussehenden zu koexistieren, resultiert doch vielmehr aus einer inneren Einstellung und Überzeugung heraus; sind diese rassistisch, könnte es auch die fortschrittlichste Technik nicht zuwege bringen, die Individuen dazu zu bewegen, ihre abwertenden Ansichten zu ändern.«

»Die äußeren Lebensumstände begünstigen oder erschweren die Bereitwilligkeit zur Akzeptanz und Toleranz meines Erachtens nicht unerheblich«, argumentierte Doorn dagegen. »Bisher konnten wir auch nur das oberflächliche Verhalten der Panowen beobachten. Körperliche Unterschiede scheinen bei ihnen keinen übergeordneten Stellenwert einzunehmen. Doch wir wissen nicht, wie es um ihre inneren Werte bestellt ist. Gibt es verschiedene Religionen oder politische Ansichten? Und wie werden die in der Öffentlichkeit verhandelt, wie wird mit Andersdenkenden umgegangen?«

»Im planetaren Datennetzwerk gibt es jedenfalls keinerlei Hinweise auf irgendwelche Spannungen.« Shanton hob den Arm, um dessen Handgelenk er sein Vipho trug. »Es ist mir gelungen, mich mit meinem Vipho in das hiesige Netzwerk einzuwählen. Wie es aussieht, sind die Panowen sehr darauf erpicht, ihre Individualität hervorzuheben.

Es findet ein reger Austausch in den sozialen Netzwerken statt. Doch in den Themensträngen werden vielmehr der Lebensstil und das alltägliche Erleben der Nutzer behandelt. Politische oder religiöse Fragen kommen dabei nur selten zur Sprache, soweit ich das bis jetzt beurteilen kann.«

»Dies alles könnte das Werk der Friedensstifter sein«, gab Artus mit gedämpfter Stimme von sich, damit keiner der Passanten, die an der Gruppe vorbeidefilierten, sich darüber wundern konnten, dass ein Dienstroboter eine eigene Meinung von sich gab. »Wer weiß, was die Friedensstifter angestellt haben, damit auf diesen isolierten Welten Friede und Eintracht herrscht. Das Schicksal der Kenporim hat uns gezeigt, wie rigoros und rücksichtslos die Herren von Voktar vorzugehen belieben, wenn es darum geht, ihre Vorstellung von Ruhe und Ordnung durchzusetzen.«

»Du vergisst, dass zwischen zwei der hiesigen Welten Krieg herrscht«, gab Dhark zurück. »Es leuchtet mir nicht ein, warum die Friedensstifter kriegerische Handlungen innerhalb dieses isolierten Sonnensystems dulden sollten, woanders hingegen nicht.«

Plötzlich blieb ein Passant, der zuvor an der Gruppe vorbeigegangen war, stehen und drehte sich zu den Fremden um. Die Glupschaugen in dem grobschlächtigen Echsengesicht starrten unverwandt auf Shantons Handgelenk.

»Was hast du da?«, sprach das Echsenwesen den Ingenieur ungeniert an und deutete mit seiner vierfingrigen Klaue auf das Vipho. »Einen solchen Kommunikati habe ich noch nie zuvor gesehen!«

Shanton schob rasch den Jackenärmel über das Gerät. »Oh weh,«, jammerte er halblaut, »ich habe die Aufmerksamkeit eines Stacwa auf mich gezogen. Diese Schrottsammler aus Andromeda sind bekannt dafür, dass sie von allem fasziniert sind, was mit Technik zu tun hat.«

»Wir haben kein Interesse an einem Gespräch!«, fuhr Sass das Echsenwesen an.

Dessen ungeachtet schob sich der Mann dichter an die Gruppe heran. Grobflächige Panzerschuppen bedeckten die dunkelbraune

Haut, die unter dem eleganten Anzug hervorschaute. Der Stiernacken des Wesens ging in stämmige Schultern über, und unter der Kleidung zeichneten sich markant die Muskelstränge ab.

Schmatzend schob der Stacwa die langgezogenen Lippen seines breiten, kurzen Mauls hin und her, sodass die weit auseinanderstehenden, spitzen Zähne kurz hervorblitzten. Die roten Zotten am Mundwinkel und an den Nasenlöchern schlackerten dabei heftig.

Unverwandt starrte das Echsenwesen den korpulenten Ingenieur an. »Das ist der Prototyp des neuen Kommunikati, über den im Netz überall spekuliert wird, habe ich recht?«, stieß er aufgeregt hervor.

»Kann schon sein«, erwiderte Shanton kurz angebunden.

Der Stacwa zog seine Brieftasche, klaubte eine Handvoll Scheine hervor und fuchtelte damit vor Shantons Gesicht herum. »Das sind fünftausend Zahler«, verkündete er großspurig. »Sie gehören dir, wenn du mir deinen Kommunikati überlässt.«

»Das Gerät ist unverkäuflich«, wehrte Shanton ab.

»Das kann ich nicht akzeptieren!«, brauste der Mann auf. »Ich muss diesen Kommunikati unbedingt haben. Fünftausend Zahler sind mehr als genug für diesen Prototypen!«

»Warte gefälligst, bis das Gerät in Serie geht und frei verkäuflich ist«, fuhr Doorn das Echsenwesen an. »Die Diskussion ist somit beendet!«

Enttäuscht ließ der Mann den Arm sinken und richtete sein Augenmerk dann auf Artus. »Aber diesen aufgemotzten Dienstroboter werdet ihr mir doch wohl verkaufen? Nennt mir einen Preis, und ich werde ihn zahlen.«

»Wir haben nicht vor, dir irgendetwas zu verkaufen«, belehrte Sass den Stacwa und baute sich drohend vor ihm auf. Dieser wich vorsichtshalber einen Schritt zurück, richtete seine Glubschaugen dann aber auf Jimmy.

»Denke nicht einmal daran, uns einen Preis für unser Haustier zu nennen, Stacwa«, grollte Shanton. »Du wirst mit uns nicht ins Geschäft kommen!«

»Stacwa?«, echote der Mann perplex. »Was soll ich mir darunter vorstellen?«

Der Ingenieur winkte entnervt ab. »Nichts. Vergiss es einfach.«

»Es ist ein Jammer.« Der Stacwa verstaute die Geldscheine wieder in seiner Börse und schob diese zurück in die Gesäßtasche. »Meine Beliebtheit im Netz ist nicht besonders groß, müsst ihr wissen«, setzte er dann an und machte einen Schmollmund. »Meine Freunde neiden es mir, dass ich mehr Geld verdiene als sie. Doch was nützen mir all die Zahler, wenn ich mir nichts Rechtes davon kaufen kann?« Besitzergreifend starrte er auf Shantons Handgelenk. »Dieser moderne Kommunikati würde die Neugierde meiner Freunde wecken und sie veranlassen, mir im Netz Beliebtheitspunkte zukommen zu lassen.«

»Vielleicht versuchst du einfach mal, nett zu deinen Freunden zu sein«, schlug Amy vor. »Dann brauchst du auch keine Konsumgüter, um ihnen zu imponieren.«

Der Stacwa glotzte den weiblichen Cyborg verdattert an. »Ich bin, wie ich bin!«, ereiferte er sich. »Und das ist völlig in Ordnung so. Ich muss mich nicht verstellen, um Anerkennung zu erheischen. Meine Individualität durch einzigartige Besitztümer ein wenig herauszuputzen, dagegen ist doch nichts einzuwenden; das macht hier jeder. Doch ihr verwehrt mir diese Möglichkeit, indem ihr euch weigert, mir einen eurer exotischen Gegenstände zu verkaufen, die ihr in der Öffentlichkeit zur Schau tragt, um Aufmerksamkeit auf euch zu ziehen!«

»Offenbar werden wir diesen aufdringlichen Stacwa nicht wieder los, ohne grob zu werden«, raunte Sass dem Commander auf Angloter zu. »Soll ich ihm ein wenig zusetzen, damit wir endlich unsere Ruhe haben?«

Dhark schüttelte den Kopf. »Einen Aufruhr müssen wir unbedingt vermeiden«, zischte er. »Wir erregen auch so schon genug Aufmerksamkeit.«

Jimmy schob sich zwischen den Beinen seiner Freunde hervor und trottete auf den Stacwa zu.

»Seht ihr!«, freute sich dieser und beugte sich zu dem vermeintlichen Haustier hinab, um es zu streicheln. »Euer Tier hat Zutrauen zu mir gefasst. Es wird ihm bei mir gut gehen, wenn ihr es mir verkauft.«

Der Stacwa hielt Jimmy den Handrücken hin, damit er daran schnuppern konnte. Das Brikett auf vier Beinen streckte daraufhin die Zunge heraus und schleckte die Hand der Echsenkreatur ab.

Mit einem leisen Aufschrei fuhr der Stacwa zurück, riss die Hand an seinen Körper und rieb sie verstört. »Dieses Biest ..., es hat mir einen Stromstoß verpasst!«

»Wusstest du etwa nicht, dass diese Tierart über ein Elektrizitätsorgan verfügt?«, erkundigte sich Shanton unschuldig. »Alle zehn Minuten muss der Jimmy dieses Organ entladen, um nicht an einer Überladung zu sterben. Unser kleiner putziger Kerl hier verpasst intelligenten Lebensformen mit Vorliebe einen Stromstoß. Das konnten wir ihm bisher nicht abgewöhnen.«

»Wie abscheulich!« Der Stacwa wich noch einen weiteren Schritt zurück, wirbelte dann herum und stapfte auf seinen kurzen Beinen hastig davon.

»Den sehen wir hoffentlich nie wieder«, raunte Amy genervt.

»Gut gemacht, Jimmy«, lobte Shanton sein Konstrukt und tätschelte dessen Kopf. »Du bist wirklich ein kleines schlaues Bürschchen.«

Unauffällig sah sich Dhark auf der Straße um. Einige Passanten beobachteten sie verstohlen, wie ihm schien. Der kleine Vorfall war nicht ganz unbemerkt geblieben.

»Wir sollten zusehen, dass wir von hier verschwinden«, ordnete er an.

»In dieser Richtung scheint sich ein Park zu befinden.« Yello deutete die Straße hinunter, wo sich in der Häuserzeile linker Hand eine große Öffnung auftat, die von Buschgruppen ausgefüllt wurde. »Bestimmt finden wir dort ein ruhiges Plätzchen, wo wir uns beraten können.«

Der Commander zeigte sich mit diesem Vorschlag einverstanden und gab das Zeichen zum Aufbruch.

*

Unvermittelt blieb Amy vor einem Schaufenster stehen und ließ den Blick über die ausgestellten Kleidungsstücke schweifen.

»Was ist?«, rief Dhark seiner Lebensgefährtin zu und verharrte im Schritt.

»Dies ist schon das dritte Bekleidungsgeschäft, an dem wir vorbeikommen«, erklärte Amy. »Doch die Auslage scheint immer dieselbe zu sein.«

»Und wenn schon«, entgegnete Sass, der, wie die anderen auch, wartend dastand und zu dem weiblichen Cyborg hinübersah. »Hast du etwa vor, dir eines dieser schlichten Kostüme zu kaufen, die in Rodon gerade in Mode sind?«

Amy schüttelte den Kopf. In ihrer Nähe hielt sich lediglich ein kleiner Gormjunge auf, sodass sie keine Angst haben musste, mit ihrem Verhalten allzu große Aufmerksamkeit zu erregen. Der zartgliedrige Gorm, der neben einem Schild stand und wartete, betrachtete die Fremde mit seinen großen dunklen Augen neugierig, verhielt sich ansonsten aber zurückhaltend.

»Ich bin mit meiner Bordkombi mehr als zufrieden«, erklärte Amy. »Außerdem könnte ich die Kleidung in diesen Geschäften gar nicht bezahlen.« Mit einem spöttischen Zug um den Mund sah sie Sass unverwandt an. »Oder hast du hier irgendwo eine Wechselstube gesehen, in der wir unsere Credits gegen die hier gültige Währung Zahler umtauschen könnten?«

»Ich ahne, worauf du hinaus willst, Amy.« Dhark trat neben seine Lebensgefährtin hin und betrachtete die Schaufensterauslage. »In all den Geschäften in dieser Straße werden überall nahezu dieselben Konsumgüter angeboten. Es gibt kaum etwas, das sich von der Masse abhebt.«

Der weibliche Cyborg deutete mit einem Nicken zu dem Gormjungen hinüber. »Die Leute auf der Straße tragen alle mehr oder weniger dieselbe Kluft. Abgesehen von ihren körperlichen Unterscheidungsmerkmalen sehen sie, was ihre Kleidung anbelangt, also alle ziemlich gleich aus.«

»Ich weiß nicht, was uns diese Beobachtung bringen soll«, machte sich Sass wieder bemerkbar. »Seit wann zählen die modischen Erscheinungsformen auf einer Welt, die wir erforschen wollen, zu unserem Interessengebiet?«

»In diesem Fall könnte uns der hier vorherrschende Kleidungsstil einen wichtigen Anhaltspunkt über die Art des gesellschaftlichen Zusammenlebens auf Panow liefern«, erläuterte Amy geduldig. »Trotz oder gerade wegen der außergewöhnlichen Vielfalt an Sternenvölkern, die auf diesem Planeten friedlich nebeneinander koexistiert, wird offenbar großer Wert auf äußerliche Gleichförmigkeit gelegt. Und dies trifft nicht nur auf die Mode zu; auch die Fahrzeuge unterscheiden sich kaum voneinander. Bei der Wohnungseinrichtung und anderen Konsumgütern verhält es sich ähnlich, wie die Schaufensterauslagen vermuten lassen.«

In diesem Moment glitt ein Busschweber an den Bordstein heran und stoppte neben dem Gormjungen. Die Türen glitten auf, und mehrere Fahrgäste verließen das Fahrzeug.

Dem nervös zu den Raumfahrern hinüberspähenden Gorm fiel plötzlich eine Münze aus der Hand. Hastig hob er das Geldstück wieder auf und stieg in den Bus ein, wo er die Münze in einen Apparat neben dem Fahrer steckte. Die Türen glitten zu, und der Schweber setzte sich wieder in Bewegung.

Die Gruppe wartete, bis die Passanten, die aus dem Bus gestiegen waren, sich zerstreut hatten. Dann erst setzten sie ihren Weg Richtung Park fort.

»Darum also war der Stacwa so erpicht darauf, uns etwas von unseren ihm exotisch erscheinenden Sachen abzukaufen«, nahm Yello den Gesprächsfaden wieder auf. »Er schien eine Menge Geld zu besitzen. Doch die vielen Zahler nützen ihm kaum etwas, da es in dieser Stadt offenkundig nichts zu kaufen gibt, das sich weniger Verdienende nicht ebenfalls leisten könnten. Sein Bedürfnis, sich von der Menge äußerlich ein wenig abzuheben und so in den sozialen Netzwerken für Aufmerksamkeit zu sorgen, kann offenbar nur sehr schwer befriedigt werden.«

Dhark nickte gedankenversunken. »Unsere Bordkombis unterscheiden sich nicht allzu frappierend von der hiesigen Mode, andernfalls hätten wir unseren Kleidungsstil für diese Erkundung entsprechend angepasst, wie wir es sonst auch immer tun. Doch der kleine Unterschied reicht offenbar schon aus, um auf dieser Welt Aufsehen zu erregen. Zusätzlich wird es uns vor ein Problem stellen, dass wir über kein gültiges Zahlungsmittel verfügen.«

Wenig später erreichten die Gefährten den Eingang des Parks. Schnell mussten sie feststellen, dass es schwer werden würde, in der gut frequentierten Grünanlage ein ruhiges Plätzchen zu finden, wo sie sich ungestört unterhalten konnten.

*

Eine Reihe akkurat beschnittener Büsche füllte die Lücke zwischen den beiden den Park links und rechts flankierenden Hochhäusern zur Straße hin aus. Die grüne Mauer wurde von mehreren Durchgängen unterbrochen, die jeweils auf einen mit Steinplatten ausgelegten Weg hinausführten. Die Pfade verliefen parallel entlang aufwendig gestalteter Rabatten, in denen bunt blühende Blumen sprossen. Sie führten auf einen Platz im Zentrum des Parks zu, den ein Springbrunnen schmückte. Die aus einer ausladenden Betonschale emporschießende Fontäne stieg mehrere Meter empor, ehe sie in einer sprühenden Kaskade unkontrolliert in das Wasserbecken zurückstürzte.

In der Parkanlage wimmelte es nur so von Besuchern. Gestalten mit Thermosbechern in den Händen schlenderten gruppenweise auf den Wegen umher, unterhielten sich gestenreich oder schritten grübelnd vor sich hin. Auf einem Spielplatz tummelte sich der Nachwuchs mehrerer Familien, aufmerksam beäugt von den Müttern und Vätern, die am Rand der Spielfläche auf Parkbänken saßen.

Einige wenige Stadtbewohner wurden auf ihrem Spaziergang von einem Dienstroboter begleitet. Diese sahen den humanoiden Großserienrobotern aus Stahl von Wallis Industries nicht unähnlich; auch sie verfügten über im Vergleich zum Torso dünne, röhrenförmige Arme und Beine, doch die Köpfe mit ihren einfachen Sensoren wirkten weitaus klobiger als Artus' von seinem Stirnband gekrönter Schädel, der mit seinen rötlichen Augen, den Akustikmuscheln und der angedeuteten »Plattnase« wenigstens über eine rudimentäre Physiognomie verfügte.

All diese zum Teil sehr unterschiedlich aussehenden Vertreter verschiedener Sternenvölker in einem Park friedlich versammelt zu sehen, stimmte die Raumfahrer auf eine unbestimmte Art fröhlich. Der Selbstverständlichkeit, mit der die Individuen in dieser alltäglichen Szene miteinander umgingen, wohnte etwas Einzigartiges inne. Niemand schien irgendwelche Vorbehalte gegen die Vertreter anderer Sternenvölker zu hegen, so seltsam und abstoßend diese äußerlich auch erscheinen mochten. Die körperlichen Unterschiede schienen für die Bewohner dieser Welt überhaupt keine Bedeutung zu haben. Sie alle fühlten sich einer Gemeinschaft gleichberechtigt zugehörig.

Diese innere Einstellung manifestierte sich unter anderem auch in der gleichförmigen Kleidung, die alle trugen; jedenfalls war dies der Eindruck, den der Anblick dieses belebten Parks den Besatzungsmitgliedern der POINT OF in diesem Moment vermittelte.

Die Gruppe schlenderte auf die Außenwand eines Hochhauses zu. Dort erstreckte sich eine öde, im Schatten liegende Kiesfläche, die von den anderen Parkbesuchern gemieden wurde. Mit dem Rücken an die Mauer gelehnt standen die Gefährten eine Weile da und betrachteten das Treiben in der Parkanlage.

Jimmy wuselte zwischen den in der Nähe wachsenden Büschen umher und mimte ein Haustier auf der Suche nach einem Ort, wo es sich erleichtern konnte. Artus übernahm die Rolle der Aufsichtsperson und begleitete den kleinen Stromer.

»Ist euch auch schon aufgefallen, dass die Panowen nicht dazu neigen, in Volksgruppen zusammenzuglucken?«, fragte Amy halblaut. »Ich habe es bisher noch nicht beobachten können, dass sich etwa eine Bande Stacwa oder Yggsidral zusammengerottet hätte und sich von den anderen Sternenvölkern abschottet. Stattdessen sind die Personengruppen durchweg bunt zusammengewürfelt.«

Shanton nickte bestätigend. »In Rodon scheint es überhaupt keine in Sternenvölker aufgeteilten Stadtteile zu geben.« Verstohlen, damit niemand sein Vipho bemerkte, hantierte er an seinem Armbandgerät herum. »Im planetaren Datennetzwerk gibt es jedenfalls keinen Hinweis darauf, dass in den Städten und Ortschaften dieser Welt eine Art Ghettoisierung stattgefunden hätte. Snakes, Glandaren, Stacwa und Utaren, alle leben bunt gewürfelt in den Städten zusammen.«

»Zu behaupten, dass wir angeblich aus einer Menschenenklave stammen, war also keine so gute Idee gewesen«, musste Sass einräumen. »So etwas gibt es auf Panow vermutlich gar nicht.«

»So viel zelebrierte Eintracht zu erleben tut ja fast schon weh«, äußerte sich Yello trocken.

»Wir kennen die Wurzel dieser Harmonie nicht«, wandte Doorn ein. »Ich traue dem Frieden nicht. Der Krieg, der zwischen zwei der bewohnten Planeten dieses Sonnensystems ausgebrochen ist, beweist, dass in dieser heilen Welt durchaus ein Konfliktpotenzial schlummert, das unter bestimmten Voraussetzungen einen zerstörerischen Hass bei den Beteiligten hervorruft.«

»Dieser Krieg findet im Datennetzwerk von Panow übrigens kaum Erwähnung«, merkte Shanton an. »In den sozialen Netzwerken wird er nur sehr selten thematisiert. Sogar in dem weltenverbindenden Netz sind nur wenige Informationen über diesen Konflikt zu finden.«

»Was konnten Sie über diesen Krieg denn herausfinden, Chris?«, zeigte sich Dhark interessiert.

Der massige Ingenieur zuckte mit den Schultern. »Nicht viel. Offenbar entzündete sich der Konflikt an den Raumfahrtprogrammen der beiden Welten. Es gab anscheinend so eine Art Wettrüsten auf dem Gebiet der Astronautik, das sich so sehr zuspitzte, dass es schließlich in einer kriegerischen Auseinandersetzung mündete. Es ging dabei um die Entwicklung eines überlichtschnellen Antriebs, wenn ich die spärlichen Meldungen richtig interpretiere.«

Doorn zog grübelnd die Stirn in Falten. »Es kommt mir sehr verdächtig vor, dass über diesen Krieg so wenige Informationen vorliegen.«

»Dieser Mangel könnte darauf hindeuten, dass das Datennetzwerk zensiert wird«, vermutete Amy.

Yello rieb sich nachdenklich den Nacken. »Wie es außerhalb ihres abgeriegelten Sonnensystems aussieht, scheint die Bewohner der sechs Welten also durchaus zu interessieren. Ihr technischer Entwicklungsstand scheint ja auch so weit fortgeschritten zu sein, dass interstellare Raumflüge durchaus möglich wären.

Wir könnten Zeuge davon werden, wie dieses Sternenvölkergemisch den entscheidenden Schritt hinaus aus seinem Sonnensystem unternimmt.«

»Die Frage ist nur, wie diejenigen, die dieses Systems nach außen hin abschirmen, auf diese Bestrebungen reagieren werden«, gab Amy zu bedenken.

»Wir werden dem Geheimnis dieser einzigartigen Zivilisation schon noch auf den Grund kommen«, zeigte sich Dhark zuversichtlich. »Mit den Spürern und Ortern der POINT OF allein werden wir dies jedoch kaum schaffen. Wir müssen uns, wie wir es ja bereits getan haben, unter die Leute mischen; doch dafür ist es unbedingt erforderlich, dass wir unauffällig bleiben.«

»Ohne Geld in den Taschen wird uns dies nicht eben leichtfallen«, stellte Sass pragmatisch fest. »Wir sollten in Erwägung ziehen, in die POINT OF zurückzukehren, um von unseren Technikern einen Batzen Zahler anfertigen zu lassen.«

»Fälschen zu lassen, wolltest du sagen«, gab Yello spitzfindig zurück.

Dhark neigte abwägend den Kopf hin und her. »Je öfter wir mit den Flash zwischen dieser Welt und der POINT OF hin und her manövrieren, desto größer das Risiko, dass wir doch noch entdeckt werden.«

»Wir brauchen aber dringend Zahler, wenn wir die weiten Strecken in dieser Metropole nicht zu Fuß zurücklegen wollen«, nörgelte Shanton. »Eine Busfahrt ist offenbar nicht teuer, wie wir vorhin beobachten konnten, trotzdem können wir sie uns nicht leisten. Und was Schwarzfahrern in dieser Stadt droht, wenn sie erwischt werden, möchte ich lieber nicht herausfinden.«

»Warum verkaufen wir Jimmy nicht einfach?«, schlug Yello vor. »Er könnte doch bei nächster Gelegenheit von seinem neuen Besitzer Reißaus nehmen und zu uns zurückkehren. Zwischen ihm und Artus besteht eine permanente Funkverbindung, sodass er unseren Aufenthaltsort jederzeit ausfindig machen kann.«

»Du spinnst wohl!«, ereiferte sich Shanton. »Der Betrogene könnte seine Besitzansprüche jederzeit gegen uns geltend machen, indem er die Polizei oder eine Schiedsstelle einschaltet. Auf so etwas werde ich mich niemals einlassen, verstanden?«

»Apropos Jimmy und Artus.« Leicht beunruhigt sah sich Amy um. »Wo sind die beiden eigentlich hin? Ich kann sie in unserer Nähe nirgendwo erblicken.«

Alarmiert spähten die Gefährten umher.

Doch Artus und Jimmy schienen wie vom Erdboden verschluckt zu sein. Wohin die Raumfahrer auch schauten, überall erblickten sie nur außerirdische Gestalten.

*

»Ich habe unseren Blechkumpel entdeckt!«, rief Yello verhalten und deutete in Richtung des Parkzentrums. »Er bewegt sich direkt auf den Brunnen zu.«

Nun sahen die anderen den Roboter auch.

Um nicht zu sehr aufzufallen, hatte Artus das grüne Woll-Stirnband, das Jamie Savannah ihm einst geschenkt hatte und das vorne mit einem goldenen »A« versehen war, abgenommen. An den an beiden Kopfseiten befestigten Akustikmuscheln konnten die Gefährten den intelligenten Roboter dennoch von den anderen im Park umherschreitenden Dienstmaschinen unterscheiden.

Zielstrebig schob sich Artus durch eine Gruppe in dunkle Anzüge gekleidete, humanoide Gestalten hindurch auf den Springbrunnen zu.

»Wo Artus ist, kann Jimmy auch nicht weit sein«, überlegte Shanton laut. »Ich frage mich bloß, was die beiden vorhaben und warum sie sich so weit von uns entfernt haben.«

Dhark stieß sich von der Mauer ab. »Warten wir lieber nicht ab, bis die Ereignisse uns verraten, was sie im Schilde führen. Wir müssen sie einholen und zur Rede stellen.«

Mit weit ausholenden Schritten marschierte der Commander los. Der weißblonde Terraner musste sich zusammenreißen, um nicht in den Laufschritt zu verfallen, denn ein Mann, der zwischen all diesen entspannt durch den Park flanierenden Gestalten umherrannte, hätte unweigerlich die Aufmerksamkeit auf sich gezogen, und das wollte Dhark um jeden Preis vermeiden.

*

»Etwas geht auf dem Springbrunnenplatz vor sich«, warnte Amy, die an Dharks Seite den Weg entlangschritt. Von dem Areal in der Mitte des Parks trennten sie jetzt etwa nur noch hundert Meter.

Artus, von Jimmy begleitet, hatte den Brunnen vor Kurzem umrundet, wie die Raumfahrer hatten beobachten können, war ihren Blicken nun aber wieder entschwunden.

»Das Bewegungsmuster der Parkbesucher hat sich abrupt verändert«, erläuterte Amy. »Viele der Passanten streben jetzt auf den Bereich hinter dem Brunnen zu.«

»Zu dumm, dass wir nicht sehen können, was sich hinter der Fontäne abspielt«, schimpfte Dhark verhalten und schritt noch eine Spur raumgreifender aus.

»Womöglich sind der Blechmann und sein kleiner Kumpel in Schwierigkeiten geraten«, mutmaßte Sass. »Hinter dem Brunnen rottet sich eine Menge zusammen, als gäbe es dort etwas Sensationelles zu bestaunen – eine Schlägerei etwa, in die Artus verwickelt wurde.«

»Das kann ich mir beim besten Willen nicht vorstellen«, stieß Shanton kurzatmig hervor. Der beleibte Ingenieur hatte Schwierigkeiten, seinen Kameraden zu folgen, und war ein paar Schritte hinter sie zurückgefallen. »Artus' Deeskalationsprogramm ist einzigartig. Es müsste schon etwas Außergewöhnliches vorfallen, um ihn in eine Rauferei zu verwickeln.«

»Es dringen kein Kampflärm oder Anfeuerungsrufe zu uns herüber«, beschwichtigte Yello. »Etwas anderes muss die Neugierde der Parkbesucher auf sich gezogen haben.«

»Polizeisirenen sind auch noch nicht zu hören«, fügte Doorn mit einem Anflug von Ironie hinzu. »Es wird also wohl doch nicht ganz so schlimm sein, was unsere Roboter da angestellt haben.«

»Es reicht ja wohl, dass sie Aufmerksamkeit auf sich gezogen haben.« Dhark verlangsamte seinen Schritt unwillkürlich, während er an dem Brunnen vorbeihastete.

Völlig verdattert starrte er auf die Mauer aus ihm zugekehrten Rücken; ein wahrer Auflauf an Personen hatte sich in kürzester Zeit auf dem Areal hinter dem Brunnen gebildet. Was die Neugierde dieser Leute geweckt hatte, konnte der Commander jedoch nicht erkennen, denn der Pulk stand so dicht, dass Dhark nicht zwischen den Versammelten hindurchblicken konnte. Da nicht wenige der Anwesenden hochgewachsen waren, gelang es ihm auch nicht, über ihre Köpfe hinwegzuspähen.

»Ab durch die Mitte!«, schnaufte Shanton und stapfte unverdrossen auf die Menge zu. Rücksichtslos zwängte er seinen massigen Leib in die Ansammlung hinein und schob sich nach vorn.

Dhark und seine Begleiter nutzten die Gelegenheit und drängten sich nacheinander in die enge Bresche, die Shanton in den Pulk der Schaulustigen hineinpflügte.

»Eine Unverschämtheit!«, keifte eine Muripfrau und schlug mit der Handtasche nach Shanton, der die Frau zuvor mit der Schulter unsanft aus dem Weg geschoben hatte. Die Handtasche klatschte auf den Rücken des Ingenieurs, was dieser aber gar nicht zu bemerken schien.

»Stellt euch gefälligst hinten an!«, brüllte ein Glandare die Drängler wütend an. Das etwa einen Meter siebzig große Echsenwesen mit der blauen Lederhaut wackelte aufgebracht mit dem im Vergleich zum schneidigen Körper klobig wirkenden Kopf, der fast nur aus Gesicht zu bestehen schien. Die kurze Schnauze weit aufgerissen starrte er die Menschen mit seinen gelben Augen wütend an. »Es ist euer Problem, wenn ihr zu spät kommt, um dieser Sensation beizuwohnen!«

»Was ist denn überhaupt los?«, erkundigte sich Amy bei dem Glandaren. Sie lächelte ansatzweise, während sie sich an ihm vorbeischob.

Das Echsenwesen zuckte daraufhin gereizt mit den Schultern. »Woher soll ich das wissen? Ich sehe ja kaum etwas. Die Leute um mich herum sind alle größer als ich! Aber es muss etwas Außergewöhnliches vorgefallen sein.«

Während Amy ihren Gefährten nach vorn folgte, verschwand der Glandare aus ihrem Blickfeld. Beinahe wäre sie auf den

Schwanz eines Anschmie getreten. Das Schlangenwesen bemerkte davon jedoch nichts, denn es gaffte auf seinen Kommunikati, den es am Handgelenk eines der Arme trug, die knapp sechzig Zentimeter unterhalb des Kopfteils aus dem wendigen beinlosen Schlangenkörper ragten.

Als Amy einen Blick auf den Bildschirm des Gerätes erhaschte, glaubte sie, Artus und Jimmy darauf zu erkennen. Was die beiden trieben, konnte der weibliche Cyborg jedoch nicht erfassen. Anscheinend wurden die beiden Roboter in diesem Moment aber von einem in dem Pulk vorne stehenden Wesen gefilmt, das die Aufnahme in Echtzeit ins Datennetzwerk übertrug, sodass sie von anderen angesehen werden konnte.

Im nächsten Moment erreichte der weibliche Cyborg den vorderen Bereich der Ansammlung. Überrascht blieb Amy inmitten der Außerirdischen stehen. Artus hielt sich nur wenige Schritte von den Gaffern entfernt auf, sodass sie ihn jetzt gut sehen konnte.

Der humanoide Roboter stand breitbeinig da, das Gesicht den Schaulustigen zugewandt und schleuderte Jimmy mit beiden Armen hoch in die Luft.

Shantons Konstrukt streckte alle viere weit von sich, während es mit der Schnauze voran mehrere Meter emporflog. Als die Schwerkraft die Aufwärtsbewegung stoppte, beschrieb Jimmy plötzlich einen zweifachen Salto und stürzte zurück in Artus' Arme.

Der intelligente Großserienroboter fing das vermeintliche Haustier geschickt auf und schleuderte es mit einem eleganten Schwung erneut empor.

Diesmal schraubte sich Jimmy um seine Längsachse drehend durch die Luft empor und wedelte dabei heftig mit dem Stummelschwanz. Schließlich vollführte er mit durchgebogenem Kreuz einen Salto rückwärts und rollte sich anschließend zu einer Kugel zusammen, während er wieder hinabstürzte.

Wieder fing Artus seinen kleinen Freund auf und warf ihn erneut in die Luft.

»Sie führen Kunststücke vor«, stellte Shanton völlig perplex fest. Zwischen zwei wütend zu ihm aufblickenden Utaren stand er in vorderster Linie und glotzte zu den beiden Robotern hinüber.

»Sie sind nicht die Einzigen, die Aufmerksamkeit zu erregen versuchen«, stellte Sass fest und deutete zu zwei Snakes hinüber, die sich ein wenig abseits der beiden robotischen Akrobaten aufhielten und mit ihren Schlangenleibern einen rätselhaften, verschlungenen Tanz aufführten. Die haarlosen Blindschleichenköpfe der beiden Anschmie ruckten jedoch immer wieder zu Artus und Jimmy herum, wobei sie wütend ihre messerscharfen Kauleisten bleckten.

»Die beiden Snakes scheinen nicht gerade sehr begeistert darüber zu sein, dass Artus und Jimmy ihnen die Schau stehlen«, interpretierte Yello das Verhalten der beiden Anschmie. »Sie sehen in ihnen ganz offensichtlich Konkurrenten.«

»Bestimmt sind unseren Roboterfreunden die beiden tanzenden Snakes vorhin aufgefallen«, spekulierte Doorn. »Die Darbietung der Schlangen muss sie dann auf die Idee gebracht haben, ebenfalls ein Kunststück vorzuführen.«

»Und ich weiß auch, welches Ziel sie damit verfolgen.« Shanton deutete mit einem Kopfnicken auf den kleinen Korb, der vor Artus' Füßen auf dem Boden lag. In dem Behälter, den der Roboter hastig aus ein paar Blättern und Zweigen zusammengeflochten haben musste, lagen etliche Münzen und sogar auch einige Zahler-Scheine.

In diesem Moment löste sich ein Luware aus der Gaffermenge, trat auf die Roboter zu und warf eine Handvoll Münzen in den Korb. Anschließend kehrte er hastig wieder zu dem Pulk zurück, um die Darbietung weiter zu verfolgen.

»Eine originelle Initiative, fürwahr«, musste Dhark zerknirscht einräumen. »Trotzdem – ich werde die beiden für ihre Eigenmächtigkeit zur …«

*

Der Commander brach ab, als Sass und Yello sich plötzlich an ihm vorbeidrängten und auf die Freifläche hinaustraten. Genervt verschränkte Dhark die Arme vor der Brust, während er mit ansah, wie sich die beiden Cyborgs links und rechts neben Artus aufstellten.

Der intelligente Großserienroboter begriff sofort, was die beiden Männer planten und warf Sass das Brikett auf Beinen kurzerhand im hohen Bogen zu.

Der ehemalige Landwirt schaltete augenblicklich ins Zweite System, fing Jimmy blitzschnell auf und wirbelte ihn mit einer affenartigen Geschwindigkeit um seinen Körper herum, sodass es den Gaffern schwerfiel, der Bewegung der rasend schnell wirbelnden Arme mit den Blicken zu folgen.

Plötzlich wurde Jimmy hoch in die Luft und über Artus' Kopf hinwegkatapultiert. Hektisch bewegte er dabei seine Beine, sodass es aussah, als würde er über die Luftmoleküle hinwegrennen.

Yello fing den Roboterhund mit einer Hand auf und begann dann, mit Jimmy zu jonglieren, wobei dieser sich wie ein Ball zusammenrollte.

Applaus brandete auf, und Begeisterungsrufe wurden laut.

Dhark blies die Wangen auf und stieß hörbar Luft zwischen den Lippen aus. »Ich fasse es nicht!«, grollte er. »Ist die Atmosphäre dieser Welt etwa mit einem Virus durchsetzt, der mit Technik verbundene Intelligenzen dazu zwingt, sich in der Öffentlichkeit zum Narren zu machen?«

»Das Unternehmen erfüllt aber seinen Zweck«, gab Amy beschwichtigend zurück. »Die Leute sind begeistert und geizen nicht mit einem Obolus.«

Tatsächlich bildete sich vor dem Geldkörbchen nun eine kleine Schlange; das Klimpern der Münzen, die in den Behälter geworfen wurden, klang hell zu den Gaffern herüber.

»Bitte verzeih mir, Ren«, hauchte Amy ihrem Lebensgefährten plötzlich ins Ohr, drückte ihm einen Kuss auf die Wange und schob sich an ihm vorbei. Der weibliche Cyborg nahm Anlauf und bewegte sich, mehrere saubere Flickflacks ausführend, auf die Akrobaten zu.

»An Ihrer Befürchtung, dass unsere robotischen Freunde von einem Virus infiziert wurden, muss wohl etwas dran sein, Commander«, spöttelte Doorn.

Plötzlich stieß Shanton Dhark mit dem Ellenbogen an. »Sehen Sie sich diese Frau an«, zischte er ihm zu und deutete mit einer unauffälligen Geste auf eine in der Nähe stehende Dizin. Dass es sich bei dem katzähnlichen Geschöpf mit stark ausgeprägtem Knochenkamm auf dem Kopf um eine Frau und nicht um einen Mann handelte, konnten die Gefährten an der starken Behaarung erkennen, die sich bis ins Gesicht fortsetzte und bei den männlichen Vertretern dieses Volkes vollständig fehlte.

Die Dizinfrau hielt den rechten Arm vor der Brust erhoben, um die in ihren Kommunikati integrierte Kamera exakter auf die Akrobaten ausrichten zu können. Die Aufnahme, die dabei entstand, wurde auf dem Bildschirm dargestellt und war von rätselhaften Symbolen umgeben.

»Sie überspielt die Aufnahme direkt ins Datennetzwerk«, erläuterte Shanton mit gedämpfter Stimme. »Die Symbole deuten darauf hin, dass sie den Datenstrom über ihr persönliches Profil in den sozialen Netzwerken laufen lässt, vermutlich, um Anerkennungspunkte einzuheimsen.«

Dhark beugte sich vor und sah die Kette der in vorderster Reihe stehenden Gaffer entlang. Die Dizinfrau war nicht die Einzige, die die Darbietung seiner Freunde mit einem Kommunikati aufnahm, musste er feststellen. Auch ein Mensch filmte das Geschehen mit seinem Gerät und sprach dabei sogar einen Kommentar in das integrierte Mikrofon.

»Na super!«, stieß der weißblonde Terraner zornig hervor. »Wir werden in Rodon bald so bekannt sein wie ein Rudel kunterbunter Hunde.«

Der Commander ließ den Blick zu den beiden Anschmie hinübergleiten. Diese hatten ihre Tanzvorführung inzwischen unterbrochen und starrten mit unverhohlener Geringschätzung zu den Akrobaten herüber. Die beiden Schlangenwesen tuschelten aufgebracht miteinander und reckten immer wieder die langen Körper, um über die Köpfe der Versammelten hinweg zum Eingang des Parks zu spähen.

Da schallte aus Richtung der Straße plötzlich der schrille Ton einer Trillerpfeife zum Platz herüber. Beunruhigt sahen sich die Schaulustigen um, und als sie die beiden in knallrote Uniformen gekleideten Utaren entdeckten, die sich der Ansammlung mit forschen Schritten näherten, strebten sie zögernd auseinander.

»Da bahnt sich Ärger an«, orakelte Shanton voller böser Vorahnungen, als auch er die uniformierten Utaren entdeckte.

Die blaue Haut der knapp einen Meter großen Humanoiden bildete einen harten Kontrast zu der roten Uniform, die sie trugen. Rätselhafte Hoheits- und Rangabzeichen bedeckten die Schulterpartien. Selbstbewusst schritten sie durch die sich auflösende Versammlung hindurch und hielten direkt auf die Cyborgs zu, die ihre Darbietung nun beendeten.

Artus setzte Jimmy auf den Boden ab. Obwohl der Roboterhund mehrere Minuten lang heftig in der Luft herumgewirbelt worden war, zeigte er dennoch keinerlei Anzeichen dafür, dass ihm etwa schwindelig geworden wäre.

»Eure Straßenkünstlerlizenz, bitte!«, verlangte einer der Utaren mit resoluter Stimme und streckte fordernd die Hand aus. Ein bläulicher, spärlicher Haarkranz umgab seine Halbglatze, auf der sich ein paar Narben abzeichneten.

Amy strich sich eine Haarsträhne aus der Stirn. »So etwas besitzen wir nicht«, erklärte sie.

»Ohne eine entsprechende Lizenz ist es nicht gestattet, in der Öffentlichkeit für so viel Aufsehen zu sorgen und obendrein auch noch Geld dafür einzuheimsen«, erläuterte der zweite Utare, der seine blauen Haare im Nacken zu einem Zopf zusammengebunden trug.

Die beiden Anschmie äugten verstohlen zu den Akrobaten hinüber, die Gesichter zu einer hämischen Grimasse verzogen. Dhark brauchte nun nicht länger zu raten, wer die Ordnungshüter herbeigerufen hatte.

»Es ist einfach so über uns gekommen«, erläuterte Amy den Blauen, wobei sie sich bemühte, ihrer Altlagenstimme einen ungezwungenen, fröhlichen Klang zu verleihen. »Wir wollten ganz bestimmt keinen Ärger provozieren.«

Unverhohlen richtete der mit einer Halbglatze gestrafte Utare den Blick auf die mit Münzen und Scheinen gefüllte Schale. »Wie auch immer – euren Auftritt müssen wir trotzdem als Ordnungswidrigkeit ansehen und entsprechend ahnden.«

Während der Utare auf seinem Kommunikati umständlich eine Eingabe tätigte, trat Sass vor. »Könnten wir eventuell irgendetwas dazu beitragen, euch die lästigen Formalitäten zu ersparen, die mit der Dokumentation unserer kleinen Verfehlung einhergehen?«

Wieder schielte der Ordnungshüter auf die Schale hinab. »Ich wüsste nicht wie«, behauptete er.

Sass nahm den Behälter an sich und hielt ihn dem Utaren mit einem unverfrorenen Lächeln entgegen. »Wir haben reiche Ernte eingefahren«, scherzte er zurückhaltend. »Wie wär's, wenn ihr euch euren Teil nehmt und diese Angelegenheit diesmal auf sich beruhen lasst?«

Verstohlen sahen sich die beiden Utaren um, und nachdem sie sich davon überzeugt hatten, dass niemand sie beobachtete oder gar filmte, griffen sie beherzt zu und stopften die ergatterten Zahler rasch in ihre Taschen.

»Für dieses eine Mal werden wir ein Auge zudrücken und auf eine weitere Strafverfolgung verzichten«, erklärte der bezopfte Utare großspurig. »Wir müssen jedoch darauf bestehen, dass ihr diesen Park zusammen mit eurem Dienstroboter und eurem Haustier unverzüglich verlasst.«

»Wir hatten sowieso nicht vor, uns noch länger hier aufzuhalten«, beteuerte Yello, während Sass die Schale mit dem restlichen Geld unter seine Jacke schob.

»Lasst euch aber nicht einfallen, eure illegalen Aktivitäten in einer anderen Grünanlage fortzusetzen!«, mahnte der zweite Ordnungshüter mit strenger Miene. »Wenn wir euch noch einmal erwischen, werdet ihr nicht so glimpflich davonkommen.«

Die Cyborgs beteuerten, dass sie dies auf keinen Fall vorhätten, verabschiedeten sich höflich und schickten sich an, den Springbrunnenplatz zu verlassen.

Dhark und seine Begleiter näherten sich den »Akrobaten« unauffällig, während diese dem Ausgang zustrebten.

Gemeinsam verließen sie den Park und traten auf die Straße hinaus.

»Das hätte auch schlimmer enden können«, murrte der Commander verärgert.

Sass holte daraufhin die Schale unter der Jacke hervor und gestattete Dhark einen Blick auf die Münzen und Scheine. Obwohl sich die Ordnungshüter an dem »Verdienst« bereits bedient hatten, schienen noch immer reichlich Zahler vorhanden zu sein.

Dhark nickte versöhnlich. »Zumindest verfügen wir jetzt über eine Reisekasse«, äußerte er sich brummig. Streng sah er Artus an. »Das nächste Mal möchte ich mit einbezogen werden, wenn euch wieder eine verrückte Idee überkommt, verstanden?«

Artus nickte, und Jimmy bellte, um ebenfalls Zustimmung zu signalisieren.

Tief atmete der Commander durch und sah sich dann auf der Straße nach allen Seiten um. »Wir suchen uns jetzt ein nettes kleines Lokal, wo wir uns ungestört bezüglich unseres weiteren Vorgehens absprechen können«, entschied er.

»Eine ausgezeichnete Idee«, lobte Shanton und strich sich behaglich über den Wanst. »Jetzt, da ich weiß, dass wir uns eine Mahlzeit leisten können, verspüre ich plötzlich unbändigen Hunger.«

14.

In Bezug auf die Nahrungsaufnahme herrschte auf Panow offenkundig alles andere als Gleichförmigkeit. Die Speisekarte des Lokals, in das die Raumfahrer eingekehrt waren, wies eine große Spannbreite an verschiedenen Gerichten auf, von denen die meisten auf die speziellen, kulinarischen Bedürfnisse der verschiedenen auf Panow beheimateten Lebensformen zugeschnitten waren.

Um die Zuordnung der Speisen zu erleichtern, prangte neben jedem aufgelisteten Menü ein kleines Symbol, das eine vereinfachte Darstellung der jeweiligen Spezies zeigte, für die das Gericht vorgesehen war und ihre unverwechselbaren körperlichen Merkmale deutlich hervorhob.

Das Essen, das die Gefährten von dem Yggsidral-Wirt schließlich vorgesetzt bekamen, bestand aus einem mit Gemüse und Fleisch gefüllten Fladenbrot, das mit einer scharfen Soße gewürzt worden war. Dazu wurde ein Becher klares Wasser gereicht.

Die Gruppe saß an einem Tisch in einer abgeschiedenen Nische und ließ es sich schmecken. Während die Menschen dinierten, stellte sich Artus vor den Durchgang der Nische und gab Geräusche von sich, als wurden irgendwelche Motoren und Systeme in seinem Torso rumoren, damit die anderen Gäste die bei Tisch geführten Gespräche seiner Freunde nicht belauschen konnten.

»Die Einnahmen unserer waghalsigen Akrobaten dürfte ausreichen, um uns zwei bis drei Tage in dieser Metropole durchzubringen«, schätzte Shanton, während er genüsslich kaute. »Meiner Kalkulation liegen die Preise in den Schaufenstern und im Datennetzwerk zugrunde.«

Dhark nickte zufrieden. »Diese Zeitspanne sollte ausreichen, um uns einen Überblick über die Lebensweise der Panowen zu verschaffen und Anhaltspunkte dafür zu finden, was es mit diesem abgeschirmten Sonnensystem auf sich hat.«

»Wäre es nicht sinnvoll, Kontakt zu den Regierenden aufzunehmen«, warf Yello eine Überlegung ein. »In den bürokratischen Institutionen ließe sich garantiert mehr über das öffentliche Leben auf dieser Welt herausfinden – und darüber, welche Beziehungen Panow mit den anderen bewohnten Planeten pflegt.«

Doorn stieß ein unwilliges Brummen aus. »Von Bürokraten und Staatsmännern erfährt man meistens nichts Erhellendes darüber, wie die Dinge wirklich laufen«, entgegnete er. »Meiner Erfahrung nach bringt es wesentlich mehr, wenn wir dem Volk aufs Maul schauen.«

»Das sehe ich ähnlich«, bekräftigte Shanton. »Die besten Informationsquellen sprudeln noch immer in den Kneipen rund um die Raumhäfen.«

»Dort treffen wir sicherlich auch auf Raumfahrer, die auf den anderen Welten dieses Systems beheimatet sind«, schlug Doorn in dieselbe Kerbe. »Sich mit denen zu unterhalten dürfte recht einträglich werden.«

Shanton schob sich das letzte Stück Fladenbrot in den Mund, wischte die Finger an einer Serviette sauber und machte sich an seinem Vipho zu schaffen.

»Der Raumhafen liegt am östlichen Rand der Stadt«, erklärte er, während er den auf dem Bildschirm dargestellten Stadtplan betrachtete. »Er liegt knapp dreißig Kilometer von unserem jetzigen Standort entfernt.«

Dhark spülte mit einem Schluck Wasser den letzten Bissen hinunter. »Ehe wir uns dorthin aufmachen, werde ich den im Wald wartenden Flashpiloten neue Instruktionen erteilen«, entschied er. »Jetzt, da wir über genügend Zahlungsmittel verfügen, hat sich die Situation für alle Beteiligten ein wenig entspannt. Das sollten unsere Leute wissen.«

Per Vipho schaltete der Commander eine Verbindung zu Pjetr Wonzeff. Da viele der in dem Restaurant Anwesenden mit ihren

Kommunikatis beschäftigt waren, während sie aßen, musste er nicht befürchten, dass sein Tun Aufsehen erregte oder als unangemessen empfunden wurde. Dass die ortsfremde Kurzstreckenverbindung von einer Kontrollstelle bemerkt werden könnte, erschien ihm auch eher unwahrscheinlich, denn wegen der zahlreichen Funkverbindungen, die zwischen den Kommunikatis und den Relaisstationen bestanden, würden die von seinem Vipho hervorgerufenen UK-Wellen kaum auffallen.

Der profilierteste Flashpilot an Bord der POINT OF meldete sich prompt, kurz nachdem er den Rufimpuls empfangen hatte. Die miniaturisierte Büste des hochgewachsenen Mannes mit dem Kurzhaarschnitt und den eisgrauen Augen baute sich über dem Holoprojektor von Dharks Vipho auf und schwebte wie eine durchscheinende Geistererscheinung darüber hinweg.

»Sie können es sich bei Ihrem Stützpunkt gemütlich machen, Pjetr, denn wir werden für ein paar Tage in der Stadt bleiben«, erläuterte Dhark.

»Klingt, als würde die Sache für Sie und Ihre Begleiter gut anlaufen, Sir«, freute sich Wonzeff.

»So ist es«, bestätigte der Commander. »Da es zu riskant wäre, weitreichenden Funk für die Kommunikation mit der POINT OF einzusetzen, ist es erforderlich, dass einer von Ihnen mit einem Flash zurück zum Mutterschiff fliegt, um dort einen Lagebericht abzuliefern.«

»Verstanden«, bestätigte Wonzeff. »Das werde ich übernehmen und dabei in bewährter Weise vorgehen, indem ich mit dem Flash einige Tausend Kilometer im Planetenmantel zurücklege, bevor ich dann mit Höchstwerten ins All hinausrase. Das Manöver dürfte bei der Luftraumüberwachung wie zuvor auch als kurze Störung der Geräte durchgehen.«

Dhark nickte beipflichtend. »Lassen Sie sich von einem weiteren Flash begleiten, wenn Sie zum Stützpunkt auf dieser Welt zurückfliegen«, ordnete er an. »Das Beiboot soll als Lastentransporter dienen und Proviant, Decken sowie ein paar Planen mitführen.«

»Somit wären dann insgesamt acht Flash in dem Waldstück stationiert«, fasste Wonzeff zusammen.

»Nutzen Sie den freien Raum in Ihrem eigenen Flash ebenfalls, um zusätzlichen Proviant mitzubringen«, riet Dhark. »Richten Sie mit den Planen einen provisorischen Unterstand ein, sodass das Lager vor einer zufälligen Entdeckung aus der Luft geschützt ist.«

»Wird gemacht«, bestätigte der Ukrainer. »Und selbstverständlich werde ich die Flugrouten der beiden Flash während der Rückkehr zum Stützpunkt dann wieder ähnlich gestalten wie bei unserer ersten Landung auf dieser Welt.« Wonzeff atmete befreit durch. »Zum Glück sind die Temperaturen in dieser Region sommerlich warm. Das Wetter ist freundlich und voraussichtlich auch beständig, wie die Geräte uns verraten haben. Für uns Piloten kommt diese Erkundung schon fast einem Urlaub gleich, Sir.«

»Lassen Sie sich aber nicht dazu verleiten, in der Wachsamkeit nachzulassen, Pjetr«, fühlte sich Dhark bemüßigt, eine Warnung auszusprechen.

»Keine Sorge, Commander. Sie können sich voll und ganz auf uns verlassen!«

Der weißblonde Terraner lächelte schmal. »Wir setzen unsere Nachforschungen jetzt fort. Ich melde mich, sobald es Neuigkeiten gibt.«

Wonzeff tippte sich mit den Fingern der ausgestreckten Hand militärisch gegen die Stirn. »Okidoki.«

15.

»Diese Linie steuert den zentralen Busbahnhof an.« Shanton zeigte auf den Busschweber, der sich der Haltestelle näherte, an der sie standen. »Dort steigen wir dann in einen Bus um, der uns direkt zum Raumhafen bringen wird.«

Der Bus stoppte am Bordsteinrand, und die Türen schwangen auf.

Eine Dizinfrau starrte die Cyborgs beim Aussteigen überrascht an, wurde von ihrem Partner dann aber am Arm gepackt und fortgezogen. »Lass diese Hallodris bloß in Ruhe!«, schimpfte er dabei ungehalten.

Die Gefährten enterten den Schweber, und Sass, der die Verwaltung der Reisekasse innehatte, trat vor den Apparat neben dem Chauffeur hin. Dort drückte er den Sensor für eine Gruppenkarte und warf anschließend so lange Münzen in den Schlitz ein, bis der Stacwa hinterm Steuer ihm entnervt mitteilte, dass er zu viel bezahlt hatte.

Die überzähligen Geldstücke fielen in die Ausgabemulde zurück, gefolgt von dem angeforderten Fahrschein.

»Wir hätten das Billett auch über das Datennetzwerk buchen können«, erläuterte Shanton, während sich die Gruppe auf die freien Plätze im hinteren Teil des Busses zuschob. »Da wir jedoch kein Konto besitzen, müssen wir die Bezahlung auf altertümliche Weise in bar leisten.«

»Das hiesige Datennetzwerk scheint dich ja regelrecht zu begeistern«, bemerkte Doorn verdrießlich. »Nur schade, dass es keine für uns interessanten Informationen bereithält.«

Shanton setzte sich schwerfällig auf einen freien Platz und nickte gewichtig. »Ich bin mir jetzt ziemlich sicher, dass das planetare Netzwerk einer strengen Zensur unterliegt. Einige der

Daten über den Krieg zwischen Tis und Pral, die ich vor einigen Stunden entdeckt hatte und vorhin noch einmal sichten wollte, sind plötzlich nicht mehr auffindbar. Anscheinend wurden sie gelöscht.«

»Tis und Pral?«, echote Dhark. »Sind das die Namen der beiden kriegführenden Planeten?«

»So ist es«, bestätigte der Ingenieur.

Der Bus schwebte leise surrend die Straße entlang; die Hochhäuser rechts und links der Fahrbahn glitten wie stumme Monolithen in gleichförmiger Geschwindigkeit hinter den Fenstern vorüber.

»Durch irgendetwas müssen wir Aufmerksamkeit erregt haben«, gab Amy plötzlich zischend von sich. Mit einem kaum merklichen Kopfnicken deutete sie auf einen vogelähnlichen Kleinwüchsigen, der mit unverhohlener Neugierde zu ihnen herüberstarrte.

Die unter der Schuluniform hervorschauenden freien Körperstellen des Knirpses waren dicht mit schwarzem Gefieder bedeckt. Ein kleiner gelber Schnabel ragte aus dem federbewachsenen Kopf, über dem sich ein roter Zackenkamm zog.

»Ein junger Kolk«, flüsterte Yello. »Ob er weiß, dass die Heimatwelt seines Volkes in Orn zu finden ist?«

»Das glaube ich kaum«, erwiderte Shanton. »Jedenfalls liegen im Datennetzwerk keine Informationen über andere Galaxien vor. Es wird dort nicht einmal erwähnt, was sich außerhalb dieses Sonnensystems befinden könnte.«

Das Kind stand auf und näherte sich der Gruppe; der Blick seiner dunklen Augen huschte zwischen Artus und Jimmy hastig hin und her.

»Ihr seid die Artisten aus dem Echa-Park«, stellte der Junge beherzt fest, wobei er Amy ansprach.

Dhark verdrehte demonstrativ die Augen und musste unwillkürlich an die Dizinfrau denken, die sie so seltsam angestarrt hatte, während sie den Bus verlassen hatte. Jetzt kannte er den Grund dafür: die Filmaufnahmen, die während der zirkusreifen Vorstellung seiner Begleiter gemacht worden waren, hatten sich im Netz offenbar schnell verbreitet.

»Würde es euch etwas ausmachen, euch mit mir zusammen ablichten zu lassen?«, erkundigte sich der junge Kolk und nestelte dabei an dem pechschwarzen Kommunikati herum, den er um das Handgelenk trug. »Diese Bilder würden mein Netzprofil ordentlich aufmotzen und meine Freunde neidisch machen. Bestimmt kriege ich auf diese Weise sogar neue Anhänger und Anerkennungspunkte.«

»Das machen wir doch gerne.« Amy fasste den Knirps am Arm und zog ihn zu sich heran.

Bereitwillig ließ er sich auf ihrem Schoß nieder. Dann reichte er dem zerknirscht dreinschauenden Dhark seinen Kommunikati. »Könntest du die Aufnahmen für mich schießen?«, bat er.

Sass und Yello stellten sich hinter dem weiblichen Cyborg auf, während Artus mit Jimmy auf dem Arm neben Amy Platz nahm.

Dhark inspizierte kurz die Bedienoberfläche des fremden Gerätes. Es dauerte nicht lange, bis er dessen Funktionsweise herausgefunden hatte. Er schoss eine Serie von Fotos und gab dem Kolk den Kommunikati anschließend zurück.

Zufrieden zog der Junge wieder ab und kehrte an seinen Platz zurück.

»Seht ihr, was ihr angerichtet habt?«, grollte Dhark. »Eure kleine Show-Einlage macht es fast unmöglich, dass die Panowen uns unvoreingenommen begegnen, wenn wir versuchen, ihnen Informationen zu entlocken.«

»Warte es ab«, gab Shanton zurück. »Vielleicht trägt die Berühmtheit, die unsere Akrobaten erlangt haben, ja sogar dazu bei, dass die Leute uns aufgeschlossener und redseliger gegenübertreten.«

»Außerdem glaube ich kaum, dass alle Panowen gleichermaßen darauf versessen sind, sich idiotische Kunststücke im Netz anzusehen«, kommentierte Doorn. »Es gibt bestimmt eine Menge Leute, die Wichtigeres zu tun haben.

*

Der Bus stoppte vor der Abfertigungshalle des Raumhafens. Alle Passagiere wurden zum Aussteigen aufgefordert, da die

Linie an dieser Haltestelle endete. Gemeinsam mit den anderen Fahrgästen verließen die Gefährten den Schweber und sahen sich draußen um.

Auf dem Vorplatz der Abfertigungshalle des Raumhafens herrschte nur mäßige Betriebsamkeit, wie sie feststellten. Eine Reise zu den anderen Welten zu unternehmen gehörte offenbar eher zur Ausnahme. Nur wenige der auf das Gebäude zustrebenden Passanten führten schwere Koffer mit sich; stattdessen wurden leichtes Gepäck oder Aktentaschen bevorzugt, wie sie üblicherweise von Diplomaten oder Geschäftsleuten verwendet wurden.

Die Türen des Eingangsportals standen offen, doch als Dhark einen Blick in die Halle hineinwarf und sah, dass die Reisenden an den ins Innere des Gebäudes hineinführenden Schleusen Dokumente vorzeigen mussten, beschloss er, auf einem anderen Weg zu versuchen, auf das Gelände zu gelangen.

Der Commander gab seinen Begleitern ein Zeichen, ihm zu folgen, und schlenderte dann in entspannter Gangart zum Randbereich des Vorplatzes hinüber.

Ein eher ungepflegt aussehendes Areal aus festgestampfter Erde, auf dem Unkraut spross, schloss sich dem Platz an. Ein hoher Metallzaun trennte diesen Außenbereich vom Raumhafengelände. Die Einfriedung endete jedoch nach mehreren Hundert Metern, weil sich dort einige Hallen und Baracken anschlossen.

Bullige Lastengleiter näherten sich den Gebäuden auf einer breiten Zufahrtsstraße oder sie glitten in Richtung Stadt davon. Einige niedrige Gebäude, wie sie für Rodon eher unüblich waren, erstreckten sich entlang der Piste.

»Bei den Hallen herrscht regerer Betrieb als in der Abfertigungshalle für den Personenverkehr«, stellte Amy fest. Die trockene Erde knirschte unter ihren Stiefeln, und aus der Richtung des Landefeldes wehte ihr eine warme Brise entgegen. »Dem Warenhandel zwischen den Welten dieses Systems kommt offenbar ein größerer Stellenwert zu als dem Fremdenverkehr.«

Plötzlich schallte ein lautes Rumoren aus der Richtung des Landefeldes zu ihnen herüber. Zwischen den Zaunstäben hindurch beobachteten die Gefährten, wie ein klobiges Raumschiff vom Boden abhob und sich schwerfällig in den Himmel hinaufquälte. Doch schließlich nahm der Raumer Fahrt auf und stieg rasch höher.

»Ein Frachtschiff«, kommentierte Dhark, dessen geübter Blick ihm sofort verraten hatte, um welche Art von Schiff es sich bei dem startenden Raumer handelte.

Amy spähte angestrengt durch die Gitter des Zaunes. »Ich kann nur einen einzigen Raumer ausmachen, der nach einem Passagierschiff aussieht«, stellte sie fest.

»Fragen wir doch den Kerl dort einmal aus.« Yello deutete den Zaun entlang. Vor der ersten sich anschließenden Lagerhalle stand ein kleiner Schweber mit Ladefläche. Ein Mann im schmuddeligen Overall hievte gerade ein Gerät aus dem Fahrzeug und schleppte es zum Zaun hinüber, um sich anschließend daran zu schaffen zu machen.

»Es ist ein Mensch«, stellte Sass fest, während sich die Gruppe dem Arbeiter näherte. Als dieser die Fremden bemerkte, hielt er in seinem Tun inne und wandte sich ihnen zu.

Bartstoppeln verunzierten das wettergegerbte Gesicht des Mannes, der offenkundig ein paar Kilo zu viel auf den Rippen hatte und gelangweilt auf etwas herumkaute.

»Habt ihr euch etwa verlaufen?«, rief er der Gruppe launig zu.

»Wir kommen von Außerhalb und wollen uns den Raumhafen einmal ansehen«, entgegnete Dhark. In lockerer Formation bauten sich die Gefährten vor dem Mann auf.

»Bei uns auf dem Lande gibt es nur öde Felder und Wiesen zu bestaunen«, ergänzte Sass. »Diesen Raumhafen zu betrachten haut uns glatt um.«

»Kann schon sein«, erwiderte der Mann einsilbig und wandte sich wieder dem Gerät zu. Dabei handelte es sich offensichtlich um eine vollautomatische Reparatureinheit, die eine gebrochene Zaunstange wiederherstellen sollte.

»Eine der anderen bewohnten Welten zu besuchen muss noch viel großartiger sein, als diesen Raumhafen anzuschauen«, schwärmte Yello.

»Dort sieht es auch nicht anders aus als auf Panow«, erwiderte der Mann gleichmütig. »Ihr versäumt also nichts, wenn ihr hierbleibt und durch eure Arbeitskraft zur Glorie eurer Heimatwelt beitragt.«

Die Gefährten tauschten befremdete Blicke.

»Auf Tis oder Pral muss es zurzeit ja heiß hergehen«, merkte Dhark vorsichtig an.

Die Miene des Mannes verfinsterte sich. »Zu diesen Welten wurde der Kontakt abgebrochen, seit sie sich im Krieg befinden. Es findet nicht einmal mehr Warenverkehr statt.«

»Weißt du Genaueres über den Konflikt zwischen diesen beiden Welten?«, hakte der Commander nach.

Der Mann schüttelte den Kopf. »Woher denn auch? Es interessiert mich überdies auch nicht.«

Wieder startete ein Raumschiff. Der Lärm machte eine weitere Unterhaltung unmöglich. Erst nachdem der klobige Raumer hoch genug aufgestiegen war, ebbte der Krach wieder ab.

»Wohin dieses Schiff wohl fliegt?«, sinnierte Sass laut genug, sodass der Mann es verstehen musste.

Dieser warf dem aufsteigenden Schiff einen gelangweilten Blick zu. »Ich schätze, es ist unterwegs nach Daffel, um dort eine Ladung Eisenerz abzuliefern.«

Dhark folgte dem Schiff mit den Blicken. »Wenn es auf den anderen bewohnten Welten genauso zugeht wie auf Panow, sollte man vielleicht versuchen, außerhalb des Sonnensystems nach fremden Welten zu suchen.«

Entgeistert starrte ihn der Mann an. »Spinnst du? Außerhalb unseres Systems, da gibt es nichts!«

»Aber nachts sieht man doch Sterne am Himmel blinken«, gab Dhark zu bedenken. »Es sind Sonnen, weit entfernt von hier.«

Ungehalten schickte sich der Mann an, die Reparatureinheit von dem defekten Zaun abzumontieren, obwohl diese ihre Arbeit noch gar nicht vollendet hatte. »Mit Leuten wie euch will ich nichts zu tun haben!«, blaffte er, warf das Gerät auf die Ladefläche des Schwebers, stieg ein und startete den Motor. Wenig später schwebte das Fahrzeug eine Staubwolke nach allen Seiten hin aufwirbelnd Richtung Lagerhallen davon.

»Immerhin hat er uns nicht gebeten, ein Foto von sich mit uns machen zu dürfen, um es in seinem Netzwerkprofil zu veröffentlichen«, kommentierte Artus den raschen Abgang des Mannes trocken.

*

Eine Weile sahen sich die Gefährten bei den Lagerhallen um. Das Be- und Entladen der Lastenschweber wurde von Robotern erledigt, die mit Antigrav-Plattformen und Gabelstaplerschwebern hantierten. An den zentralen Steuerpulten auf den Galerien arbeiteten Panowen unterschiedlicher Abstammung. Sie beachteten die Fremden kaum, die durch die Hallen schlenderten und sich umsahen, doch sobald sie sich den Verladestationen näherten, wurden sie von ihnen angeschrien, sich gefälligst von den Gefahrenzonen fernzuhalten.

Nach einer Gelegenheit, sich unbemerkt auf das Landefeld zu stehlen, hielten die Gefährten jedoch vergebens Ausschau. Die unter logistischen Gesichtspunkten durchstrukturierten Hallen bildeten ein nahezu geschlossenes System, in dem es keine ungenutzten oder unbeaufsichtigten Flächen gab.

Schließlich trat ihnen, als sie sich dem offenen Portal einer weiteren Halle näherten, ein quasihumanoides Wesen mit bläulicher Lederhaut entgegen. Die Kreatur trug einen dunklen Anzug und keinen Overall, wie es die in den Lagerhallen Beschäftigten überwiegend taten. Ein weißer Sicherheitshelm umschloss seinen unförmigen Schädel und deutete an, dass auch er in dem Gebäudekomplex arbeitete, dort anscheinend aber einen höheren Posten bekleidete.

»Was habt ihr hier verloren?«, sprach das Wesen die Gefährten im Flüsterton an.

»Wir haben es hier mit einem Kucha aus Orn zu tun«, zischte Doorn seinen Begleitern zu.

»Lautet so eure Antwort auf meine Frage?«, erkundigte sich das Wesen an den Worgunmutanten gewandt. Dem empfindlichen Gehör des Kucha war die Bemerkung des Sibiriers nicht entgangen.

»Wir stammen aus einem kleinen Ort weit weg von Rodon«, wiederholte Dhark die Phrase, die sie stets verwendeten, wenn sie sich einem Panowen gegenüber erklären mussten. »Wir sind nach Rodon gekommen, um uns die Metropole unserer Heimatwelt einmal genauer anzusehen.«

»Und da pirscht ihr ausgerechnet hier herum?«, wisperte der Kucha verwundert. »Es gibt doch sicherlich interessantere Orte als ausgerechnet diesen Umschlagplatz für Waren und Güter.« Er lächelte sardonisch. »Ich muss es wissen, denn ich bin der Chefingenieur dieser Anlage.«

»Wir wollten einmal sehen, was mit den landwirtschaftlichen Erzeugnissen geschieht, die in unserer Region hergestellt und in andere Welten verschifft werden«, erläuterte Sass.

Der Kucha nahm den Helm ab und kratzte sich am Kopf. »Wie ihr seht, geht hier alles äußerst unspektakulär vonstatten. Die Abläufe werden von Maschinen und Robotern erledigt.« Er setzte den Helm wieder auf und blinzelte. »Ein Blick ins Datennetzwerk hätte euch vermutlich mehr über die Arbeit hier verraten als eine persönliche Inaugenscheinnahme.«

Dankbar griff Dhark die Bemerkung auf. »Das Datennetzwerk erscheint uns zu unzuverlässig. Ständig werden Informationen gelöscht.«

»Aber doch nur solche, die vollkommen irrelevant sind«, gab das Wesen flüsternd zurück.

»Wer ist überhaupt für diese Löschungen verantwortlich?«, zeigte sich Sass empört.

»Irgendeine höhere Instanz, schätze ich«, blieb der Kucha vage.

»Für Leute, die auf dem Land leben und auf Informationen aus dem Datennetzwerk angewiesen sind, ist das eine ärgerliche Angelegenheit«, schaltete sich nun auch Shanton in das Gespräch ein. »Ich bin ebenfalls Ingenieur und fühle mich durch diese Löschungen bevormundet.«

»Dafür gibt es doch gar keine Veranlassung«, versuchte der Kucha zu beschwichtigen. »Mit den getilgten Informationen könntest du sowieso nichts anfangen, weil sie dich in die Irre leiten würden.«

»Wir würden aber schon gerne wissen, wie zum Beispiel das Universum entstanden ist«, wagte Dhark einen Vorstoß.

»Da habt ihr im Datennetzwerk wohl nicht gründlich genug nachgeforscht«, wisperte der blauhäutige Ingenieur. »Die verschiedenen Theorien über die Entstehung des Universums werden dort alle erörtert.«

»Ich kann aber nicht glauben, dass das Universum nur aus diesem einen Sonnensystem besteht«, erwiderte Shanton ernst, der während der Busfahrt im planetaren Datennetzwerk entsprechende Nachforschungen betrieben hatte.

»Dort draußen gibt es nichts als unendliche Leere«, zeigte sich der Kucha überzeugt. »Das beweist doch schon allein die Tatsache, dass am Nachthimmel zwar helle Pünktchen zu sehen sind, aber sämtliche Versuche, mittels Mess- und Ortungsverfahren zu beweisen, dass es sich dabei um Sonnen handelt, gescheitert sind.«

Shanton warf Dhark einen finsteren Blick zu. Dass die hiesigen Wissenschaftler mit der planetengebundenen Erforschung des Weltraums auf der Stelle traten, lag hauptsächlich an dem Ortungsschutz, der das Sonnensystem blasenförmig umschloss. Doch das konnte er dem Ingenieur nicht auf die Nase binden, ohne dabei näher auf die Umstände einzugehen, die sie hierhergeführt hatten.

»Die hellen Pünktchen sind doch bloß eine Laune der Schöpfung«, fuhr der Kucha geduldig fort. »Ich denke, sie sind nicht mehr als eine optische Täuschung.«

»Ich will mich aber nicht mit der Vorstellung zufriedengeben, dass es dort draußen nichts als Leere gibt«, blieb Shanton hartnäckig. »Warum sollte nur diese eine Sonne existieren? Und was spricht dagegen, dort draußen noch weitere bewohnte Welten zu vermuten?«

Der Kucha legte Shanton mitfühlend eine Hand auf die Schulter. »Mit diesen Gedanken haben sich vor dir schon andere Wissenschaftler herumgequält. Doch sie sind letztendlich alle verzweifelt, weil sie ihre Theorien nicht beweisen konnten. Lass also ab von dieser fixen Idee. Sie wird dich am Ende nur in den Wahnsinn treiben. So ist es auch meinem Vater ergangen. Die Widersprüchlichkeit, die zwischen seiner Überzeugung und den Messwerten seiner Himmelsbeobachtungen bestand, hat ihn innerlich so sehr zerrissen, dass er sich aus Verzweiflung schließlich vom Dach eines Hochhauses stürzte.«

Shanton schluckte trocken. »Wie tragisch«, murmelte er.

»Nicht wahr? Und darum rate ich dir auch dringend, dir nicht länger den Kopf darüber zu zerbrechen, was außerhalb unseres kleinen, abgeschlossenen Universums liegen könnte. Mehre lieber den Ruhm Panows, unserer Heimatwelt, anstatt Kraft und Zeit an etwas zu vergeuden, das dir und den deinen nur Unglück bringen wird.«

»Ich werde versuchen, deine Worte zu beherzigen«, versprach Shanton rau.

Der Kucha zog den Arm zurück. »Ich muss jetzt wieder zurück an die Arbeit«, erklärte er. »Nutzt euren Städteurlaub lieber sinnvoller, als in den Lagerhallen umherzustreifen.« Er deutete zu den niedrigen Gebäuden entlang der Zufahrtsstraße hinüber. »Amüsiert euch besser ein wenig in den Etablissements der Raumfahrer und Raumhafenarbeiter. Dort werdet ihr mehr erleben als an diesem langweiligen Ort, der an Zerstreuung bestimmt nicht mehr zu bieten hat als das Dorf, aus dem ihr stammt.« Mit diesen Worten wandte sich das Wesen ab und kehrte in die Halle zurück, aus der es zuvor hervorgekommen war.

»Eine frustrierende Begegnung«, merkte Amy beklommen an. »Die Bewohner dieser Welten sind intellektuell längst so weit fortgeschritten, um zu erkennen, dass sie nicht das Zentrum des Universums sind. Und dennoch sind sie gezwungen, ebendies zu glauben, weil die technischen Abschirmeinrichtungen entlang der Grenze ihres Sonnensystems ihnen keine andere Wahl lassen.«

»Die Wächter von Voktar werden mir zunehmend immer unsympathischer«, schimpfte Doorn. »Das System, das sie in Voktar errichtet haben, schränkt seine Bewohner extrem ein und beschneidet ihre Freiheit auf eine nicht hinnehmbare Weise. Und die um diese Riesensonne kreisenden, bewohnten Welten setzen allem noch die Krone auf.«

»Noch ist nicht bewiesen, dass es sich um Wächter handelt, die in dieser Galaxis und in diesem Sonnensystem ihre Tofiritfinger im Spiel haben«, gab Dhark zu bedenken. »Aber wir werden es schon noch herausfinden.«

»Und was jetzt?«, fragte Yello. »An diesem Raumhafen kommen wir jedenfalls nicht weiter.«

»Wir statten den Lokalitäten der Raumfahrer und Raumhafenarbeiter einen Besuch ab, wie es uns der Kucha empfohlen hat«, entschied Dhark. »Es dämmert ja auch bereits. Viel werden wir heute also nicht mehr ausrichten können.«

Shanton zog wieder sein an das planetare Datennetzwerk angeschlossene Vipho zu Rate. »Im besagten Viertel gibt es einige recht günstige Hotels«, informierte er die anderen. »Dort können wir übernachten, ohne unsere Reisekasse dabei allzu arg zu strapazieren.«

16.

Dhark entschied, dass sich die Gruppe in drei Paare aufteilen und getrennt die Lokale und Bars abklappern sollte. Artus und Jimmy ordnete er Doorn und Shanton zu, die beide zusammenbleiben wollten und so die Einzigen waren, die ohne Cyborg in der Gruppe auskommen mussten.

Sass und Yello bildeten ebenfalls ein Duo, während sich Dhark von Amy begleiten ließ, was nicht ganz ohne Hintergedanken geschah, denn der weißblonde Raumfahrer sehnte sich danach, abseits seiner Begleiter ein wenig Zeit mit seiner Lebensgefährtin zu verbringen.

Damit die Paare kein Lokal aufsuchten, das zuvor bereits von einem anderen Duo frequentiert worden war, legte Shanton ein System fest, das genau dies verhindern sollte.

Anschließend machten sich die Gefährten auf, den ihnen zugewiesenen Etablissements nacheinander einen Besuch abzustatten, mit dem Ziel, den Kneipenbesuchern so viele Informationen wie möglich über dieses Sonnensystem zu entlocken.

»In drei Stunden treffen wir uns in der Eingangshalle des Hotels, das Shanton für uns ausgesucht hat«, erinnerte Dhark seine Kameraden, ehe sie sich trennten.

Dann ging jeder seiner Wege.

*

Amy hakte sich bei Dhark unter, während sie sich gemeinsam einem flachen Gebäude näherten, über dessen Eingang eine ominöse Plastikrakete schwebte.

»Zum aufrechten Weltraumpiloten«, stand in Lettern, die wie Flammen anmuteten, auf Worgun auf das große Fenster geschrieben, vor dem innen ein nebelhafter Vorhang hing und den Blick in den Schankraum verwehrte.

Amy drückte den Arm des Commanders unternehmungslustig. »Wollen wir uns als Raumschiffspiloten ausgeben?«

»Ich denke, es ist besser, wenn wir bei unserer ursprünglichen Geschichte bleiben«, gab Dhark zurück. »Wir kennen uns mit den hiesigen Raumschiffen nicht aus; und außerdem könnte es sein, dass die Piloten sich untereinander alle mehr oder weniger kennen und stutzig werden, wenn wir behaupten, wir wären Kollegen.«

»Okay«, zeigte sich Amy widerspruchslos einverstanden.

Dhark lächelte still in sich hinein. Einmal mehr musste er für sich feststellen, dass die Auszeit, die sie sich in ihrer Beziehung genommen hatten, ihnen beiden gutgetan hatte. Anstatt ständig gegen seine Entscheidungen anzureden, fiel es Amy nun zusehends leichter, seine Anordnungen, die er als Kommandant von sich gab, unwidersprochen hinzunehmen.

Die Tür des Lokals glitt vor ihnen auf, und sie traten ein.

Verblüfft stellten die beiden Raumfahrer fest, dass der Schankraum in helles Licht getaucht und die Luft von einem angenehmen Duft erfüllt war.

Ein langer Tisch, um den herum sich mehrere Sitzgelegenheiten gruppierten, stellte den einzigen Einrichtungsgegenstand dar. Trotz des spartanischen, untypischen Interieurs erfreute sich die Bar offenbar großer Beliebtheit, denn obwohl es noch früh am Abend war, fanden die Neuankömmlinge die Hälfte der Plätze besetzt vor.

Vor den Gästen, die sich rege unterhielten, standen hohe, kelchartige Gläser, in denen eine gelbliche Flüssigkeit munter vor sich hin sprudelte.

Dhark führte Amy auf zwei freie Hocker zu, und sie nahmen Platz.

Eine Kreatur, die an einen aufrecht gehenden Wolf erinnerte, wandte sich der neben ihr sitzenden Amy zu. Das zottelige Fell des Wesens schimmerte silbergrau im Licht der Schenke und die Pupillen glommen rötlich. Als die Gestalt hechelnd das spitze Maul öffnete, entblößte sie zwei Reihen kurzer Reißzähne.

»Euch habe ich im aufrechten Weltraumpiloten noch nie zuvor gesehen«, sprach das Wesen den weiblichen Cyborg kurzatmig an und leckte sich über die Lefzen. Dabei blitzten ganz kurz zwei stummelartige Hörner an den Seiten des Mauls unter dem Fell hervor. »Piloten seid ihr doch ganz bestimmt keine, oder etwa doch?«

Amy erklärte dem Geschöpf, sie kämen vom Lande und wollten sich in dem Viertel einmal umschauen.

»Ausflügler also«, belferte das Wolfswesen, das weder Dhark noch Amy einem ihnen bekannten Sternenvolk zuordnen konnten. »Was verschlägt euch ausgerechnet in eine Kneipe, in der sich Raumschiffspiloten herumtreiben?«

»Die Vorstellung, mit einem Schiff durch das Weltall zu fliegen, fasziniert uns ungemein«, schaltete sich Dhark in das Gespräch ein.

Ein Utare, der der Gruppe gegenübersaß, lachte trocken auf. »Das ist längst nicht so aufregend, wie ihr es euch vielleicht vorstellt!«, rief er herüber.

Der Wirt, ein Noid, dessen schlechtsitzender Anzug fast dieselbe Farbe aufwies wie seine aschgraue Haut, trat an den Tisch heran, um die Bestellung der neuen Gäste aufzunehmen.

»Was trinken Piloten denn am liebsten?«, erkundigte sich Dhark bei dem Mann und spielte dabei absichtlich ein bisschen den Einfältigen.

»Schaumwein«, gab der Wirt lapidar zurück.

Dhark nickte. »Dann nehmen meine Freundin und ich auch einen.«

Während der Wirt abzog und durch die Verbindungstür verschwand, nahm der Utare den Gesprächsfaden wieder auf. »Piloten haben während des Fluges eigentlich nicht viel mehr zu tun, als die automatisierten Abläufe des Schiffes zu beaufsichtigen und im Notfall regulierend einzugreifen.«

»Auf der Route von Daffel nach Panow musste ich diesmal einem Meteoritenschwarm ausweichen«, platzte die Wolfsgestalt großspurig dazwischen. »Das war wirklich abenteuerlich. Ich konnte die Kollision mit einem hochhausgroßen Brocken nur in allerletzter Sekunde verhindern.«

Der Utare winkte ab, und auch die anderen Anwesenden gaben geringschätzige Laute von sich. Fast alle Kneipengäste verfolgten die Unterhaltung mit den Fremden vom Lande inzwischen mehr oder weniger aufmerksam.

»Du willst dich vor der Dame doch nur wichtig tun, Bröser!«, rief ein Karrorr zu ihnen herüber. Der an einen Dobermann ohne Fell erinnernde Kanoide lachte bellend auf, als das Wolfswesen die Pranken zu Fäusten ballte und auf den Tisch schlug.

»Im Gegensatz zu euch Luschen habe ich wenigstens noch Freude an meinem Beruf«, rief das Wolfswesen kurzatmig. »Ihr traut euch ja noch nicht einmal, euren Autopiloten auszuschalten, um eure Kähne eigenhändig durchs All zu steuern, wenn es euch zu langweilig wird.«

»So etwas zu tun ist gegen die Vorschriften und könnte dich deine Lizenz kosten, Bröser«, warf ein Glandare ein. »Du solltest dich besser vorsehen, wem du etwas davon erzählst.« Während es dies sagte, schielte das Echsenwesen vielbedeutend zu Dhark und Amy hinüber.

»Mein Freund und ich haben gegen ein Abenteuer nichts einzuwenden und werden uns hüten, jemanden anzuschwärzen, der versucht, seinem öden Alltag mithilfe kleiner Verfehlungen etwas Würze zu verleihen«, beteuerte Amy.

»Seht ihr!«, rief Bröser triumphierend. »Ihr seid Luschen. Sogar diese Dorftrottel hier besitzen mehr Schneid als ihr!«

»Wie lange dauert so ein Flug zu einer der anderen bewohnten Welten im Durchschnitt denn eigentlich?«, erkundigte sich Ren Dhark, um das Gespräch vorsichtig in eine andere Richtung zu lenken.

»Ein paar Wochen, je nachdem«, antwortete Bröser.

»Schneller nicht?«, zeigte sich Dhark bestürzt.

»Was dachtest du denn?«, wurde das Wolfswesen aufbrausend. »Unsere Schiffe sind auf dem neuesten Stand der Technik und verdammt geschwind – nur das Licht erreicht sein Ziel schneller als unsere Raumer.«

»Warum wird denn dann nicht versucht, Antriebe zu entwickeln, die die Schiffe so schnell wie einen Lichtstrahl oder sogar noch rascher durchs All rasen lassen?«, fragte Amy naiv.

»In eurem Dorf liegt wohl das Aas begraben, wenn ihr nicht wisst, dass es noch niemandem gelungen ist, einen überlichtschnellen Raumschiffsantrieb zu entwickeln«, belferte Bröser abfällig.

»Wenn unsere Raumschiffe schneller als das Licht fliegen könnten, könnte man doch auch endlich mal bis ans Ende des Universums düsen, um nachzusehen, ob wir tatsächlich nur von Leere umgeben und die funkelnden Sterne wirklich nicht mehr als eine optische Täuschung sind.« Dhark wusste, dass er sich mit dieser Bemerkung weit aus dem Fenster lehnte, doch er verspürte keine Lust, noch mehr Zeit in Gesellschaft dieser gelangweilten Piloten zu verbringen als unbedingt nötig.

Mit einem lauten Knall stellte der Wirt die Getränke vor den Menschen auf den Tisch. »Was redest du da für einen Unsinn!«, fuhr er den vermeintlichen Dorfbewohner an. »Sich Gedanken über das zu machen, was außerhalb unseres Sonnensystems liegen könnte, führt zu nichts, schreib dir das hinter die Ohren, Bursche!«

»Misomas hat recht«, bekräftigte der Utare. »Es geht immer etwas schief, wenn man sich zu intensiv mit diesem Thema beschäftigt.«

Bröser nickte beipflichtend. »Das kann man am Beispiel von Tis und Pral wieder deutlich sehen. Ich habe Gerüchte vernommen, denen zufolge die Wissenschaftler auf diesen Welten wider alle Vernunft versucht haben sollen, einen überlichtschnellen Antrieb zu entwickeln.«

Der Nomade spuckte aus. »Und darum führen Tis und Pral nun Krieg gegeneinander. Das ist doch widersinnig und wird der Glorie dieser beiden Welten großen Schaden zufügen.«

»Aus diesem Grund habe ich auch gar nichts dagegen, dass für einen Flug nach Daffel mehrere Wochen eingeplant werden müssen«, bekräftigte Bröser ernst. »So bleibt einem jedenfalls noch Zeit, ein wenig Unfug zu treiben.«

Beherzt lachten die Piloten auf und prosteten sich zu. Dhark und Amy taten es ihnen gleich. Ihre Versuche, in die Unterhaltung dann wieder eine der Fragen einfließen zu lassen, die ihnen auf der Seele brannten, ignorierten die Anwesenden jedoch hartnäckig. Stattdessen fingen die Piloten an, sich über die drei interplanetaren Volksparteien zu streiten, die wegen der in Kürze anstehenden Wahlen jeweils einen Anwärter für den höchsten Regierungsposten aufgestellt hatten. Dabei wurde rasch deutlich, dass sich der Zank weniger an den politischen Aussagen der Kandidaten entzündet hatte, sondern dass es vielmehr um den Grad ihrer Beliebtheit und vor allem um die Anzahl der Bewunderungspunkte ging, die diese im planetaren Datennetzwerk ergattern konnten.

Die beiden Raumfahrer beeilten sich, ihre Gläser zu leeren. Schließlich verabschiedeten sie sich von den Anwesenden und verließen den »aufrechten Weltraumpiloten«.

*

Arm in Arm schlenderten Dhark und Amy durch die Dunkelheit auf ein Lokal zu, dessen indirekt ausgeleuchtete Fassade aus den Metallplatten ausgemusterter Raumschiffe zu bestehen schien. Rost, Beulen und Schmauchspuren bedeckten die mit Nieten zusammengehalten Segmente.

Bei den Fenstern, aus denen gelbliches Licht sickerte, handelte es sich um gepanzerte Sichtluken, und als Eingang diente ein Schott, das aussah, als hätte es zuvor schon mehrere Jahrzehnte in einem Raumschiff seinen Dienst getan.

Unvermittelt blieb der weibliche Cyborg stehen und schaute in den nächtlichen Himmel hinauf. Zwischen den Wolkenschlieren schimmerten flackernd die Sterne hervor und verliehen der samtenen Schwärze des Alls ein geheimnisvolles Aussehen.

Amy seufzte. »Wenn wir in den Sternenhimmel aufblicken, erfasst uns ein überwältigendes Gefühl bei der Vorstellung, in diesem Moment in die Unendlichkeit zu sehen«, sinnierte sie. »Das Wissen um die zahllosen Planeten, die es dort draußen zu erforschen gilt, erfüllt uns mit Sehnsucht und dem Verlangen, all diese Welten zu besuchen.«

Dhark zog Amy noch dichter an sich heran. »Ich weiß, worauf du hinaus willst«, ahnte er. »Die Bewohner dieses abgekapselten Sonnensystems werden um ein grundlegendes Gefühl betrogen, das jedes intelligente Lebewesen erfasst, wenn es zu den Sternen aufblickt.«

Amy nickte beipflichtend. »Was wäre wohl aus den Menschen geworden, wenn sie mit Sicherheit angenommen hätten, dass es sich bei den Sternen bloß um optische Täuschungen handelt und außerhalb ihres Sonnensystems nichts existiert außer allumfassender Leere?«

»Sicherlich wären ihre Neugierde und ihr Forscherdrang weniger ausgeprägt gewesen«, mutmaßte Dhark.

Amy bedachte ihren Lebensgefährten mit einem warmherzigen Lächeln. »Und sicherlich wäre ihre romantische Veranlagung viel weniger ausgeprägt gewesen.«

Dhark grinste breit. »Was ein herber Verlust gewesen wäre.«

Amy richtete den Blick wieder gen Himmel und schmiegte sich fröstelnd an die breite Schulter ihres Begleiters. »Die Bewohner dieses Sonnensystems tun mir leid, Ren«, flüsterte sie.

»Ich frage mich, was wohl geschehen würde, sollten sie eines Tages herausfinden, wie das Weltall wirklich beschaffen ist.«

»Vielleicht ist es an der Zeit, dass ihnen die Augen geöffnet werden«, überlegte Amy laut.

»Bevor wir derartige Überlegungen in Erwägung ziehen, ist es unumgänglich, uns ein umfassendes Bild von den Zuständen auf den sechs bewohnten Welten zu machen«, erwiderte Dhark ernst. »Erst wenn wir die Zusammenhänge begreifen, können wir absehen, welche Reaktionen unser Eingreifen hervorrufen wird. Doch dafür müssen wir zuerst den Grund herausfinden, warum die Abschottung dieses bemerkenswerten Sonnensystems vorgenommen wurde – und vor allem von wem.«

Amy straffte ihre Körperhaltung und deutete mit einem Kopfnicken zu der von ihnen angesteuerten Kneipe hinüber. »Machen wir uns also an die Arbeit, Ren.«

Mit entschlossenen Schritten hielt das Paar auf den Eingang des Lokals zu, mit der Hoffnung im Herzen, das Geheimnis um dieses Sonnensystem bald lüften zu können.

*

Doorn, Shanton sowie die beiden Cyborgs Sass und Yello hielten sich bereits in der Eingangshalle auf, als Dhark und Amy das Hotel zum verabredeten Zeitpunkt – und nachdem ein Gang durch etliche Lokale hinter ihnen lag – betraten. Die Männer saßen in bequemen Schalensesseln, die einen Halbkreis vor einem offenen Kamin bildeten.

Zwei der Sitzmöbel waren noch frei und von den Raumfahrern für den Commander und seine Lebensgefährtin reserviert worden.

Der aromatische Duft von verdampfendem Harz und das Knistern der brennenden Scheite erfüllten den Raum. In ihren Händen hielten die Raumfahrer Kelche mit Schaumwein darin; in gelöster Stimmung begrüßten sie die Ankommenden, und Shanton rief der Bedienung hinter dem Tresen sogleich zu, seinen Freunden ebenfalls ein Glas Schaumwein zu bringen.

»Wo halten sich Artus und Jimmy auf?«, erkundigte sich Dhark, während er es sich in einem Sessel bequem machte.

»Ich habe sie auf mein Zimmer geschickt«, erklärte Shanton. »Die beiden erregen einfach zu viel Aufmerksamkeit seit ihrem Auftritt im Echa-Park.«

»Gab es etwa Schwierigkeiten?«, erkundigte sich Amy und schlug sitzend die Beine übereinander.

»Nicht während wir die Kneipen abgeklappert haben«, erklärte Doorn und deutete dann mit einer laxen Geste zum Tresen hinüber, hinter dem eine junge Yggsidral hantierte.

Die einen Meter neunzig große Frau mit der kalkweißen Haut und den gelben Augen, die wie zwei kleine Leuchtfeuer aus dem weißen Gesicht hervorstachen, goss gerade Schaumwein in zwei Kelche ein. Ihre verschließbaren Atemschlitze bewegten sich aufgeregt, und der lippenlose Mund zuckte, sodass kurz die nadelspitzen Zähne zum Vorschein kamen.

»Coldix geriet total aus dem Häuschen, als Chris und ich vorhin zusammen mit Artus und Jimmy nach unserer Kneipentour in dem Hotel eincheckten«, erläuterte der Worgunmutant. »Sie kennt die Aufnahmen, die im planetaren Datennetzwerk über unsere übereifrigen Jongleure kursieren, und hat die beiden sofort identifiziert.«

»Die junge Dame war so versessen darauf, dass Artus und Jimmy ihr Kunststück in der Eingangshalle für sie noch einmal wiederholen sollten, dass wir schließlich keine andere Möglichkeit sahen, als unseren Blechmann und das Brikett auf Beinen in mein Zimmer zu verbannen«, fügte Shanton hinzu. »Allerdings kamen wir nicht darum herum, der Yggsidral zuvor noch zu gestatten, ein kurzes Filmchen zu drehen, das sie und die beiden Akrobaten aus dem Echa-Park zusammen zeigt.«

»Sie wirkt noch immer ganz aus dem Häuschen«, bemerkte Amy, während die Yggsidral mit den Getränken hinter dem Tresen hervorkam, um sie den Gästen zu bringen.

»Für die jungen Leute hat es einen ungemein hohen Stellenwert, wie sie bei ihren Freunden im Datennetzwerk ankommen«, erläuterte Shanton. »Und Coldix hat in dieser Hinsicht heute Abend sicherlich beträchtlich gepunktet.«

Dhark und Amy nahmen ihre Gläser entgegen und nickten der Yggsidral dankend zu.

Während die Bardame sich abwandte und davonstolzierte, sah der Commander die Cyborgs strafend an. »Hoffentlich rennen uns eure Fans nicht die Bude ein, jetzt, da sich die Nachricht darüber, wo wir abgestiegen sind, im planetaren Datennetzwerk herumgesprochen haben dürfte.«

Sowohl Sass als auch Yello zogen es vor, auf diese Bemerkung nicht einzugehen, stattdessen starrten sie wortlos und mit einem Anflug von schlechtem Gewissen in die Flammen des Kamins. Amy wippte mit den Füßen und tat ebenfalls unbeteiligt.

»Was haben eure Nachforschungen ergeben?«, wechselte Dhark schließlich das Thema.

»Im Grunde nichts Neues«, berichtete Doorn. Die Punkte, die er anschließend aufzählte, deckten sich mit den Auskünften, die auch Dhark und Amy während ihrer Tour erhalten hatten.

Schließlich kam Sass an die Reihe, zu berichten. »Viel mehr, als wir zuvor schon von dem kuchanischen Ingenieur erfahren haben, konnten wir aus den Kneipengästen auch nicht herausquetschen«, musste er gestehen. »Ich habe den Eindruck, die Leute interessieren sich hauptsächlich für die Belange ihrer Heimatwelt; was auf den anderen fünf bewohnten Planeten vor sich geht, ist für sie eher zweitrangig. Und was außerhalb ihres Sonnensystems liegen könnte, darüber zerbrechen sie sich erst recht nicht den Kopf.«

»Die Glorie Panows mehren – diesen Spruch haben wir mehr als nur einmal von den Kneipengästen zu hören bekommen«, warf Yello angesäuert ein.

»Erschwerend kommt hinzu, dass auf Panow wohl in Kürze Wahlen anstehen«, berichtete Sass. »Ein neues Regierungsoberhaupt soll vom Volk bestimmt werden. Welche Funktion und welche Machtbefugnisse mit diesem Amt einhergehen, konnten wir jedoch nicht herausfinden. Die Leute scheint es mehr zu kümmern, welchen Beliebtheitsgrad die Kandidaten im Datennetzwerk genießen; welche politischen Positionen die Anwärter vertreten, halten sie dagegen anscheinend eher für nebensächlich.«

Diese Beobachtung konnten Doorn und Shanton nur bestätigen, und auch Dhark und Amy hatten in dieser Hinsicht Ähnliches erlebt.

»Unsere Nachforschungen kommen nur schleppend voran«, fasste der Commander nicht eben begeistert zusammen. Er bedachte Yello mit einem Kopfnicken. »Wir sollten vielleicht doch mit einer Regierungsstelle oder einer regierungsnahen Institution in Kontakt treten, wie Sie bereits angeregt haben, Jes.«

»Sie wollen, dass wir uns als Besucher aus einer anderen Galaxis zu erkennen geben, Sir?«, hakte Sass skeptisch nach.

Dhark schüttelte verneinend den Kopf. »So wie ich die Lage einschätze, würde eine solche Behauptung bei den hier lebenden Sternenvölkern nur für Irritation sorgen. Ich befürchte sogar, dass man unserer Behauptung keinen Glauben schenken und uns stattdessen als Lügner und Unruhestifter abkanzeln würde.«

»Wir bleiben also bei unserer Geschichte, dass es sich bei uns um Dorftrottel handelt.« Amy lächelte amüsiert, als sie die befremdeten Blicke ihrer Kameraden auf sich ruhen spürte. »So hat uns vorhin ein wolfsähnliches Geschöpf namens Bröser betitelt.«

Sass verzog säuerlich das Gesicht. »Sehr schmeichelhaft.«

»Aber auch praktisch, weil sich so niemand über unsere Unwissenheit wundert«, hob Yello die positive Seite dieser Angelegenheit hervor.

Shanton rieb sich nachdenklich über den Kinnbart. »Artus hat in einer der Kneipen, die wir gemeinsam aufsuchten, eine recht interessante Entdeckung gemacht, die uns einen Anhaltspunkt dafür liefern könnte, wo wir unsere Erkundungen morgen fortführen sollten«, sagte er gedehnt.

»Und die wäre?«, hakte Dhark nach.

»Die Akademie der Wissenschaften führt in diesen Tagen ein Öffentlichkeitsprojekt durch. Die Tore der Universität werden für alle Interessierten während dieser Zeit geöffnet. Die Studenten und Professoren stehen in den Räumlichkeiten der Fakultäten für Fragen zur Verfügung und halten Informationsveranstaltungen ab.

Diese Initiative dient wahrscheinlich hauptsächlich dazu, Hochschulabsolventen über die Möglichkeiten zu informieren, die ihnen in der wissenschaftlichen Akademie offenstehen. Doch es sind ausdrücklich auch interessierte Bürger eingeladen. Und wahrscheinlich werden auch viele Eltern anwesend sein, die ihre Sprösslinge dorthin begleiten.«

»Wie ist unser Blechkumpel denn auf diese Information gestoßen?«, wollte Yello wissen.

Doorn ließ ein raues Lachen hören. »Der Dienstroboter eines Tel hat es ihm geflüstert. Der Schwarze Weiße arbeitet in der Abfertigungshalle des Raumhafens als Sicherheitschef und lässt sich auch in seiner Freizeit ständig von seinem Dienstroboter begleiten. Dieser ist mit speziellen Schutz- und Sicherheitsprogrammen ausgestattet; ihm entgeht nichts, was in der Nähe seines Besitzers geschieht, um ihn bei Bedarf zu schützen. Jedenfalls will Artus dies herausgefunden haben, als er eine Funkverbindung zu der Maschine herstellte.«

»Dieser Tel leidet unzweifelhaft unter Paranoia und wittert überall Gefahr«, warf Shanton leichthin ein. »Er verhielt sich uns gegenüber sehr misstrauisch, und sein Argwohn steigerte sich noch, als Arc und ich anfingen, Fragen über die Geschichte sowie die gesellschaftliche und technische Entwicklung auf Panow zu stellen.«

»Ich glaube, der Schwarze Weiße hat am Ende sogar Spione in uns vermutet«, setzte Doorn den Bericht fort. »Und plötzlich drängte Artus uns, dass wir das Lokal besser verlassen sollten, was wir dann auch taten, da wir dort sowieso auf der Stelle traten. Draußen erzählte unser intelligenter Serienroboter uns dann, der Dienstroboter des Tel hätte ihm geraten, uns nahezulegen, die Veranstaltung in der wissenschaftlichen Akademie zu besuchen, anstatt wildfremde Kneipengänger mit unseren Fragen zu belästigen.«

»Sonderbar«, äußerte sich Amy verdutzt.

Wieder stieß Doorn sein raues Lachen aus. »Uns kam das auch spanisch vor. Doch Artus hatte eine Erklärung für das eigenmächtige Vorgehen des Dienstroboters. Offenbar hat die Frau des Tel den maschinellen Begleiter ihres Mannes heimlich mit Zusatzprogrammen versehen. Diese sollen dafür sorgen, dass der Roboter in Fällen einschreitet, wo ihr Mann in eine Situation gerät, die seine Paranoia verstärkt.«

»Und genau dies trat ein, als wir in dem Lokal unsere Fragen stellten«, ergänzte Shanton. »Damit wir schnell wieder abzogen und den Tel in Ruhe ließen, versorgte uns der Roboter über Artus kurzerhand mit einem Hinweis, wo wir Antworten auf all unsere Fragen erhalten würden. Auf diese Weise gewährleistete er, dass wir seinen Herrn nicht länger bedrängten und sich sein psychischer Zustand nicht noch verschlimmerte.«

Amy schüttelte verdattert den Kopf. »Eine seltsame Geschichte.«

Sass leerte sein Glas mit einem Zug. »Wir sollten dieser Akademie unbedingt einen Besuch abstatten.«

Dhark furchte grübelnd die Stirn. »Wir werden dort auf eine Menge junger Leute treffen«, gab er zu bedenken. »Und nicht wenige von ihnen werden die Videos kennen, die im Echa-Park zustande kamen.«

»Unsere Bekanntheit könnte uns in diesem Fall vielleicht sogar nützlich sein«, versuchte Shanton die Bedenken seines Freundes zu zerstreuen. »Die Studenten werden uns unsere Fragen womöglich ungezwungener beantworten.«

»Man wird uns ständig belästigen und auffordern, Gruppenfotos mit den Akrobaten zu schießen«, hielt der Commander dagegen.

Amy stupste ihren Lebensgefährten mit dem Fuß an und schenkte ihm ein liebreizendes Lächeln.

Tief atmete Dhark daraufhin durch. »Also gut«, lenkte er ein. »Einen Versuch ist es wohl wert. Aber ich möchte später keine Klagen hören, wenn uns die Situation in der Universität über den Kopf wächst.«

Dhark erhob sich und zog seine Bordkombi glatt. »Ruhen wir uns aus – ein anstrengender Tag liegt hinter uns.«

»Ich habe für Sie und Amy ein Doppelzimmer gebucht«, erklärte Shanton. »Alle anderen erhalten ein Einzelzimmer.«

Der weißblonde Terraner nickte knapp. »Ausgezeichnet.« Er nahm Amy bei der Hand und zog sie aus dem Sessel zu sich heran. »Ich werde Wonzeff noch auf den neuesten Stand bringen, ehe ich ins Bett gehe«, erklärte er. »Ihnen rate ich ebenfalls, die Nacht nicht zu lang werden zu lassen.«

Mit diesen Worten wandte er sich ab und schritt mit Amy an seiner Seite auf die Treppe zu, die zu den Hotelzimmern hinaufführte.

17.

Die Akademie der Wissenschaften lag im Zentrum der Stadt und nahm die gesamte untere Hälfte eines zwanzigstöckigen Hochhauses ein. In den Etagen oberhalb der Studieneinrichtung befanden sich die Wohnungen der Professoren und Fakultätsmitglieder, wie die Hinweistafel im Foyer des Gebäudes verriet.

An diesem Morgen glich der Eingangsbereich der Universität einem Bahnhof zur Hauptverkehrszeit. Es herrschte ein dichtes, unübersichtliches Gedränge, sodass die Gefährten einige Minuten benötigten, um sich bis in die Mitte der Halle vorzukämpfen.

Das Angebot der Akademie fand bei der Bevölkerung offenkundig großen Zuspruch. Unter den Gästen befanden sich junge Leute ebenso wie solche mittleren Alters; sogar einige Greise entdeckten die Raumfahrer unter den in der Eingangshalle Anwesenden.

Vor dem Empfangstresen gab es kein Vorankommen mehr, denn dort war der Andrang besonders groß. Die Verwaltungsangestellten hinter dem Tresen gaben sich sichtlich Mühe, Ruhe zu bewahren und die auf sie einstürmenden Fragen gewissenhaft zu beantworten.

Eine Kakofonie aus Gesprächsfetzen, Ausrufen und die eine oder andere wütend hervorgebrachte Beschimpfung erfüllten die Halle. Das Belüftungssystem schien ebenfalls überlastet zu sein, denn es herrschte eine muffige, nach Körperausdünstungen aller Art riechende Atmosphäre.

»Wie soll sich hier bloß einer zurechtfinden?«, schimpfte Shanton und schnaufte zornig, als er den Ellenbogen eines jungen Stacwa in den Rücken gerammt bekam.

»Die große Hinweistafel hinter dem Rezeptionstresen gibt eigentlich genau Auskunft darüber, wie die Räumlichkeiten in diesem Gebäude aufgeteilt sind«, rief Amy dem Ingenieur über die Köpfe einer Gruppe Utaren hinweg zu. »Wir müssen uns nur entscheiden, in welcher Fakultät wir uns zuerst umsehen möchten.«

Doorn strich sich gereizt eine Strähne seines langen roten Haars aus dem Gesicht. »Ich hatte mich auf diesen Besuch schon sehr gefreut«, grummelte er missmutig. »Doch jetzt bereue ich langsam, dass wir den Beschluss gefasst haben, hierherzukommen.«

In diesem Moment schob sich eine spindeldürre Gestalt auf die Menschen zu; ungeachtet des Gedränges ringsum fuchtelte sie dabei aufgebracht mit den überlangen schlangenartigen Armen.

Die lidlosen Augen wirkten übermäßig groß, und blaue Flecken bedeckten die braune Haut.

»Wem gehört dieser Vierbeiner?«, erkundigte sich das Wesen aufgebracht und deutete mit beiden Händen auf Jimmy hinab. Auf dem Revers der Jacke des Wesens prangte das Emblem der Akademie, das den Gefährten bereits über dem Eingangsportal aufgefallen war und eine große gelbe Sonne darstellte, um die herum sich die sechs bewohnten Welten auf ihrer gemeinsamen Kreisbahn gruppierten.

Shanton hob lax die Hand. Sein geübter Blick hatte ihm sofort verraten, dass ein Murrak vor ihm stand. »Der Kleine gehört zu mir.«

»Haustiere mitzuführen ist in dieser Bildungsstätte nicht erlaubt«, informierte ihn die humanoide Gestalt, von der nicht ersichtlich war, ob es sich um einen Mann oder eine Frau handelte. »Bitte entferne diese Kreatur umgehend.«

Jimmy gab ein unterdrücktes Knurren von sich, verstummte aber sogleich, als Shanton ihn mit einer unwirschen Geste bedachte. »Raus!«, befahl er seiner Konstruktion daraufhin im barschen Befehlston. »Warte draußen, bis ich zurückkehre!«

Jimmy brannte eine freche Erwiderung in den Schaltkreisen, wie seine Mimik deutlich verriet. Doch er riss sich zusammen, drehte sich um und huschte durch die Beine der dichtgedrängten Menge hindurch auf den Ausgang zu.

Der Murrak glotzte mit seinen lidlosen Augen verblüfft. »Dein Haustier gehorcht ja fast genauso gut wie ein wohlprogrammierter Roboter«, lobte er.

»Nicht wahr?«, ätzte Shanton. »Aber in Wahrheit ist das alles nur eine Frage von disziplinierter Dressur.«

Dhark nutzte die Gelegenheit und richtete eine Frage an den Mitarbeiter der Akademie: »Wir möchten uns gerne einen Überblick über den wissenschaftlichen Werdegang Panows verschaffen«, eröffnete er dem Murrak. »Außerdem wünschen wir, uns über den aktuellen Wissensstand zu informieren. In welchen Räumlichkeiten sollten wir uns umsehen, um ein allgemeines Verständnis von den technischen Möglichkeiten der Panowen zu erlangen?«

Der Murrak verzog skeptisch das Gesicht und musterte den Commander abschätzig von oben bis unten.

Amy, die fürchtete, Dharks Frage könnte den Akademiemitarbeiter misstrauisch gemacht haben, fügte rasch hinzu: »Wir kommen vom Lande und möchten unseren Kindern ein Studium in dieser Lehranstalt ermöglichen, wollen uns vorher aber ein Bild über das hiesige Lernangebot verschaffen.«

»Verstehe.« Der Murrak deutete wild gestikulierend auf einen breiten Durchgang, durch den sich mehrere Besucher hindurchschoben. »Ich empfehle euch den informellen Rundgang. Der wurde speziell für Besucher entwickelt, die bisher keine Berührungspunkte mit dieser Lehranstalt und den Wissenschaften im Allgemeinen hatten. Folgt einfach den grünen Pfeilen.« Er deutete eine Verbeugung an. »Ich wünsche euch einen lehrreichen Aufenthalt. Und scheut euch nicht, eure Kinder hierherzuschicken. Ein Studium abzuschließen wird ihnen nicht schaden und auch eurem Dorf zugutekommen, für den Fall, dass euer Nachwuchs nach Erlangung eines akademischen Grades in sein Heimatdorf zurückkehrt, um dort die Glorie Panows zu mehren.«

Der Murrak wandte sich ab und schob sich mit seinem dürren Leib geschickt durch die Menge, wobei er sich aufmerksam umsah, wahrscheinlich, wie Dhark vermutete, um Ausschau nach weiteren Besuchern zu halten, die eine Regelwidrigkeit begangen hatten.

»Eine reizende Kreatur«, spöttelte Doorn säuerlich. »Und so gar nicht herablassend zu einfältigen Dorfbewohnern wie uns.«

Dhark winkte ab. »Ich bin heilfroh, dass unsere Tarnung so gut funktioniert.« Verstohlen sah er sich um. »Die Besucher sind Gott sei Dank alle mit anderen Dingen beschäftigt, sodass noch niemandem aufgefallen ist, dass sich prominente Akrobaten unter den hier Anwesenden aufhalten.«

Peinlich berührt schoben sich Sass und Yello an die Spitze der Gruppe. Unnachgiebig, doch mit der gebührenden Höflichkeit bahnten sich die Cyborgs einen Weg durch die Menge, sodass die Gruppe den ihnen von dem Murrak gewiesenen Durchgang schnell erreichte.

*

In der Halle, die sich kurze Zeit später vor den Terranern auftat, standen mehrere hohe Glaskästen, in denen sich offenbar Exponate befanden.

Was genau die Behältnisse beinhalteten, vermochten die Gefährten aus der Ferne wegen der vielen Leiber, die sie umringten, nicht auszumachen.

»Seht euch das an!«, rief Shanton begeistert aus, als die Gruppe den ersten Schaukasten endlich erreichte.

Ein Bodenfahrzeug, das einem einfachen Holzkarren glich, wurde darin ausgestellt. Auf der Ladefläche ruhte ein klobiger primitiver Verbrennungsmotor, der mittels eines breiten und über ein Schwungrad geführten Lederriemens mit der Hinterachse verbunden war. Vorn befand sich eine Sitzbank, die an beiden Seiten von hölzernen Hebeln flankiert wurde, mit denen sich die schwenkbaren Vorderräder bewegen ließen.

Aufmerksam betrachteten Doorn und Shanton die doch recht primitive Konstruktion. Eine am Hinterrad lehnende Tafel zeigte den Kupferstich eines Glandaren. Sein Name lautete Efriem Pellok; er hatte das allererste motorisierte Bodenfahrzeug entwickelt, das auf Panow gebaut worden war, wie es hieß. Bei dem ausgestellten Gefährt handelte es sich allerdings um eine von Studenten der Fakultät für Antriebstechnik angefertigte Rekonstruktion, die auf Grundlage der originalen Baupläne des Glandaren angefertigt worden war.

Nachdem die Raumfahrer das Gefährt gebührend begutachtet hatten, wandten sie sich dem nachfolgenden Glaskasten zu. In diesem stand ein zweisitziges, sportlich anmutendes Automobil, dessen Motor unter einer windschnittigen Blechhaube verborgen lag. Die Abdeckung stand auf der einen Seite offen, sodass ein Blick auf den Boxermotor erhascht werden konnte. Eine am Chassis lehnende Tafel zeigte das Foto einer kleinen Ölraffinerie, aus deren Schornsteinen dunkler Rauch quoll.

Von Schaukasten zu Schaukasten wurden die Bodenfahrzeuge nun immer moderner und technisch ausgereifter. Schautafeln, Videofilme und Holografien lieferten zusätzlich Informationen über die Entwicklungsstufen.

Am Ende der Halle stand ein Schweber, bei dem es sich um ein Vormodell der Fahrzeuge zu handeln schien, wie sie von den Bewohnern dieser Welt zurzeit verwendet wurden.

Die Gefährten folgten dem Besucherstrom in den anschließenden Saal. Von der hohen Decke hingen verschieden große Flugzeugmodelle herab. Die Exponate zeichneten die Entstehungsgeschichte der zivilen Luftfahrt auf dieser Welt nach. Abenteuerlich anmutende Segelflieger befanden sich ebenso darunter wie motorisierte Doppeldecker und kleine Passagiermaschinen, die von Düsen angetrieben wurden.

Wie auch schon in der Halle der Automobile, so wurden die Exponate auch hier durch Stelltafeltexte oder Filme ergänzt, die die Besucher mit zusätzlichen Informationen versorgten.

*

Eine halbe Stunde später gelangten die Gefährten in einen Saal, in dem die Entwicklung der Raumfahrttechnik thematisiert wurde. Ein Flugsimulator, wie er für die Ausbildung von Raumfahrern verwendet wurde, bildete das Zentrum und zugleich auch den am meisten frequentierten Bereich dieser Halle. Um den Flugsimulator herum gruppierten sich miniaturisierte Modelle von verschiedenen Raumschiffen. Auch über die unterschiedlichen zur Anwendung kommenden Antriebsarten und Navigationssysteme wurde berichtet. Der modernste Antrieb beschleunigte die Schiffe, wie in einem Film behauptet wurde, bis auf mehrere zehntausend Kilometer pro Sekunde.

Fasziniert schritten die Gefährten die Exponate ab, bewunderten die ramponierte Raumkapsel, mit der der erste Panowe, der mit einer Rakete ins All hinausgeschossen worden war, den Planeten mehrmals umrundet hatte, um in seiner Kapsel dann schließlich wieder zur Raketenbasis zurückzukehren.

Über die erste Mondexpedition wurde in dieser Halle ebenso berichtet wie von den bemannten Langstreckenschiffen, die zu den benachbarten Planeten entsandt worden waren, nachdem man anhand von Funkwellen festgestellt hatte, dass diese ebenfalls bewohnt waren.

Besonders beeindruckt zeigten sich die Raumfahrer von einem experimentellen Antrieb, der sehr dem »Time«-Effekt-Antrieb ähnelte, den die Menschen einst entwickelt hatten. Doch die vorhandenen Komponenten bildeten lediglich ein fragmentarisches Konglomerat, das weit davon entfernt war, ein funktionsfähiges überlichtschnelles Antriebssystem zu sein. Die Ansätze, die in die Entwicklung eines »Time«-Effekt-Antriebs münden könnten, wenn sie denn weiterentwickelt wurden, waren jedoch unzweifelhaft vorhanden.

»Ihr interessiert euch für diese Kuriosität?«, wurden die den rudimentären Antrieb umringenden Gefährten plötzlich von einer an eine Mumie erinnernden Kreatur angesprochen. Die Gestalt maß etwa eineinhalb Meter; gräuliche, stark verschrumpelte Haut bedeckte die unter der Akademiekleidung hervorschauenden Körperteile. Die dürren Hände wirkten dabei besonders faltig, und auch das Gesicht hätte mit seinen tief eingegrabenen Falten und dem wie mit dem Messer hineingeschnittenen Mundschlitz einer ägyptischen Mumie zur Ehre gereicht. Um den Hals trug die Gestalt ein kleines Sprachverstärkersystem, um die leise wispernde Stimme hörbar zu machen.

Die Raumfahrer wussten sofort, dass sie es mit einem Dörsi zu tun hatten. Doch im Gegensatz zu den sogenannten Sandwurfreitern, die über gelb leuchtende Augen verfügten, schimmerten die dieses Akademiemitarbeiters nur matt grau, was daran liegen mochte, dass dieser Dörsi nicht in den Genuss der nur auf der Wüstenwelt dieses Sternenvolkes wachsenden Beeren kam, die für die gelbliche Augenfärbung verantwortlich zeichneten. Die Dörsi verfügten, ähnlich wie die Nogk, über quasitelepathische Fähigkeiten, die bei diesem Exemplar jedoch nur schwach vorhanden zu sein schien, denn die Gefährten vermochten nicht einmal einen diffusen Bilderstrom aus seiner Richtung zu empfangen.

»Dieser Antrieb gilt als Kuriosität?«, hakte Shanton nach. »Warum?«

»Er wurde vor zehn Jahren von einem außerordentlich begabten Ingenieur entwickelt, der auch auf dieser Akademie einen Lehrstuhl innehatte«, erläuterte der Dörsi bereitwillig. »Leider verunglückte er bei einem Gleiterabsturz tödlich, sodass seine Arbeit unvollendet blieb. Ihm zu Ehren stellen wir dieses skurrile Wunderwerk noch immer aus.«

»Warum wurde die Arbeit dieses Mannes von keinem seiner Kollegen fortgeführt?«, erkundigte sich Dhark vorsichtig.

Der Dörsi fuhr sich mit der Hand über den Schädel, wobei ein Geräusch wie von knisterndem Pergament entstand. »Nicht jeder Wissenschaftler ist, wie Hermades, erpicht darauf, an einem überlichtschnellen Antrieb zu forschen. Viele lehnen es ab, sich mit diesem Wissenszweig zu befassen.«

»Warum das?«, hakte Doorn interessiert nach.

»Dafür gibt es mehrere Gründe, wie ihr eigentlich wissen solltet«, gab der Dörsi reserviert zurück. »Religiöse Beweggründe sind dabei genauso ausschlaggebend wie wissenschaftliche Erwägungen. Ich selbst halte es, wie die meisten meiner Kollegen übrigens auch, für blasphemisch, infrage zu stellen, dass unser Sonnensystem im gesamten Kosmos ein einzigartiges Phänomen darstellt. Außer unserer Sonne und den um sie kreisenden Planeten existiert nichts in der Leere, die uns umgibt. Diese Tatsache ist darüber hinaus wissenschaftlich belegt.«

Shanton bedachte den unfertigen Antrieb mit einem nachdenklichen Blick. Der »Time«-Effekt-Antrieb konnte, wie er wusste, gefahrlos nur außerhalb von solaren Magnetfeldern eingesetzt werden. So gesehen musste er es als Segen betrachten, dass dieser Hermades nicht dazu gekommen war, seine Erfindung zu vollenden, denn wenn der Antrieb innerhalb dieses Systems zum Einsatz gekommen wäre, hätte sich eine schlimme Katastrophe ereignen können.

Der Dörsi wandte sich ab, um sich einer anderen Gruppe zuzuwenden, die an einer Navigationskonsole herumhantierte. Freundlich sprach er die Besucher an und verstrickte sie in ein Gespräch.

Plötzlich schob sich ein Student hinter einem Informationsstand hervor und näherte sich den Raumfahrern. Es handelte sich um ein zartgliedriges Echsenwesen, aus dessen Maul eine gespaltene Zunge hing.

»Ihr dürft nicht alles glauben, was Dekan Grellsing euch eben erzählt hat«, zischelte er den Menschen zu. »Einige der hier lehrenden Professoren vertreten durchaus die Meinung, dass es erforderlich ist, einen überlichtschnellen Antrieb zu entwickeln. Doch Leute wie Grellsing verhindern, dass sie zum Zuge kommen, und die Regierung unterstützt ihn dabei auch noch!«

Ohne eine Erwiderung abzuwarten huschte das Echsenwesen hinter den Informationsstand zurück und tat beschäftigt, indem es einem Vorbeigehenden kurzerhand eine Broschüre in die Kralle drückte.

*

Dhark zeigte sich sichtlich beeindruckt, während er an der Seite seiner Freunde eine weite Halle betrat, in der sich hauptsächlich junge Leute herumzutreiben schienen. »Es ist immer wieder verblüffend zu beobachten, wie gleiche Problemstellungen oft zu sehr ähnlichen, wenn nicht sogar identischen Lösungen führen, obwohl sie von Sternenvölkern entwickelt werden, die sich, was ihre Kultur und Geschichte anbelangt, zum Teil krass voneinander unterscheiden.«

»Bemerkenswert an der technologischen Geschichte dieser Welt ist allerdings, dass mehrere Völker gemeinsam und offenbar gleichberechtigt an der Entwicklung beteiligt waren.« Shanton wuselte mit den Fingern durch seinen Kinnbart. »Wie es scheint, lief die Zusammenarbeit der Wissenschaftler und Ingenieure auf diesem Planeten ohne nennenswerte Reibereien oder Konkurrenzgebaren ab, obwohl sie sich körperlich doch sehr voneinander unterscheiden.«

Amy nickte gewichtig. »Die technische Entwicklung auf Panow scheint in den letzten zehntausend Jahren ganz ähnlich wie auf der Erde verlaufen zu sein. Und dennoch meine ich, einige Ungereimtheiten in der hier aufbereiteten Darstellung entdeckt zu haben.«

»Wovon genau sprichst du?«, wollte Dhark wissen, während er sich in der Halle umsah, die wie auf einer Messe mit mehreren Ständen und Podien ausgestattet war.

Vor den Tischen und Kammern hatten sich Trauben Interessierter gebildet, während die Unentschlossenen auf den Gängen wandelten und ihre Blicke über die Bildschirme schweifen ließen, die überall an langen Drahtseilen von der Decke hingen.

»Ich ahne, worauf Amy hinauswill«, mischte sich Doorn in das Gespräch. »Die hier dargebotenen Text- und Bilddokumente widersprechen den Darstellungen in den Schaukästen zum Teil erheblich, von den Informationsvideos ganz zu schweigen.«

Shanton nickte beipflichtend. »Mir ist das ebenfalls aufgefallen. Ganz besonders abnorm scheint die Entwicklung vom einfachen Bodenfahrzeug hin zum Schweber und Gleiter verlaufen zu sein. Es fehlen mindestens zwei Entwicklungsstufen zwischen diesen beiden Innovationen. Die Antigrav-Aggregate scheinen direkt vom Elektromotor abgeleitet worden zu sein. Es fehlt die für diese Technik unabdingbare Weiterentwicklung der Schwerkraftspulen zu den modernen Antigrav-Modulen.«

»Vielleicht wurde dieser Schritt nur einfach nicht dokumentiert«, wandte Dhark ein.

»Kann schon sein«, räumte Doorn ein. »Doch aus welchem Grund wurde der Strahlantrieb innerhalb von dreißig Jahren gleich zweimal unabhängig voneinander erfunden? Denn dass dies so gewesen sein muss, legen die entsprechenden Lehrfilme in der Flugtechnikhalle nahe. Einmal wurde das Strahltriebwerk von einem Stacwa namens Funkrobe Grastit entwickelt, und drei Jahrzehnte später schrieb sich ein gewisser Drobin Soltoris die Erfindung des Antriebs mittels Rückstoßwirkung des Abgasstrahls auf die Fahne.«

»Das ist in der Tat seltsam«, musste der Commander einräumen.

»Das während der Vorbereitung dieser Präsentation seitens der Akademie schluderig gearbeitet wurde, kann ich mir nicht vorstellen«, überlegte Amy laut. »Es muss eine andere Erklärung für diese Ungereimtheiten geben.«

»Warum fragen wir nicht einfach nach?«, regte Artus an, der sich die ganze Zeit über zurückgehalten hatte, damit nicht auffiel, dass in ihm mehr als bloß ein gewöhnlicher Dienstroboter steckte. »Dort vorn stehen die Chancen nicht schlecht, dass ihr schnell Gehör findet und relativ ungestört eure Fragen stellen könnt.« Er deutete zu einer Nische hinüber, vor der nur einige wenige Neugierige standen.

In der Wandvertiefung herrschte von geheimnisvoll anmutenden Lichtpunkten durchwirkte Dunkelheit. Der Kolk, der im vorderen Bereich der Nische stand und auf die Besucher einredete, hob sich mit seinem schwarzen Gefieder und seinem dunklen Anzug, der mit dem Emblem der wissenschaftlichen Akademie versehen war, nur undeutlich von dem dunklen Hintergrund ab.

Dhark nickte, und die Gruppe schritt auf die Nische zu. Wie es der Zufall wollte, wandten sich die anderen Besucher in diesem Moment von dem Informationsstand ab und schlenderten davon.

»Seid willkommen«, sprach der Kolk die Menschen daraufhin an und winkte ihnen mit seinen gefiederten Armen auffordernd zu. »Tretet ruhig näher. Es besteht kein Grund für Berührungsängste mit den Religionswissenschaften.«

»Die haben wir auch gar nicht«, entgegnete der Commander, dem allerdings plötzlich Zweifel kamen, ob sie bei diesem Kolk mit ihren Fragen tatsächlich an der richtigen Adresse waren. Seiner Erfahrung nach gehörten Anhänger religiöser Strömungen nicht unbedingt zu den Leuten, die dazu neigten, die Welt um sie herum mit wissenschaftlicher Nüchternheit zu betrachten.

Das vogelähnliche Wesen öffnete erneut den Schnabel. »Vielen Panowen flößen die Widersprüche, die ihnen in ihrem Alltag begegnen, Furcht ein. Aufgabe der Religion ist es, den auf diese Weise Verunsicherten die Angst zu nehmen und ihnen zuzusichern, dass sie in einem gottgewollten Universum leben, in dem es nichts gibt, das sie beunruhigen müsste.«

»Von welchen Widersprüchen redest du?«, hakte der Commander verblüfft nach.

Der Kolk tippte sich mit dem Finger bedeutungsvoll gegen den Schnabel. »Ich sehe es euch an, dass ihr voll von Bedenken und Zweifel seid«, behauptete er. »Aber seid versichert, dass die Fragen, die euch beschäftigen, jeden Panowen anfechten. Eure Unsicherheit entspringt den Antagonismen, von denen ihr euch umgeben wähnt.«

Er deutete in die Nische hinein, die im Grunde nicht viel mehr darstellte als eine Ansicht des nächtlichen Sternenhimmels. »Doch ihr irrt«, fuhr er fort. »Das Universum ist eine vollkommene Schöpfung, wir wollen es nur nicht erkennen. Die Lichter am Nachthimmel fordern unsere Zweifel heraus. Allerdings sind sie nicht mehr als eine von Gott gestaltete Kulisse, die dazu dienen soll, uns zu prüfen. Wer den Illuminationen des Zweifels erliegt, setzt sich nur unnötigen Qualen aus – dies den Panowen deutlich zu machen und ihnen aufzuzeigen, dass nur ein fester Glaube ihnen Frieden bringen wird, ist Aufgabe der Religionswissenschaft.«

»Ich denke eher, dein Glaube entspringt vielmehr deiner Verzweiflung darüber, dass du dir viele Dinge, die sich in diesem Universum abspielen, nicht erklären kannst«, entgegnete Doorn kalt.

Der Kolk starrte den Worgunmutanten durchdringend an. »Die Zweifel haben deinen Geist anscheinend bereits arg zersetzt. Im Glauben würdest du endlich Ruhe und Frieden finden.«

»Ruhe und Frieden sind mir genauso wenig eine Antriebsfeder wie Furcht oder Angst«, entgegnete Doorn gelassen. »Ich halte mich lieber an die Fakten.«

Der Kolk wandte sich den Begleitern des Worgunmutanten zu. »Wie steht es mit euch? Hegt auch ihr Zweifel daran, dass unser

Universum, das nur aus unserer Sonne und den um sie kreisenden Planeten besteht, trotz seiner Widersprüchlichkeit in sich vollkommen ist?«

»Wir schließen zumindest nicht aus, dass es sich anders verhalten könnte«, gab Dhark vage zurück.

Der Kolk verschränkte die Arme vor der Brust und sah die Besucher herausfordernd an. »Nun, Zweifel sind dazu da, sie auszusprechen und sie zu erörtern. Anders können sie nicht überwunden werden.«

»Uns ist aufgefallen, dass in der chronologischen Reihenfolge in Bezug auf die technische Entwicklung auf Panow gewisse Ungereimtheiten bestehen«, nutzte Amy die Aufforderung zum Dialog, die der Religionswissenschaftler auf eine etwas umständliche Art soeben ausgesprochen hatte. »Wie erklärst du dir das?«

»Der Zeitstrahl ist ein Konstrukt der Sterblichen«, erwiderte der Kolk geduldig. »Doch die Schöpfung gehorcht viel komplexeren Gesetzen, als wir sie uns mit unserem beschränkten Verstand vorzustellen vermögen. Gewisse technologische Ereignisse können sich wiederholen oder es tun sich zwischen ihnen unerklärliche Lücken auf. Darüber nachzudenken verstärkt nur das Gefühl der Unsicherheit und lässt uns in Angst zurück.«

»Es kommt mir so vor, als hätten die Macher dieser Veranstaltung versucht, einen Teil der technologischen Geschichte Panows zu schönen oder zumindest zurechtzurücken, um ein möglichst schlüssiges und unverfängliches Bild ihrer Linearität zu erzeugen«, fasste Amy ihren Eindruck zusammen. »Doch die Ungereimtheiten sind so eklatant, dass dies nicht auf allen Ebenen geglückt ist.«

»Ihr begebt euch da gedanklich auf einen Pfad, der euch unweigerlich direkt in die Verzweiflung treiben wird«, mahnte der Kolk gewichtig. »Nehmt Vernunft an und lasst ab von diesen unsinnigen Fragen. Vertraut stattdessen auf Gottes Schöpfung, und darauf, dass ihr in seinem kleinen Universum sicher geborgen seid.«

»Wir werden versuchen, deine Worte zu beherzigen«, stellte Dhark in Aussicht, da er erkannt hatte, dass die Unterhaltung mit diesem Akademiemitglied sie nicht weiterbringen würde.

Der Kolk nahm ein Faltblatt aus dem neben ihm aufgebauten Regal und überreichte es dem Commander. »Wenn ihr von euren Zweifeln schon nicht ablassen könnt, so eröffnet doch zumindest eurem Nachwuchs die Chance auf ein zufriedenes Leben, indem ihr ihm ein Studium der Religionswissenschaft ermöglicht.«

»Wir werden es uns durch den Kopf gehen lassen.« Dhark nickte dem Vogelwesen dankend zu und wandte sich ab.

»Die totale Abschottung nach außen verleitet die Bewohner dieses Sonnensystems zu den haarsträubendsten Theorien über die Beschaffenheit des Universums und den Sinn ihrer Existenz«, murmelte Shanton und zog eine finstere Miene.

»Zudem scheint irgendeine Macht oder Instanz in den gesellschaftlichen Werdegang dieser Vielvölkergemeinschaft einzugreifen«, warf Amy ein. »Anders kann ich mir die Ungereimtheiten im Entwicklungsverlauf ihres technischen Fortschritts nicht erklären.«

»Die Herren von Voktar«, sagte Yello nur. »Wer käme sonst dafür infrage?«

»Ob tatsächlich die Friedensstifter dahinterstecken, lässt sich bisher nicht zweifelsfrei feststellen«, gab Dhark zu bedenken. »Dass in diesem Vielvölkersystem keine der uns bisher bekannten Bewohner von Voktar vertreten sind, gibt mir stark zu denken.«

Sass schnaufte verärgert. »Wenn wir wenigstens in Erfahrung bringen könnten, aus welchem Grund dieses Sonnensystem vom Rest der Galaxis isoliert wurde.«

»Die Bewohner scheinen darauf jedenfalls noch viel weniger eine Antwort zu kennen als wir.« Doorn blickte sich voller Skepsis in der belebten Halle um. »Es wäre unklug, jetzt schon aufzugeben. Setzen wir die Besichtigung dieser Lehranstalt also lieber noch eine Weile fort.«

Damit zeigte sich auch Dhark einverstanden.

*

Die Gefährten folgten Doorn und Shanton mit den Blicken, während diese auf einen weiteren Informationsstand zuhielten. Es handelte sich um eine Einrichtung der astronomischen Fakultät, wie ein holografisches Hinweisschild verriet.

Von Shanton dicht gefolgt bahnte sich der Worgunmutant einen Weg durch die Menge, die sich um den Stand geschart hatte.

Forsch sprach Doorn den Anschmie an, der einigen Interessenten gerade einen Kalkulator vorführte.

Das Schlangenwesen reagierte auf die dreiste Störung zuerst ein wenig ungehalten, ließ sich von den beiden Wissenschaftlern dann aber doch in ein Gespräch verwickeln.

»Was treiben die beiden denn da?«, erkundigte sich Sass, der zusammen mit den anderen an einem Sammelpunkt stehengeblieben war.

»Sie fachsimpeln«, mutmaßte Dhark. So langsam hatte der Commander von dieser Informationsveranstaltung die Nase voll, nachdem sie nun schon mehrere Stunden ohne nennenswerte Ergebnisse durch die Hallen gewandert waren.

Missmutig betrachtete der weißblonde Terraner die über dem Sammelpunkt schwebende Holografie, eine Darstellung des Systems der Großen Sonne, die von einem um sich selbst drehenden Schriftzug überschrieben wurde, der die Worte »Unser Universum« bildete.

Die Namen der um die Riesensonne kreisenden Planeten bewegten sich in einer Kreisbahn um die jeweiligen Welten herum. Die sechs in der Lebenszone um die Sonne rotierenden Planeten hatten alle exakt den gleichen Abstand zum Zentralgestirn. Panow und Daffel lagen relativ dicht nebeneinander, während zu Sinop und Liesor ein größerer Abstand bestand. Die beiden sich bekriegenden Welten Tis und Pral waren von einer rötlichen Aura umgeben, vermutlich, wie Dhark sich dachte, um daran zu gemahnen, dass sie sich derzeit gegenseitig mit Waffengewalt bekämpften.

»Chris holt soeben seinen Hand-Suprasensor hervor«, zischte Amy ihrem Lebensgefährten zu und riss ihn somit aus seiner Betrachtung. »Kann er sich denn nicht denken, dass dieses Gerät unweigerlich die Aufmerksamkeit der Fakultätsmitarbeiter auf sich ziehen muss?«

Dhark spähte beunruhigt zu seinen beiden Freunden hinüber. Doorn diskutierte gestenreich mit dem Snake, während Shanton konzentriert auf seinen Hand-Suprasensor starrte und eine Eingabe tätigte.

Ein weiterer Mitarbeiter des Informationsstandes gesellte sich zu der Gruppe. Auch diesen bezog der Worgunmutant rasch in die Diskussion mit ein.

»Alles halb so schlimm«, warf Yello ein, der das Geschehen ebenfalls beobachtete. »Arc beschäftigt die Fakultätsmitarbeiter so sehr, dass sie Chris' Apparat keine Beachtung schenken.«

Dhark fuhr sich mit der Hand über das Gesicht. »Ich hoffe sehr, dass dies auch so bleiben wird. Es wäre sicher ein Fehler, die Intelligenz der hiesigen Wissenschaftler zu unterschätzen. Wenn sie erfahren, welche erstaunlichen Gerätschaften wir bei uns haben, könnten sie leicht Verdacht schöpfen.«

»Die Frage ist nur, ob sie Spione von einem der anderen bewohnten Planeten dieses Systems in uns vermuten oder Besucher von außerhalb ihres Universums«, merkte Sass bissig an.

Nun wurde auch Shanton wieder in das Gespräch hineingezogen. Rasch ließ er den Hand-Suprasensor in einer Tasche verschwinden und beschrieb mit den Händen abwehrende Gesten, während der Anschmie aufgeregt auf ihn einredete.

Nacheinander begannen sich nun auch die Umstehenden an dem Meinungsaustausch zu beteiligen. Die Äußerungen wurden mit wachsender Leidenschaft vorgetragen, wie Dhark sorgenvoll registrierte. Die Stimmen der Diskutierenden schwollen an, und ihre Gesten verrieten, dass sich ihre Gemüter immer mehr erhitzten. Eine stürmische Debatte drohte am Stand der astronomischen Fakultät zu entbrennen.

Das Geschehen erregte unter den in der Halle anwesenden Besuchern unterdessen immer mehr Aufmerksamkeit; Neugierige strömten der Ansammlung entgegen.

»Langsam wird es brenzlig für unsere Freunde«, orakelte Yello.

Wie um die Einschätzung des Cyborgs zu bestätigen, gingen an dem Info-Stand plötzlich zwei Murip mit Fäusten aufeinander los. Shanton zog den Kopf ein und versuchte, sich von den Streitenden zu entfernen, doch das Gedränge um ihn herum war so dicht, dass er keinen Schritt tun konnte.

Dhark ballte die Fäuste. »Wir müssen etwas unternehmen«, entschied er. »Die Situation droht, unseren Freunden zu entgleiten!«

Da heulte in der Halle plötzlich eine Sirene auf, und die roten Kreisellampen unter der Decke schalteten sich ein.

»Was ist denn jetzt los?«, fragte Sass bestürzt.

»Ich habe mir über Funk Zugang in das Sicherheitssystem der Universität verschafft«, erläuterte Artus daraufhin seelenruhig. »Die Schutzprogramme zu umgehen war ein Kinderspiel. Was ihr da hört, ist ein von mir ausgelöster Feueralarm.«

Die im Saal versammelte Menge strömte plötzlich auf die Ausgänge zu, und an den Seiten der Halle öffneten sich Tore, die auf einen Fluchtkorridor hinausführten. Hastig, doch ohne in Panik zu verfallen, rannten die Besucher auf die Tore zu. Auch die Akademiemitarbeiter kamen hinter ihren Ständen hervor und schlossen sich den Fliehenden an. Der Tumult beim Info-Stand der astronomischen Fakultät löste sich auf.

Doorn und Shanton nutzten das Durcheinander, um zu ihren Freunden zurückzukehren.

»Dieser Alarm kommt wie gerufen«, merkte Doorn erleichtert an.

»Nicht wahr?«, äußerte sich Artus trocken.

Als Shanton daraufhin dämmerte, wer für diesen deeskalierenden Alarm verantwortlich zeichnete, bedachte er den intelligenten Großserienroboter mit einem dankbaren Lächeln. »Es hätte nicht viel gefehlt, und vor dem Stand der astronomischen Fakultät wäre es zu einer Massenschlägerei gekommen.«

Dhark seufzte schicksalsergeben. »Sehen wir zu, dass wir von hier verschwinden!«, befahl er.

Mit dem Commander an der Spitze eilten die Raumfahrer auf einen nahegelegenen Ausgang zu.

»Wie ist es überhaupt zu dieser prekären Lage gekommen?«, verlangte der weißblonde Terraner energisch ausschreitend zu wissen.

»Ich weiß auch nicht so recht«, antwortete der Worgunmutant, während sie das Tor durchschritten und auf den Fluchtkorridor hinaustraten. »Wir hatten uns mit den Betreibern des Informationsstandes über die verschiedenen Theorien der Entstehung des Universums unterhalten.«

»Herausgekommen ist dabei freilich wenig«, warf Shanton kurzatmig ein. »Die Astronomen haben im Grunde keine Ahnung, wie ihr Sonnensystem, das sie für das Universum halten, entstanden sein könnte.«

»Plötzlich schalteten sich mehrere der Umstehenden in die sowieso schon lebhafte Unterhaltung ein«, fuhr Doorn fort. »Sie forderten, dass mehr unternommen werden müsse, um die rätselhafte Leere jenseits des Universums zu erkunden. Dafür sei es unabdingbar, einen überlichtschnellen Antrieb zu konstruieren.«

»Ein solches Unternehmen lehnten etliche der den Stand umlagernden Individuen jedoch kategorisch ab«, ergänzte Shanton, der Mühe hatte, nicht hinter die Gruppe zurückzufallen. »Es entstand ein regelrechtes Wortgefecht, dem dann sogar Handgreiflichkeiten folgten.«

Ein weit offenstehendes Tor führte nach draußen an die frische Luft. Die Gefährten fanden sich plötzlich auf dem Campus wieder, auf den aus zahlreichen Gebäudeausgängen Besucher hinausströmten.

*

Amy geleitete die Gruppe auf eine etwas abseits stehende, vier Meter hohe Statue zu. Die quasihumanoide, überlebensgroße Gestalt aus Bronze wirkte sehr stämmig. Die Augen lagen hinter doppellidrigen Hautfalten halb verborgen, und die Nase glich einem kurzen Rüssel. Die durchscheinende Haut und die darunter hervorschimmernden Adern darzustellen, war dem Künstler, trotz der Tatsache, dass er für die Statue Metall verwenden musste, überzeugend gelungen.

Im Schatten des überproportional großen Kurrgen, der der am Sockel angebrachten Schrifttafel zufolge als Begründer der wissenschaftlichen Akademie angesehen wurde, fanden die Gefährten endlich Gelegenheit, sich ungestört zu unterhalten.

Aufmerksam blickte sich Shanton um, ehe er seinen Hand-Suprasensor erneut hervorholte.

»Die hiesigen Wissenschaftler sind keine Dummköpfe«, erläuterte er, während er einige gespeicherte Daten aufrief. »Sie haben es tatsächlich fertiggebracht, ihre Theorien über die Beschaffenheit ihres mutmaßlichen Universums mit entsprechenden mathematischen Formeln zu belegen. Ich habe sie überprüft und dabei festgestellt, dass die Astronomen zu gar keinen anderen Schlüssen kommen konnten, wenn man die Verzerrungen der Messdaten berücksichtigt, die durch den Ortungsschutz außerhalb dieses Systems hervorgerufen werden.«

»Die genaueren Zusammenhänge zwischen diesen Formeln und der Wirkungsweise des Ortungsschutzes könnte vermutlich die Astronomische Abteilung der POINT OF aufdecken«, regte Doorn an.

Dhark verzog unzufrieden das Gesicht. »Das ist ja alles schön und gut. Doch wenn Ihre Nachforschung keinen anderen Hinweis enthält als den, dass die Planetenbewohner rechnen können, bringt uns das auch nicht weiter.«

In diesem Moment kam Jimmy um eine Gebäudeecke geflitzt und stürmte auf die Gruppe zu.

»Jimmy!«, rief Shanton erfreut. »Dich hätte ich bei all der Aufregung fast vergessen!«

»Zu meinem Glück ist Artus nicht so vergesslich wie du«, wurde der Roboterhund aufbrausend, während er am Bein seines Konstrukteurs emporsprang. »Er hat mir per Funk mitgeteilt, wo ihr euch aufhaltet.«

»Schweig, Jimmy!«, zischte Dhark. »Ich möchte mir wegen euch nicht schon wieder Ärger einhandeln!«

Amy sah zum Hochhaus hinüber. Noch immer strömten Besucher und Akademiemitarbeiter ins Freie. Ordnungshüter drängten sie zur Eile und begannen, einige der Zugänge zu verbarrikadieren.

»Schade, es sieht nicht so aus, als würde die Informationsveranstaltung heute noch fortgesetzt werden.«

»Hast du etwa noch nicht genug, Amy?« Doorn warf das lange Haar über seine Schulter zurück. »Ich glaube kaum, dass diese Akademie für uns noch irgendwelche relevanten Informationen bereithält.«

»Das sehe ich allerdings anders«, gab der weibliche Cyborg zurück. »Ich hätte mich gerne über die biologische Fakultät informiert. Diesen Sektor haben wir bisher völlig außer Acht gelassen.«

»Was sollte uns an diesem Wissenschaftszweig denn interessieren?«, hakte Shanton nach.

»Ich möchte in Erfahrung bringen, wie es sich mit der Fortpflanzung auf dieser Welt verhält«, erläuterte Amy. »Ich weiß nicht, ob es euch aufgefallen ist, aber es scheint auf Panow keine Mischlinge zu geben. Die Gene der meisten hier lebenden Sternenvölker dürften untereinander nicht kompatibel sein. Das trifft aber ganz sicherlich nicht auf alle zu. Trotzdem scheinen keine Mischlinge geboren zu werden, und dies, obwohl die Völker schon seit zig Generationen auf diesem Planeten zusammenleben. Da ist es doch nicht auszuschließen, dass sich Partnerschaften und Liebesbeziehungen zwischen Mitgliedern verschiedener Völker anbahnen und Nachwuchs aus diesen Verbindungen hervorgeht. Doch nichts deutet darauf hin, dass diese Mischlinge tatsächlich existieren.«

»Ein interessanter Aspekt«, pflichtete Dhark seiner Lebensgefährtin bei. »Sicherlich findet sich noch eine Gelegenheit, dieser Sache auf den Grund zu gehen. Doch jetzt schlage ich vor, dass wir uns zuerst einmal ein wenig stärken.«

»Ein ausgezeichneter Vorschlag«, ächzte Shanton und presste die Hände gegen seinen Bauch. »Ich fühle mich innerlich schon ganz hohl.«

Jimmy prustete drauflos, verkniff sich jedoch eine Bemerkung.

Der Commander drehte sich zur Statue um und aktivierte sein Vipho, um Wonzeff über Funk einen kurzen Lagebericht durchzugeben.

»Wir wissen also noch immer nicht, wer sich so viel Mühe gibt, Milliarden von Lebewesen auf sechs bewohnten Planeten in dem Glauben zu lassen, dass ihr Sonnensystem das einzige im

Universum ist«, fasste der Flashpilot den Bericht des Commanders trocken zusammen. »Ganz zu schweigen davon, dass wir einen Schimmer davon hätten, aus welchem Grund dies alles geschieht.«

Dhark lachte kurz und freudlos auf. »Sie haben es erfasst, Pjetr. Doch wir arbeiten daran. Noch verfügen wir über genügend Zahler, um uns ein, zwei Tage auf dieser Welt durchschlagen zu können. Und diese Zeit gedenken wir auch zu nutzen.«

18.

»Du hast recht, Shanton, diese Buletten stellen tatsächlich ein außergewöhnliches sensorisches Erlebnis dar.« Artus schob sich das mit Fleischklößen und Salat gefüllte Fladenbrot in den Mundschlitz und biss herzhaft davon ab.

»Warum solltest du nicht auch einmal in den Genuss von fremdartigen Lebensmitteln kommen?« Shanton verschlang mit großem Genuss bereits seine zweite Portion. »Immerhin haben wir es nicht zuletzt dir zu verdanken, dass wir jetzt über genügend Zahlungsmittel verfügen, um uns etwas zu beißen kaufen zu können.«

Der Dizin, der die Imbissbude betrieb, vor der die Gefährten standen, starrte den vermeintlichen Dienstroboter mit seinen Katzenaugen argwöhnisch an. »Haltet ihr es denn nicht für eine Verschwendung, eure Maschine mit Lebensmittel vollzustopfen?«, erkundigte er sich leicht befremdet. »Und verkleben die Aggregate und Schaltkreise dieses Roboters nicht, wenn Essen in sein Inneres gelangt?«

»Keine Sorge«, erwiderte Shanton kauend. »Unser Blechkumpel ist mit speziellen Sensoren ausgestattet, die es ihm erlauben, die chemische Zusammensetzung der Speisen exakt zu bestimmen, die in seinen Pseudomagen gelangen.«

Der Dizin kratzte sich den Kopfkamm. »Und wozu soll das gut sein?«

»Auf diese Weise lässt sich zum Beispiel feststellen, ob eine Speise verdorben ist oder vergiftet wurde«, warf Doorn launig ein.

Der Imbissbudenbesitzer versteifte sich. »Wollt ihr etwa andeuten, die gefüllten Fladenbrote, die ich anbiete, könnten nicht in Ordnung sein?«

Dhark seufzte entnervt und warf seinen beiden Freunden einen warnenden Blick zu. Doch bevor er sich anschicken konnte, den Dizin zu beschwichtigen, stieß Amy ihm mit dem Ellenbogen plötzlich in die Seite.

»Dort hinten scheint sich etwas zusammenzubrauen«, zischte sie ihm zu, als er sich ihr zuwandte.

Der Commander sah in die von Amy mit einem Kopfnicken angezeigte Richtung.

Am Ende der Fußgängerzone, in der sie sich aufhielten, bildete sich ein Pulk aus verschiedenen Sternenvölkermitgliedern. Sie rotteten sich am etwa zweihundert Meter entfernten Zugang der Passage zusammen und fingen an, Transparente zu entrollen.

»Verdammt!«, fluchte der Dizin, als auch er nun auf die Ansammlung aufmerksam wurde. »Gleich wird es hier ungemütlich werden!«

*

Hektisch schaltete das katzenartige Geschöpf die Kochstellen ab und verschloss die Vorratsbehälter.

»Was ist denn los?«, fragte Yello den Mann, während sich am Ende der Fußgängerzone immer mehr Individuen einfanden.

»Dieser verfluchte Krieg!«, schimpfte der Dizin. »Er wirkt sich negativ auf das gesamte Universum aus!« Mit diesen Worten fing er an, die Rollläden der Imbissbude herabzulassen.

»Es müssen jetzt annähernd hundert Personen sein, die sich dort hinten zusammengerottet haben«, schätzte Sass und wischte sich den Mund mit einer Serviette sauber.

Transparente wurde aufgerichtet, und tragbare Holo-Projektoren malten dreidimensionale Schriftzüge in den Himmel.

Dhark legte sein angebissenes Fladenbrot langsam auf den Einwegteller, während er die Parolen mit den Blicken überflog. »Die Demonstranten fordern, dass die panowische Regierung in den Konflikt zwischen Tis und Pral eingreift.«

»Der Krieg hat sich doch angeblich wegen der Entwicklung eines überlichtschnellen Antriebs zwischen diesen beiden Welten entzündet.« Yello trat von der Imbissbude weg, um besser sehen zu können.

»Aus diesem Grund verlangen die Demonstranten wohl auch, dass das Hirngespinst der interstellaren Raumfahrt auf allen Ebenen vehement bekämpft werden soll«, merkte Doorn mit rauer Stimme an.

Yello stemmte die Hände in die Hüften, während er die Protestler aufmerksam beobachtete. »Die Leute wirken extrem nervös«, stellte er fest. »An ihrem Verhaltensmuster meine ich ablesen zu können, dass diese öffentliche Meinungsäußerung von offizieller Seite her wohl eher nicht genehmigt wurde und sie Gegenmaßnahmen erwarten.«

Mit einem vernehmlichen Krachen schnappte der letzte noch nicht ganz geschlossene Rollladen des Imbisses ins Schloss.

Shanton würgte den letzten Bissen hinunter. »Ähnliches erwartet dieser Dizin offensichtlich wohl auch.«

»Und mit dieser Einschätzung könnte er sogar richtig liegen!« Amy deutete mit ausgestrecktem Arm in entgegengesetzter Richtung die Fußgängerzone entlang.

Zwischen zwei auf die Passage links und rechts zuführenden Seitenstraßen begannen sich weitere Personen zu versammeln. Auch sie entrollten Spruchbänder und projizierten mit tragbaren Holo-Projektoren Parolen in den Himmel.

Sass rieb sich genervt den Nacken. »Dort formiert sich eine Gegendemonstration. Diese Gruppe fordert, dass endlich mit mehr Nachdruck an der Entwicklung des überlichtschnellen Antriebs geforscht werden soll.«

Dharks Miene verfinsterte sich zusehends; mit Sorge las er die Parolen der Gegendemonstranten. »Sie verlangen dies anscheinend auch, damit Panow beim Wettlauf in den Weltraum endlich an den beiden Kriegsparteien vorbeizieht und einen technologischen Vorsprung gewinnt.«

Doorn rieb sich nachdenklich das Kinn. »Mit welcher dieser Gruppen sollen wir denn nun sympathisieren? Ich kann beim besten Willen nicht sagen, welche dieser Forderungen für diese isolierten Welten besser ist. Wer weiß, was geschieht, wenn sie eines Tages mit ihren Raumschiffen tatsächlich bis zur Grenze ihres beschränkten Universums vorstoßen. Werden die Reckbatz sie aufhalten oder gar eine Strafexpedition hierher entsenden?«

»Das können wir auch gar nicht abschätzen«, entgegnete Amy. »Wir wissen noch viel zu wenig über dieses Sonnensystem und die Gründe seiner Isolation.«

Wie der Commander erst jetzt bemerkte, hatten sich viele der Passanten, die sich in dem Bereich zwischen den beiden Demonstrantengruppen aufgehalten hatten, in die Geschäfte geflüchtet. Andere wiederum hatten sich entweder der einen oder anderen Protestlergruppe angeschlossen.

»Wir sollten uns lieber verdünnisieren«, mahnte Shanton. »Am Ende geraten wir noch zwischen die Fronten.«

»Dafür ist es, fürchte ich, zu spät.« Amy sah sich beunruhigt um. »Die Geschäfte haben ihre Schotten dichtgemacht. Der Fluchtweg in die Läden ist uns somit verstellt, es sei denn, wir wollen uns mit Brachialgewalt Zutritt verschaffen.« Fragend sah sie ihren Lebensgefährten an.

Doch Dhark schüttelte entschieden den Kopf. »Es wird zu viel Aufsehen erregen, wenn ihr eure Cyborgkräfte jetzt einsetzt«, wehrte er ab.

Die Gruppe der Befürworter des überlichtschnellen Antriebs setzte sich plötzlich in Richtung der Kontrahenten in Bewegung. Dies geschah in einer Geschwindigkeit und mit einem Gebaren, die die Gefährten nichts Gutes erahnen ließen. Rufe wurden laut, die aus der entgegengesetzten Richtung prompt mit aggressivem Gebrüll beantwortet wurden.

Als die voranpreschenden Befürworter die Raumfahrer erreichten, bildeten Artus und die Cyborgs, die ins Zweite System gewechselt hatten, einen Kreis um den Commander und seine beiden Freunde Shanton und Doorn, um sie in dem Gedränge zu schützen. Jimmy rannte aufgebracht zwischen den Beinen seiner Freunde umher, die Zunge ausgestreckt, um den Lähmstrahl im Notfall einsetzen zu können.

Vergebens versuchten die Gefährten, sich gegen den Ansturm zu stemmen und sich einen Weg durch die Menge zu bahnen. Doch die Masse der Leiber drängte sie immer weiter auf die Gegner des überlichtschnellen Fluges zu.

Dass beide Seiten nicht zu Späßen aufgelegt waren, zeigte sich, als die ersten Steine zwischen den Gruppen hin und her flogen. Diese brachen die Demonstranten mit Stangen kurzerhand aus dem Boden der Fußgängerzone heraus.

Mit dem Arm wehrte Amy einen heranfliegenden Stein ab. Gefasst sah der weibliche Cyborg Dhark über die Schulter hinweg an. »Es ist fraglich, ob wir euch die ganze Zeit über werden schützen können.«

Dhark strauchelte und wäre fast gestürzt, doch Amy packte gedankenschnell seinen Arm und hielt ihn fest.

»Okay, bringt uns hier raus!«, befahl er aufgebracht. »Es darf aber niemand verletzt werden!«

Da wischte plötzlich ein Schatten über die Gefährten hinweg, und als sie nach oben blickten, entdeckten sie am Himmel drei Gleiter. Auf der Unterseite der Fahrzeuge prangte dasselbe Emblem, mit dem auch die Uniformen der Ordnungshüter im Park versehen gewesen waren. Rasch kamen die Gleiter näher und senkten sich auf die Fußgängerzone herab.

Ohne Skrupel, aber dennoch darauf bedacht, dabei nicht allzu brutal vorzugehen, stießen die Cyborgs die Demonstranten beiseite, um einen Weg für die Gruppe freizumachen.

Das Gedränge nahm unterdessen immer chaotischere Ausmaße an, da beide Fraktionen nun mit Fäusten und Stangen aufeinander losgingen.

Im nächsten Moment jagten die Gleiter über die Menge hinweg, einen feinen Nebel hinter sich herziehend, der sich rasch auf die Versammelten herabsenkte.

Dhark hielt sich schützend den Jackenkragen vor die Nase. Doch es war bereits zu spät, das Aerosol drang in seine Lunge. Die in die Blutbahn gelangende Substanz entfaltete augenblicklich ihre Wirkung.

Dem Commander schwanden die Sinne; er registrierte kaum noch, wie Doorn und Shanton neben ihm ebenfalls strauchelten. Während die Demonstranten um ihn herum nun reihenweise umkippten, hielt er sich mühsam noch einen Moment länger auf den Beinen.

»Spielt mit, Amy!«, ächzte er.

Dann wurde es schwarz vor seinen Augen, und er verlor das Bewusstsein. Ob die Cyborgs seinen gehauchten Befehl gehört hatten und ihn befolgen würden, bekam der ehemalige Commander der Planeten schon nicht mehr mit.

REN DHARK – Weg ins Weltall
Band 70
Die Akte Grovis
erscheint Mitte August 2017
